有爱的青春陪伴者

狐狸在手

囡团囚团——著

江苏凤凰文艺出版社
JIANGSU PHOENIX LITERATURE AND ART PUBLISHING

图书在版编目（CIP）数据

狐狸在手 / 囡团囚团著. -- 南京 : 江苏凤凰文出版社，2021.9

ISBN 978-7-5594-5962-6

Ⅰ. ①狐… Ⅱ. ①囡… Ⅲ. ①长篇小说－中国－当代 Ⅳ. ①I247.5

中国版本图书馆CIP数据核字(2021)第101029号

狐狸在手

囡团囚团 著

责任编辑　王　青
特约编辑　欧雅婷
责任校对　周　萍
出版发行　江苏凤凰文艺出版社
　　　　　南京市中央路165号，邮编：210009
网　　址　http://www.jswenyi.com
印　　刷　长沙鸿发印务实业有限公司
开　　本　880mm×1230mm 1/32
印　　张　10.5
字　　数　366千字
版　　次　2021年9月第1版
印　　次　2021年9月第1次印刷
书　　号　ISBN 978-7-5594-5962-6
定　　价　42.80元

目录

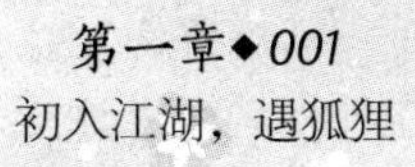

·目录·

第一章
初入江湖，遇狐狸

◆

◇

清晨天色不过蒙蒙，金氏镖局的厨房已泛起淡淡炊烟。

糯米被磨得触感细滑，加入熬煮了三个时辰的紫米汁，腾起一股粮米特有的香气来。油栗揉捻的次数不多不少，既保全了口感，又增添了几分绵软。小心挑起一块油栗馅，包在紫糯米面中，制成浑圆的团子，微微浸一下蜂蜜水，趁着色泽绝佳放入荷叶蒸笼。待糯米熟透便在芝麻中滚上一滚，末了用糖浆点上一个红点，整整齐齐地码入食盒。

我一直深深地觉得，被金慕秋捡回前，我定是个手艺一流的厨子。倘若那日她没有带我回镖局，她自己固然少吃了许多美味佳肴，靖边镇的后厨界亦少了一颗冉冉升起的新星。

故，我是十分感激慕秋的。

但我亦深深地觉得，若就这么埋在黄土里也好，省得日后摊上“百万”这么一个微妙的闺名。

“百万”二字，与“翠花”“大柱”同流，可当得粗俗与没情趣之名的翘楚。

一旦我提起更名之事，金慕秋就会老生常谈地与我讲一个故事。

故事开始说，江湖有一邪教，名为九重幽宫，收了九幽令之人必死无疑，是为中原武林的一大异类。当年金慕秋保镖路过靖越山，发现一处收了九幽令的村寨，村中三十余口无一幸免，状况惨不忍睹。然而诡异的是，连九重幽宫的七个面具杀手竟也尽数被一刀封喉，被杀的与杀人的都死了，不知是何方高人出手，场面极为瘆人。

于是在众镖师累死累活埋葬全村人之前，慕秋仔细地把尸体堆翻腾了一遍，本想捡张百万两的银票，谁知却捡了我这个半死不活的，令她大失所望。

是以她听闻我连自己姓甚名谁都记不起之后，立时便给我起了这个响亮的名字聊以慰藉。

……

不过是个名字而已，我其实是个极看得开的人。只是时间不等人，大好韶华岁月犹如白驹过隙，今年我已年满十九，整个靖边镇到了这个岁数还未出阁的女子，加上金慕秋，满打满算也就三五个。

故，我已然恨嫁恨得疯魔了。

大多数人不明白，名字与姻缘，实则有着大大的关系。

譬如前年。

王镖师与他儿子王晋在院内私话。

“晋儿，你也不小了，这镖局横竖对你有意的姑娘也不少……”

“爹，儿子武功还未有所成……”

“武功与成家是两码事。我瞧着百万这姑娘就不错，还做得一手好菜，定能将家里操持得井井有条。”

王晋时年二十三，眉眼生得很是周正，为人又大气沉稳，镖局内外有不少适龄姑娘对他芳心暗许，亦包括我在内。故我当时躲在晾晒的棉被后面，激动得险些站不稳，心中大赞王镖师好眼光啊好眼光。

王晋却没有任何回应。

“怎么，你不喜欢百万姑娘吗？”

“也不是不喜欢。”王晋的声音听起来很是勉强，“就是……就是她的名字……”

“名字如何？”

“姑娘家叫这个名字……我一听……就很想笑……”他终于憋不住乐了，“每次见她我都忍得很辛苦……”

“你这孩子也真是……哎哎，那边那个棉被怎么抖上了……”

……

再譬如去年。

我一再告诫街东头做媒的刘婶婶，对外便称我是金氏镖局的金姑娘，切莫提闺名。于是这番成效不错，竟将何夫子那才华横溢文质彬彬的长子何迁引了来与我相亲。

彼时我二人坐在红木桌前各自红着脸，上面摆着我亲手精制的几样点心。

刘婶婶寒暄了一阵，向我飞了个眼色便施施然出去了。

“恕何某冒昧。”他吃了块点心，当即两眼大放异彩，“姑娘品性之贤淑，心思之灵巧，令何某相见恨晚。”

我在桌下羞涩地拧衣角。

“在下不才，身无长物，唯有些酸儒之能。愿为姑娘赋诗一首，以表仰慕之心。”

我飞快地看他一眼，垂下头，心中无比荡漾。

“夜色逢春始朦胧，鸳鸯羡侣遍花洲；靖边有女名……名……”他顿了顿，歉然鞠躬道，“何某唐突，还未请教姑娘芳名。”

我料他已然被我神乎其神的厨艺与贤良的性情征服，便羞怯道：“靖边有女名百万。”

“靖边有女名百万，佳人难得莫……”他的笑容僵了僵，“百万……金百万？”

……

我觉得他大约是被震慑了。

翌日刘婶婶婉转地告诉我，何迁自诩读书人，不指望娘子也才高八斗，至少也得风雅一些。

他说，我这名字，委实很像暴发户。

我情窦半开的小心灵被深深地伤害了，好在金氏镖局并不止我一个大龄未嫁女子，还有个响当当的金家大小姐金慕秋。这般有人垫背，我心里便好过得多。

而前些日子，镖局内忽然来了金老爷的两个故交，原是金慕秋的师父师娘，因武功自成一家又十分侠义心肠，一干宵小无不是闻风丧胆。二人一个姓乌，一个姓白，且嗜穿黑白衣衫，江湖便美称其为黑白无常客。夫妻二人常年云游四海，每年中有四个月在镖局传慕秋武艺。而此次前来，却说已为金慕秋定下一门亲事。

消息一出，当即有两人爹了毛。一个是生怕大龄未嫁女子之名无人垫背的我，一个是誓死不愿嫁给“没见过面的家伙”的金慕秋。

早年金氏镖局并不红火，当真名声大噪还是金慕秋接手镖局之后，江湖中人卖之薄面，也不过就是忌惮“黑白无常客的弟子”这个名头而已。是以金老爷与金夫人十分尊崇这两位恩师的意愿，并虔诚地认为与桃源谷谷主结亲，是金家几世修来的好福气，高攀得不能再高攀了，便无视金慕秋的挣扎，将她打包捆了扔进闺房里禁足。

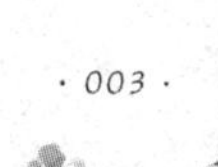

然不怕女子大龄未出阁，就怕这未出阁的大龄女子会武功，且功夫还挺好。金慕秋趁着月黑风高，敲晕了看守她的几个镖师，偷偷潜入下人房中摇醒正在美梦中的我：“百万，我溜了……记得给我送饭！”

彼时我正梦着如意郎君八抬大轿，流着口水应了下来。次日醒了好久才在“小姐不见了”的嘶吼中缓过劲儿。

金慕秋这人，根本没告诉我她躲到哪儿去了啊！

于是我提着装满紫米团子的食盒，装作去赶早集便从后门出了镖局。

几队寻人的镖师过去，我隐在人群中倒也不易被人察觉，正迷茫间脚就被绊住了。我一低头，就瞧见一个头戴斗笠的菜贩蹲在摊子旁揪着我的裙角，白皙的五指抬了抬斗笠，现出一双明艳的眉目来，正是金慕秋。

大约半炷香后，我在她暂避的客栈里忧愁地瞧着她吃紫米团子。

樱桃小口轻咬下去，浓郁的油栗香气混合着紫米的芬芳四散开来，芝麻粘在嘴角，挑在指尖仔细舔了，软糯清香过后方能品出余韵的甜意。

“你怎么找到我的？”

“团子的香味儿啊。”慕秋一面吃着，一面含混道，“我家百万的手艺，旁人是学不来的。”

镇子上的人定然不知，金氏镖局大小姐除却武功高强貌美如花，还有一个长处，便是鼻子比狗还灵。

我依然忧愁：“你总不能这样一直躲着吧？”

“躲到退婚便好。”她叹了口气，“要嫁师父嫁去，我才不嫁。”

虽然她不嫁倒甚合我意，但心里总觉着不是滋味，我这厢是嫁不出去，她这厮却是在挑三拣四，姿态实在欠揍。

“你莫要身在福中不知福，桃源谷的少谷主啊，啧啧，家财万贯江湖巨头……你还有什么可挑的……”

“百万，”她打断我，“你愿嫁给一个从未见过的男子吗？”

我怔了怔，忽然发现……

我愿啊！通常都是男的一听我的名字见都不愿见了啊！要不要这么悲催啊！我根本就没有思考这种美好问题的机会啊，我居然是愿的啊！

慕秋从我阴恻恻的眼神里寻到了答案，讪笑道：“百万你且宽心，好女子何愁无夫，因一个名字便嫌你弃你，这样的夫婿要来何用。”

这话我已然听得双耳生茧，知再与她浪费口舌也是无用，便省了力气拄着

下巴，继续忧愁地瞧着她吃紫米团子。

然而缘分这东西委实神奇，它可以让天涯海角素未谋面的两人极巧合地相遇，亦可让刚刚信誓旦旦掷地有声的言语当真全成了“猿粪”。

变故生在城镇外的密林间，远远驶来的一辆马车。

我将菜品买齐了，拎着篮子与金慕秋闲话。镇外人烟稀少且易于躲避，她仍是穿着菜贩的粗布短衫，压低了斗笠。马车愈近愈慢，缓缓停在我二人身前。

赶车的小童道：“姑娘，敢问前面是靖边镇吗？”

我点点头，那小童谢了，提鞭便要赶路，却听那马车里传出一个低沉的声音。

“且慢。”

金慕秋微微抬了头，见那马车帘子被撩开，下来一个衣着华贵的公子。

“在下桃源谷御临风。”他微微欠身，“劳烦姑娘，金氏镖局怎么走？”

桃源谷御临风……那不就是慕秋的未婚夫婿嘛！

彼时日光灿然，他一双瞳仁微微呈灰，现出几分冷冽，淡淡将我二人望着，委实是俊美无俦。

我心中顿时奔过一群禽兽。

“顺着城门正中直走便是。”金慕秋呆呆地应道。

她竟然忘了自己乔装的身份，我在背后掐了她一下。

御临风却似浑不在意，说了一句“多谢”便又上了马车。

我默默地掀了慕秋的斗笠，美人眸中带水，痴痴地望着马车绝尘而去。

我甚至能瞧见她眼中热情飞舞的桃花。

于是这门亲事算是定下了。

原来金慕秋这人是个深藏不露的花痴。

御临风此番，是来下聘的。

靖边镇虽小，却不闭塞。桃源谷与风云庄珠联璧合，在江湖中地位极盛。金氏镖局若不是借了黑白无常客的光，别说与其攀亲，就连见上一面都很难。

“家父为武林琐事所扰，未能亲自下聘，还望金老爷海涵。”御临风微微躬身。

金老爷已然双目放光。

我躲在角落各种羡慕嫉妒恨，慕秋真是好命，这御临风丰神俊朗，又无江湖人的劣气，斯文有礼进退有度，实乃大大的良人。

这厢黑无常乌珏与金老爷为御临风接风洗尘，那厢白无常白妗妗与金夫人正在金慕秋的闺房中轮番说教。听院子里的丫鬟说，小姐昨日还死活不同意，

今日便默默低头不语，夫人只劝了半个时辰，竟然就答允了。

我默默地鄙视了慕秋故作矜持的节操。

但我在镖局三年，慕秋于我救命之恩不表，除了百万这名字碍桃花了些，她待我是极好的。镖局女子甚少，我与她年岁相仿，虽名为伙房下人，实则很有些姐妹之情。此番她能嫁得良人，我心中很是为她欢喜。

桃源谷的聘礼不过小小一个匣子，左边一颗闪瞎人眼的夜明珠，右边一摞崭新的银票，真是实惠得紧。

然而慕秋的嫁妆也不差，绫罗玉器自是不少，黑白无常客膝下无子，白妗妗便将祖传的白玉镯送予了她。

我听着心中一沉，回去翻箱倒柜折腾数个时辰，最后望着桌上那几个碎锭子陷入了哀思。虽说我是个下人，但积蓄这样可怜，拿什么送给慕秋？实在太穷酸，太憋闷，太让人想削发为尼。

镖局喜事将近，接镖渐少，收的镖银便水涨船高起来。饶是如此，仍有许多金主慕名前来，家中镖师皆尽外出，于是今日又有人上门后，金老爷很是为难。

求镖的要求很简单，不过是送两卷经书去苍雪山，酬劳却丰厚得令人咋舌。金老爷年事已高不便出远门；黑白无常客虽是金老爷故交，但到底不算镖局的人；慕秋即便闲着，不过终归是要出阁了，且只有我知她半夜里对着红烛偷偷绣她的喜服，虽绣得像个爹了毛的红鹦哥，但瞧着她蜂窝般的手指我也实在不忍嘲笑。

彼时我端着给老爷的枸杞参汤站在厅外，一眼就瞧见了桌子上的两个金锭子，眼中燃起熊熊欲火。

请命的过程意外的顺利。

金老爷原知我是会武的，这趟镖也不是什么贵重的物事，不过两卷经文，金主倒也不介意是谁送镖，只是坚持要见我一面。

镖局规矩，出镖的镖银向来都是镖局和镖师一人一半，我思及自己得了金子后终于能送慕秋一些像样的贺礼，便换了身干练的衣衫，神采奕奕地进了大厅。

托镖之人不过三十岁左右的年纪，长了一张平淡无奇的脸，我向他躬了躬身，心中不禁生出“冤大头”三个字。

他只瞧了我一眼，目光却极是锐利，我心中一凛，像是被他里外看了个通透。

金老爷自然不会说我是个厨子，便说我是慕秋的近身侍女，与她多次护镖同行经验丰富。那人不再看我：“送至苍雪山青松客手中，如此就拜托金镖头了。”

他转身而去，左足却微跛，竟是个瘸子。我只道自己生得靠谱，只消让人看一眼便即刻同意了。

“江湖凶险，世人皆凉薄狡诈，记着我与你讲的那些行镖之则，途中不可露白，莫管闲事……”

临行前慕秋用帕子包了几块徐记如意糕，如此这般碎碎念了许久。奇怪她一个双十年华的女子，说起话来啰嗦得便如老太婆一般，最后嘱咐我十月之前定要赶回来，那是她的婚期。

我颇觉感慨，三年时光极快，于一个失了过去的人来说，我大约有些过分乐观。然那靖越山村寨已被一把火烧尽，我心中却冥冥感觉自己不愿记起过去，大抵不过是个被灭村寨的血海深仇的故事。我武功稀松平常，想报仇是决计不可能的，再说我亦不知仇人是谁，能活下来已很难得。三年前慕秋将我带回，只说我是她在闹饥荒贫地带回的孤女，父母早亡。除却金老爷和当时的几个老镖师，无人知道我出自那个灭门的村寨。于此我万分感激，她给了我这平淡安稳的日子，在如今这乱世里弥足珍贵。

正沧桑地思量间，一时未注意马儿忽地一顿，我吓得抓紧了马缰维持平稳，腰间有什么东西掉了出去。

我定睛瞧去，心中大大地肉痛，是慕秋送我的如意糕，也不知是不是摔碎了，便赶紧下马伸手去拾，却有一双手先我一步将帕子拾起。

我一抬头，正对上御临风微灰的双眸。他也怔了怔：“你是那天镇外和慕秋一起的……”

御临风记性倒是不错，我挠挠头鞠躬道：“我是镖局的下人。”说罢将手平摊伸出，“多谢御公子。”

他微微一笑：“平日里多得你照顾慕秋。”

自那日他来到镖局，与慕秋倒是极投缘的。这桃源谷少谷主金冠束发，挺鼻薄唇，一副祸害万千少女的模样，直叫我等大龄未嫁女子羡慕嫉妒恨地咬手绢。

我接过了帕子，当即小心地摊开，好在如意糕还算完整，正喜滋滋地想转身，忽然手中一顿，帕子猛地被人抽走。

“这帕子……”御临风握着帕子面色一变，“这帕子是谁的？”

我默默地看着雪白的如意糕啪地碎落一地，顿时一颗心也如那糕点般摔成了渣渣，我的午膳！

他摩挲着那帕子上的竹子花纹，似是找到了珍宝，又像是嗅到了猎物的狐狸，表情有一丝狰狞，半点也没有风度翩翩的影子了。见我不语，他又捉住我手腕，逼问道：“你怎么不回答？这帕子是谁的？”

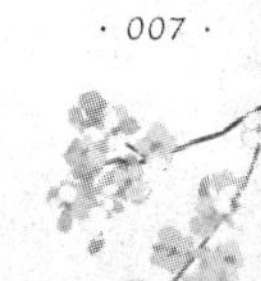

我被捏疼了："自然是我家小姐的。"

"慕秋？"他眉头一蹙，"竟然是她……"

御临风顿了顿，嘴角忽然弯起，又成了斯文有礼的温和公子："对不住，姑娘的如意糕掉了，在下赔些银两，这帕子便交与了我吧。"

他说着，从怀中掏出一锭五两的银子。

谁要你的钱！我怒视着他，然后……手就伸过去接了银子，心中泪流满面地鄙视自己贫穷的节操。

"御公子不必客气，我还有要事在身，先行一步了。"

看在慕秋和银两的份上就原谅你了。我生怕他反应过来五两银子可以买一马车的如意糕，赶紧翻身上马跑路。

没了午饭，不过几个时辰我已然饿得前胸贴后背，这便关系到我的营生，在厨房待惯了，虽不富裕却是从未挨过饿。

故傍晚时不远处出现一家破旧的饭庄时，我顿时喜形于色。自诩为老江湖的金慕秋说，出镖时落脚处愈蹩脚愈好，这样才不容易让贼人发现。而眼前此处，正是蹩脚中的典范。

我卷着风尘走进店去，小二懒洋洋地迎上来，一听我只是要几个馒头，又懒洋洋地向厨房喊了一声，便缩回账簿旁去了。

"先来杯茶水润润喉。"我甚饥渴。

他白了我一眼："水就在那儿，不会自己倒吗？"

这态度，太差劲。故我明白这饭庄为何如此蹩脚了，有这么凶残的店小二，想不蹩脚也难。

门又开了，初秋冷气汹涌而入。

走在前面的英俊公子衣着华贵，眉目间毫不掩饰的神采飞扬，就连身后的家仆衣角处也有朱雀图案。我曾听慕秋讲过不少江湖轶事，这种用金丝刺绣的花纹奢侈又骚包，正是武林大宗派俞家的标志。我悄悄瞥了一眼，便听店小二殷切地道："公子先坐，小的给您上壶热茶暖暖身。"

这差别待遇，太明显。

店小二在我幽怨的目光中稳健地泡茶去了，那俞家的公子环视了一圈，却施施然坐在了我桌前。

这店虽小，但势头冷清，空桌极多。他这番举动颇有些奇怪，不过话说回来，以他的身份，本就没道理进这样寒酸的地方。

茶水端了上来，大概那凶残的店小二以为我与俞家的公子相识，不但也给

我倒了杯茶水，笑得也格外慈祥。他搓着手道：“姑娘还想吃点什么？”

我啜了口茶水：“啊？我不是已经要了馒头吗？”

那店小二狐疑地看向俞家公子，他淡淡道：“我也来几个馒头吧。”

于是，那店小二的面貌又凶残起来。

这场面委实肃杀。

我与那俞家公子相对，他身后站着一众家仆，每个人都在默默地……吃馒头。

也罢，惹不起还躲不起吗。我悄悄瞄了他一眼，拿了个馒头默默站起便欲换桌，却听他忽然道：“这位姑娘，且慢走。”

他这几个字说得客气，目光掠过我的粗布衣衫，却露出一丝淡淡的不屑。

身为下人，这种目光我见得多了，但我与他素不相识，也犯不着客气，便当作没听见一般。

“姑娘可是金氏镖局的？”他也不恼。

“不是。”我稳健地摇了摇头，承认才是傻子。

这俞家公子大约是想寻个由头套我的话，只是我这般干脆地不承认，他一时之间也无话可说。我便默默地吃馒头，金氏镖局虽然盛名在外，毕竟也不是什么大门大派，不过小小一个镖，才一天便引了俞家前来，我愈想愈觉得惊悚，当下将最后两口馒头使劲塞进嘴里，仰脖灌下一大口茶水，扔了两个铜板抄起包裹运起轻功破门而出一头奔入风中。

人世间最悲惨之事，莫过于流畅的跑路后迎面寒风阵阵，而你嘴里还有一大口快噎住又舍不得吐出来的馒头。

只是还未跑出多远，便听身后劲风响动，那俞家公子果真不是个简单角色。

“姑娘，俞琛并无恶意——”

你无恶意还追那么紧？我脚下溜得更快，这贵公子竟是俞家的大少爷俞琛，这经文是什么来路？竟引得俞家大少爷出马……焦急起来不及细想，我将那经文从包裹中抽出塞入怀中，随即把包裹扎紧向远处一甩，果然那俞琛临时变了方向去接那包裹，我趁机蹿进胡同，觉得自己甚聪明。

一闪身，忽见不远处有一辆马车，那赶车的少年正放下帘子，车内空无一人。

我趁他转身之际，不着痕迹地钻了进去。

还未坐稳，矮桌上的茶香已然四溢。我猴急地端起圆壶，顾不得欣赏那雕花青瓷，仰脖灌了好几口，这才将馒头咽了下去。

想不到这冰天雪地中，竟有如此舒适雅致的马车。手下是刺绣锦被，内有香薰暖炉，矮桌上是瓜果点心，四壁是真丝软垫，比金慕秋那香闺都要舒适几分。

马车开始晃动起来，我竖着耳朵听了半晌外面的动静，似是追的人都不见了，顿时安下心来，定了半晌神，只觉桌上的点心香气扑鼻，不由得食指大动。

阿弥陀佛，想来这马车的主人衣食富足，断然不会介意小女子吃他几块点心的。

忽听那少年道："公子。"他似是向后看了看，"您不上车吗？"

我满嘴点心渣顿住，这若是叫人逮住，可太尴尬，不如蒙着脸直接逃跑，大不了放几个铜板权当食费。

很轻很轻的脚步声，由远及近。

"等一等。"

声音淳净低沉，像是和着风轻柔落下，没有一丝痕迹。

"是，公子喜欢落雪。"那少年应道，便不再多说，马车又晃动起来。

我顺着帘子缝隙向外看去，这才发现外面是下雪了。听闻苍雪山终年大雪，这才不过近了山脚下，天气便已反常。

我从怀中摸出钱袋，数了几个铜钱放在桌子上，登时觉得自在些了，抱起旁边的暖炉，只盼这赶车的少年去做点别的，我好趁机溜走。

无聊间，我透过微微扬起的锦缎窗布向外张望。大雪纷扬，比方才更加凛冽，有风旋舞。

马车缓缓停了。

"公子。"那少年又道，"雪大了，还是上车吧。"

我正嚼着一块芙蓉酥，听闻他如此言语又紧张起来。

"再等一等。"

放着马车不坐，这公子委实是朵奇葩。我颇觉幸运，手中又拿了一块芙蓉酥。

"车中的姑娘，想必还未吃完。"

"噗！"

我一口糕点喷出。

那少年一惊，瞬间回身掀起帘子。

我满嘴都是白乎乎的糕点碎星儿，手中还捏了两块，怀中放着他家公子的暖炉，鞋子脱在锦被上，印出了几个湿漉漉的痕迹。

这……真是个尴尬的境地。

"你是何人？"少年怒道。

我赶紧穿上鞋从车上溜了下来，挠挠头干笑道：“呃……这个……我是路过的。”

那少年眉角抽了抽，眼睛忽然望向我身后。

苍茫大雪中缓缓现出一个颀长的身影。他身披芙蓉锦灰裘袍，背后负着一个巨大的长形包裹，面容隐在兜帽里，只露出一个白皙优美的下颌。几缕乌发从脸侧飘飞出，蜿蜒妖娆，说不出的风姿卓绝。

他从我身侧轻过，雪花乱了一瞬，缓缓归向他清雅的肩头。

我张了张嘴，却发觉什么也说不出。

他站定下来，微微侧身。

雪落无声。

“既是姑娘已经付钱，那便请上车吧。”

声音清淡温和，甚是好听，我愣在原地。

金慕秋曾数次碎碎念道，我偷吃小孩的糖鱼糕，欠着老丁头的几个铜板总想不起还，委实是个脸皮极厚的人。

可未曾想，这公子淡淡的几个字，生生让我在雪地里红了耳根。

于是我在那少年愤怒的目光里默默爬上车的时候，觉得自己果真不应如此高尚的，直接蒙面跑路多利落，非要放什么铜钱，自掘坟墓啊自掘坟墓。

那公子亦上了车，与我邻桌席坐。

我示好地嘿嘿一笑：“多谢公子海涵，小女子去往苍雪山，途经此处，呃……那个……”

挠头半晌，我一时不知如何解释此番比较猥琐的作为，那公子却淡道：“姑娘不必多礼。”

他说罢，伸手将那芙蓉锦灰兜帽缓缓放下，现出一头如瀑的青丝。我不知如何形容他这副清美隽秀的好相貌，便见他抬眼望过来，弯起嘴角，淡雅地笑了笑。

我的心忽地蹦了蹦。

“在下亦是前往苍雪，”他温言道，“若姑娘不弃，就请同行吧。”

“甚好，甚好。”我讪讪道，眼珠一转瞄到自己放在矮桌上的铜钱，这点钱大约买点心渣都不够，登时更觉脸热，“我姓金，还未请教公子尊姓大名。”

“金姑娘。”他微微颔首，将那长形包裹解开，现出一端的丝弦，“在下

琅中瑾瑜。”

我恍然记起慕秋曾言，琅中有这么一位技艺卓绝的琴师，年纪轻轻却已小有名气，为人淡泊名利清正谦和，当得起翩翩佳公子的美名，江湖人都称他一声“瑾瑜公子”。

落雪越发凌厉。

大概这车内的熏香暖炉太过舒适，我不知不觉小憩了一阵，睁眼的时候瑾瑜已然不见，我摸了摸怀中的经文还在，便掀开帘子探出头去。

赶车的少年正在替马儿刷去身上的落雪，见我醒了，不甚热情地道：“天黑雪大不能赶路，我家公子吩咐我在此处等你醒来，一起用斋饭。”

原来马车停在寺庙院中，想来今晚便要在此借宿了。我竟睡了这许久，幸好这对主仆并非歹人，不然因为睡觉丢了镖就实在……太丢人了些。

我颇不好意思：“麻烦小哥带路。”

他又给马添了些草，这才横了我一眼，昂首挺胸地走在前边：“我家公子心肠好带你同行，你须识趣些。”

大约他十分不满我偷偷上了他家公子的马车，更加不乐意我要和瑾瑜公子同行，便对我没什么好脸色。我老实地笑笑：“小哥放心，我晓得。”

他却忽然回头奓毛：“别小哥小哥的，平白被叫老了几岁。我是轩叶，你知我是谁吗？”

我决定忘记他刚刚已报过自己姓名的言辞，稳健地摇了摇头。

“一看就知道你没见过什么世面。”轩叶得意扬扬，“我就是传说中的瑾瑜公子身边那唯一的琴童。”

我又善良地做恍然大悟状。

大概轩叶对我这般不够惊艳的表情不太满意，又昂首碎碎念道：“似我这般风华绝代的琴童……”

我偷瞄了一眼他颊间的痘子，默默地走路。

不过拐了几个弯，古朴木门旋开，香火缭绕间，瑾瑜脱去了锦灰裘袍，一身青缎衬得长身玉立。他见我进来，侧身拉开木椅，淡淡一笑：“金姑娘请。”

我的心又蹦了蹦。

轩叶望着我坐下，颇不乐意地道：“公子，菜都凉了，我去热热吧。”

“无妨，无妨。”我欢实地拿起筷子，“这样便可——”

风华绝代的琴童目光忽然凶残起来，我识相地闭了嘴。瑾瑜却温言道：“金

姑娘不介意便好。你孤身前往苍雪山，不知有何要事？”

“无甚要事。”我面不改色地扯谎，“不过去探个远亲。”

“原来如此。”瑾瑜颔首，不待我问便自行答道，“在下赶赴苍雪山，一是为寻一件东西，二是为那临远城绝音琴会。”

我恍然，就连金氏镖局这十分不近文雅的地方都知，绝音琴会乃是三年一度的琴曲盛会，天下各地琴师都会不远万里前来，只为一较长短，觅得知音。我想说两句恭维的话来，瑾瑜却已放下筷子，淡淡一笑：“如若时间赶得及，便先送姑娘探亲吧。”

此时我端着饭碗，牙间粘着片菜叶还未吃饱，却仍是被他笑起来的这般风姿惑住了，心下大大地蹦了几蹦。

真乃奇哉怪也。我自问也不是没见过俊俏的男子，就譬如那御临风，不过也是心头微微奔过一群禽兽，再譬如那俞琛，更是直接跑路，无甚反常之举。可是在这瑾瑜公子面前却总是心头乱蹦跳，委实让我有些惆怅。

于是临睡前我又开始苦苦思索如何寻个地方装作是探亲的情形，同时心下又有些愧疚，瑾瑜公子对我这般亲厚，我委实不该这样骗他的。

然行走江湖，一切小心为上。

第二日，大雪初停，满目银妆，冰如白玉。

我除了那经文与钱袋，其余物事早已随包裹抛给了俞琛，也无甚好打理的行李，便坐在院前，看轩叶掏出了一个小布袋，恭敬地递给寺院住持。

“多谢大师厚待，这是我家公子一点香火。”

“瑾瑜公子乐善好施，佛缘深厚，阿弥陀佛。”

道别之事不必细表，瑾瑜上了马车，我透过窗布远远望去，那住持伸手进布袋，竟掏出了几片光灿灿的金叶子。

原来琴师的酬劳如此优渥吗！

我登时对这营生生出了莫名的热情，一路上与瑾瑜谈天说地，好不欢脱。只是轩叶的脸色越发不乐意，终于在一次我拜求学琴时轰然爆发。

“金姑娘，”他撇着嘴道，“你不是还要探亲吗？”

“无妨无妨。”我乐不可支，“我可以探亲回来学，拜师也行的。”

他露出了牙齿：“男女有别，金姑娘还是另行寻个女琴师学艺吧。”

瑾瑜淡笑道：“在下琴技粗陋，只怕……”

“怎会？我觉着甚好。”话一出口，我登时发觉自己还未听过瑾瑜抚琴，赶紧扯谎道，“江湖盛传公子你琴技卓绝，连身边的琴童都是聪颖非常……”

可惜轩叶不受我的马屁，他抿着嘴角面无表情道：“是风华绝代。”

我忍不住又瞧了一眼他颊间的痘子，咳了两声：“不如公子你也收我做个女琴童……”

事后想想，我果真不该提“女琴童”这三个字，不然轩叶也不会当场爹了毛。

午时临近溪水边，马车停下休憩整顿。

我在溪边凿冰盛了水，讨好地递给瑾瑜，轩叶在一旁虎视眈眈。

因清晨时跳脚的言语太过难听，他被勒令三个时辰内不准再吐一言。我幸灾乐祸地冲他飞了飞眉眼，气得他面目狰狞。

这一路总算消停些，我对瑾瑜殷勤备至，心里倒真没有学琴的打算。做厨子虽粗鄙，但镖局的人都待我很好，琴师酬劳再优渥，我却是不愿做的。

如此这般一路宁静，不待天黑便到了苍雪山下的临远城。瑾瑜道：“今日天色已晚，若金姑娘不介意，待明日再送你去探亲吧。”

我一句“甚好甚好”到了嘴边，眼见轩叶鄙夷地瞥了我一眼，却神奇地没有说什么，大概这三个时辰憋话下来，也颇有些成效。

然轩叶这番默不作声的修为，在绝音琴会的名牌处便破了功。

因晚来闲暇，瑾瑜便去那绝音琴会写名牌，又顺道询了我一声明日要不要一同进去欣赏一番。我喜不自胜，便答道：“甚好，甚好。”

轩叶愤恨地拧衣角。

瑾瑜写好自己的名牌，又写了一个金字，淡笑侧目：“瑾瑜唐突，还未请教姑娘芳名。”

他流转的目光清冽美丽，我一颗心顿时又开始乱蹦跳，便听轩叶冷哼道：“她定是叫金甚好。”

我尴尬地做了一番思想斗争，小声嗫嚅道：“百、百万。”

“噗！”轩叶哈哈大笑。

瑾瑜只是微微弯了下嘴角，并未说什么，便题在了名牌上。

他这般淡然，就像是听了一个再普通不过的名字。轩叶见他如此便也憋住了，只是偷偷耸肩。

我心中生出感激，须知听了这名字不笑我便如夸我一般了。瑾瑜果真与那些凡夫俗子不同！

他写好了递上去。

此时苍雪山夜色甚美，光影交错，我提议游览一番，瑾瑜欣然答允。

慢行浅笑间，那种被人跟踪的感觉又出现了，我暗自观察四周，却又什么也未发觉。难道俞琛发现包裹里没有经文，竟追来了临远城？他是武林正宗身份，这般暗中监视，却不像是俞家人作为。

一般琴师大多携有两个琴童，而我正好女扮男装，扮作另一个琴童模样。

大概轩叶厌我抢了他“传说中瑾瑜公子身边唯一琴童”的风采，清晨便言辞刻薄：“金甚好，你这般年纪，可早做不得琴童了。”

我被他戳中痛处，奓毛道：“你年纪小！啧啧，你没我高！”

轩叶怒极，随即发现自个儿确实比我这女子还矮那么一些，登时涨红了脸：“哪儿来的老姑婆叫百万，笑死人了！”

我的心霎时被戳中，当即奓了毛。

“你才是老姑婆，你全府上都是老姑婆！”

“呀哈，老姑婆还敢骂人！”

“我就骂你了怎么着？”

“想打架？”

“来呀！”

“来就来！”

“你敢碰我一下试试！”

“你先骂我老姑婆还怕我先动手？”

“谁怕你了！”

“那你来呀！”

“来就来！”

……

于是待瑾瑜用过早茶携我们上马车的时候，我与轩叶声音嘶哑气喘吁吁还未动手，只是隔着马车帘子怒目而视。

绝音琴会远比我臆想中要盛大热闹许多，气度雍容的老者、素纱蒙面的娇娥、温文尔雅的隐士、各式古琴名家雅器……我从未见过这般繁荣的场面，一时间恨不得生出四只眼睛，将周遭瞧个通透。

“金甚好，你知道那边的紫衣姑娘是谁吗？”

我回身望去，大厅散座少说也有百余，那紫衣女子独坐首案，地位自是不凡，但我对琴曲一窍不通，自然也不晓得她是谁，便老实地摇了摇头。

轩叶又得意起来，撇去他极尽挖苦能事的言辞不谈，这番对于琴会的讲解

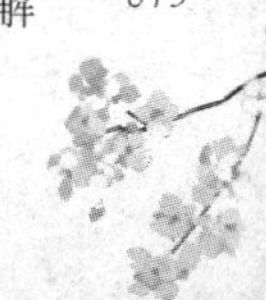

倒也是详尽的。

“啧啧，谅你也不知。”他甚欠揍地答道，“那是临远城主的女儿王姑娘，琴技歌技双绝，这次的绝音琴会就是她操办的。”

我细细瞧去，见她一副端丽模样，却蹙着秀眉，似是在为什么伤怀。

这绝音琴会的现场布置华贵风雅，一看便知主人出手之阔绰。同样是未过双十的女子，我在厨房累死累活为了一锭金子饱经风霜，她却一掷千金来搞个不能吃也不能喝的琴会，这也就罢了。如此好命还摆着一副家中死绝的模样，委实让我很惆怅。

瑾瑜公子正是三年前在此琴会一曲成名，因此有不少人是识得他的。寒暄几番轩叶便寻到了瑾瑜的名牌，瑾瑜入座，我与轩叶退站一旁。

已有人开始弄弦。

我抬头望去，正是那临远城主的女儿王姑娘，琴声幽幽，缠绵凄婉，听得人心头不由得哀伤。她素手不停，眼中却是瞧着瑾瑜公子。我顺着她的目光看去，瑾瑜侧颜神秀非常，眼睫如扇，仿佛画笔描摹过的一般。我看得心头乱蹦跳，连我这外行人都听出了王姑娘曲中深意，怕是对瑾瑜动了心思吧。

“金甚好你收敛些，”轩叶扯了扯我的袖子，“眼珠子都快掉出来了。”

我还未回神，戚戚道：“你家公子可曾婚配？”

“不曾——”他接口，随即警然道，“你问这个作甚？”

我心头大悦，不理他在一旁快爹了毛，忽地瞥见一个家丁模样的人从廊柱外匆匆而过。他衣角处仿佛有金丝闪了闪，莫非是俞家人追我到了此处？

我心下惴惴，转了个念头，与轩叶道了句“小解”便悄无声息地退出了大厅，见四下无人，一跃上了房梁。

我又寻见了那个俞家的人，悄然跟在其后。

不是说俞望川是德高望重的武林前辈？不是说俞家子弟都是义薄云天的英雄大侠？要不要这么鬼鬼祟祟！我随着他七拐八拐，最终见他进了一个别致的院落。

“小姐。”我听那家仆恭谨道，“琴会并无异状。”

“那姑娘定是乔装混入了。”一个娇脆的声音道，“大哥也不多描述下面貌，这要我如何寻起。”

我心中惴惴，能让俞家人称之为小姐，必定只有俞望川的女儿、俞琛的妹妹俞兮了。听她这番言辞，看来俞琛未擒住我，便让她在临远布下阵法，等我乖乖送上门来。

只听俞兮沉思道：“这几日外来的马车大多是赴这绝音琴会的，隐藏行踪最好的办法便是随众而行，她定是在大厅中，决计不会轻易离开。”

我尴尬地挠头，这俞兮把我想得太聪明了些，若不是堇瑜，我才懒得来这劳什子的琴会，早早便跑路了。

“幸好我与王姑娘自幼便有交情，请临远城主一起，将名牌细细排查，形迹可疑的先捉了，宁可错抓，切莫放过。”

我心中一凉，不知俞家是否知晓我的姓名，不然查了名牌，可就连累瑾瑜了。俞家这般地位，怎就这般围追堵截的要抓我？

我弯着身子正要跑路，忽闻一声铮鸣。

琴声铿锵处，似是拨乱了弦，又携了满满的潇洒肆意。在激荡回旋处忽然陡停，顿了半分，弦瑟一动，又像是小桥流水般清越的音律，潺潺流淌绵延不绝。

“这是哪位琴师？”俞兮赞赏地询道。

“回小姐，正是琅中的瑾瑜公子。”

我心中动了动，奈何此时回去若被察觉，定会连累瑾瑜，只好悲愤地赶紧跑路。

一天东躲西藏下来，我趴在房头上看着俞家弟子还在打听我的行迹，咬了一口手中冰块一样的冷馒头，心中分外怀念与瑾瑜同行的时日。

待客栈被暗自搜查后，我终是忍不住偷偷潜了回去。廊内幽暗，瑾瑜房内却仍透出昏黄的烛光，四下静寂无声。

我悄然靠近，纸窗朦胧地映出一个身影，似是轩叶。

“公子，时候不早了。”他恭谨地道，“金姑娘定是去探亲走得急，您也切莫过于担忧。”

半晌无人作答。

蓦地，一声铮鸣徐徐散入夜色，渐渐如涟漪般扩散开去。琴声幽婉，曲调缠绵，似是饱携了无尽的思念与深情，淡若冬日梅香，却又浓似耳边情话。

这琴声仿佛设了魔障，将我定在原地，渐渐心如擂鼓。

不过相识几日，他竟待我这般好。

我不知过去的我姓甚名谁桃花几何，只是这三年来所识男子，唯有他不过问我出身是否卑贱，不仅为我会做一手好菜，不嫌弃我有一个粗俗的闺名。

他挂怀我的安危，他将我放在心上。

得婿如此，复又何求。

我登时脸上一红，不知自己怎就想到了此处。我暗自定了定神，换上一副笑脸，推门而入：“公子，我回来啦。”

琴声戛然而止。瑾瑜唰地站起，大步走过来握着我的手焦急道：“我听说这城内大肆搜捕一个女子，你可有受伤？”

即便他蹙着眉，屋内烛光幽暗，面上却是掩不住的绝色容光。我的手被他暖暖地握着，十指修长，骨肉匀净。只有这样一双手，才可奏出那般深情的乐曲吧。

可那琴声，却是在思念。

我知自己的念想过于荒诞，这时便似被看穿了一般不知如何是好，便听轩叶在旁怒道：“金甚好你有事也不说一声，叫我家公子好等。”

“呃……这个……”

“你无事便好。”瑾瑜温言道。

我心下动了动，如若我被人发现，必将连累他和轩叶，如此再隐瞒下去就实在不该了。

于是我便将自己护镖的事情全盘托出，轩叶恍然大悟：“怪不得你躲到马车上来，可那俞家大动干戈追你作甚？”

“大概是这经文有些古怪吧。”我叹气道，“现下你们已知晓了，我若再与公子一起，必将拖累——”

“无妨。”瑾瑜轻道，“那俞家不知你姓名，但见你名牌姓金，又寻你不到已然生疑。为今之计，只有你仍是扮作琴童，明日寅时趁黑出城，我同你齐上苍雪山，也好有个照应。”

“这……岂不是太过拖累公子了？”我慌忙推辞。

“金姑娘何必客气，你既上了我的马车，我自当略尽薄力。”瑾瑜微微一笑，“再者，我也是要去苍雪山的，顺路而已，姑娘不必太过挂怀。”

我记起他说要寻一样东西，大约便在苍雪山上吧。

话已至此，我也不便再推辞，但轩叶看起来仍是甚不乐意，只是公子神色坚决，他也不便多说，揪着我的衣角便退出房去。

门一关上，他便诡秘地哼道：“金甚好，你莫以为我不知你半夜潜回来是为甚，想染指我家公子还早了五百年。”

我默默地抽了下嘴角：“小哥，你这脑子，很有些浪荡。”

诚然我是很想染指他家公子，可是现下也确实不是风花雪月的好时段。

轩叶一脸忠肝义胆地道：“反正我就睡在公子房门口，你是断断没机会的。”

瑾瑜公子知晓这孩子有“恋主癖”吗？我颇为遗憾地望了一眼纸窗，在风华绝代的某琴童戒备的目光下施施然回了房。

次日寅时，夜色正浓，马车徐徐而行。

我与瑾瑜在车内安然品茶。若无俞家和临远城的人在周围大肆搜查，此时的气氛倒是颇为和美的。只是我隐隐觉得有些不安，瑾瑜与轩叶都是不会武的，若真与俞家撞上，我这等三脚猫功夫固然无用，但经文我也断然不会交出。别的事情没有节操便罢了，金氏镖局从未失镖的美誉，可不能砸在我手里。

但如何顺利跑路又能护得他二人周全，可就难上加难了。我想着想着不由得蹙起眉，却听瑾瑜忽道：“金姑娘且宽心，一切有我。”

说来奇怪，他这般温文尔雅的模样，怕是连鸡都没杀过，但他既说了，我却情不自禁地安下心来。

马车渐缓，我顺着帘缝望去，城门到了。

有士兵上前排查，轩叶每人塞了片金叶子就此混过。却听一声娇脆的“且慢”，我正为金叶子肉痛的心又不由得一紧，俞兮大半夜不睡觉，竟然这么早就在城门守株待兔……啊不对，是守门待我。

“瑾瑜公子不过寅时便要出城，可是姓金的琴童寻到了吗？”

“是。”轩叶答道，“公子上山身负要事，还请俞姑娘行个方便。”

“俞家助城主缉拿要犯，待我搜过自然放行，还请公子不要怪罪。”

缉拿要犯？我呆了呆，这真是莫须有了，我最多抢过小孩的糖鱼糕，断断算不上要犯。眼前忽然一亮，车帘被人猛地掀起。

日前我偷听俞兮说话时，生怕她察觉我那点微末内息，远远地躲在窗外几尺处，不曾瞧见她模样。此时她俏生生地站在马车外，容颜秀丽，身姿挺拔，一见便知是练家子。她明亮的目光在我脸上微微停留，就转至我身旁，一怔之下便不肯挪开了。

我顺着她目光看去，登时明白她为何不再注意我了。

瑾瑜唇漾浅笑，右手执起茶杯，手指修长美丽，侧目淡淡将俞兮望着，眼中风姿隽秀翩然。

我瞬间了悟——美人计！

在绝音琴会时，俞兮便已对瑾瑜十分赞赏，我瞧着她直勾勾的目光不禁扼腕，又一个深藏不露的花痴。

咳，大约我也没资格说别人……

“俞姑娘既是要搜，瑾瑜不敢不从，”他声音低沉，有一些惑人的悦耳，“这便请吧。”

俞兮恍然回神，面上红了红，又向我高束的男子发髻与抹黑的面色瞧了一眼：“我……我要找的是个女子，瑾瑜公子琴艺人品众所皆知，断……断不会窝藏要犯的。”

她绕着弯地称赞了瑾瑜一句，他继而淡笑：“承蒙俞姑娘抬爱，既然搜过了，瑾瑜还有要事，恕在下先行一步。”

俞兮挥手放行，马车出城便加快了速度。我终于放下心来，揪着自己的衣角，无声地舒了口气。

同时叹气的还有轩叶：“金甚好，我家公子为了帮你，可是大大牺牲了色相。”

我霎时正襟危坐：“多谢公子一路相救，我金氏镖局永世铭感五内，之后如有差遣自当全力以赴，此情此德，金百万愿以身……”

“相许”两个字吞没在嘴里，我说得慷慨激昂险些顺嘴将心底所想漏了去，想到那句“牺牲色相”，便急急拐个弯不假思索道：“金百万亦愿牺牲色相！”

马车一晃，轩叶掀开帘子瞬间奓了毛：“金甚好你哪儿来的色相能牺牲？想染指我家公子你早了五百年啊你听到没有……”

我尴尬得在心中泪流满面。

瑾瑜却忽地一顿，忍不住轻笑出声，眼中泛起温柔之色。

我见他笑，便也傻傻地跟着笑起来，气氛一派和谐。

这番变故倒叫我对自己的心意明朗了起来，诚然我是很喜欢瑾瑜公子的，只是不知他心中对我作何想。且凭他的学识教养文采人品，出身只怕非官宦即名门，最次也是大富之家，让我一个镖局的小厨子如何高攀。

但这些日子相处下来，他断断不是一个在乎身份位阶之人。我心中又欢喜了，金氏镖局与桃源谷相差何止一点半点，慕秋还不是说嫁就嫁了。我当对瑾瑜千好万好，叫他喜欢上我才是。

于是行至晌午，苍雪山涧道路窄小，荒无人烟。轩叶就地忙了许久才生起一堆小火，勉强烧了壶水泡茶暖身，至于午饭便除了剩余点心不作他想。

我得意一笑，入了雪地，不多时便抓了一只寒鸡回来，掏出匕首在雪中洗剥干净，用净齿的盐巴细细涂抹，再将冬莲整朵塞进鸡肚子里，用树叶整只包好，

裹些泥土上去，埋进火堆中。

不多时火便熄了，我等过片刻，将泥土包扒出，向地上一摔，霎时一股肉香混合着冬莲的清甜飘然而出，我将树叶拨开，鸡肉微微呈橘色，微微一扯便四散开来，十分鲜嫩松软。

轩叶眼睛都看直了，我将鸡肉分给他二人，极力掩饰自得之色。当初我半夜肚饿，又不敢私自在伙房开火，便与金慕秋在镇外林子里捉了野鸡如法烤制，每每都能饱餐一顿。

瑾瑜斯文地咬了一口，目光转向我，我登时坐得笔直，一副“我很贤惠吧”的表情望着他。

“金姑娘心灵手巧，叫在下见识了。”他淡淡一笑。

我心下荡漾，却听轩叶边吃边点头道：“金甚好确实有两下子，不若来我们府上做个厨子，倒是极妥当的。”

我十分想拿他练一套罗汉拳。

当然，这二人以为我是金氏镖局的镖师，却不知我原本就是厨子。我想着镖师总比厨子听着金贵些，便也就隐瞒了不说。

一路天地虽寒，但马车内却暖气蒸腾。加之瑾瑜兴起教我指法音阶，除却轩叶的表情有些过于凶残之外，我是极为愉悦的，几乎便要忘了正事。

行过两日半终见人烟，远远现出一个小镇的石碑。我顿时想起要办的事情来，据临远城的店小二说，苍雪山终年大雪弥漫，唯有半山腰一处名叫隐雪的村庄，再往上走莫说人烟，连道路也是没有的。

故那青松客，定是在这隐雪村中。

瑾瑜帮我询了一处茶馆，那小二却说从未听说此人。我本以为烫手山芋便要送出，一听找不到人未免有些沮丧，只好先寻个客栈落脚。

这几日奔波下来，大家都累了。

我饱饱地睡了一觉，再睁眼已是傍晚。窗外灯影昏黄，浅雪零落，说不出的安宁静美。我套上衣衫，将之前丢掉的包裹细软又置备了一套，在村子里缓缓踱步，空气中弥漫着淡淡的香气，我循着循着，一抬头赫然发现了徐记糕点铺。

原来是如意糕的香味，我忽然想起了慕秋，又想起抢过帕子那一瞬可怕的御临风，不知其中又有何缘故，也不知他二人现下婚事筹备得如何……

“金姑娘？”

我回过身，瑾瑜身着白狐裘缎，青丝如瀑，容颜胜雪，不染半点凡尘之气。

“公子。”我点头道，“天色不早了，公子不早些歇息吗？”

“雪色正好，便出来走走。”他微微一笑，“金姑娘不也未歇息。”

“我来买些东西，顺便打听下青松客……”

“可有消息？”

我摇了摇头，恍然想起瑾瑜来这也是寻物的，便关切道：“公子要寻的东西可有下落？”

瑾瑜淡笑：“我知它在哪儿。”

他这般说了，我也晓得不好再问，便与他在那雪地中缓缓前行。

此时夜色初始，雪光朦胧，气氛虽沉默却不觉尴尬，我偷偷瞧着他清美的侧颜，心中只盼这路永远走不完才好。

瑾瑜忽道：“金姑娘，你可还记得托镖的是何人？”

我恍然回神：“啊？”

“这镖既是他送与青松客的，两人之间多少有些渊源，若是知晓了他的身份，也许便可得知青松客的下落。”

我觉得十分有理，便努力回忆：“他约莫三十岁的年纪，左腿跛了……却不知他是哪门哪派的人。我们镖局的规矩，不贪金主财物，不问金主身家。”

瑾瑜淡淡颔首应了，却不作答，半晌微微一笑：“有些起风了，我送姑娘回去吧。”

俗话说，若想抓住夫君的心，首先要抓住夫君的胃。

当晚我亲自下厨，用苍雪山特产的一种银鱼，加之参片、冬笋、川贝文火慢熬，直至汤汁转白，临出锅前放入几粒枸杞和香葱末，红红绿绿漂浮在奶白色的鱼汤上，煞是好看。

轩叶对我这番利用美食诱惑他家公子的行径大为不满，但他自知多说无用，便闷头喝了满满的三碗鱼汤，仿佛他多喝一些，瑾瑜对我的赞美便能少一些。

可惜他这番小算盘却打得不甚精准，瑾瑜浅尝一口，弯起嘴角道：“银鱼滋补，川贝止咳，人参御寒，金姑娘真是有心了。”

我被夸得满面红光，眼睛亮晶晶地盯着他：我心灵手巧吧！我贤良淑德吧！快娶了我呀！

轩叶继而咂咂嘴：“果真是有心了，金甚好定能做个称职的厨子。”

我默默地问候了他娘亲。

此时不过九月初，要回靖边也就七日之程，但回去可就再难见瑾瑜了。我在心中算着日子，这几日过得安宁又惬意，倒叫我不愿寻到青松客了。

“金姑娘？”

我恍然回神，歉意地对瑾瑜笑笑，手指按在琴弦上。他信步过来，与我隔出一个守礼的距离，修长的手指覆上我指旁的琴弦，轻轻拨动。

琴弦颤动，我的手指跟着飞舞起来，不时碰到他的指尖，细腻温润，连带着我的脸色也越发红得通透。

手下流淌出渐渐成型的曲调，大气沉稳复又情意绵绵，正是瑾瑜那夜在客栈所奏。

“此曲名叫《长相守》。”他似是洞悉了我心中所想，淡淡一笑，“虽说入门便弹奏难了些，但姑娘天资聪颖，定可一日千里。”

这一笑近在咫尺有如莲花初绽，我心头顿时奔过一群禽兽，又奔回来，复奔过去，再奔回来……总之心动得无以复加，愉悦得不能再愉悦了。

这种日子又过了几天，总觉得过于平静美好。经文在手中总是个烫手山芋，我思前想后，加了一件麻布披风，便往村子边缘寻人。

一整日下来，我在荒山野岭中吃了些干粮，只觉着周遭有些不对，但具体哪里不对又说不上来，等到想寻只野兔的时候才恍然发现：昨晚大雪便停了，地上理应有些动物痕迹的，且树距颇宽，我亦曾瞧见有猎户晨间回村，怎么连半个脚印也没有？

莫非……是有人刻意掩盖的？一个人的足迹毫不起眼，也不会引起怀疑，除非……是很多人的脚印。

难道……难道是俞家追来了？

我为了寻人走得甚远，雪地里凭我三脚猫的轻功也跑不了多快，待我连滚带爬奔回客栈时，天色已渐黑，整个客栈静悄悄的，看起来十分诡异。

“掌柜？”我摇了摇趴在账簿上的老人，他却不动，也不知是睡着了还是……

我惊魂未定地跨过横卧在楼梯上的店小二，火速奔上二楼，一把推开房门。

瑾瑜坐在桌前，定定望着我，没有笑容。

我察觉不对的时候已经迟了，身后房门啪地关上，同时一柄刀架上我的脖颈。屋中现出三个戴面具的人，一人挟着浑身发抖的轩叶，一人用剑指着瑾瑜的后心。

那面具白底银边，绘得似笑非笑，十分恐怖。一股凉气从后背腾起，慕秋曾与我说过，我那村寨灭门定与九重幽宫脱不了干系。

她还说，若遇见了面具人，有多远便要跑多远。

刀刃的凉意刺入肌肤，冰冷彻骨。

“经文在哪儿？”背后那人瓮声瓮气地道，覆着面具听不出他原本的声音。

见我不答，瑾瑜背后那人便将剑向前挺了挺，轩叶颤抖着道：“金姑娘……公子他……”

“轩叶，君子岂可受他人胁迫。”瑾瑜朗声道，“金姑娘不必顾虑在下，快些逃吧。”

我心中苦笑，罢了罢了。虽是想听慕秋的话赶紧跑路，但今日之事全因我而起，断不能叫他们伤了瑾瑜和轩叶。

“经文在此。”我掏出怀中的布包，“快放开他们。”

身后那只手触及布包的一瞬，我身子一缩，用力将布包掷了出去。挟持着轩叶和瑾瑜身后那人立时纵身去接。

“公子快走！”我掏出腰间匕首格开身后凌空劈下的一刀，心知就算经文交了出去，九重幽宫也决计不会留活口，能为瑾瑜争取一刻便是一刻。

轩叶奔过来拉扯瑾瑜，瑾瑜却不肯，抄起一把凳子便砸向一个面具人。那人轻易地格开，提刀便向瑾瑜砍去，我用匕首刺他下盘，又使其转过身来，我急道：“快走！”

我这点微末功夫，对付一个面具人已是不易，对付三个便是各种拼命了。一个面具人趁我受制，回身便向瑾瑜杀去，轩叶当即挡在他身前，却被那人一脚踢开。

电光石火间，我不假思索，纵身扑去。

我曾在数个美梦间，肖想被瑾瑜抱着是何种滋味，却不想我第一次被他抱在怀中，竟是如此英勇壮烈。

背后的痛楚从左肩一直蔓延至右边腋下，温热的血溅落满地，奇怪的是我却并不觉得难受。这般毫不留情的一刀，若是劈在瑾瑜身上，该有多可怕。

幸好。

幸好伤的不是他。

我抬起头，瑾瑜望着我，颊边还沾着我飞溅的血。

“快……”我已无力再战，只得用尽力气推开他，自己踉跄着趴落在地，“快跑……”

周遭传来打斗声，我眼前阵阵发黑，他们可能跑掉吗？两人都不会武……

怎会是九重幽宫的对手……瑾瑜的衣衫下摆一直在我旁边，而打斗声也愈来愈弱，不消片刻竟然渐渐停息。

我努力醒着神，挣扎着回头望去。

那是我此生都不会忘记的景象。

三个面具人已然倒在血泊中。轩叶手中提着滴血的长剑，与刚刚那个怕得颤抖的样子判若两人，他冷哼一声："不愧是九重幽宫的杀手，爪子真硬。"说罢便俯身从一个面具人手中扯过我扔出的布包，几下打开了，将那两本经文翻了翻，"这两本经文伪造得甚是拙劣，不过换了张封皮。"

我呆呆地瞧着他，这是那个与我一路斗嘴笑闹的轩叶？

他察觉了我的目光，忽地伸手从下颌处揭过一张面皮，那满脸的痘子全然不见，现出一副少女的花容月貌来。

"金甚好。"她靠近道，声音也不再童稚，而是十分娇软动听，"你揣了两本假经文掩人耳目，却将真的藏在哪里？"

我怔怔地望着她不说话。

"真正的经文，在这里。"

轻柔的嗓音响起，只听身旁衣衫拂动，我的心一点一点凉下去，狼狈地撑起头，顺着那熟悉的锦缎缓缓上移，直至望进那双清隽绝世的眼瞳中，终于寒彻入骨，心若死灰。

瑾瑜蹲下身来，伸出修长的手指将我背上染血的衣衫拨开，拿出我临行前偷偷藏进夹袄中层的经书。

"金姑娘。"他淡淡一笑，颊边鲜血却无损他谪仙般的姿容，眼中温文一如往昔，"这便是我要找的东西了，多谢你。"

大约在三年前，我刚来到镖局，府上的丫鬟厌我得了慕秋喜欢，便总是恶语相向，处处与我为难。彼时我刚刚失了记忆，不愿与人结怨，便想着如若我诚心实意地待她好，她总会明白我这一番苦心。

而后我饿了几天肚子没吃早膳，省下的鸡蛋蒸了一碗喷香的蛋羹，送到她面前去。但令我讶然的是，她只冷冷一笑，便高声叫着我偷了伙房的鸡蛋，伸手打翻了那碗蛋羹。

当日我呆呆站在原地看着一地狼藉，不知该痛惜这几个来之不易的蛋，还是该痛惜自己这番被人肆意践踏的满腔赤诚。

眼下这种情状，真是当年的十倍百倍，疼的不只是心，还有后背。

我趴在软铺上，心思皆朦胧，便听身旁隐隐有声音传来。

“这刀口虽长，却不甚深，想来过个十天半日便行走无碍了。”

“有劳大夫。”这是轩叶……不，是那少女。

我睁开眼，那大夫关了门，她正伸出手来将我背上的衣裳盖好。眼前皓腕肌肤白皙莹润，我忍不住向她面上瞧去，心下微微一怔。

此前没有看清，如今细细瞧来，她冰肌玉骨，杏目桃腮，乌发只用玉簪绾起半数，桃色纱裙映着她眉目艳色，凭空生了十分清纯脱俗来，竟是个绝色的美人儿。

她见我瞧她，淡淡地道：“你醒了。”

这般高雅的神色，哪还有半分轩叶那顽皮狡黠的影子。我又瞧了她半晌，终于叹了口气苦笑道：“果真是风华绝代的琴童。”

她听出我言语中的讥嘲，也不着恼，微微一笑道：“金姑娘也不必如此难过，我和公子并未骗过你。”

是，她只是扮了琴童，也从未说过自己不是女子；他只说要寻东西，未说要寻的是什么罢了。此番是我自己瞎了眼，怪不得旁人。

她见我不语，复道：“金姑娘，你保的这经文大有来历。若不是公子与我一路替你清了一干宵匪，只怕你亦到不了苍雪山。”

我心头巨震，难怪遇上他二人后这一路便如此安逸，原是有人暗中动作。思前想后许久，我开口道：“何时盯上我的？”

“你被俞家追赶，何以那胡同便停了辆马车，还空无一人等你钻？何以你钻了之后俞家竟追不到了？”她望着我，缓缓摇头，“我头一次扮少年，故意行事浮夸些，生怕你瞧出了破绽，岂料你半点也没有怀疑。”

她愈说我心中愈是惭愧，慕秋说江湖凶险，世人皆凉薄狡诈，果真不错。

“你怀中的经文早在临寺庙之前便被我搜看过，自是你自己调换的假经。公子便命我原样放回，静观其变，期间我再没见你收放过经文，直到苍雪山上遇了九重幽宫的杀手。公子故意让杀手胁迫，你那几招虽是拼命，但处处回护夹袄后心，公子便猜到了几分，便引那杀手砍向——”

“别说了！”我怒道，背上一阵疼痛，“你二人戏耍我，当真很有趣吧？”

“戏耍谈不上。”那少女站起身来，“公子一开始便要你走了，是你自己不走。”

我一呆。

——金姑娘不必顾虑在下，快些逃吧。

那时，他目光清朗，容色坚决，一身正气不屈的风骨，确实是这般说的。

我心下忽然一片寒意。他容我上马车，他在深夜待我归来，他护我出临远城，他教我抚琴，他认定我舍不下他独自逃命……他步步为营，滴水不漏，机关算尽，只待我傻傻地送上门来。

他说的每一句话，露出的每个笑容都不是真的；那些温柔与情意，自始至终，均不过是我自己的一厢情愿。

“那现下呢？”我颓然道，“你们救我作甚？”

“金姑娘，你还不明白吗？”那少女叹息道，“这伤是九重幽宫砍的，追你的是俞家的人，我和公子何时害过你？你身上这经文天下人人都想要，黑道的自然是来杀你夺经，白道的却是人人欲争你加入自家势力。俞家若想对你动粗，亦不容你逃出那小饭庄。”

我默默地问候了那个金主的全府上，死瘸子烂瘸子，托这么危险的镖，早知便给我一箱金锭子也不蹚这浑水。

那少女又道：“眼下你最好的选择便是跟我走，若你想离开我也不会多加阻拦，但其他黑道白道如何待你，我可说不准。”

她声音娇柔动听，我却听出了威胁的味道，便暗自思量，现下经文还在他二人手里，看样子也不打算还给我，虽然这两个货又狡猾又可恶，但此刻确实不是翻脸离去的时候。

我心神稍定，忍不住想问那少女“你是哪道的”，但又未免过于直白。她既不杀我，自然是白道的，想了想便问道：“不知姑娘是何方高人？”

“我是瞿门弟子。”她又微微一笑，宛若水中芙蓉，“金姑娘好生歇息吧，想清楚告诉我便可。”

她推门而出，我却傻了。

瞿门！

那个武林中的泰山北斗年轻时以芳华剑法笑傲天下自创一派的江湖奇人瞿简……的弟子吗？

瞿简时年五十有余，从未婚娶。门下男弟子无数，只于十七年前捡回一女婴，是为瞿门唯一的女弟子，也是名震天下的江湖第一美人，苏灼灼。

我觉得下次再出门前，应先看看皇历。

俞家、九重幽宫、瞿门……还不算那些被他二人挡下的小门小派，我当即

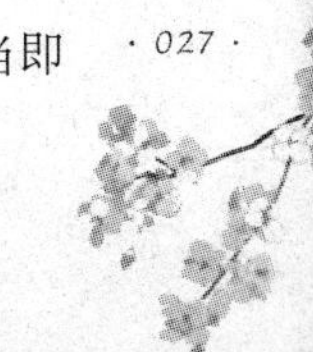

改了主意，江湖凶险，还是不出门了，一辈子在金氏镖局伙房里过活便好。

这两日连趴下来，我只觉胸都快压平了，虽然本就不大，但起码聊胜于无。每日都有人送饭菜进来，却不见苏灼灼。我觉着伤口已然结痂，便下了地出去瞧瞧。

岂料一出门就撞见了最不想忆起的人。

瑾瑜微微一笑："金姑娘可以走动了吗？"

他这一笑之姿令人神为之夺，我却只觉得刺目。那诸多时日的温柔如今都成了笑话一场，两日来我苦苦思索着苏灼灼和经文，却独独不敢去想如何面对他。

等等，被砍的人不是我吗，为甚是我不敢面对？这么一想，我便理直气壮起来，语中带刺道："托公子的福，没死。"

"这几日不敢耽误姑娘休息，未曾打扰。"他似是没听出我话中的讥讽，仍是一副温文模样，"在下今日是来问一句，姑娘可想清楚了吗？"

我咬住嘴唇，将他让进屋来。

"苏灼灼呢？"我单刀直入地问道。

"她有急事要办，先行去了。"瑾瑜自顾自地倒了一杯茶，修长的手指拈着茶杯，琥珀色泽映着他漆黑的眼瞳，看不出太多情绪，"金姑娘既知她是苏灼灼，想必心中已有打算了。"

"我却还不知你是谁。"我冷道。

他尔雅一笑："在下确实是琅中瑾瑜，只不过还有些旁的身份，姑娘不必挂心于此。"

确实是琅中瑾瑜？

我望着他淡然的双眼，心中只觉一派茫然。他似乎只有这一种情绪，无论是被俞家追捕，教我抚琴，瞧着我被砍倒在他眼前，抑或现在揭开一切假象之时，他都是这般清和淡雅的，仿佛一切波涛起伏不过清风拂面，什么都进不了他的眼，入不了他的心。

那些于我而言彻夜难眠的种种，他从未在乎。

这般温润的人，最是无情。

想到此处，我微微叹了口气，算作认命。原想再见他时梨花带雨一下唤起他一点怜惜之心，现在一瞧，我哭得再惨，也只能让他笑得更欢畅些罢了。

"苏姑娘所言，我大抵都听明白了。既然这经文非同小可，看来只有瞿门才可避免这东西祸乱武林。"我平静地道，"我愿与你一起离开，只是千万莫

让金氏镖局卷入此事。”

“姑娘聪颖忠义，在下拜服。”瑾瑜浅啜了一口清茶，“江湖皆知姑娘携经文出了靖边镇，自是不会再找金氏镖局的麻烦。”

言外之意，我想偷溜回去是不行的，会为镖局惹来大祸。

“那我何时能走？”我沮丧道。

“经文到了瞿门，自会昭告天下，自此这一切纷争便与你和金氏镖局无关，姑娘也可早日功成身退。”

“如此说来，倒还要感谢公子为我担去这大祸了？”

“不敢。”他眸中深黯，“天色不早，姑娘既同意，我们即刻动身。”

于是我又与瑾瑜坐在缓缓晃动的马车中，桌上瓜果点心俱全，舒适一如往昔。仿佛一切都没有变，他仍是那个清正廉和的瑾瑜公子，见我落难出手搭救，此时正送我去寻青松客的路上。

我狠狠地甩甩头，别再肖想了。因为错信他人吃的亏还不够大吗？想到此处便觉背上一疼，我咧咧嘴，便见他关切地道：“金姑娘要休息吗？”

谁要接受你的虚情假意，我咬咬牙刚想拒绝，转念一想又不是滋味，可恶的是他，为甚我要跟自己过不去，便点点头让他停了马车。

那车夫引了马儿在附近吃草，我不愿与他在车中共处，爬下来忍着背痛闲晃。这路上景致倒是不错，我走了不远，眼中映入一种奇异的小草，顿时心下大大地蹦了几蹦，将那小草拔了几棵藏进怀中。

再上马车的时候，我的脸色便好多了。为了不叫他瞧出破绽，我故作淡然地道：“方才下车思量，公子其实并未害我，拿走这经文是为我好，更是替我挡去不少牛鬼蛇神，若无公子，我哪里还有命在。”

瑾瑜弯起嘴角，却不接话。

“从前是我想不开，请受我这一杯茶，聊表铭恩之心。”我端起他的茶杯倒了一杯茶，将那透明的草汁不着痕迹地抹了一圈。别的不敢说，厨子当久了，手指倒是极灵巧的。

“不敢当。”他接过茶杯，淡淡地抿了一下。

我顿时心花怒放。

这种草的药性极慢，我一路东扯西谈，引瑾瑜又喝了几杯茶，终于在傍晚时等来了药效发作。瑾瑜的眼睫渐渐垂下，最终右臂一支坐卧在了矮桌旁，一动不动了。

连晕也晕得这么优雅！

我唤了他几声，确定他晕过去后便撩开帘子，默念了一声“阿弥陀佛”，忍着背痛一掌切在车夫脖颈后，马车晃了晃，缓缓地停了。

静了半晌，我忽地意识到自己自由了，心中一阵狂喜，忍不住便对着瑾瑜得意道：“去你的俞家、瞿门、九重幽宫！你算计来算计去，还不是晕在姑娘的草药里。这点伤便以为姑娘没法子了吗？若不是不知你武功深浅，我焉能等到此时才脱身！告诉你，我金百万最记仇了，谁对不起我，我便叫他千百倍地奉还！'”

此话说的自然是那个丫鬟，她既敬酒不吃，我便在夜里趁她小解时蒙了面拿她练了一套罗汉拳。自此她数日不能下床，夜里亦不敢小解，惶惶终日也没空为难我了。

“总算你待我还算礼敬，这顿拳脚便免了。日后大家再不相见大吉大利！”我得意扬扬地说完，快速搜遍马车都不见经文，眼珠一转便将手伸向了瑾瑜的衣襟。

手中一片干燥温暖，我一只手揽住他的肩，另一只手在他怀中胡乱摸着，任凭他发间的淡雅香气入侵鼻端。但见他双睫如扇，肤若细瓷，飞扬的眉形巧妙去了三分绝美容色，平添了七分俊逸与清雅来，委实赏心悦目。

他大约是这世间最好看的男子了吧？比英气的王晋隽秀，比斯文的何迁美丽，比贵气的俞琛温润，甚至比那丰神俊朗的御临风更加出尘绝俗，可谓是把一干优秀男子对比成了土里的渣渣，大约就是常人说的云泥之别。

我心下忽然惴惴：若就这么跑了，瞿门的人会不会为难他？

去去去，此时是心软的时候吗？

手中触到了经文的封皮，我登时清醒了。便是这副人畜无害的好相貌惑了我的心智，我甩甩头小声道：“再美我都不上当了，你也莫要怪我，你骗我经文，我给你下药，大家便是扯平了。我这就去寻青松客将经文给他，保住我金氏镖局的名声，日后你们黑道白道抢来抢去，与我们再无干系！”

我豪迈地说完，还未转身，便听一个声音淡淡响起。

“你寻不到青松客。”瑾瑜睁了眼，嘴角弯起一抹笑，“这经文……亦是假的。”

第二章
心愿，那你娶我吧

◆

◇

总被反转惊吓着惊吓着……也就习惯了。

我淡然地坐在马车里，无语地望着车外缓缓掠过的景致，以后做事不可太嚣张，拿了东西跑路就完了，为什么还废话许久？这便是报应啊报应。

瑾瑜捏着那茶杯微笑道：“想不到姑娘还识得迷日草。”

我清楚地瞧见他喝了茶，既没有被迷晕，必是内功深厚。如此武力悬殊，也就不用再盘算着偷溜了，我忧伤地掏出怀中被蹂躏得看不出原样的小草置于桌上：“你既识破了，为何还装晕？”

“在下只是小憩一番，何来装晕之说。”他悠然自得道，“本来不敢坏了姑娘雅兴，只是姑娘在我怀中探了这许久，在下不想醒也须得醒了。”

“那、那是在找经文！”我的脸顿时涨红得如煮熟的虾子。

瑾瑜瞄了一眼我抱在怀中的经文：“姑娘何必激动，我亦没说不是。”

他嘴边含笑仍是温文模样，眼中却飞快地闪过一抹促狭。我手中似乎还留着他身体的余温，不禁更觉脸热。沉默了半晌，恍然发觉这不是害羞的时候。

“你说这经文是假……”我摊开那经文，古朴的封皮上落着“璞元真经”四个大字，除却我临行前刻意临摹封皮做了两本假经，其余时刻均牢记金氏镖局的规矩，不曾翻看过金主的物事。

“江湖传说，《璞元真经》内藏绝世武功与旷世财富，天下谁不想得到。这经文一百年来一直为九重幽宫所有，宫主习得其神功，更有血月、擎云两大杀手，再加上九重幽山遍地瘴气，地势奇险，易守难攻，是以无人敢打这经文的主意。”瑾瑜淡道，“直到四年前有传言，血月偷得《璞元真经》叛离九重幽宫，遭到宫内高手围杀，真经却不知去向。”

我想起被九重幽宫灭门的靖越山村寨，还有莫名死在寨子里的杀手，血月

是四年前失踪的，村寨的祸事发生在三年前，难道……难道当年那些杀手是追杀血月的，却反而让血月尽数消灭，且牵连村寨成了陪葬？

“在下多年之前，有幸得见《璞元真经》一次，辨得真假。”瑾瑜道，“那托镖之人，一开始便给了你假经。”

你说假的便是假的，信你才有鬼。我冷哼道：“管它真的假的，反正我送给青松客，便再与我金氏镖局——”

“金姑娘，为何你还不明白？”瑾瑜轻叹口气，“经文既是假的，青松客又怎能是真的？”

我心中一涩，不由得渐渐沉了下去。

他说得没错，否则何以我刚刚出门，江湖中人便都知我有《璞元真经》？显然为人一手策划。这托镖人居心叵测，他不为将镖送至，只为我这一路搅起武林纷争，江湖乱得腥风血雨才好。

“如今这经文是真是假，都已不重要了。”他轻道，“重要的是江湖人认为它是真的，它便是真的。”

我忍不住道：“我拿了这经文去昭告天下……”

“你信？”瑾瑜垂目。

我声音小了下来，先不说我到何处去昭告天下，搞不好都以为金氏镖局私吞了《璞元真经》，那可真是大祸临头了。我背上一片冷汗：“难道……难道便没有可解之法吗？”

“自携它出了镖局开始，便与姑娘脱不了干系了。”瑾瑜淡淡一笑。

我面无表情地喝停了马车：“你等我一下。”

林中秋风萧瑟，正如我此时的脸色。我默默走到一棵树下，深吸了一口气，静默片刻，猛地掐住小树干不停地摇晃。

哼！我前十多年已然够蹉跎好吧？灭门了都不算，老天爷嫌我这三年待得太安逸了吗？想赚点钱被追杀就罢了，想嫁个人被骗被耍也罢了，现在天下人都知道我有那个劳什子经书，安稳日子妥妥地离我远去了！从此无论醒着睡着都要担心下一刻会不会翘辫子玩完，那种有事做做菜，没事晒太阳的厨子生活今后只能在梦中回味啊回味！

谁能比我惨啊——

金黄的树叶登时哗啦啦地落了一地，车夫忘记了揉脖子，半张着嘴瞧着我。

我喘了口气，潇洒地转过身，利落地拂去头上的叶子，淡定地上了车。

瑾瑜眼睫都没抬一下："金姑娘性情倒是极好。"

这是变相地说我心宽吗？我无奈地咧咧嘴："不然还能怎样呢，就算不跟随公子，我亦无处可逃。"

他笑笑，却不说话。

我亦笑笑，心中另有疑虑。瞿门虽是正气浩然，但俞家何尝不是？瑾瑜虽不似俞家那般明着追捕我，却也是连哄带骗用尽手段。他既是出自琅中的琴师，与瞿门的苏灼灼又是什么关系？明知我身上经文是假，与我扯上关系只有弊没有利，又为何要兵行此招？

瑾瑜忽而浅笑道："姑娘心中不尽信，那也无妨。在下愿等姑娘细细考虑。"

我背心一麻，不过一个转瞬的念头，他竟悉数料中。那双乌黑的眼瞳中隐隐含笑，这般玲珑的心思却委实深不可测。

话说开了，便省了一番猜忌，倒也轻松。

我老实地坐在马车中待瑾瑜为我易容。此番又回到临远城，我扮作轩叶模样，只说那金姓的琴童留在了苍雪山，既转移了俞家的注意，又可安全通过临远，可谓一箭双雕之策。

车夫拿了酬金，欢喜地去了，我提着马鞭愧疚地望着他的脖子。此时临近晌午，大约守备也会松散些。

但我却是想错了，俞家弟子在城门前站得整整齐齐，只不过这次领队的不是俞兮。

我紧张地避开俞琛的眼睛，清了清嗓子道："瑾瑜公子途经宝地，还望俞大侠行个方便。"

俞琛并未注意我，只是扫了马车一眼，低道一声"得罪"，便越过我掀开帘子。

"日前舍妹曾言，瑾瑜公子身畔有个金姓的琴童，不知去了何处？"他言辞虽礼敬，语气中却携着淡淡的傲气，想来从小便是得俞家真传的大少爷，不太瞧得起抚弦弄琴的男子。

"那琴童本是我半路所救，说要去苍雪山，我便带'他'去了。"瑾瑜淡笑道，"此时'他'自然留在了那里。"

俞琛面色微微变了变，八成认为那琴童便是要追的镖师。其实他确实没猜错，只不过此刻他费尽心机要找的人正悲催地坐在他面前，后背还带着苍雪山受的刀伤，怕是他搓破头皮也想不到吧。

俞家动作极快，不过一个中午便撤去了半数弟子，看来是要上山了。

我颠簸了一路，吃饱喝足后在客栈的床铺上休养可怜的后背，顺便理一理这乱七八糟的心神。

首先，照瑾瑜的说法，各大门派是在我临出镖前几日相继接到了来路不明的飞镖传书，这才知晓《璞元真经》重现江湖的。江湖门派何止上百，他挨个送去消息，一人绝对无法完成，背后自有势力。待我前脚出门，后脚各大门派便已然赶到，只不过俞家拔得了头筹。这般想来，这个送镖的人是谁根本无所谓，只要携了镖走便是，怪不得俞家不知我姓名，只是猜到我姓金。他非要见我一面大约也是为了日后好辨认，我可真是倒霉。

再者，瑾瑜此人大有问题。他与瞿门是何关系？苏灼灼不知这经文是假，他却是知晓的，如此还将我这麻烦带往瞿门，又得不到任何好处，委实让人想不透。

还有那九重幽宫，大约是没将我放在眼里，只派了三个普通杀手来。如今没人复命，只怕要大肆兴师动众地讨伐我了……啧啧，太可怕太可怕。

最后，依瑾瑜所言，暗中追探我的各大派都有份，唯独没有桃源谷。黑白无常客给慕秋定亲，远在此事之前。我心下稍安，不知是桃源谷没收到消息，还是筹备婚事无心蹚浑水，且那御临风抢帕子的情形也很是反常……啊啊啊，还有慕秋的婚事，我已然忘得一干二净，此番大约是赶不上她的婚期了，她定怨我怨得厉害。

但无论如何，金氏镖局于我恩重如山，便是死一千次一万次，我亦不会让其殃及半分。

出了临远城，我无须再易容躲藏，便雇了个车夫上了大路，不过三日已行至靖边。

这几日我的脑子愈想愈乱，索性便不去想了。只是远远瞧见了靖边的石碑，心知做抉择的时刻便要到来，我不禁头痛得很。

马车缓缓停了，瑾瑜先行下了车，回身向我伸出手。

我一怔，但见他手指修长美丽，心头登时大大地蹦了几蹦，转瞬又暗骂自己没出息，便故作没瞧见，自己跳下了马车。

瑾瑜亦未说什么，便只随着我微微踱步。此时晨光熹微，他乌发如墨，眸中含笑，竟不似凡尘中人。我默默驱赶着心中狂奔的禽兽，这厮该不是见我不表态，故意使出了美人计吧？

我又默默站了一会儿，瑾瑜忽地靠近了些，将我额前的发撩过耳去。

我脑中“轰隆”一声，瞬间掠过无数与慕秋同享的香艳读本，每个暧昧的开始，

都是从撩头发开始的噢！

但马上我又忆起那夜他独自抚琴，冲动地握住我的手时眉宇间担忧的模样，如斯柔情还不是眼睁睁瞧着我替他挡了一刀，眉头亦没皱一下。

他不是我臆想中的那个良人。

像是陡然散开的一片清明。

不把他当作我暗暗思慕又狠狠伤过我的瑾瑜，不去担忧那个送镖人与金氏镖局如何，摆在我面前的不过两条路，其实没有必要想得那般复杂。世间万物，不过皆为个缘由。

“我只问公子一句话。”我轻道，“将我和假经带回瞿门，于你有何好处？”

瑾瑜淡淡一笑：“好处未必，理由却是有的。我与瞿门，各有各的缘故。”

我又呆站了半晌，他却只是微笑。

太狡猾了吧，你倒说说是什么理由啊！早知便不说只问一句话了，现在想问又不好开口了！

瑾瑜便这么淡淡将我望着，我被他专注的目光盯得头皮发麻，心里一片尴尬。

他瞧了我半晌，忽然清浅地叹了口气。

“俞家派了一队弟子跟踪我们，现下便在南面七八里处，姑娘若是愿意跟随俞家，在下亦不勉强。”

他竟这般轻易地放弃了？我一派愕然：“你当真要放我？苏灼灼……瞿门不会为难你吗？”

“苏灼灼本就说过，一切随姑娘所愿。在下虽一切按照计划行事，未曾想负他人什么。”瑾瑜弯起嘴角，“但若说真的欠了姑娘的，便是苍雪山你为我挡的那一刀。”

这几日想得太多，我都快忘记了还有这档糗事：“那……那是我一时发蠢……”

“在下不愿欠人恩情，若无关真经，定会许还姑娘一个意愿。”他眸中深黯，“相识一场既是有缘，望珍重。”

言毕，瑾瑜转身上了马车，帘子飘荡落下。

这变故生得极快，我没来由地一阵心慌，俞家还不知怎样待我，而靖边是万万不能回去的，瑾瑜是我最后一棵救命稻草。

只是抓住这棵草之后，会不会是更大的阴谋算计？

马车轮子已然滚起，我脑中飞速掠过各种念头，竟发不出声音。

他要走了，他要走了！

这一去，年岁韶华，大江南北，如何再能相见？

用什么把他留住？我的意愿？我的意愿是甩开这一切麻烦，可又与《璞元真经》有关，不算作他诺言范围内，怎么办？该怎么办？

眼见马车飞速离开，不消片刻竟已去了半里。我脑中未想出头绪，腿却已迈了出去。

“等等！”我迎着风喊道，用尽浑身力气追赶那马车，衣衫在身后猎猎飞舞。

马车又缓了。

我疾奔过去，努力扒住车窗，气喘吁吁地撩起帘子，现出他恍若谪仙的容颜。

那一刻，我心中只想到曾经心心念念想要得到的东西，我真正的意愿。

“全镖局……皆知……金百万最大的执念，便是……便是想要嫁人。”我喘着气，面上红了红，站直身子正色道，“所以瑾瑜，你娶我吧。”

下一刻，似乎永远都是温润淡然、笑看云卷云舒的瑾瑜，讶然地抬起双目。

其实，我事后想想，这委实是个一箭很多雕的好意愿。

我终可嫁出去了这档事暂且不提，如此一来将“璞元假经”给了瞿门，便有了更加正当的理由，江湖亦怪罪不到金氏镖局的头上；再者，若是与他有了这层更牢靠的关系，就算要阴谋算计什么，也不好对我下手，因为我是他娘子，做什么都与他脱不了干系。

金慕秋曾言，我性情有些油滑，不肯吃亏，又很记仇，但说话却不怎么过脑子，每每总给人憨厚直爽的假象。

说白了，便是有些二。

而此事之后，我默默地觉得自己很有狗急跳墙歪打正着的慧根。

但这一切终究都是后话了。

此时我站在马车外望着瑾瑜，一切胡思乱想统统散去，只余越发红透的脸色与如同擂鼓般的心跳。

他的讶然只是一瞬，转而又是那般淡然的神情，拈起茶杯浅浅抿了一口，弯起嘴角道：“好啊。”

答应得太快了吧！很可疑啊！

我挠头道：“呃……你不需要思量一下吗……”

“既是已答应姑娘，与经文无关的一切意愿。”他垂下眼睫，“在下不敢食言。”

于是我再次默默地爬上这辆马车的时候，心中隐隐有一种逼良为夫的感觉。

避免他日后不认账，我便要求他立了文书为证。

瑾瑜执了笔，在纸上流泻出几行飞扬的行书。

“吾与靖边金氏镖局金百万定下婚约，待归琅中立时完婚昭告天下。日后如非得她同意，不得擅自休弃，不可另娶妾室，此生敬爱，百年如一。”

落款处只有两个字，曲徵。

不待我问，瑾瑜便自行道：“既是有了婚约，我便无须再瞒你。我姓曲，字瑾瑜，单名一个徵字，是瞿门弟子。”

我未来得及细细品味，便正襟危坐道：“我亦无须瞒你，我姓金，名百万，没有字，是金氏镖局的……厨子。”

曲徵微微侧过头，我等着他的奚落，却不想他只是淡淡一笑：“金姑娘妙手佳肴，原是如此，在下有幸。”

这一笑有如春风拂面，我恍然发觉“在下有幸”几个字的含义，登时心又蹦了几蹦。将那文书叠好收进怀中，我无端生出几分虚幻的感觉来——这么个天下无双的人果真是我的未婚夫君了？

曲徵吩咐了车夫绕过靖边，直接赶往落霞镇。我缩在一边，默默觉得人之际遇委实神奇，同一辆马车里，我与他从素不相识，到下药迷晕，再到未婚夫妻，兜兜转转不过十几日光景，其间变数可谓精彩纷呈。

背上忽然痛了痛，我暗自叹了口气。温柔缱绻，如斯良人，倘若都是真的就好了。

他于我无情，我心中十分清楚。眼下不过权宜之计，我须得头脑清明些，不可忘了自己的本分，保得镖局和自身才是要紧。

半晌无声，曲徵眼波流转向我看来，我发觉自己正呆呆瞧着他，赶紧收回目光。

他低低一笑：“金姑娘，你很聪明。”

我一时不解，但被人称赞，总要客气一番，便挠头道：“哪里哪里……”

“方才我乘车离开，料到你会追来，亦想过你会说什么意愿，却没想到成婚这一处。”他轻叹了口气，“不得不说，你这一步，走得极妙。”

我瞠目结舌。

这，这人……原是见我下不定决心，故意迫我追车的！亏他还做得那一副“好心放过你”的情状！我仿佛见到他衣衫下面伸出了一条毛茸茸的狐狸尾巴，正左摇右摆晃得欢实。

奸诈啊奸诈！

我望着他美如冠玉的脸庞，隐隐觉得来日一片黑暗。

落霞风光，当数中原之首。

若不是身上扯了个大个儿的烂摊子，我倒是极有心情游览一番的。曲徵径自到了一处茶苑，伙计见了他，恭恭敬敬行了一礼，将我二人领至后院休憩。

我独自坐在房中，几日奔波，背后伤药一直未来得及换，此刻有些刺痛麻痒，便想向那伙计约个大夫来。刚刚出门，却见他进了曲徵房中，还顺手捎上了门。我琢磨这是个听墙根的好机会，便小心地凑了过去。

“十月桃源谷少谷主大婚，门主闭关，苏姑娘便代瞿门奉上贺礼，现已赶赴桃源谷。”那伙计恭谨地道，“有公子书信一封。”

我听着慕秋的婚事这般盛大，各大门派竟然都屈尊道贺，心中不禁欢喜。正出神间，忽见一个面色黝黑眉目端正的年轻男子拐进后院，我来不及收起这副“我在偷听”的架势，便被他当场抓了个现行。

“你是何人？”他大声喝道。

我悲催地扭过身。

屋门被猛地拉开，伙计瞄了我一眼，便恭顺地站在一旁。曲徵信步而出，见了那男子点头道：“白三师兄。”

“曲师弟。”那白姓男子一把扯住我的袖子，“她在门外偷听！”

我连忙摆手：“没有，没有！”

“还说没有，那你为何贴着门侧着身？”

“我……那个……背疼……”这也不全是扯谎，我确实背上很疼。

曲徵却似浑然不在意，微微一笑道：“这是我瞿门的三师兄白翎枫。白师兄，这位金姑娘是我的未婚妻子，还请你放开她吧。”

袖子一松，便见白翎枫半张着嘴，仿佛几年都合不上了。他定定地瞧着曲徵，又瞧了我半晌，一副如在梦中的神情。

用三个字形容，便是“被打击”了。

用五个字形容，大约便是“被狠狠打击”了。

我友好地笑笑，白翎枫回过神来，脱口便是一句：“那苏师妹呢？”

啊呀，有奸情。我立时来了精神，早就瞧着这二人郎才女貌得很，果真是有问题的。

大约白翎枫觉得自己又失言，急急地向我道了声歉便溜了。

我站在原地，一时之间不知该先解释刚才的情状，还是先打听他和苏灼灼的八卦。

“金姑娘莫介意，”曲徵淡淡一笑，“在下的师兄便是这个直爽性子。”

我默默地随他进了屋，恍然觉得他的言辞有些别扭，便道：“这般姑娘、在下的，半点也不像有婚约在身，你还是唤我名字吧。”

话一出口我便有些后悔，若我的未婚妻子叫百万，我亦是不愿唤的。

曲徵沉了目色，我心下惴惴，正欲转个话题一语带过，便见他缓缓踱了几步，走到我面前来。

“我来为你换药吧。”他贴近我耳边，呼出的气息萦绕耳垂，“百万。”

美人计！鬼才上你的当！

我颤抖着轰走心中咆哮的禽兽，摸了摸烫红的脸道：“你……你怎知我是来……”

“我猜的。”曲徵微微一笑，信步踱去，拍了拍床沿，示意我趴下。

我方后知后觉地发现，为甚是他替我换药，他又不是大夫，不知男女有别啊！

片刻之后，我趴在曲徵的床铺上，一副任人鱼肉的熊样。

依他所说，当日我血流不止，大夫又未赶到，便是他替我处理了伤口。再者我与曲徵已是未婚夫妻，现在才想起男女之别什么的……也太晚了些。

他褪下我的衣衫，拉开兜肚细带。我默默地忍住徒手杀熊的冲动，便觉温暖的手指覆上我的脊背，一点点抹开清凉的药膏，携着淡淡的香气，在麻痒的伤处很是受用。

顿了顿，曲徵的声音低低传来：“你受过重伤？”

我心中“咯噔”一下，顿时有些慌乱。

大意了。那些三年前的剑痕如今已淡，但于我却是个不小的威胁。靖越山村寨的事情牵扯九重幽宫和血月，还有替我掩盖的金氏镖局，断断不能随便说出去，可一个不过十九岁的女子受这么重的伤，难道要我说伙房炸锅了吗？

“小时候从山上摔下去划的，记不太清了。”我含混道，转而微微侧过脸，神色忸怩，“看得那么仔细……你讨厌……”

诚然我这转移视线的言辞恶心了些，却是有效的。曲徵不再多问，将我衣衫整理好盖上被子。我低了头，眼角瞥到枕畔露出的一截书信来。

那信封上写着娟秀的四个字：公子亲启。

这显然是苏灼灼留与他的那封书信，其中很可能有些于我不利的事情，不知我要看上一看，他又怎样托词？

我眼珠一转，便故作讶然道：“这是甚，我能瞧瞧吗？”

曲徵瞥了那书信一眼，淡道：“当真要瞧？”

“当真！”

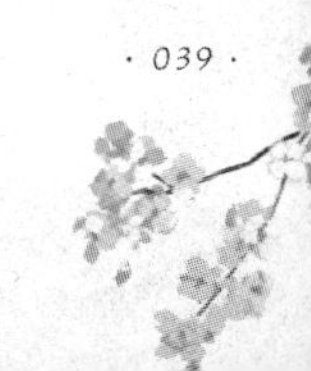

“那便瞧吧。”

他这般大方，我反倒犹豫起来，缓缓拆开了封皮，那信一滑掉在床畔，散开了半页，我只瞄见那最后几个字——

“皎月寄情君不见，红妆对影叹相思。”

我一怔，登时满脸窘迫。

在我记不起的年岁里，大约是识过字的，只是文采不怎么斐然。但再不解风情，偷看慕秋的艳本多了，也深知这是一句女子作给心上人的情诗。

我恍然想起刚刚白翎枫不小心泄露的八卦来，顿时很是后悔自己手太贱。

等等，寻常女子见到别个儿写给自家夫君的情诗，大约不是这么尴尬羞赧吧？

我立刻摆出一副义愤填膺的模样：“这这……我不看了！”

曲徵失笑：“苏姑娘不知你我已有婚约，怪不得她。”

这倒也是。我顿了顿，见他一副事不关己的神情，很想再询一句“那你对她是如何想的”，只是几番措辞，明明无甚要紧，偏偏就是问不出口。

他见我不语，忽而又道：“我对你说件你定会欢喜的事吧。”

我默默地转向他。经过这么多天肉体和心灵上的摧残，我还趴在床上背后顶着个刀伤，委实怀疑我还能否欢喜起来。

“桃源谷大婚，家师闭关，苏灼灼代瞿门道贺。”曲徵缓缓地道，“你不想见金慕秋吗？”

我怔了怔才明白他话中的意思，登时大喜：“咱们也去桃源谷，不回瞿门了吗？”

“暂且不回了。”他垂了双目，唇似五月芍药，“经文之事，本就要家师做主。他既闭关，回去也是惘然，不如去瞧瞧热闹。”

我按捺住喜色，仔细想了想他话中的意思。我在马车上时，曾问起他入瞿门的前因后果，原是瞿简两年前琅中一行，偶遇之下青眼有加，赏他资质收为弟子，但拜师之日一切从简，未曾举办拜师礼，是以江湖上都知瞿门收了一新秀弟子，却不知他便是琅中小有名气的琴师瑾瑜公子。

现下想想，苏灼灼十三岁美誉江湖，代师道贺亦算情理之中。曲徵的身份不过是个新晋弟子，他擅自去参加婚宴，不怕瞿简怪罪吗？

只是瞧那白翎枫对他的神色，又是十分敬重的。我搓破了头皮都想不透，索性也就不再庸人自扰。曲徵那转瞬就是七八个心眼的人，用不着我替他思量，我还是操心下自己的贺礼吧。

落霞黄昏，火烧散云，整个镇子都似镀了金。

我仿佛打了鸡血一般，背不疼了，腿不酸了，走路也有劲了，将身上金银数了又数，宝贝般地揣在怀里上了街。

虽回不去镖局，但可以去桃源谷道贺，又能亲自送上贺礼，我觉着很是圆满。

落霞镇以风光闻名，来往游人极盛，物事便比别处黑了许多。金氏镖局虽不是大富大贵，但亦不缺这些黄白俗物。我挑挑拣拣许久，雅致的稍嫌不够分量，够分量的又大多买不起，真叫人头疼。

我几经周折，最终赖在了一家玉器小店。

那店面虽小，玉饰却很是精致，价钱也不含糊。我相中了一对鸳鸯同心玉，质地润泽，青翠欲滴，下面编了上好的紫色苏络，佩在金慕秋惯穿的藕荷衫子间，定是极好看的。

此时店中人多，我站在一旁，琢磨着待得人少些也好讲价钱，便这么四处瞧瞧。这一瞧不打紧，又相中一支嫩绿的簪子，通体晶莹，只在末端生了几朵桃花，很有几分天然去雕饰的意蕴。

这桃花簪，却是为我自己相的。金氏镖局虽未短过我吃喝，饰物最好的却还是慕秋送的铜珠花，过去我一直当着宝贝不舍得戴。前几日瞧了苏灼灼一支玉簪半绾乌发的天人模样，忽地便有些心向往之起来。

“姑娘好眼光，这桃花簪产自疆边，玉质绝佳，又经江南师父巧手细琢，是敝店的上上品。”

我回神，便见掌柜在旁搓着手。店中已无人，是以他才来招呼我了。

“那鸳鸯同心玉，与这簪子一起，要多少银两？”我试探地问道。

“啧啧，姑娘真是个眼毒的。玉器不比金银，买卖讲究个缘字，我瞧着这两样物事与姑娘有缘，便只算你三十五两银子吧。”

我默默地吞了下口水，这次失了镖那金锭子是不用肖想了，出门前反复数过，压上全部家底，加上镖局给的盘缠与御临风的那五两，我也总共只有二十两银子。

掌柜殷切地望着我，我默默地伸出两根手指头。

“三十二两？姑娘，我这是小本买卖……”

我忧伤地摇了摇头。

掌柜先是不解，继而一副了悟的神情：“二十两？！姑娘你莫要开玩笑，单单那对鸳鸯同心玉，都不止二十两啊！”

其实我心中亦觉得不太可能，往深里想想，便微微叹了口气，将桃花簪放回了原处。罢罢罢，什么桃花簪、梨花簪，那苏灼灼是人美自然戴什么都美，

我戴上这东西，不过是东施效颦，白白惹人笑话。

“掌柜，那鸳鸯同心玉，二十两卖我可好？”

掌柜笑容僵了僵，神色古怪地望了我身后一眼，搓手道：“姑娘何必如此计较，我瞧这与你一起的公子，可不像那短了银两之人。”

我一怔，连忙转过身去，便见一人衣衫赛雪，眸若黑潭，手中把玩着那支桃花簪，唇畔笑意翩然清雅，正是曲徵。

“你你你你你……”我红了脸，“你跟踪我吗？”

“只是路过，何来跟踪之说。”

曲徵悠然地走过来，将那桃花簪比了比，顺手便簪在了我头上，又掏出两锭银子置于柜间，淡道：“劳烦掌柜，将那同心玉包了，送至镇中茶苑。”

掌柜得了四十两银子，自然欢天喜地。

我瞅着那银子转瞬便被收进了钱箱，几次张了张嘴，终于气馁，默默随着曲徵出了店。

此时金光退去，一路灯火燃起，喧嚣间有几分隔世逍遥的气息。我攥着怀中的银子，隐隐有些难受，却不知是为甚。曲徵早知我是厨子，这本就是个低贱的营生，我亦知他比我阔绰多了，自家夫君这般大方，应高兴些才是。

想是这般想着，面上却不由得撇了嘴。曲徵顿了脚步，我一时不察，险些撞上他的背。

他伸出一只修长的手，横在我面前，掌心如皎月。

我后退两步，稳了稳身子道：“作甚？”

曲徵转过身来，一身白衣恍若谪仙，弯了嘴角道：“瞿门已送了贺礼，那鸳鸯同心玉，是你的贺礼。”

我怔了怔，忽然明白了他言下之意，顿时心头不快散了大半，将那钱袋整个放在他手上，又伸手去拔头上的桃花簪。曲徵却按住我手腕，温言道：“这桃花簪，却是我的贺礼。”

“贺什么……”我顺口问道，恍然反应过来，他说的是我与他的婚约之礼。

他手指太好看，这么按在我手腕上，隔了衣衫仍觉得温热。我不自在地缩了缩手，觉得自己这般反应有些古怪，便咳了一声，别开目光道：“那……那多谢了。”

曲徵淡淡一笑，不再多言。

落霞夜色正当美，各人心思却不同。

晚上回了房间，我反复思量，觉着过去这三年，我委实没介意过占了谁家

的便宜，亦不觉得做厨子有什么不好，今日却大为反常，不由得有些后悔，早知便让曲徵付账好了，非打肿脸充什么胖子。

我摸着那桃花簪，越看越是喜欢，又不禁想起曲徵那时的神情来，眉目如画，唇畔含笑，像是凝了满城的春色。

脸上红了红，我又想起他算计我的那些手段，登时几分旖思轰然散去，甩甩头心中使劲儿地默念——不要信啊不要信，金百万你着他的道还不够多吗？这曲狐狸表面良善温润，内里一肚子坏水，算计人不眨眼的。

我定下心来，长得美，瞅瞅便好，可不能往心里去。他送我这礼，我亦应还些才是，有来有往，方能和和气气各取所需。

是夜茶苑无人，我随便披了件外衫，偷入伙房，拣了些新鲜的食材，用米粥细细熬煮，末了加入些骨汤，清新中自有一番醇香。只是这文火慢炖的工夫，我坐在添柴的炉灶前，竟隐隐有些瞌睡。

若不是白翎枫半个时辰后忽然进来，只怕我一脑袋栽进炉火里毁容也未可知。

他见了我，面上仍有几分尴尬，便招呼道："曲……曲弟妹，真巧。"

我应了一声，见他多瞧了几眼菜粥，想来这深更半夜摸到伙房来，大抵也是饿了。我起身道："我煮了粥，不嫌弃就吃些吧。"

白翎枫犹自不好意思，道了谢端着碗匆匆离去。我亦没空理他，粥已然有些稠了，便趁热端去曲徵房中。

此时曲徵正在屏风后更衣，我将那菜粥放在桌上，正色道："你送我簪子，我没什么好回礼的，便只厨艺能对付些，你将就吃吧。"

语毕，我困倦极了，转身便想回房去，却听身后衣衫摩挲，我忍不住转过头，霎时瞌睡虫全都飞没了，只是瞪圆了眼睛。

曲徵只着了白色中衣，雪肤红唇如在画中，披散的乌发宛若上好的黑绸缎，冶丽间又透着一股慵懒。我见惯了他得体守礼的模样，此时便只觉惊艳非常。

"百万有心了。"他微微一笑。

我琢磨，这时段，这地方，这景象，任谁见了衣衫不整的人轻唤你的名字对你盈盈一笑，心头都该是乱蹦跳的，算不得被迷了心智。

故我平复了一下，坦然地坐了下来，看他优雅地吃粥，便忍不住要问上一问。

"你……"我迟疑道，"你怎知我不愿你替我买那鸳鸯同心玉？"

曲徵转了调羹，淡淡垂目："……我猜的。"

我又看了他半晌，微微叹了口气。连我自己都不知自己是如何想的，他却

猜得中。在这个人面前，我便如三岁小儿，那点微末心计实在可笑得紧。

正沮丧间，颊边一股热气，我下意识地张了嘴，便听曲徵一笑：“你也吃些。”

我默默地瞅了一眼整间房内唯一一把调羹，一股燥气冲上脑门，慌忙站了起来，支吾道：“你……你吃吧，我先回去了。”

刚推开门，便听他唤道：“百万。”

我应了一声，不敢回头去看。

“菜粥味道极好。”曲徵似是站到了我身后，声音轻轻浅浅，低沉悦耳，像是设了魔障。

我背上麻了麻，赶紧脚底抹油溜回房中，卷着被子抚着心跳，瞪着幔帐妥妥地失了眠。

次日天色明媚，我顶着两个乌青的眼圈儿，对着铜镜出神，桌上置着一件鹅黄色的新衣。

大约是昨夜思虑过重，直到辰时才有了些睡意，此时已经日上三竿。方才伙计进来说，公子料想我起得晚，所以让他不必唤我起早，只待我醒了将衣衫送来，收拾齐整便出发。

我已然习惯了曲徵的无所不知，便将那新衣抖开，是上好的苏缎，领口还缝制了柔软的兔绒，比我身上的粗布夹袄好了不知多少倍。

反正他有银子，自是不希望未婚妻穿得寒酸丢他的脸面，我便当作昨日那番别扭是犯了二。既知他对我并无真心，有便宜干吗不占，何必委屈自己，于是便乐颠颠地穿在了身上，收拾好行囊出了门。

这一路有了白翎枫相伴，倒是与他相谈多些，多数时候曲徵只是在旁抚琴，午后听听，别有一番宁静悠远之感，于我便是催眠的好物了。

白三师兄自吃了我一碗粥后，瞧我也大大地顺眼起来。他为人老实直爽，这般黑的肤色，却冠了个白姓，委实喜感。两日赶路之间，我与他已熟络得可以趁午休时探听曲徵的八卦。

“曲弟妹，我说实话，你莫生气。”白翎枫嘿嘿一笑，“以前我一直以为曲师弟和苏师妹是一对呢。”

“哦？”我兴奋了，“他俩私订终身了？”

“没有，没有。”他连忙摆手，“瞿门都知道，自曲师弟来了，苏师妹便被勾了魂，走到哪里都要跟着。”

“确实。”我点头道，“他二人美到了一处，般配得紧，般配得紧。”

白翎枫面上闪过一抹尴尬："曲弟妹你别多想，娶媳妇儿哪能光看皮相呢，还是你这般贤惠的才好。"

你不如直接说我皮相不太能看。

此番八卦，得了几个意外的小信息。

白翎枫初知我是金氏镖局的人，只说了一句"久仰大名"，却无太多反应，亦不像作假。我问及他为何来此，他便说是苏灼灼央他在此等候曲徵，这足以证明他不知《璞元真经》的事。

瞿门长幼尊卑极严谨，连三师兄都不知晓的话……我不由得做了一个大胆的猜想：瞿简闭关，得到飞镖传书的，只有曲徵与苏灼灼二人。

各大门派心照不宣，亦不会嚷嚷自己得知了《璞元真经》的踪迹。是以整个瞿门，都不知晓《璞元真经》重现江湖。

恐怕若不是苏灼灼喜欢跟着曲徵，也许连她都不知晓吧？

我默默地回头望了一眼曲徵，他正拿着帕子擦拭琴身，日光灿灿，晶莹的不知是琴弦还是他的手。

说他是"曲狐狸"，当真是有些客气了。

我不由得有些头大，反正现今我与他已是一根绳上的蚂蚱，索性便不再去想。

马车行得极快，临婚宴三日时，已达桃源谷。

桃源幽谷，四季如春。几十里桃林红粉一片，漫地花海香飘四野，虚虚实实如临仙境，真是不枉"桃源"二字。

金慕秋这人，太好命。我眼巴巴地望着车外美景，曲徵却不觉有甚好瞧。白翎枫在桃源谷口便与我二人作别了，没有师尊的命令，他不敢擅自参加少谷主的婚宴，是以这当口连个闲话的人也没有，十分无趣。

我不禁又思及曲徵为何敢无视师尊擅自来此，虽然于我有利无弊，但愈了解曲徵其人，就愈觉得他断断不会做损己利人这等毫无来由之事，这人从头到脚都写满了"笑里藏刀"四个字，实在让人不得不防。

临近谷底，便见两个女子携着手，与一灰衫老者低声谈笑，身后各领一队家丁，似是在候迎宾客。那老者精神矍铄，大约便是御临风的父亲，桃源谷谷主御非。那两个女子我却是识得的，一人容颜秀丽，身着月白华服，襟口绣着艳色牡丹，正是俞兮；另外一个披着桃色轻纱，虽无俞兮贵气，但杏目雪肤花容月貌，生生夺去了身畔女子的风采，赫然是苏灼灼。

我还未准备好此番的说辞，便见曲徵下了马车，也只好硬着头皮跟着下去。

“公子？”苏灼灼又惊又喜，松了俞兮的手便迎了上来。

“这位是……”御非转向曲徵。

苏灼灼介绍道：“这位便是我师父新收的弟子曲徵，他曾是琅中琴师瑾瑜，我唤惯了他公子，御伯伯别见怪。”

三人客套了一番，只是俞兮的反应有些奇怪。按理说她当是见过曲徵并十分倾慕的，这厢再次见了他，却似没瞧见一般，只站在一旁浅笑。

我努力地缩在一旁屏住呼吸，巴望着能够融进风景中去。

只可惜不大成功，大约是我这身衣裳不太像个下人，御非几番看向我，曲徵便淡道：“这位是在下的未婚妻子，姓金。”

不知为甚，我总有种心虚的感觉。

苏灼灼脸上的血色霎时没了：“怎……怎会……公子……你……”

我更加努力地融入风景，若是能钻进地缝就更好了。

俞兮上前来握住了她手臂，微微摇了摇头，示意她此时不是深究的时候。

苏灼灼稳了心神，我便随着曲徵又上了马车，只觉苏灼灼的目光追着我的背影，像是淬了毒。我僵着身子，几番迈步上车都险些跨不上去。

于是待我在房中拿凳子堵上门的时候，默默想起苏灼灼做掉三个九重幽宫杀手的利落样子，又想起慕秋曾艳羡地说起苏灼灼武功尽得瞿简真传，不禁又赶紧加了张桌子。

事到如今，江湖各派与苏灼灼，还是江湖各派更可怕些。反正我于曲徵并无情意，仅有的那么一点小火苗也早被他的狐狸尾巴扫灭了，大不了过了这当口，我让曲徵休了我便是。

我瞧着那苏灼灼找上门来的劲头，又觉得背心凉飕飕的。

此时我将门锁得严严实实，外面月黑风高，实在是很适合杀人灭口。苏灼灼满是煞气地怒道：“金甚好，我知道你在里面，快滚出来！”

啧，你让我滚出来我就滚出来，我又不是二货。

俞兮在后面软软地劝道：“灼灼，不如先去问问曲公子，说不定这其中有些误会。”

我曾听说，俞兮和苏灼灼的关系是极好的。大约俞兮发现自己中意的琅中琴师，却是苏灼灼的心上人，为了姐妹情就此断了念想。不过恐怕她却不知在临远城时，瑾瑜公子身边的琴童，便是她的好姐妹。

“她……”苏灼灼怒道，“她打从一开始就肖想公子了，此番定是趁我不

在花言巧语骗公子娶了她！”

我默默地抠门框，我是被逼无奈的好吗，你家公子答应得也很痛快啊。

“月初我在临远曾与曲公子有过一面之缘。”俞兮道，“当时他欲赴苍雪山，身畔只有两个琴童，这姑娘是何时识得公子的？”

这问题正中靶心，想来俞琛还未来得及告诉妹妹曲徵的作为。苏灼灼顿了顿：“我听轩叶与我说，他们是在路上偶遇识得的。”

俞兮又劝了几句，苏灼灼声音渐渐缓了，复变成了那个矜持高傲的江湖第一美人。我却觉得生气的她更鲜活些，大约是我更喜欢轩叶的性子，便总觉得平日的苏灼灼像套着一个矜持的面具，虽美丽，却遥不可及。

而后这三日我过得很是忐忑，一个怕撞见苏灼灼，一个怕遇到各大派的人。所幸他们都很是忙碌，连曲徵都遍寻不到人影。

这么平安挨过了两日半，终到临近接亲队回来当晚，我憋闷得紧，便溜出小院，偷偷向东厢男宾客房挪动。毕竟明日便是婚礼大典，我免不了要与苏灼灼及各大派的人同桌而食，届时被问及身份来路，总要统一口径。

一路缩手缩脚，好在桃源谷的下人都以为我是哪派的高足，并未多加阻拦。但这般大摇大摆去东厢却是不妥当的，我顺着正门绕了一个弯子，瞅准四下无人，运起轻功悄无声息地攀上墙头。

此时日色近黄昏，曲徵便在东厢的最后一处院落中悠然品茗，眉目低垂，唇畔含笑，隐隐镀了余晖的光华，将这院中一众花草衬比得黯然失色。

许是我两日不见他了，此刻瞧见心中竟觉得有些欢喜，正欲出声去唤，便见他身侧显出一段桃色纱衣，不是苏灼灼是谁。

我登时“悬崖勒马”地闭了嘴，只是这时跳下去定会被他二人听见，便维持着一个忧伤且艰难的姿势挂在那里。

“公子。”苏灼灼坐在曲徵身畔，隔出一个守礼的距离，“事情办妥了。”

“有劳师姐。”曲徵浅浅啜了口茶。

“我不明白……”苏灼灼低声道，“各大派齐聚桃源谷，带金百万前来实非良策，更遑论与她……与她定下婚约……”

顿了顿，她又道：“就算不可现下放她离开，亦该带回瞿门请师父定夺……他老人家若知晓你我胡闹一通，定，定会……”

曲徵敛了眸光，淡道：“当日我接了飞镖传书，要去靖边瞧瞧此事。师姐硬要跟来之时，可不觉得这是胡闹。”

"我，我是答应了不告诉师父。"苏灼灼脸上一红，"可是……事情有些难以收拾，金百万此人极为可疑，她背上……背上尽是剑伤……"

"师姐。"曲徵淡淡一笑，"我心中自有计较。"

他声音不高，嘴角仍是弯的，却有种到此为止的意思。苏灼灼站起身来，脸色苍白，声音竟有些颤抖："难道……难道你当真喜欢了那金百万吗？"

若不是她找我算账时生龙活虎、凶神恶煞，这番楚楚可怜的情状倒是十分惹人怜爱的。曲徵没有看她，轻转茶杯道："我答应许她一个意愿，喜不喜欢，不重要。"

这一句答得太有水准，称得上是模棱两可的典范。苏灼灼拧了半晌衣角，我见过她扮成轩叶时的活泼狡黠，第一美女身份的冷艳高洁，却不知她还有这样一番柔肠百结的小女儿情状，很是娇憨可爱。

"这几日我也寻不见你。"她低低地道，"公子……公子可是厌烦了我吗？"

曲徵放下茶杯，微微抬眸，嘴角弯起一抹笑："自我入了瞿门，师姐待我极好，怎敢厌烦。"

苏灼灼脸上回了些红润，便这么低着头不说话了。两人这般看去，似是相依相偎，神仙眷侣如在画中。我正竖着耳朵听得全神贯注，谁知这便没了，不由得大失所望，精神一松，登时觉得胳臂酸胀起来，险些没抓稳，低低地抽了口气。

便是这么要命的一小口气，已然让苏灼灼霎时站起身："何人？"

我心下一哆嗦，还未来得及解释，便见剑光铺天盖地而来，吓得瞬间松了手，一时分外心疼我的屁股，这般落下去，不知要摔成几瓣。

电光石火之间，腰上一紧，我忽地跌入了一个宽厚温热的怀中。

鼻间似有淡淡的香气，十分好闻。我睁了眼，只见雪白的领襟与如玉般的肌肤，几缕黑发落在我颊边，引发惑人的痒。

曲徵低头一笑，松了揽在我腰间的手。

我小声地道："这个……我本是想来打个招呼……看你们谈得投机……所以……咳……"

"你先下来。"苏灼灼的声音很是咬牙切齿。

我回神，恍然发觉自己还八爪鱼一般地抱着曲徵，顿时赶紧跳下来往远处挪了几步。

"师姐，眼下我们都在一条船上。"曲徵整理了一下衣衫，"可否不要兵戎相见？"

真够义气，我乐颠颠地向他瞧去，又想起苏灼灼就在旁边，赶紧转向远方做望风景状。

苏灼灼阴恻恻地盯了我半晌，哼了一声，便算作默认。

她不走，我亦不知该不该开口，便铤而走险瞧了曲徵一眼。他绽出意味深长的一抹笑：“百万，你来找我吗？”

曲狐狸杀人不用刀。能不能别当着她的面唤得这么亲切！我神色紧张地瞟了苏灼灼一眼，果然她面生愠色。我便向远处挪了几步，清了清喉咙道：“你这般聪明，自然知道我为甚来找你。”

“不敢，我便猜上一猜。”他缓缓道，“明日婚宴，你无须太过担忧，一切让我来说便好。”

曲徵直接答了我未出口的忧虑，我点了点头，此时除了信他，亦没有别的法子。眼下有了计较，我正想向外走，忽地想起一事，复转过身，瞧着他欲言又止，还未开口便听他道：“贺礼我已送上，题了你的名字。”

他真的是人吗，我想什么他都知道！

总觉得苏灼灼那边已泛起了山雨欲来之势，我赶忙道了一句“回见”便脚底抹油溜了。回房后我暗自回味方才，苏灼灼明明比他提前站起，他却先一步将我救下，此人除了智计，连武功都深不可测。

而苏灼灼一开始说办妥的事情，又是甚？

我琢磨，大约我不应总这么避着她。既然眼下她碍着曲徵不再兵戎相见，我当招惹她几番，套些话出来才是。

水色天光，吉时良辰。

御临风喜服加身，将腰线勾勒得很是玉树。我眼巴巴地望着，脑海中莫名生出了曲徵穿这喜服的画面，定是美得惨绝人寰禽兽逃窜山崩地裂……

“你在想甚？”苏灼灼凶巴巴道。

我霎时正襟危坐：“我没有想曲徵，一点也没有。”

她冷哼一声，别过头去。

我松了口气，这“货”趁曲徵不在，大清早便寻我的晦气，不准我坐他身畔也就罢了，连想一想都不行吗？

“苏姑娘，”我试探道，“这几天很忙吧？”

“还好，帮御伯伯忙些宴请迎送。”她斜睨了我一眼，“不过今日之后便无事了，你休想趁我不在到公子身边去。”

我默默地叹气，为甚何种话题她都能拐到曲徵身上，这要怎么套话。

行礼之时，曲徵站在一众江湖新秀之中，很是遗世独立。

他换下了昨日的白衣，着了一身浅碧外衫，内敛又温润。日前在马车上，他曾与我说，婚宴上不可穿得太素，是以替我置了新衫，并非嫌弃我什么。彼时我早已过了这个别扭的时段，大方地道了声“多谢”。

所谓有便宜不占王八蛋，他委实是多虑了。

此刻，便有个恨不得别人看不出她很素的姑娘，一身惨白惨白的裙裾，不施粉黛，容颜清雅，分外惹眼。我小声凑近苏灼灼，奇道：“那是谁？”

“那是风云庄的晋姑娘。”苏灼灼用一种“你孤陋寡闻”的眼神鄙夷了我一番，声音里携了点八卦的气息，“风云庄剧变，难为她一个妙龄女子，竟撑得住。”

我恍然想起慕秋曾与我闲话，而今江湖四分天下，除却瞿门、俞家、九重幽宫，便是桃源谷风云庄了。因其二派毗邻而居，祖辈关系亲近，便结了盟自成一家，在江湖上威名赫赫。

大约一年之前，风云庄首席大弟子宋涧山窃取门派秘籍，叛出师门，并杀死了庄主晋风云。此等弑师大孽之徒，一时间恶名昭著，成了比九重幽宫还要邪门的人物，遭到各大派的围捕追杀，至今还在潜逃。

而晋风云早年丧妻，晋安颜便以双十年华，独自撑起风云庄，要为晋风云守孝三年，立誓手刃宋涧山。

我不禁唏嘘，瞧这姑娘弱柳扶风的模样，昔年风光如今剧变，她竟能独自来此贺喜，不丢了风云庄的颜面，当真可敬可佩。

这厢慨叹完，那厢喜娘已经掀了轿帘，御临风伸出手，牵了红绸的一角，便现出了金慕秋红衣曳地的华美之态。她盖着绸布，随着御临风缓缓前行，一对如画璧人，身上都似有光。

我禁不住弯起嘴角，真好。

御非与黑白无常客坐了上首，金老爷夫妇次之。新人礼成，慕秋被牵去洞房，我心知此时不能与她言语，便趁宾客乱哄哄的嘈杂敬酒之际，偷偷挪到了金老爷身畔。《璞元真经》的事，他定是不知情的，我需提醒他万事小心，一切均推到那托镖人身上便是。

其实我原本打算，只想与他神交一番，引其去后院与我碰头。可惜这老头儿几年不出镖，酒多喝了两杯，竟然老眼昏花了，瞅了我半晌，神情很是困惑。

我使劲挤了挤眼睛。

金老爷浑身一震：“我，我已有妻室。”

“老爷。”我磨着牙齿道。

“啊，百万！”他大步走来，一把拍向我的肩膀，“镖可送到了？你怎会在此处？平安便好，平安便好……慕秋见你久去不归，急得饭都吃不下。”

这嗓门说大不大，说小不小，但在场皆是习武之人，耳朵尖得紧。便听四下喧闹渐次散去，御临风、俞兮、苏灼灼、晋安颜……无数双眼睛穿过圆桌酒杯，定定地向我刺来。

我默默地觉得黑云压顶。

“这位姑娘……”一个离我最近的慈眉善目的老者道，“是金氏镖局的镖师吗？”

众人的目光如芒刺一般，我僵着身子，做不准该如何回答。金老爷一怔之下，到底是闯过江湖之人，发觉不对也没有贸然接话。便见御非走了过来，疑惑道：“你不是……”

“她是金氏镖局的镖师。”一个声音清朗道，“亦是在下未过门的妻子。”

曲徵站在我身畔，轻轻攥了我的手。

他掌心温热，容色坦然，便这么一站，仿佛驱了我心下所有的彷徨。

“这位金姑娘行镖之时遇了些麻烦，在下便让她化作我的琴童，护她去了苍雪山，一路多亏各路朋友关照，俞姑娘也是知晓的，对吗？”

俞兮脸上一白，目光掠向我，眼中惊疑不定。这番话说得委实巧妙，各大派心知他口中的“关照”是何用意，亦终于明白一路将他们阻回来的瑾瑜便是瞿门曲徵，只是偏偏不敢开口质问，否则便落了觊觎《璞元真经》的口实。

“一路朝夕相处，我与金姑娘相见恨晚，定下婚约亦是水到渠成之事。”曲徵不着痕迹地捏了下我的手，我心中一凛，稍稍平复了些。眼下是我设想中最好的局面，他当众承认我与他的婚约，如此《璞元真经》这祸端，终于丢给瞿门，再无金氏镖局什么事了。

至于我能否全身而退，便只看自身造化吧。

“如此，倒要贺喜曲公子了。”那慈眉善目的老者第一个反应过来，微微倾身相贺。

“多谢俞师伯。”曲徵弯起嘴角道。

我恍然了悟，这老者原来是与瞿简齐名的老英雄俞望川，亦是俞家的现任掌门，俞琛与俞兮的爹爹。

“不知瞿门主何时出关，老夫多年不见他，连收了这么个神秀的弟子，都藏着掖着，当真该罚两杯。”俞望川抚着胡子道。

“两杯怎够，须得十杯！”御非哈哈一笑。

众人你一言我一语，气氛终是缓和了下来。我随着曲徵落座，各派前来道贺打探之人此起彼伏。苏灼灼沉着脸，只是闷头喝酒，我顿觉得背后凉飕飕。

喧闹了半日，酒席近尾声。我在众人若有似无的目光下抿着嘴，蚊子般地对曲徵道：“不好意思哈，这般当众承认，打乱了你的计划吗？”

难为他竟然一字不漏地听清了，曲徵低下头附在我耳边，轻笑道：“没有，当众承认，原就是我的计划。”

这般姿势，便似我二人在亲昵地说些私话。我惊讶地侧头看他，却不知他离得如此之近，脸颊几近碰到他的唇，登时半张脸如火烧般掠开红云：“那、那眼下……”

“眼下,你须告知金老爷实情,让他装作不知便好。”曲徵低声道,“今日之后，会有各路人马来打探引诱，甚至娶你做少夫人，认你做干女儿，都不稀奇。”

我默默地吞了下口水,怪不得刚才那几人与曲徵说话,却连番向我挤眉弄眼,原是意欲勾搭。

“当然, 亦有直接来取你性命, 迫你说出真经下落的。”他微微笑了笑，“你预备如何应对？”

我坚定且果断地道：“一律推到你身上。”

曲徵失笑：“好计策，但未免过于无情了些。”

这人居然说别人无情，便好像狐狸指责兔子狡猾一般，委实笑话。我面不改色，亦跟着笑了笑。他风姿本就卓绝，这般笑起来，实在是惑人至极，吸引了在场一众女子火辣辣的目光。

于是在苏灼灼的神情变得要吃人一般时，我终于在众多眉飞色舞中，后知后觉地接到了属于金老爷的那一枚飞眼，借着曲徵挡住他人时，悄悄地从大厅溜了出去。

我与金老爷到了一处隐蔽的厢房，白妗妗于门口守着，乌珏在屋内候着我二人。时间紧迫，我心知各派马上便会跟来，便将整桩事情去繁从简，快速说了一遍。

乌珏蹙着眉，面有忧色。而金老爷直接愣了神，半晌没有说话。

“近日镖局前后，多了许多暗中查探之人，我便觉着不对。”乌珏叹道，“想不到竟是这么一桩天大的祸事。”

金老爷默然良久，轻轻一叹，忽地向我深深作了一揖。

我忙想后退，却被乌珏抵住了：“姑娘不必客气，你受得起。”

“上天怜我金家……”金老爷喃喃道，“若不是百万你，这一场天降横祸，镖局怎样都是避不过的……只可惜，只可惜拖累你了。”

我心中一酸，站直身子道：“老爷言重。若不是小姐和老爷，我如何能活到现在？”

“当年秋儿救下你，果真是我们金家的福分。”他目光忧虑，苍老中尽显疲惫之色。

我不知该说什么，便躬身道：“此事……此事还是先莫告诉小姐吧，她刚刚大婚，别……别让她糟心。”

金老爷不答，只是叹气。却见乌珏上前一步，赞赏道：“我如今才知，为何慕秋这样看重你了，金姑娘忠义，叫乌珏拜服。”

他顿了顿，转向金老爷道：“为今之计，镖局须得置身事外，暗中寻查托镖人才是上策。等这阵子过了，我当收金姑娘为义女，风风光光嫁入瞿门。”

我与金老爷都是一愣：“这……”

这岂不是引火烧身嘛，各派想拉拢我，只因不知《璞元真经》是假。乌珏既知这是一场阴谋，不躲得远远的便已是仁至义尽，怎会……

“姑娘年幼，尚且忠肝义胆。”乌珏坦然一笑，“难道乌珏便怕了这群匪类不成？你冠了我的名号，总叫江湖和瞿门的人不敢欺负你才是。”

三年之中，我一直觉得慕秋这位师父总是板着脸太过严厉，是以从来不敢在他面前多做停留。如今细细瞧来，他大约五十出头年纪，浓眉大眼，目光磊落，极有侠者之风。

收为义女，收为义女……我心中激荡，一时说不出话来。

正隐隐欢喜时，白妗妗出声示警，似是有人走近。我急忙从后窗翻出，依了金老爷的指点，抄偏僻小道回了自己的厢房，关门之时心中都是暖烘烘的。

忽地，一个声音轻道：“事情已谈妥了？”

我万万没料到房中有人，吓得魂魄出窍，险些将手中插门的杠子丢出去。曲徵坐在桌前，弯起嘴角道：“原想你此去陈情，总要声泪俱下一番，不想竟笑得如此开怀，是我多虑了。”

我摸了摸脸，这才发觉脸上一直挂着笑，揉了揉哼道：“你怎么在我房里……也不说一声，很吓人的好吗？”

“我亦没藏着躲着，是你笑得专注，没瞧见罢了。”他目光淡淡。

我瞅了他半响，心中却仍是激荡着乌珏的话，忍不住欢喜便问道：“曲徵，

你爹娘在你身边吗？”

他眼中闪过一抹讶异，显然没有想到我会问这个，随即垂下眼：“我是娘亲抚养大的，爹……不过幼时见过几面。”

“真好，你爹娘都在。”我由衷地笑了笑，心知不可将失忆之事告诉他，便接着道，“我从来都不知爹娘长得是什么模样。”

大约我的爹娘，都在靖越山村寨中被人害死了吧。

“镖局虽好，慕秋终要出阁，下人也常有离散。”我坐在他身畔道，“其实我一直心心念念要嫁人，不过只是想有个自己的家罢了。”

曲徵静静望着我。

“乌珏说要收我做义女！”我笑弯了眉眼，“你没瞧见他的样子，好英雄好气概……就算，就算你日后休了我，我都有家，有爹娘了！”

其实我亦曾想过，穷尽一生，也要为村寨报仇，要为我那记不起的爹娘报仇。但是又如何呢，人都死光了，莫说我还不知仇人是九重幽宫还是血月，我就这样赔上了自己的性命，他们泉下有知，便开心了吗？

人总要有些个念想，才活得有血有肉。每每午夜梦醒，我便觉得心中薄凉，枯得让人心慌。我实在是不该单独活下来的，举目回望，什么都没有，什么都记不起。

可如今，我要有家了，有了真正属于我的牵绊。

“我有没有与你说过，”曲徵撩起我耳边的发，轻声道，“你笑起来眼底有两粒卧蚕，很好看。”

他神色温柔，双眸如同幽深的古井，望着我的时候，仿佛凝了世间所有的光华风致。

此时大约我是真的被惑住了，是以心中竟没有禽兽叫嚣，便觉如在云端，虚虚实实，缥缥缈缈，仿佛被抽走了浑身的力气，只是呆呆地瞧着他。

桃源谷大喜次日，天蒙蒙亮。

我惆怅地望着幔帐，按照慕秋那些艳本发展，昨日气氛那般好，我与曲徵四目相对之后，接下来应情不自禁地缓缓靠近，再缓缓靠近……难得苏灼灼不在，我好歹也是他的未婚妻，趁他休我之前占个便宜，亦是圆满的。

可惜半路陡生了几下突兀的敲门声，美好氛围果断破灭。我让曲徵在屋内藏着，自己苦着脸去应了门，外面竟然站着俞琛。整个婚宴都不见他露面，原

是来迟了半日，大约是听俞兮说了此时的情状，便直接过来寻我，下手之快，很有俞家的风范。

说起来，我与他不过在那蹩脚饭庄有过不甚愉快的一面之缘，难为他说得风花雪月天雷地火，并想认我做个义妹。我念及曲徵曾说的种种，还未推拒，便见他从房内走了出来。

俞琛登时双目喷火。他白白去了趟苍雪山，迟了婚宴，失了颜面，罪魁祸首便是眼前这位瑾瑜公子。而后我瞧着曲徵淡然的神情，默默觉得他大约早已掐好时辰，算到俞琛此举，怕我应付不来，便到我房中好整以暇地守株待俞。

于是经过一番假惺惺的客套，夹带唇枪舌剑笑里藏刀，这梁子算是实打实地结下了。

辰时我出了厢房，一路都有人指指点点。不过一夜工夫，我与曲徵掩门私话的行径便传得满天飞，那些昨日还胆肥地当着曲徵的面用眼神勾搭我的新秀公子哥儿，今日便都转而觉得我很像他们失散多年的妹子，大约谁都不想为了《璞元真经》娶个二手货。如今看来，俞琛直接想认我做义妹这厢，很有远见。

我进了大厅，顿时便了悟。

此时宾客纷纷相辞离去，俞琛瞧着赖在曲徵身边的苏灼灼，那叫一个含情脉脉，那叫一个柔情似水，看得我都要替苏灼灼抖上一抖，怪不得他不肯勾搭我，原是因为已有心上人。

我还未来得及探究八卦，便见晋安颜一身素衣向我点头："金姑娘，借一步说话。"

难道她也要认我做义妹吗？我神思飘忽，随她到了角落，便听她单刀直入道："前些日子，我指派风云庄弟子去打扰姑娘，并不是为了《璞元真经》。只是我想人人都想要那东西，宋涧山亦不例外，许是能得到他的下落。给姑娘添了麻烦，莫怪。"

我大为惊奇，谁都不敢说破《璞元真经》此事，她竟轻描淡写地带过。细瞧之下，晋安颜虽柔弱，秀雅眉眼中却自有一股英气，很是凛然，我登时对她生了好感。

"好说。"我回了一礼。

晋安颜点点头，转身便要离去，我忽地想劝慰她几句，便上前一步拉住她的袖子道："晋姑娘，还请节哀……你定会手刃宋涧山的。"

晋安颜一怔，随即微微一笑："承姑娘吉言。"

近了巳时，厅内所余之人不多，俞兮淡淡地与众人告别，随着晋安颜身后出了大门。苏灼灼俏生生地站在曲徵身边，白衣桃纱相映生辉。她满目不舍，却是什么也未说。私以为她维持这番第一美人的矜持模样也颇不容易，若是拿出平日待我的三分横蛮，想必曲徵早被她拽走了。

俞琛上前劝道："灼灼，我送你先走吧。"

"不，我要等公子一起。"苏灼灼很是固执。

曲徵转向我，淡笑道："百万，你眼下是不肯走的吧？"

三人一齐看向我。

瞧苏灼灼的眼神，我若敢点头就别想活着出谷了。

可惜，莫说我还没与慕秋相见，单说这谷外守着的各大派探子，此时就断断不能走。我脸上堆出一抹笑，讪讪道："我确然不能走，不过曲徵你尽可跟苏姑娘先行离去。"

将麻烦丢还给曲徵，我默默地站在一旁努力融入风景。

曲徵自然不可能这个时候先走，让其他派乘虚而入。他专注地望着苏灼灼，不着痕迹地摇了摇头："师姐你先行回去，与师父禀报近日之事。"

大约是抬了"师父"二字出来，抑或是被曲徵直接的目光瞧得羞赧不已，苏灼灼脸红了红，不再言语，这番情状当真美艳不可方物。

俞琛嫉恨地看了曲徵一眼，又道："既曲公子如此说，灼灼，我们走吧。"

这次苏灼灼并未再推辞，道了一声"有劳俞师兄"，便一步三回头地去了，神色很是依依不舍，又顺带狠狠剜了我一眼，我便装作瞧不见。

一众盯着我的门派找不到缘由留下，也只得走了个干净，至于在不在谷外守株待我，那便未可知了。

黑白无常客留在了桃源谷与御非叙旧，金老爷匆匆与我话别后便即刻动身，直接回靖边查那托镖人之事去了。

按当地婚嫁之仪，新嫁娘新婚次日除了拜别父母，是不可见外客的。我不能见慕秋，又没了对头，悠闲之余，又觉得很是空虚。

曲徵倒不似前几日那般消失个无影无踪，我在桃花林逛着，他便随我缓缓踱步。反正我二人关系已是尽人皆知，桃源谷的人见怪不怪，便放任我二人随意进出。

此时风光正好，曲徵一袭白衣，在树下盘踞而坐，十指修长琴声悠悠，桃花纷纷如云似雾，人与景致相映相衬，若临天上人间。

我瞧了半晌，不禁想起在苍雪山片刻温柔的时日，他也是这样教我抚琴，

一般的姿势，一般的神情，一般的……无心。

是的，他无心。

他可以前一刻温声软语，下一刻便生生见我倒在他眼前，面上还沾着我的血，眉头都不蹙一下。那道刀伤在我心里，一直未曾愈合。

我闭了眼，深吸口气，漫天桃花旋舞，终于缓缓散去。就算生得再美，就算待我再好，就算有些瞬间会觉得被惑住了……可他是曲徵，是这世间最为无情无心之人。

我永远，都不可以爱上这个人。

琴声清幽，声声入耳，但转瞬便可忘记。

有些事其实我早就清楚，却一直不愿相信，只有这样一遍一遍告诉自己，心里才会好过些。我看向曲徵，眼中不再翻覆，笑着拈了根桃花枝，向他丢了过去。

“这是什么曲子，太催眠，来首激昂些的吧！”

琴声戛然而止，曲徵信手接了桃花枝，淡淡一笑，凑近鼻间轻嗅。眼睫如扇桃花似锦，委实是番人面桃花的好景致。我又觉得趁他休我之前，定要占些便宜，才对得住自己。

正思量怎么不着痕迹地占便宜，便听一声轻笑，有人朗声道：“二位真是好兴致，我如今方觉，桃源谷数十里桃林，融了这琴声，才是圆满。”

一人玄衣加身，俊美华贵，正是御临风。他负着手，淡淡将我望着：“靖边镇一别，金姑娘倒今非昔比。”

诚然他话中没有嘲弄的意思，桃源谷也并未意图染指真经，我听了却不舒服，便直视他道：“御公子已是我镖局的姑爷，亦是今非昔比了，怎不去陪着少夫人呢？”

他眼中不见太多情绪，缓缓踱了几步，伸手从怀中掏出一方素色的帕子，握在掌心，垂目道：“情若深绝，相隔天涯又何妨？”

最讨厌文绉绉的话了，欺负我这俗人听不懂是不是？我撇了嘴，定睛瞧了瞧他手中的帕子，五指间露出一截青翠的竹子花样，绣得很是粗糙，正是慕秋给我包如意糕，却被他抢去的那方帕子。

还未去询，便见曲徵收了琴站起身来，白衣零落花瓣，携起一阵淡香。我这才发觉御临风虽是与我说话，身子却是一直朝向曲徵那边，似乎全神戒备。

“不便打扰御公子游林雅兴。”曲徵淡道，“百万，与我一起走吗？”

我点点头，御临风亦淡道：“客气，来人送贵客出林。”

御临风身后走出两个家仆，瞧穿戴似是护林的花匠。两人一高一矮，高个的那个低眉顺眼，矮个的那个年纪尚幼，大约也就十二三岁，他领了命，抬头望了我一眼，忽然便怔住了，复而缓过神来，浑身渐渐抖得像个筛子。

那神情像是见了鬼一般。

“小……”他哆嗦着嘴唇，“小姐姐……”

倏地，我脑中一痛，划过一道光，似是现出了一个宁静的村寨，笑得慈祥的大娘与许多孩童纯真的脸，这些画面转而被一张张似笑非笑的恐怖面具堆满，复而散去，最后漆黑的空间，只余一个红衣女子背对着我，手中提着一把滴血的弯刀。

这忽然涌出的记忆只是一瞬间，大约是我的神情也像见了鬼，曲徵关切地拉住我的手。矮个少年垂着头，那高个家仆福身道：“贵客莫怪，小鱼思念姐姐，怕是认错人了。”

那小鱼的神色，与其说是思念，不如说是恐惧。我心知他应与我有些渊源，但事关靖越山村寨。此时御临风与曲徵都在场，我不便与他相认，只道了声无妨，一路都在偷瞧那名叫小鱼的少年，琢磨着寻到机会，我应偷偷会会他才是。

可惜曲徵不知吃错了什么药，整天都随在我身畔。

“你无事要办吗？”我假惺惺地询问道。

曲徵不答，只是微微抬眸，定定将我望着，眼中一片深黯：“难道百万不愿与我一起吗？”

美人计不要用得这么频繁！

虽然我心知他这番情切均不是真，但不得不说，很有杀伤力。

于是一日相对下来，品茶游谷，倒也别有情趣。御非摆宴款待黑白无常客，顺便邀了曲徵与我一起赏桃花，秉着不吃白不吃的原则，我欣然答允。

是夜皓月高悬，星辉夺目，桃林泛起薄薄雾气，另有一番风骨。

御非与乌珏坐了上首，白妗妗与御临风坐在我与曲徵对面，我不禁疑惑道：“怎不见少夫人？”

“慕秋嫁了人，终有些女儿家的羞涩了，倒是不易。”白妗妗打趣，引得大家笑起来。时年她虽已年逾四十，眉目间仍有秀雅的影子。白妗妗性子爽朗，但我不过镖局一个下人，与她从来没有机会亲近。此时遇了她的目光，却见她对我眨了眨眼，温婉一笑，很是亲切。

想必乌珏已知会她收我为义女的事了，我心中欢欣起来，极有胃口吃饭，

便趁其余几人高谈阔论之时默默地风卷残云。

正不自觉噎着间，曲徵为我倒了一杯茶，身子前倾，附在我耳畔低声道：“西南，半里处，有人。”

我背后一麻，不自觉便往西南角看去。似乎从那桃树干上掠过一团红影，几道金光直直向着宴席袭来，我慌忙起身，御非、黑白无常客等武功高强的老江湖也已发现避开，便见站在那里还未反应的，赫然便是白天见过的少年小鱼。

他手中端着酒瓶，显然被吩咐了在那里伺候，眼见金光就要撞上他的额头，我急急跃起，伸出手去推他。

千钧一发间，身后涌起一股醇厚的内力，生生将我与小鱼带了个弯儿，与那金光擦肩而过。

我长吁口气，正想与乌珏道谢，便见西南一抹衣衫纷飞的红影，轻盈地立在桃花枝头，手中一柄弯刀，面上覆着一个似笑非笑的面具，片刻记忆中那个背对着我的红衣女子，也是这样一身装束。她不过站了一瞬，眨眼便不见了。

“血……月……”

御非怔道。

两个字一出，众人目光不由得都向那钉在桌上的金光看去，不过是枚普通的木头牌子，四角镶了金边，上面用隶书刻着小小的三个字——九幽令。

九重幽宫九幽令，血月擎云索人命。

一股死寂缓缓地蔓延开来。我手中还握着小鱼的袖子，便见他神色惊惶，像躲瘟疫一般抽开胳臂，急急地退到那高个家仆身后去了。

众人脸色凝重，我往曲徵身畔凑凑，悄声道：“血月不是前几年便失踪了吗？”

“血月不是人的名字。”御临风忽道，“九重幽宫两件神兵，血月刀与擎云剑，只有宫内武功最高的杀手，才配冠上神兵之名。”

所以这个血月，不是三年前可能灭我村寨的那个血月。我心下稍安，御非仍是铁青着脸不说话，乌珏劝慰道：“谷主放心，慕秋亦是桃源谷的人了，我夫妇二人便叨扰桃源谷一阵子，倒要领教九重幽宫头号杀手的厉害。”

“世人皆怕九重幽，我却不信这个邪。”白妗妗附和丈夫道，随即看向我，“事关重大，不可牵连瞿门，曲公子与金姑娘还是快些——”

“我不走！”我立时扬声道，“慕秋有难，我岂可独自逃命。”

我眼巴巴地瞧向曲徵，其实我留在这里，除了送上条小命毫无其他用处。

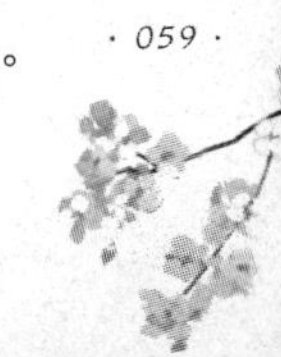

真正有用的是他，以他的武功智计，我总觉得他是无所不能的。

众人目光如炬，曲徵淡淡一笑："百万是我未婚妻，她要留下，我自当随她留下。"

御非终于露出宽慰神色："有黑白无常客与曲公子仗义相助，我桃源谷终可力创魔教。"

御非的话，大约也只能宽慰自己罢了。

江湖皆知，收了九幽令的人或门派，还没有一个人活下来过。方才晚宴不欢而散，众人皆表明了态度，只有一人很奇怪，那便是御临风。按理说事关他的父母与家业，不说担忧，至少也会怕吧，偏偏他坐在那里面无表情，只是握着那方帕子，独自饮酒。

这等事还是留给御非去操心，我甩甩头，匆匆赶去少主房中见慕秋。大约这种紧要关头，世俗礼法便没那么重要了，是以一路都未曾有人阻拦。

"百万！"慕秋讶然起身，飞快地奔过来握住我的手，"爹爹说你来了我还不信，怎的送个破镖要这么久，白白让我记挂！"

这破镖可害苦我了，我压下心中愤然笑了笑，细细地打量她。

慕秋面上虽是欢喜，眼中却隐隐憔悴，神色颇有些怏怏。

"御临风欺负了你吗？"我单刀直入道。

慕秋垂下头："没有，他待我很好。"

"那你怎么不开心，你不是很喜欢他的吗？"

"嗯……可是……"她顿了顿，脸上忽地一红，"没什么。"

做姑娘时，她那副大而化之的性子，比我可谓是有过之而无不及。这厢嫁了人，果然就扭捏起来。我握着她温软的手，忽然想到九幽令，不由得又郁郁，世事难料，一波未平一波又起，说的就是眼下这个情状。

"对了，百万。"慕秋忽地开口，"你还记得那方翠竹帕子吗？"

这许多大事纷沓而来，我都忘了和御临风还有那么一出，当下便简单地将当日他抢我帕子的事情说了。

慕秋眉头不舒反蹙，我奇道："那帕子不是你的吗？"

她顿了顿，似乎欲言又止，终究笑了笑什么都没说。我与她手拉手坐在床边，聊起分别之后的事，又说起曲徵与鸳鸯同心玉，她便被八卦吸引了去。

见慕秋终于开怀了些，我不愿提那九幽令，便让她快活一刻是一刻吧。

当晚我心事重重地回了房，刚躺下不多时，便听门声轻响。

我还道是曲徵来瞧我，一开门却是那名叫小鱼的少年，旁边还跟着那个高

个家仆。

“阿包……”他小声唤了一句。

那高个家仆鼓励地点点头。

小鱼走上前来，手中端着一碗参茶，紧张地道：“多，多谢金姑娘晚宴相救。”

原来他是来道谢的，我正好要找他，便对那叫阿包的高个家仆道：“我有些事想与他单独说说，可否请你回避？”

阿包顺从地躬身离去，我将小鱼让进屋内，他的嘴唇又哆嗦起来。

我默默地喝了口参茶，堆出一抹自觉最为和蔼的笑：“小鱼是哪里人？”

他望着笑盈盈的我，哆嗦得更厉害了，回答：“北，北方人。”

靖越山确实在北方，我略做沉吟，道：“怎想起到中原来做仆役，家中父母都好吗？”

小鱼眼圈霎时红了，嘴唇也忘记了哆嗦：“爹娘都死了，我无依无靠，被卖到了这里。”

我心中有了计较，便柔声道：“你是靖越山村寨的人，是不是？”

他一怔，目光望向我，试探地道：“你……你果真是小姐姐？”

三年前那场血灾，这孩子也不过十岁吧？不知他怎样活下来，也不知他受了多少苦。我心中酸涩，握着他的手点点头，却是一句话都说不出来。

小鱼终于哭出了声：“小姐姐！爹娘死了，萌崽、阿妙、小七都死了！我瞧见你也死了，还以为见了你的魂魄……那么多戴面具的人……我好怕！”

我脑中忽地浮现出一张张鲜活的面庞，他们持着风筝，追在我身后叫着小姐姐小姐姐，阳光至暖，春风轻柔，满目欢声笑语，只闻悦耳莺啼。

可这些孩子都不在了，他们永远地留在了三年前的春天，只余那被记忆遗忘的村寨与掩埋在焦灰下的小小骸骨。

如此这般，应是可确信仇人便是九重幽宫无疑。至于那些面具杀手为何一并死了，是不是血月所为，我却已没有心思去深究。

小鱼抽噎地说着，那些缥缈的记忆碎片，因他的哭声忽然清晰起来。我第一次切实地感受到了仇恨，那种被夺去一切，发自骨髓的浓浓恨意。

依他所言，我是惨祸发生前一年去了村寨的，孤身一人无依无靠，村寨的人大多淳朴，便接纳了我，给我腾了间旧屋栖身。大叔大娘们唤我一声姑娘，孩子们都管我叫小姐姐。

原来那场血灾发生之时，小鱼正与伙伴们捉迷藏，躲在一处隐蔽的地窖中，因此逃过一劫。出来后他发现所有人都死了，吓得魂飞魄散跑下山去，路上险

些饿死，又被人贩子几经转手，终于卖进了桃源谷。

我将自己被金氏镖局所救，醒后却失去记忆的事情与他说了。小鱼擦干眼泪，平静道："小姐姐你还活着，真好。"

"你活着也真好。"我笑了笑，"以后你就是我弟弟，我带你……"

话到此处，我忽然反应过来，他决计不能跟我在一起，桃源谷留不得，瞿门有了我更是是非之地，而那些夺去他一切的面具人，很快又要来了。

我顿了顿，柔声道："小鱼乖，咱们村寨的事，千万不要跟旁人说。"

"我晓得。"小鱼点头道，"除了阿包，我谁也没讲过。"

看得出他很是依赖那个阿包。我与他又谈了许久村寨的事情，虽只忆起片段，但亦觉得怀念。如此直至深夜，我给小鱼包了几块房中的点心，他才依依不舍地去了。

这一晚我睡得极不安稳。

脑中思绪纷沓，好不容易闭了眼，梦中却是染血的风筝和无数张狰狞的面具，最后又是那提着弯刀的红衣女子……我吓得醒了，便再也睡不着，思来想去，此时能诉诉苦的，大约也只有曲徵。

于是当我默默站在他房前时，忽然反应过来现在已是丑时，半夜摸进人家房里这种事情……咳，我怎么有些兴奋？

"曲徵？"我轻声唤了唤，试探地敲了下门，却不料那门是虚掩着的，轻轻一碰便应声而开。

这人睡觉不插门？习惯也太差。

我蹑手蹑脚地进了屋，穿过圆桌与内房幔帐，垂下的青色床纱后隐隐现出一个人侧卧的轮廓。青丝流泻，容颜似雪，朦胧中看不真切。

等等，事情不该是这么展开的吧，我不应该是大大方方地来找他聊些八卦排解心中苦闷吗，为何此时一副做贼心虚的嘴脸去掀他的帘子？

但想归想，帘子已掀了。曲徵静静侧卧，垂下的眼睫遮住了他有如古井般深不可测的目光，乌发乱了一缕，斜斜从脸侧蔓延去，妖娆地覆过红唇，清雅中满是旖旎。

禽兽！能不能不要随便就出来啊禽兽！

我忍住凑近他唇畔的冲动，不由自主地伸出手，将那缕发撩过他的耳去，而后便对上了他深黯的双眸。

我淡定地道："好巧，原来曲徵你也睡不着觉，不如一起谈心如何？"

我果真已练就了面皮刀枪不入的神功。

于是片刻之后，曲徵只着了中衣，与我坐在院中台阶前，喝茶赏月。

晚宴时还颇美好的月亮，此时却乌突突的，实在没有什么好瞧。我抿了口茶水，叹气道：“曲徵，你说，一个人若知晓自己有血海深仇，却无所作为，是不是太没用了些？”

曲徵淡淡言道：“人之作为，须看心之所向。”

“心之所向？她心里是极想报仇的，可……可她能力有限，只好躲起来，努力不想过去的那些……”

“既是血海深仇，能够隐忍一生亦是一种能耐，许多人拼上性命都堪不破……死去的人，如何有活着的人珍贵。”

“但……”

曲徵面向我，眼中似是聚了星辉。

我轻声道：“但她不甘心。”

半晌寂静无声。

“不甘心，只是能力有限吗……”曲徵顿了顿，复而展颜一笑，有如黑夜中忽然绽放了一朵馨香的白莲，“可不试试看，你却怎知行与不行。”

我心底有一处轻微地动了动。

试试看？与九重幽宫对抗试试看吗？

我明明觉得有些荒唐，却不知为什么，心中有种前所未有的明净与畅快。那般思前顾后自我鄙夷，不如追寻他的那句“心之所向”。

对，便是要试试看。

我端起茶碗向曲徵敬了敬：“听君一席话，胜读十年书，我这就回去睡觉了。”

“百万何必客气，”曲徵亦回敬了茶杯，温言道，“时辰太晚，不如莫回去了，在这里歇息吧。”

你这是在调戏我吗？

我心中有禽兽又在蠢蠢欲动了，只好声若蚊蚋地低头羞赧道：“这个……咱们不是还未成婚嘛……”

“你既在此歇息，我自然便去小榻睡了。”他眼中闪过一抹促狭，“不然，百万以为是何种歇息？”

我忍住问候他娘亲的冲动，直接进了屋。歇息便歇息，谁怕谁，反正我与他已是“关门私话”的关系，不怕再加上“同室共寝”。

第三章
遇险，人心难测

◆

◇

我沾了曲徵的床铺，许是因为困倦，又许是被褥间有他身上淡香的气息，十分令人安心，竟无梦地酣睡了一场。

醒来时已是日上三竿，我去外间洗漱，却不见桃源谷往常出来伺候的下人，院中静悄悄的，连曲徵也不知去向。

我隐隐觉得不妙，连忙向谷口奔去，果然见一队马车浩浩荡荡，御非正与夫人话别，慕秋站在御临风身旁，双手揪着他的袖边，眸中盈了泪水，眼见便要滴落下来："临风，才成婚第三日，你便要赶我走？"

"你要我说多少次，"御临风脸色不耐烦，"谷中有事，并非赶你走，只是让你随娘亲一道去京乐过些日子。"

"你我已是夫妻，谷中有事我怎可独自离去。"慕秋央求，"到底出了什么事？"

想来御非并不打算把九幽令的事情宣扬出去，是以谷中女眷一概不知。御临风不语，慕秋终于垂下泪来："原先……原先我们那般好，怎的成婚之后，你却变成了这样？"

我认识金慕秋三年多，连臂膀折了都没见她叫一声痛，几时见她在人前哭得这般伤心，登时大为光火，大踏步走去扯过她，顺便狠狠剜了御临风一眼。

"慕秋，莫在这儿耽搁了。听说京乐的俊俏公子哥儿温柔又体贴，小倌馆子也遍地都是，你且去好好乐和乐和吧。"

我言毕，慕秋登时哭笑不得。

不远处传来一声轻笑，我目光寻去，却见曲徵闲闲站在桃花树下，笑过便将脸别开，一副事不关己的模样。

慕秋抹了眼泪，低声道："我亦不想让你为我担忧，只是不知临风他怎么了，

自我同他说那帕子是我的，他便一直很冷淡，连洞房……洞房他都……”

“啧，怕是他有隐疾，不敢与你洞房。”

御临风本来并未理我，听到这里终于转了目光，狠狠回敬了我一眼。果然，男子对于这种问题，都如艳本上说的，不能忍受半分质疑。

慕秋脸上一红，啐道：“你个没出阁的姑娘家，这般口无遮拦。”

按理说我一个镖局下人，是不可这样说主人家是非的，但我眼下亦是瞿门的准媳妇，于是身份连跳几个台阶。我见御临风与曲徵都能听见我的话，便拉着她走得偏远些，悄声道：“桃源谷怎么也算四大势力之一，不会怎样的。你便去京乐好好吃喝玩乐，这里连个丫鬟都没了，断没有人能将你的宝贝夫君勾引了去。”

慕秋扑哧一笑，踌躇良久，终是应了，复而道：“百万，你随我一道走吧。”

我一怔。确然我留下的原因是慕秋，既然她走了，我亦没有必要留在此处涉险。

可……

桃花树下，曲徵悠然而立。我远远瞧去，正巧他扬眸看来，顿时双目撞进一片漆黑幽暗，深不见底。

可不试试看，你却怎知行与不行。

试着找回自己的记忆，试着挑战从前不敢面对的一切未知。哪怕这代价是失去苦心隐忍的一切。

但那是我真正的，心之所向。

我唇畔漾起浅笑：“我不走。”

慕秋还未回答，我心中忽地想到一事，便压低声音道：“我在谷中遇见一个孩子，名叫小鱼，是靖越山村寨的遗孤。你务必要将他带在身畔多加照顾，别让旁人发现他的身份，这……许是与我过去有关的。”

曾经三年，我从不提与过去有关之事，也不积极地去想，是以慕秋很是惊奇，她亦知事关重大，点点头叫我放心。

但瞧她神色仍是若有所思，有些欲言又止的样子，我拉着她的手笑道：“你连洞房都与我说了，还有什么秘密的？”

慕秋却不理我的打诨，似是下了决心，附在我耳畔道：“我原本不想说，但既是与你过去有关，便不得不提。百万……”

她的声音极轻，似是出口便被吹散：“那方翠竹帕子，是你的。”

我怔在原地。

桃源谷女眷的车马终于缓缓启程，小鱼站在慕秋的马车外，一步三回头地望我。谷中男子大多留下了，他显然不解自己为何忽然被指名带出谷去。

但此刻我却无暇与他解释，慕秋方才说，那方翠竹帕子，本就是她随手拈来包了如意糕，原也想不到是谁的。后御临风日日逼问，她仔细回想，终于忆起那年我重伤将死，她替我整理衣衫时怀中掉出了这帕子，便顺手拾起抹了血迹，回到镖局便丢给下人，后来洗干净了大约做了衬布，哪知又有诸多来历牵扯？

依了小鱼的话，过去我孤身一人到那村寨，不是弃儿便是山野村妇，与桃源谷少谷主八竿子都打不到干系，可他又怎会日日捏着我的旧帕子，神色那叫一个阴郁，仿佛我欠他十万两雪花白银。

万幸慕秋没有告诉御临风实话，可我便在他眼前，他又怎会只认帕子不认人呢？

正思绪纷乱间，有个声音忽地在我旁边淡道："百万去过小倌馆吗？"

"那都是胡诌的。"我尴尬地瞥了一眼曲徵，"想正事呢，不要打岔。"

他却未过问我说的正事是什么，只是微微一笑复道："你对隐疾倒是甚懂。"

都说是胡诌了啊！

我猥琐地笑了笑："怎么，难道你也有吗？"

答不出了吧，继续撩闲啊？

其实我二人相处，虽偶有亲近，但大多止乎于礼，我只道曲徵虽诡计多端，但好歹是个君子，是以从不曾说过如此逾矩的言语。

孰料他温雅一笑："若我确实有，百万可还要嫁与我吗？"

这下换我傻了，脸上一阵红一阵白，过一会儿便反应过来，这人如此说明显是想摆脱我，连这不入流的借口都说得出来，说阴险委实是抬举他了，简直不要脸！

我果断深情款款地道："当然，无论曲徵你是何种模样，我都嫁你。"

曲徵淡淡瞧了我一眼，弯起嘴角没有说话。

不过一炷香的工夫，整座桃源谷似是都空了。我回到房中一番收拾，为防万一便将"璞元假经"缝在新衫中，细软能拿的都带了。谷中弟子家丁全神戒备，从谷外三里处到撤退线路都有人严阵以待，空气似乎都严肃起来。

但此刻最凝重的地方，莫过于大厅中沉默相对的四人。

说到四人，是因为除了御非、御临风、黑白无常客外，我与曲徵嫌屋内沉闷，便在门外感受秋高气爽。

良久，屋内传来乌珏忧虑的声音。

“九重幽宫下这九幽令，向来认钱不认人。桃源谷在江湖上怎么说也是一方巨头，能出得起这般价格的人，只怕不多。”

御非恨道：“不知何人如此歹毒，竟借魔教之手加害桃源谷。”

白妗妗凛然道：“此幕后之人暂且不论，魔教贪得无厌滥杀无辜才是罪魁祸首。我不信只凭血月区区一个女子，可敌过我四人联手。”

我偷瞄了曲徵一眼，四人联手，显然是未将我二人算在内。我这点花拳绣腿，还不够给血月塞牙缝，被无视是自然；他们不知曲徵的手段，只当他不过是入瞿门一年的新晋弟子，骨子里仍是那个文弱的琴师，倒是有些小瞧人了。

“魔教自有魔教邪法，不得不防。”御非沉吟半晌，微微一叹，“乌兄弟，若我这把老骨头有个什么闪失，还请护我儿周全。”

我心下羡慕，有爹娘真好，临到大难仍是记挂着孩儿。

白妗妗忙道：“御谷主的绝阵心法当世无双，怎会有闪失。”

良久却没有听到御临风说话，我甚至可以想象他捏着帕子一脸阴郁的模样，复而纠结起来，这人到底跟我有啥仇？

正思虑间，却听曲徵在我耳边低声道：“百万可想清楚了？金慕秋已出谷，你实在是不必蹚这浑水。”

“为民除害义不容辞。”我面不改色地忽悠道，“曲徵你神通广大，区区血月又怎是你的对手？”

“在下武功平平，如何帮得上忙。”曲徵一笑，丝毫不受我的马屁，“我留在这里，只为保全你的安危。”

言外之意，在我没有危险的情况下，他是不打算显露实力的。其实我猜想，御非并不知曲徵深浅，他之所以愿让我二人留下，原是指望瞿门肯出手相助吧。其实我心中亦打的是这个算盘，借瞿门之手除去九重幽宫是再好不过，哪知曲徵便似不觉身入险境，半分向门派求援的动作也无，而御非一方谷主，亦不愿示弱开这个口，我便更不能明言了，否则以曲徵之聪慧，定能猜透我留在这里的真正用意。

这桩事情，除却我这等心怀鬼胎的，谁插手谁才是狗拿耗子……我暗自腹诽，却想不到很快那个拿耗子的狗便自己找上了门。

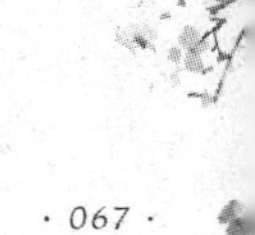

俞兮一人一骑，鲜衣怒马、神采飞扬地出现在谷口，说是自己昨日忘了东西，十分要紧，便连夜赶回。此时御非已没有多少待客的心思，俞兮发觉不对，听白妗妗把事情说了，登时眉头紧锁，半晌后说要飞鸽传书，俞家定会全力以赴为武林同道除危解难云云，十分正气凛然。

御非大喜，黑白无常客亦松了口气，御临风一改阴沉之态，饶有兴致地与俞兮攀谈。屋内气氛终于热闹了些，如若俞家、桃源谷、黑白无常客联手，这厢对抗九重幽宫便并非不可能了。

但俞兮这番忽然折返的作为，颇是奇怪。她方才回房寻东西，也未说是什么，便是真的落了东西，差个下人来便好了，实在是没有必要亲力亲为。

如此这般，抛却九重幽宫的事情不谈，她回来的目的是什么？

我端了两杯茶出了院落，递了一杯给曲徵。曲徵将茶凑近唇畔，顿了顿，轻道："这俞家二小姐，有些问题。"

我深有同感，颔首饮了茶，便见他目光流转，掠过我端茶的手，复而笑了笑。

"这茶水，亦有些问题。"

"噗！"我喷了半口茶水，抖抖索索地指着他——茶水有问题不会先说吗，非要等我喝了一口以后才慢悠悠地说出来想谋害亲妇？

眼前越发虚幻，我向前栽了一步，又退了两步，意识便向黑暗中堕去。

大约是气息过于寒冷，我浑身一麻，忽地便清醒了。

眼前一片黑暗，周遭有些潮湿，我喘着气，觉着自己似乎处在一个不甚开阔之所，便试探着向旁边摸去，轻声唤道："曲徵？"

"金姑娘，你无碍吧？"

这声音毫无预兆，忽地在耳畔响起，我骇得一抖，半晌才辨出说话的人是俞兮，定了定心神问道："我……我们怎在此处？"

"九重幽宫极是卑鄙，想那血月听闻我们几方联手，便在桃源谷四处暗中浇了火油，妄图将我们烧死在屋中。"

"那茶水……"

"茶水定是下了药，但方才我几人商讨，这却不像是九重幽宫所为。若血月真有能耐下药，何不直接下毒药，或是趁我们昏睡一刀结果了，反而费力地将谷中人悉数药昏……"俞兮缓缓道，"御伯伯功力深厚最早醒来，然后是黑白无常二位侠客，他们发觉退路被火势截断，便将我们搬到密道中来。"

此时我双目适应了黑暗，隐约瞧见曲徵昏坐在我不远的地方，似是还没有醒。他旁边站了一人，看身形像是御临风。

御非几人不在，我亦没有费心去问，只是揉了揉酸痛的身子，挪了地方伸手去推曲徵。

这人根本没喝茶水，会晕才有鬼，差不多便好了吧，再装下去很可疑啊！

“金姑娘。”俞兮却阻了我的手，柔声道，“曲公子半路习武，比不得我们练家子，你便让他多歇歇吧。”

我还未吭声，便听御临风插言道：“俞姑娘当真善解人意、温柔贤淑。”

俞兮似是笑了笑，没有说话。

我心中警铃大作，难道这半日品茶就让他二人品出了火花来？我可是跟慕秋打了包票，没有人能勾去她夫君的！

“咳咳！”我咳嗽两声，“御公子，我倒觉得你夫人更加善解人意、温柔贤淑。”

诚然，慕秋与这两个词压根儿沾不上边，但好歹提醒他已有家室。御临风不睬我，身畔却有响动，原是曲徵醒了。

我还未开口，便见俞兮抢先一步靠近了，关切道：“曲公子，可有不适？要喝水吗？我去拿些来。”

妹子，我醒的时候怎不见你这般殷勤？

曲徵弯起嘴角：“不敢劳烦俞姑娘。”

俞兮仿佛有些失望。

曲徵转向我，微微眨了眼。我当即领悟，茶水下了药，如果不中计反而惹人怀疑，想来曲徵装晕之时已明了始末，我只需制造个空当问他便好，当下堆出一副情深义重的面容：“你终于醒了，徵，可知我有多担心你吗？”

“百万莫怕，”他亦很上道地深情款款道，“我如何舍得让你为我担忧。”

我背心一麻，硬着头皮道：“我便是忍不住要为你担忧，谁让我心中……”

“你若这般，我宁愿从未……”

“不，不，若不与你一起，此生又有何乐趣！”

衣衫响动，御临风已然受不住，被我们恶心跑了。可惜俞兮还在一旁站着，黑暗中她的表情看不真切，这妹子，太没眼力见。

这密道一片漆黑，四下也积了不少的灰，像是很久没人下来过了。我三人循着御临风的脚步声，拐了几个弯，便到了一处稍微宽敞些的地方。墙上开了一个方正的洞，砖片挪在一旁，似是一个不到半人高的暗门。

我正待弯腰钻进去，便见白妗妗钻了出来，手中携着一支火把和几柄长剑，见了我道：“百万醒了，可有大碍？”

她眼中关切，就像娘亲一般。我心中一暖，使劲摇了摇头。

白姈姈微微一笑，递过长剑：“这是御谷主暗藏的兵器，你们拿着好防身。”

乌珏与御非继而钻出，二人似是已经商讨完毕，面上不见惊慌。俞兮轻道：“留得青山在，不怕没柴烧，御伯伯且宽心，我俞家定助你讨伐魔教！”

御非沉沉道：“事到如今，怕是连累诸位了。好在我御家祖上留下这条密道，我亦多年不曾入内，许多机关已然生疏。大伙儿小心些，拿了兵器，我们先行出去，再从长计议。”

众人没有异议，幸得御非匆忙之余带了些他房中的糕点和水。白姈姈分了每人几块糕点和一个水袋。众人都没心思吃，曲徵只瞧了一眼，便将他那份给了我。我正胃虚着，当下欢喜地接过来，使劲地咬了一口。

我的牙还在吗？

曲徵淡淡侧头，随即敛了眸光，嘴角抿起，一副似笑非笑的模样。

我登时反应过来他这番大方的举动实在是居心不良，当下按捺火气把糕点包了包放在袖中，准备待他肚饿时再拿出来……馋死他。

我一时走神，便见前面几人已走得远了些，连忙赶上去。御非正仔细端详石门畔的一块凸起，嘱咐道：“此机关一旦碰触，附近石门便会落下，大家小心。”

密道初始还算宽敞，但走了一炷香的工夫，便越发狭窄了。此刻已不容两人并肩，我跟在俞兮身后，只觉御非手中的火光微弱得很了，心下不由得有些急躁。

忽地前面的人一顿，我险些撞上俞兮的后背，便听御非轻声道：“噤声。”

我是什么都未听出，却见其余几人面色不对，白姈姈与乌珏相视一眼，默默地对了下口型。我定睛看去，他二人似是在说：有人。

背后登时起了一片鸡皮疙瘩，我忍不住想向曲徵身畔靠靠，这隐蔽的密道内，除了我们，怎会有其他人？那究竟是人……还是鬼？

正惊疑不定间，身后石门忽然响动，我还未回过神，便被人狠狠推了一把，霎时摔到了石门另一侧。

若是这么个黑暗狭窄的地方只剩自己一人，远处还有个不知是人是鬼是敌是友的追兵……这一下摔得我魂飞天外，数个念头只在一瞬间，便赶紧挣扎着爬起，不料有个影子忽地撞过来，再次将我刮倒在地，这么一耽搁，此时石门已经落下大半，断断冲不过去了。

慌乱间，我越过那人，手脚并用地向前爬去，急急唤道：“曲——”

一柄长剑斜斜刺出，暂缓了石门的落势。我趴在地上，借着跳跃的火光，

瞧见狭窄的密道中，其余几人正努力挤回，曲徵握着长剑，正欲来拉我，俞兮却身子一顿，软倒在曲徵怀里。

这晕得也太是时候了啊！

曲徵右臂伸出顺势揽了她，手中的剑便失了力道，石门登时狠狠落下。将那剑身压成了废铁。

周遭霎时陷入一片黑暗。

我呆了呆，赶紧爬起使劲捶了捶那石门，吼道："曲徵！乌大侠！御谷主！快救救我啊！"

可惜除了手疼之外，这石门隔音竟如此之好，我半天听不见那边的回应，心中越发焦急，生怕他们将我丢在此处不管，只喊得越发声嘶力竭。

正急着，一个声音突兀地道："别喊了，吵得很。"

我猛地回头，差点扭到脖子，险些忘了还有个撞倒我的人在此处，听这声音是……御临风？

这时有个人在身畔，总好过自己一人叫天天不应叫地地不灵，我冲着他的方向喜道："御公子，有你在就好啦，你定是知道怎样出去的。"

御临风冷哼一声，并不接话。

这紧要关头还深沉个甚？我继而堆笑："说起来御公子与我家小姐成了婚，咱们多少也算是自己人……这里如此狭窄，站着多不爽利，不如我们赶紧……"

"出去又如何？"他忽然打断我，"这次推了你，下次未必只是推你这般简单。"

我心下"咯噔"一声，试探地道："你……你瞧见了？"

他不答，只听衣衫摩挲，似是有人凑近，我不由得往后退了退，后背抵住了石门："是谁？"

"你说呢？"他站在我身前道，"方才是谁阻了他人救你，便是谁了。"

我心中虽隐隐有些预感，但当真知道是俞兮推我之时，不免仍然觉得困惑，这样做，于她有何好处？

但眼下想这些也无甚用处，我继续堆出一抹笑，也不管御临风能否瞧见，与他套近乎道："连御公子也被推了过来，不知俞姑娘她——"

"推我的，却不是她。"御临风的声音携了一丝冷气，"金姑娘，你的未婚夫婿，待你当真好得很啊。"

这副腔调，不禁让我想起他拿着那帕子阴恻恻的样子。我登时咽了下口水，

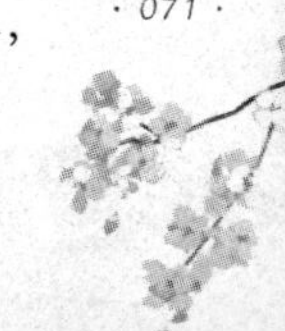

所谓祸不单行，大概就是现在这个情状。

“御公子大概是瞧错了。”我继而堆笑，“曲徵他救我尚且来不及，怎有工夫去推……”

“便是来不及救你，才要将我推过来。”御临风冷笑，“当时我身畔并无旁人，能将我一把推倒，俞兮的功夫还不成。”

我恍然大悟，御临风与我待在一处，便算这边有天大的危险，御非也定不会留下他亲生独子不管不顾。不过转瞬的工夫，曲徵竟能思及此处，当真不负“曲狐狸”的美称。

一颗心装回肚子里，我还未来得及松口气，猛然想起密道有其他人，复而紧张起来：“御、御公子，方才御谷主说……”

“确实有脚步声靠近，现下只怕快到这里了。”御临风冷哼一声，“你怕不怕？”

我老实地点头道：“怕。”

大约御临风是想嘲我一嘲，但我这般坦白，他又不知该如何开口。是以沉默了半晌，便听衣衫摩挲之声，我赶紧追上前几步，揪住他的袖襟。

御临风甩了一下没甩开，冷道：“你这般拽着，我如何走路？”

不甩手臂一样可以走好吗？！最多姿势诡异一些。我尴尬地咳了一声，还未说什么，便感觉他往我手中递了一段布：“你若害怕，便执这个吧。”

我赶紧捉住，心中对他有些改观。但依着这布条的走向，我觉着我死命握在手中的东西，大约应该是他的……腰带。

慕秋，我对不起你！我不是故意要捏着你家夫君腰带的！实在是形势所迫啊形势所迫！

这般走了大约半炷香的时间，密道越发宽敞，我心下忐忑，如此往回走，不是与那不知是人是鬼的玩意儿直接撞上？

但数次话到了嘴边，就是问不出口去，御临风走得稳健，我就怕到头来他把我往前一推就此跑路，那就阿弥陀佛了。

他走着走着，忽然一顿，我险些一头撞上他的背，还未出声去询，便见一片温暖的火光燃起，他举着一支火把，转过身来。

此时有些光亮，心中便踏实几分。我眯着眼睛适应了火光，喜道：“有了火把，便好出去了……”

御临风收起火折，抬眼看我：“谁说我要出去？”

我一怔：“那你走了这许久……”

“不过想起这里有个折了的火把。”他冷冷一笑，“出去的路，我怎知道。”

虽御夫人待人和善，但我仍然忍不住在心里默默地问候了她。

火光跳跃，在这阴森的密道中显得十分微弱。

御临风将那火把固定在一旁，斜斜倚坐在墙边，面目隐藏在阴影中。我抱膝坐在他不远的地方，眯着眼睛盯着火光，渐渐地有些恍惚。

沉默像是浸入了四下的气息，将人牢牢圈禁。

御临风似是从怀中掏出了什么，摊在手中，望得十分专注。我瞄到了那帕子上的翠竹，一直以来困扰我的诸多疑问纷纷涌出，再也按捺不住，便试探地道：“总瞧你拿着这帕子……不知有甚缘故？”

半晌冷场。

我默默地缩回去，不说就不说呗，出个声会死。正腹诽间，便听旁边传来一声清浅的叹息。我讶然地抬目瞧去，便见御临风睁着微灰的眼眸，映着微弱的火光，一双眉低低舒展，却是一副我从未见过的情深模样。

“这方帕子，是我一个故人之物。”

他声音淡淡，却似携了无尽的温柔。

我一时怔住，许久才呆呆地接口：“那故人……现在何方？”

御临风垂了双目，淡道：“我亦不知，她离开很久了。”

我缓过神来，追问道：“那你如今……是很想念她了？”

他未答，眼中柔情昭然若揭。我勃然大怒，甚至忘了他思念那人很可能与我过去有些关系，噌地站起身子：“好个负心薄幸的御少谷主！若是已有心上之人，你何必又去招惹了慕秋！”

御临风冷哼一声：“父母之命，难道金慕秋不是从了黑白无常客的意思吗？”

我抬了声音道：“若不是因为在靖边镇外遇上了你，慕秋才不稀罕你这劳什子的桃源谷！”

“你若替金慕秋委屈，便向我爹与乌珏说去，与我叫嚣又有何用？”

“你……”我一时语塞，只瞧着他这副英俊模样说不出的惹人讨厌，伸出手欲夺那方翠竹帕子。

我本来只是盛怒之余吓一吓他，却不料他半分没有防备，竟真的教我将那帕子一把扯过，且顺势便要丢向火把。

霎时间，御临风的脸色十分骇人。他一脚踢倒火把，一室昏黄转瞬便归于漆黑。只听他趴在地上来回摩挲，呼吸也十分粗拙，嘴里喃喃着“帕子”俩字，

诡异之余竟有几分可怜。

我被这漆黑一激，登时反应过来，帕子在我手中当然没有真的丢出去，一扯上慕秋便容易冲动，这时激怒御临风，我当真是脑袋被驴踢了。

“御公子，咳咳，这个……”我讨好地道，“气氛沉闷开个玩笑，帕子在我这儿……”

话音刚落，便觉一股大力将我狠狠推倒在地，御临风欺身上前，将我双手扭在胸口牢牢制住，贴近我的耳畔道：“你若再碰它，我便剁了你的爪子。”

这言语虽凶狠，我却仍然忍不住指出：“我这是手，鸡那才是爪子。”

我觉着御临风手一颤，大约被我气得不轻，心中暗骂自己一句，赶紧堆笑：“开个玩笑开个玩笑，御公子大人有大量……”

他复而凑近，正欲张口说话，便听头顶有个妖娆的声音道：“桃源谷大难临头，难为二位还有兴致风流快活。”

我的手腕都快被捏断了，哪里像是风流快活的样子！但又一想，他这般将我压在地上，男上女下，的确不大成体统。

可现在是想这些的时候吗！

我还未来得及惊呼有人，便见御临风回身推出一掌，有股香风从我身旁掠过，携着一阵银铃般的娇笑声，只是在这漆黑的密道中，非但不显得悦耳，只透出了十足的阴森。

霎时间，我想起九重幽宫血雨腥风的诸多传闻，又想起那淳朴而无辜的靖越山村寨，恐惧与愤怒交织汹涌，竟呆呆地躺在那里没有动作。御临风一把将我揪起，咬着嘴唇低声道：“帕子拿来。”

强敌便在近旁，这人对我的帕子倒是执着得紧，我还未有反应，便听有刀剑破空声直直袭来，而御临风只专注地揪着我的衣襟，似乎对危险浑然不觉。

我使劲地推了他一把，却不料他纹丝不动，只好急道一声“小心”便想自个儿闪开。

不想御临风这货，自己被那帕子魔障了不躲开也就罢了，竟捉着我的衣襟让我也无法躲避，简直就是个瘟神。

刀剑寒意逼近颊边，千钧一发间，身后的砖墙忽然响动，我不知又是什么幺蛾子，连带着御临风一齐毫无防备地向后倒去，这若是个机关，他死得可就冤枉了些。

有火光跳跃进来，在倒下的数个闪烁间，我瞧见方才我停留的密道中站着一个朱红衣衫的女子，体态婀娜，面上覆着一个似笑非笑的面具，正是收到九幽令晚宴那时血月的装扮。

却有些不对。

许是因为她停留在御临风颈项处的刀锋太近，像是浸透了鲜血一般的刀刃，如同天上高悬的弯月染了红，散发着隐隐的腥气。这便是九重幽宫两大神兵之一，江湖上令人闻风丧胆的血月刀。

只瞧了那刀一眼，我便如坠冰窟，似乎浑身上下每一寸都凝结了。

脑中忽地闪过这刀锋入了血肉的模样，当真快到极致的时候，鲜血会隔一会儿才会迸发出来，温温热热溅落四处。

我见过这柄刀。

我惧怕这柄刀。

而无论失去记忆与否，我都无法忘记这发自骨髓的恐惧。

此生此世，我最想要逃避开的，就是这柄刀。

所有的念头不过转瞬，血月刀架在御临风颈后，却迟迟没有落下，只是看着实在触目惊心。我脑中混沌，隐约觉着一道银光拦向血月刀，似乎想阻它的落势，结果无异是以卵击石。那长剑被血月刀轻松断为两截，残刃贴着我的脸滑落下来，细细的疼痛让我一凛，忽然便清醒了。

那把剑虽断了，却也将血月刀震偏。我反应过来，随着拽我的人向后蹭了几步，将御临风一并拉过，这才稍微有了喘息之机。此处是与密道并行的另一处石室，想不到那狭窄的密道砖墙后竟别有洞天，也亏得我二人恰巧待在了暗门旁。

身畔拉着我的人是白妗妗，提剑救人现与血月斗在一处的是御非，密道狭窄不便激斗，乌珏拿了兵器，瞧准机会亦向血月攻去。

我手中忽然一空，御临风终于抢过了帕子，狠狠剜了我一眼便也加入战团。白妗妗无暇顾及他，只牵了我疾奔向那石室深处的门洞，看起来像是一条连贯的走廊，比方才的密道要宽阔很多。

我心中忐忑："怎不见曲徵和俞姑娘？"

她不答，只推了我一把，急急道了"快走"二字便去助战。

我虽怕有人受伤，但眼下却更挂心曲徵的安危，他不在此处，我总觉得事情不大对头，便一头冲进门洞。

廊道两旁竟摆了火把架子，与那密道相比倒是正式许多，但此时我已无暇注意这些，心中只念叨着别是曲徵出了什么事，脚下生风，不消片刻已到了另一个石室。

那室内有火光，我面上一喜，还未看清周遭光景便唤道："曲徵……"

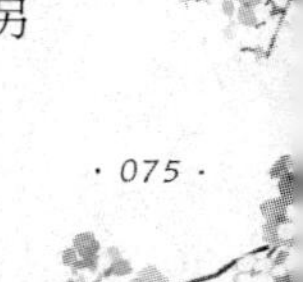

一句“曲徵你没事吧”只出口两个字，余下的言语便就此偃旗息鼓。

俞兮依偎在曲徵怀中，秀目紧闭面容苍白，双手揪着曲徵腰间的衣襟，很是小鸟依人。曲徵悠然席地而坐，便任由她环着，目光沉沉地向我看来。

霎时间，我在心中问候了千百遍俞兮的娘亲。

敢情她不但阻了曲徵救我，还在我提心吊胆百般蹉跎之时，舒坦地搂着别家夫君一搂就是几个时辰！

说来奇怪，上一次我看见苏灼灼的情诗，并无太大感觉却想做出一副为妻的架势；而此时我怔在那里瞧着曲徵，明明生出了满心的暴躁，却不知为何要强自忍耐，敛了神情故作镇定道：“我遇上血月了。”

言外之意是，你未来娘子我险些没命，你居然在这里抱着别的妹子！良心呢？节操呢？被狗吃了？

曲徵的目光在我身上顿了顿，随即落下，眸中若有所思。

我对他这副不声不响的模样很不满意，不去救我就罢了，连句安慰的话都没有，太薄情寡义了些。

忍了半晌，我终于按捺不住便要发作，却见曲徵轻轻动了动唇，近似呓语地道：“这桩事情，很不对。”

虽然我知此时应先大大责怪他一番，却还是不由得被他拐去了话语：“哦？哪里不对？”

“桃源谷，成婚，血月，都不对。”曲徵眉头微蹙，思虑良久，忽道，“血月遇见你二人，竟没有下杀手吗？”

我完全听不懂他在说甚，只听了最后一句立时怒道：“你……你竟盼着她下杀手吗，若不是御临风寻火把恰巧到那暗门旁，你以为我们还有命在？”

曲徵却似不觉我恼了，很有兴趣地道：“哦？他到了暗门旁？”

我顿生一种鸡同鸭讲的无力感，曲徵又道：“血月可曾对御临风手下留情？”

血色刀身闪过眼前，我不禁打了个寒战：“那般杀人不眨眼的魔头，怎可能……”

等等。

我想起暗门开启那一刻，火光闪烁进来，血月持刀站在我二人身后，那刀锋离御临风的后颈只有堪堪数寸，却迟迟没有落下来，是以给了御非格开的机会。

这般想着，我面上神色便迟疑了。

曲徵瞧着我，眉头一点点舒展开来，末了弯起一抹笑：“桃源谷，九重幽……原来如此。”

“什么原来如此？”我觉着有八卦可听，闪着眼睛凑上去，“快讲快讲。”

他垂目看了一眼俞兮，却不言语。

我恨聪明人。

你知道了什么就说出来啊！不想说就不要告诉我你知道了啊！好奇心太旺盛的人会死的会死的会死的啊！

慕秋曾偷偷与我说，有时候与金主谈买卖，每说完一句心里都要默念阿弥陀佛，这才能忍住徒手杀熊的冲动将生意谈妥。

我此时终于深切地理解了她，面对一个欠揍的人，佛法果真无边。

心中默念了句阿弥陀佛，我凑近曲徵，只用口型无声问道：“怕她偷听？”

曲徵微微摇头：“你进来之时，我已点了她的睡穴。”

“你知道俞姑娘是假昏？”我不爽道，“那你还不去救我，却在这里抱着她。”

“我留在这里，又不是因她晕了。”曲徵缓缓道，“她已推过你一次，若拆穿她假昏一事，与御谷主同去营救，难免她又会暗中加害。”

我从前笑那艳本中的姑娘，因男子几句话便又哭又笑，实在好骗。但此时听了他几句轻描淡写的话，满心急躁忽地烟消云散，只觉说不出的欢喜，不自觉间脸上竟笑开了：“所以……所以你与她在这里，是……是为了我吗？”

话一出口，我又觉得有些难为情，便别开了脸去，只听曲徵道：“这个自然，我当护着百万你的安危。”

他声音沉静，一字一句敲在心上，惹出一阵乱蹦跳。我正羞着，恍然觉得自己这德行不太对，赶紧甩甩脑袋：金百万你个不长记性的货，对着曲狐狸心头乱蹦跳，想背上再挨一刀吗？

当下我咳了一声，转过脸来严肃道：“不知俞兮为什么要与我为难。”

火光跳跃间，曲徵一双幽深眼眸抬起，直直将我望着：“你竟不知为什么？”

瞧他神色，仿佛这是明摆着的事情。我奇道：“她若是为了真经，就更不该害我才是。我觉着她比苏姑娘稳重些，不像是这般心肠歹毒之人。”

曲徵别过脸顿了顿，忽地弯起嘴角，似是没有忍住笑，清俊中竟生了几分旖旎，与他素来温润的笑意不同。我从他这副神情中瞧出了几分无奈的意思，大约是在笑我心思迟钝。

我刚想追问到底是为甚，便听后面有急急的脚步声，越发临近。

白妗妗第一个进来，神色颇有些慌乱，随后乌珏与御临风扶着御非紧跟着

出现，二人扶着后者靠墙角坐下，他胸前有道一尺长的血痕，看起来伤得不轻。

我还未来得及开口询问，白妗妗掏出伤药，递给乌珏急道：“那血月果然狠戾，我夫妇二人放了迷烟堵上暗门，不知能挡她多久。”

所幸密道黑暗狭窄，纵然血月想要伤人，只怕也施展不开。御非胸前这道伤口虽长，但不甚深，他摇首苦笑：“血月神兵名不虚传，若是再往前半寸……御某果真是不中用了。”

我遍体生寒，想到跟那九重幽宫臭名昭著的杀手只有一墙之隔，不禁向曲徵身畔靠了靠。他趁众人不察，飞速地在俞兮颈侧一拂，便见她悠悠睁开了眼睛，似浑然不觉被点过穴道。

御非的伤口处理过，俞兮亦醒了，众人便围在一起商讨下一步。

言谈中我大约知晓，御非见我二人被暗门隔开，另一畔又有人跟踪，当下心急如焚，几经周折寻了暗门一路折回，暗门之后的此处，走廊宽阔，更有石室和火把，相比之下，那密道却更像是副间。乌珏曾问为何一开始不走此处，御非解释道：此主道的出口是处瀑布，而副间则通往谷外，且更隐蔽适合躲藏。

此时众人商议好了，回暗道里是万万不能，只好从这主道寻那瀑布口，探了情形再做打算。御临风仍是阴着脸，他爹爹为救他受了伤，却不见这货有甚担忧。我收回目光，忽见曲徵瞧着我，眸色沉静悠然，半晌垂了眼，一副欲言又止的模样。

“百万……”

这两个字说得深情款款，我背后爹了一片汗毛，迟疑道：“作……作甚？”

他低声一笑：“我饿了。”

饿了就直说！做这副情窦初开的德行是想怎样？

俞兮立时道：“曲公子，我这儿有……”

“给你。”我当机立断地掏出之前险些硌掉牙的糕点，咳了一声上前去，隔开俞兮的目光，不怀好意道，“快吃吧。”

曲徵接过来，打开后端详半晌。我盼他赶紧送进嘴中，便眼也不眨地瞧着，却听他淡道：“这点心……像是圆月酥吧。”

其余人见曲徵拿了糕点，也都纷纷掏了出来。白妗妗看了一眼，点头道：“是圆月酥。”

“想不到中秋过了已有月余，桃源谷竟还存着圆月酥。”曲徵微微一笑，“一定极是美味。”

美味个甚，牙都要硌掉了，像是放了很多年……

我思及此，心中忽然“咯噔”一下，抬眼去看曲徵。御非在他不远的地方，却不知是不是失血的缘故，脸色一片煞白。

按照中原风俗，八月十五中秋佳节，家家户户都会吃月饼与圆月酥，桃源谷大约也不例外。御非曾说这糕点是他匆忙之余从房中随便拿的，此时已是十月初了，他的房中，为何会有中秋时的糕点，且显然已不能吃了。

这糕点中，有些确实新鲜，只这圆月酥是放了太久的。白妗妗已咬了一口，皱起眉道：“若是中秋时的……”

她怔了怔，随即去看乌珏，夫妻二人交换了一下目光。我心头蹿过一个诡异的念头，只是脑中纷杂之事太多，无论如何也抓不住。

中秋、八月十五、放了很久的圆月酥。

成婚、九幽令、正副颠倒的暗道。

我瞧着曲徵，他亦望着我，目光似有深意。

——这桩事情，很不对。

——桃源谷，血月，成婚，都不对。

醇澈的声音在脑中不断回响，我怔了怔，抢过那圆月酥，转而向御家父子看去。

常理来论，桃源谷主房中，确实不会有中秋节剩下的糕点。

可是，倘若这糕点并不是剩下的，倘若这糕点——早在中秋节时，便已经在暗道中了呢？

这般想来，有些微小的疑点和状况便一一解释得通。若糕点是中秋时便准备的，只能证明那时御非已做好了入暗道的打算。桃源谷久负盛名，虽风云庄没落，御非仍是威震一方，他为何要做这般打算？

难道……难道桃源谷早在中秋之前，已然收到了九幽令？是以大婚次日的那场晚宴，血月出现以及掷出九幽令，全是御非自导自演的一场戏？

这般推断，也并不是无迹可寻。首先，晚宴那日，血月出现得毫无征兆，而桃源谷的弟子也毫无折损，甚至没有受伤的，委实不符合血月狠辣的行事作风；其次，在九重幽宫腥风血雨的传闻中，从未听说过收到九幽令的人第二日便被加害，这中间相隔的时间不过短短一日不到，委实太反常了些；第三，也是最重要的一点，旁人未必得知，我却十分清楚。

那神兵血月，我定是见过的，否则今日也不会一见之下便傻在地上动也不会动，若晚宴那日亦是真正的血月刀，何以我半分感觉都没有？

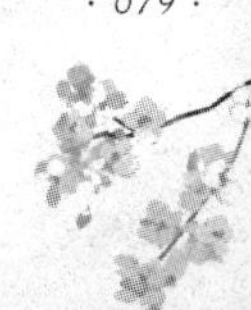

种种细枝末节交织起来，我却更加疑惑了，这么做，于桃源谷有何好处？若想做戏与我们看，何不挑在婚宴那日，在场都是英雄豪杰——

“御兄……”乌珏忽道，“你我数十年交情，可还有甚不能直言？”

“乌兄弟何出此言？”御非苦苦一笑，“御某已是如今这个境地，怎还有心思与你——”

“这九幽令，当真是昨日才送来的吗？”白妗妗性子爽朗心直口快，想必她亦想通了个中缘故，直截了当道，“御大哥，我只问你，这许多年了，为何……为何如今才想与小徒结亲？”

这言语掷地有声，如同一道炸雷，我登时蒙了，呆呆地向御非瞧去。

听起来荒诞，却是极为合理的。桃源谷收到了九幽令一筹莫展，某种原因使御非不愿将此事公开，欲要黑白无常客相帮却不敢明说，便定下亲事，成婚后再佯装收到九幽令，如此一来，乌珏与白妗妗自不会放着爱徒不管了。

故，慕秋的婚事，她倾注了满心情意的郎君，御临风的虚与委蛇与婚后性情大变，这其间种种，不过是他父子俩想利用黑白无常客抵挡九重幽宫的一件利器？

不愧是桃源谷主，好策略，好计谋。我心中这般想着，面上却再也掩不住怒色，直直站起身道：“枉你一代宗师，竟做出如此阴损之事……你，你叫慕秋今后如何自处？”

御非张了张嘴，却什么也说不出，一瞬间像是苍老了十岁。

曲徵微微扯了我一下，低声道：“如今事态未明，百万你须冷静些，莫忘了……还有人在茶中下了药。”

下药一事，众人本欲待脱难后再深究，他声音极轻，却霎时一语中的。在我们这七人中间，不但有圈套和欺骗，极有可能还有一个细作。

乌珏环视一圈，最后目光落在了俞兮身上，想她一回来茶水便出了问题，且刚才晕得也很奇怪，是以便怀疑到了她那里。他顿了顿刚要发问，便听御临风冷道：“不用猜了，那药……是我下的。”

“风儿！”御非急道，“你……”

“爹。”御临风淡道，“事到如今，还有什么不能说？”

石室一派寂静，所有人都盯着御非苍白的面庞。

御临风从怀中掏出一支几寸长的小竹筒，放在乌珏身前，沉声道：“乌大侠，打开瞧瞧吧。”

白妗妗伸手将那竹筒打开，从中拿出一张微黄的纸来，只瞧了一眼便瞪圆了眼睛："这……这是……"

"现下你知道，我爹为何不敢让各大派知晓此事了吗？"御临风波澜不惊地道，"若江湖皆知，桃源谷被发了九幽令，是因藏有《璞元真经》的残页，后果将会如何？"

满室皆默然。

我震惊地盯着那泛黄的书页，上面是一种古老的字体，完全看不懂是甚内容。这便是真正的《璞元真经》？我不禁去瞧曲徵，却见他敛了眉目毫无异色，似乎早就料到会如此。

乌珏忍不住道："这……这果真是《璞元真经》？"

"四年前，上任血月叛逃九重幽宫，曾在此密道处落了这张残页。"御临风缓缓道，"这残页满是古字，无头无尾，怎知是甚内容？"

俞兮状似无意地瞧了我一眼，轻道："可数日前亦有传言——"

"当时我桃源谷自顾不暇，只盼离《璞元真经》越远越好，怎有心思去蹚这浑水？"御临风凝眉道，"且我与金氏镖局结亲在前，只盼金姑娘引了那贼人的注意，方可独善其身。"

"金氏镖局亦是为人暗害，否则小小的一支镖，怎会次日便走漏了消息。"白妗妗立时接口。

俞兮忽道："金姑娘，那《璞元真经》上的字，可如这残页一般？"

我被点了名，先是怔了怔，随后便是一阵心虚。那经是假的，字当然也不一样。但眼下除了曲徵，其他人等，甚至连御非也定定将我望着，想来这东西害了桃源谷，他亦想知道它到底是不是《璞元真经》。

"这……呃，金氏镖局的规矩，不可擅自翻看金主物事。"

我面不改色地扯了谎，刚刚在心中吁了口气，便听俞兮继续道："这还不简单嘛，拿出来瞧瞧便知。"

我下意识地摸了摸缝在衣裳里的假经，神色颇有些惊慌。还未想好对策，曲徵淡淡一笑："既得真经，又怎会随身携带。百万一时寻不到那青松客，我亦不敢妄自翻阅，便托本门弟子带回瞿门请师父定夺了。"

他目光沉暗，将一件根本从未发生的事情说得有条有理，不但抬了瞿简这尊大佛出来，还顺带自圆其说地堵了他人的嘴。

我无限热辣地瞧着曲徵，不愧是曲狐狸，这……这才是扯谎的最高境界！

既是曲徵这般说了，其余四人也没有怀疑，气氛一时冷了下来。

御非沉默半晌，终于微微叹息一声，苍凉道：“御某纵横江湖数十载，若是二十五年前，就算敌不过九重幽宫，桃源谷又有何惧？”

这言语间，依稀可见御非当年英姿勃发的模样，可惜英雄末路，美人迟暮，如今英雄迟暮亦显得有些悲哀了。

他顿了顿，面色越发凄然：“乌兄弟，是我对不住你夫妇。”

你最对不起的是慕秋好不好！我愤怒地张了嘴，还未出声便被曲徵拦了，只得瞪了他一眼扭过了头。

“御兄，你糊涂啊！”乌珏叹道，“难道以你我这数十年的交情，我会眼睁睁瞧着你被魔教加害吗？”

“我当然知道你不会。”御非话锋一转激动道，“便是因为我知你夫妻二人乃是真的侠义心肠，不会贪图《璞元真经》，才敢这般作为。区区一个血月，御某与她拼命便是，何必如此窝囊？我唯一放心不下的……只有……只有风儿啊。他自小患了恶疾，虽功夫不弱，只是十天半月便要发作，年初才刚好了些……乌兄弟，你与白女侠性子刚硬，只怕不肯与我退进密道，其实在茶水中下药之时我已计划好退路，若……若我有个什么不测，只盼乌兄弟能代为兄照看他，就算在九泉之下我也，也……”

御非声音哽咽，便说不下去了。御临风虽是一路面无表情，到了此时也不免有些动容。我先前对御非的那点恼怒之情，忽地便去了大半，只是发自心底地艳羡起御临风来。有家，有娘，还有个如此为他倾尽所有甚至不择手段的爹爹，这般温暖，就算要我豁出一切去换我亦是愿意的。

白姈姈到底是女人，心肠极软，便劝慰道：“御兄不必如此，只要令郎今后待小徒亲厚爱护，此前之事一笔勾销，我夫妻二人定护御少主周全。”

言毕于此，真相已白。七人商议了一番，其他均为次要，先寻到瀑布出口避开血月再做打算。当下御临风在前，乌珏殿后，几人脚下加急，匆匆向主道深处而去。

一路无话，虽我很想质问俞兮为何害我，但此时却还不是时候。一来我没有证据，她亦不会承认；二来俞家现下已是桃源谷的强力后援，御家父子必不会为了我得罪她的。思前想后，我只好紧紧跟随曲徵身畔，以防俞兮再下黑手。

这密道两畔火把甚多，是以除却御非，我们六人手中都有了光亮。石室一个穿过一个，很是宽敞，此时有了火把我才瞧见，这些石室四壁都有很多古玩字画，大约价值不菲，仿佛大把的银票摆在那里却带不走一般，让我十分肉疼。

又走了许久，主道终于到了尽头。那是一间异常宽阔的石室，不同于以往石室的繁华，这间石室内几乎什么都没有，除却我们进来的地方，其余三面墙壁各有一洞一模一样的石门。

“这石门机关，只有历代谷主才知缘法。”御非虚弱地道，“生门、死门、空门，若走错了便是万劫不复。”

我奇道：“那瀑布在哪儿？”

御非还未回答，便见乌珏脸色变了，他对白妗妗使了个眼色：“有人来了。”

我霎时后背汗毛都直了起来，此时此地，此情此景，追来的除了血月还会有谁，当真是阴魂不散。

御非不答，只是凝目瞧着那墙壁，半晌寻到一处，运尽内力挥出一掌，那块砖墙便整整齐齐地裂了一个四方洞，露出里面的木质把手。他轻轻拉动，右手边的石门便应声旋开，发出轰隆隆的沉重声响，门后是望不到底的湿滑台阶，一股水汽扑面而来。

“快，此石门三日才可开启一次，快走吧！”御非拉住把手。我们鱼贯而入，站在湿漉漉的台阶上回望，他松了手想要跟着进来，这石门竟缓缓地在闭合，看来必须有人握着把手才行。

便在此时，一道刀光旋过，御非骇得抽身后退，正是血月到了。

乌珏急道一声“御兄”便冲出去与血月战在一处，白妗妗目色一凝，几个翻滚过去握住了把手，此时那石门已闭合大半，仅容一个身材瘦削之人勉强通过了。

我的心揪了起来，门外三人，不可能全部进来的，必须有一人握着把手，一人缠斗血月，还须是能勉强打成平手的情况下。

白妗妗道：“御兄，你受了伤先走吧，我夫妇二人会会这妖女！”

“不行！”这两个字分别从我和御非口中发出。

乌珏回身，使出独门暗器，逼血月向后疾退，血月侧身间闪躲不及，面具被暗器斜划开，现出半张雪白的脸，红唇微微上翘，十分可人。

只是此时无人有心留意妖女的真面目了，乌珏借此机会回身扭住御非的手，将他硬送向石门。御非无力反抗，便被顺利地推进门内，白妗妗马上松了手，执了兵器加入战团。

御非气急，竟一进门便晕了过去。

石门很快开始闭合，我急得声音都变了腔调：“乌大侠！白大侠！快进来啊！”

可惜这缝隙，已是万万不够一人通过了。我霎时万念俱灰，纵然黑白无常

客鲜有敌手，可那是拥有血月神兵的魔教妖女，此处亦不像密道内施展不开，一旦输了便是搭上了性命，叫我如何不急？

曾说过要收我为义女的英雄侠客，还未来得及兑现他的诺言。那些卑微的期盼与睡梦间才敢肖想的温暖，随着石门闭合，便彻彻底底地断送了，终如南柯一梦。

我徒劳地伸手捶着那门，眼泪不自觉地涌了出来，只是喃喃道：“快进来啊……”

恍惚间手下一顿，忽然有人执了我的手腕。

“这般伤了手，便不好了。”曲徵垂下头，目光隐在阴影里，轻声道，“百万莫急，乌大侠夫妇不会有事。”

我猛地抬头，险些磕到他的下颌：“你怎知？”

曲徵弯起一抹笑：“要下手怎会拖到现在？你信我便是。”

他掌心温暖，言语间仿佛携了奇妙的仙法，让人情不自禁地想要相信。我心中轻快起来，眼前可是转瞬七八个心眼儿的曲狐狸，他说没事，那便一定没事了。

御临风见我平复，不发一语地背起御非向下走去，俞兮跟着，我与曲徵走在最后。

这般握着手，我才发觉自己从头到脚都在发抖，只觉着他修长的手指握着很是安稳，心里盼着他莫要松开。

可惜不过下了几个台阶，曲徵便收了云袖，我手背一凉，心中没来由地空落起来。

石阶上满是水，甚滑腻。

愈往下走，轰鸣的水声便愈强烈，甚至火把都燃不起来了。幸好这种漆黑没有延续太久，大约半炷香的时辰，便见到了那传说中的瀑布。

此时水声激烈，已听不见旁人言语。有夕阳泛红的微光透过奔腾的水流洒落进来，石阶底部最靠近那里，虽很平坦，却十分狭窄，不过刚够两人立足。

御临风未发一言，便率先走过去，三人跟上，隔了数尺外衣衫便湿了。我心下嘀咕，这货不是要这么冲进瀑布跳下去吧，这跟回石室与那血月玩命有甚区别？

下到了底，御临风身形一转，借着微光，我瞧见他侧身从旁处向上攀爬，大约是个坡形的岩壁，十分潮湿，顶端有个半人高的出口。

想到终于可以离开这个鬼地方，我手脚并用，很快随着俞兮身后钻了出去，只觉新鲜的气息伴着水汽侵入骨髓，这感觉恍如隔世。我狠狠吸了两口气，待看清眼前情状，险些就没站稳。

这是一处紧靠瀑布凿刻的石台，绵延不断向山顶而去。每张台子大约一人多宽，两个台子相距不过数寸，但高低落差极大，大约与我身长并齐，对身怀轻功的人来说，却不是甚难事。

“每张台子只容两人重量。”御临风站在我们上面的石台上道，“待我上了下一个石台，你二人便上我这石台，此处年久极滑，小心。”

俞兮点点头，幸得他说得及时，曲徵没有贸然上前，否则这台子上已然有了我与俞兮，他再上来便危险了。

站在瀑布石台的边缘，身下是万丈深渊，眼前是几乎触手可及的云雾，这番景象大概一生也难见一次吧。我向下瞧着，觉着自己整个人都缥缈起来，可见其瑰丽宏伟。

正神游天外间，眼前忽然一花，有什么东西从我身前落了下去，便感觉腿部一紧，一股巨大的外力将我整个向下拽去，同时石台发出了轻微的“咔嚓”声，我惊慌地抱住石台，奈何手臂不够长，只堪堪能扒住一点，阻止不了身子向下滑去。

我不由自主地向下望了一眼，死死抱着我的腿的人，竟然是御非。他惨白着脸，看似已然说不出话了，只是大声喘息。御临风探出头来急急唤了几声，刚刚御非还好好地在他背上，怎的说掉便掉了？

曲徵瞧见了这变故，只是石台已有了三人，再承载不了更多，他过来只会让我和御非死得更快。

“这石台不行了。”俞兮急道，“我先上去吧？”

“没那么快塌的！”我快撑不住了，吼道，“先拉我们上去。”

俞兮略一踌躇，便低下身子，握住我的一只手，向后用力。我向上挪了一些，便将另一只手也交给她，只感觉自己的脚快被拉断了。

其实事后想想，我委实不该把双手都交给俞兮，但那石台上除了她已无旁人，就算她不来拉我，我亦撑不了多久。

然后俞兮便笑了。

她秀美的容颜舒展开，双手微微一挣。

看到她松手的一瞬间，我甚至没反应过来发生了什么事情，只瞧见她眼中湛然的光，那种眼神，不是仇恨，不是厌恶，很有些微妙，像极了苏灼灼看我

的样子。

我曾说过，不知俞兮为甚要与我为难。曲徵答道，你竟不知为甚？

现下，我终于明白了。

她爱极了曲徵，自临远城门一见就已然深陷，为此宁愿在好姐妹面前苦心隐忍，甚至对我这未婚妻心生妒恨，不惜数次下手想要除掉我。她伪装成亲善守礼的名门闺秀，顶着“俞家二小姐”的江湖盛名，暗自却世故城府、心计诡诈，不输世间任何男子。

我在空中怔了怔，身子急速下坠而去，一声“曲徵”刚刚出口，便霎时被风吹散，再无半点声息。

寒风与水花疯狂穿透衣衫，敲打在面上生疼，根本睁不开眼。只觉轰鸣的瀑布离我愈来愈近，脑中混沌着，最后一个清晰的念头竟是圆月酥，便觉肚子“咕噜”一声，很不应景地响了。

……

死都死得这么不严肃！

我觉得自己这一生，便是在蹉跎中打滚。保个镖倒霉，定个亲倒霉，自家如花似玉的夫君，连半点便宜还没占到便要阴阳相隔了，甚悲催。

正咬牙等着最后一刻的来临，却不想脚踝忽然一轻，似乎御非松了手，随即腰间猛地一紧，我被带进了一个人的怀中，惊吓之余想睁眼瞧瞧是谁，便听见一个熟悉的声音淡道：“屏气。”

当一个人在你心中强大到无所不能的时候，你便觉得他身上会有奇迹。是以此时我听了曲徵的声音，心中彷徨忽然尽去，只觉自己这条命算是捡回来了。

下一瞬，冰冷的河水霎时将我淹没，激荡的水流冲散了曲徵拉着我的手，每一寸肌肤都如针扎一般，身体痛得似乎快要裂开，耳朵也胀鼓得到了极限，满是难以忍受的寒冷。便这般在河底滚了一圈，呛了两口水，我奋力地刨了几下，然后惊喜地发现……我竟然是会水的，且水性还不错！

我沉下身子从水势稍缓的河底向远处游去，大约过了丈许，终于憋不住气浮上水面，大口喘息着四下打量。此时太阳已快落山，光线昏暗，丝毫没有御非与曲徵的影子，我扶住旁边的一块乱石，打不定主意是先上岸还是先去寻人。

忽然水流激荡，有人从我身畔露出头来，眉目隽美天下无双，正是曲徵。我心头一喜，便见他伸手揽住我，右手撑了那块乱石一跃而起，堪堪落在急流边的碎石中。我落地的时候手掌挨了地，立时被碎石划出几道血痕，不过此时

已在乎不了那许多，连忙随着曲徵站起身来，他望了一眼四下，立时沉声道：“山中夜寒，须找个避风的地方。”

我一句“俞兮害我”到了嘴边，瞧他神色严峻，大约此时也不是说这个的好时段，便点点头顺着河流向前面走去。晚风忽地起了，方才刚从河水中出来还不觉得，此时叫秋末的寒风一吹，我登时从头到脚冻个通透，忍不住地哆嗦。

好在我眼毒，发现距这河流数里之外有一个洞穴，我二人钻了进去，倒是意外的干燥清净，没什么味道，像是野兽废弃了很久的。

我转过身欢喜地道：“这下晚上有着落了，我去捡些干柴——”

曲徵站在洞口，大约是疲累得很，脸色竟白得很不寻常。我这才发觉一路过来，他跟在我身后，几乎一句话都未曾讲过。

我心下奇怪，试探着唤道：“曲徵？”

他身子晃了晃，忽然倒下来。我吓了一跳，急忙走过去扳过他的身子，只觉扶在他腰间的手一片黏腻，细瞧之下大惊失色，竟然是血！

我霎时慌了手脚，心突突跳得极快。

瞧他伤势，大约是掉进瀑布的时候被乱石刺到了，这般的冲击只断了两根肋骨也当真幸运，不知有没有伤及五脏。也亏得他镇定，一路走来都没哼半声，直到此时方才失血过多支撑不住。

在我印象中，曲徵总是一副胸有成竹、浅笑悠然的模样，何曾如此虚弱不济过，若是……若是他就这样醒不过来怎么办？

思及此，我鼻间一酸，便要流下泪来，随即又觉得不能哭，甩甩头狠狠抽了自己一个耳光，金百万啊金百万，他为了你受此重伤，你便除了哭什么都不会做？没用的丧气货，岁数都活到狗身上去了吗？

我振作起精神，深吸一口气，拼尽力气将曲徵拖进洞穴深处安顿好，然后就近在洞外匆匆捡了些干柴和枯草，用火石点着了，再用枯枝拼了一个简易的架子，脱了自己和曲徵的外衫鞋袜搭在上面，最后解开曲徵的亵衣，把伤口间的碎石挑了出来，用水袋细细冲了皮肉，再扯下自己亵衣的两只袖子，紧紧裹了他腰间的伤口。做完这一切，我吁了口气，只觉身上一点力气也没有了。

如此这般折腾了一圈，血终于止住，可曲徵还是没有醒。我细细端详他，但见秀目紧闭，唇色苍白，黑发湿漉漉地粘在他白皙的脖颈间，散乱地越过桃红色的一点，顺着胸膛肌理起伏一路向下……

等等，他怎么敞着亵衣，谁干的？

……

好吧，是我干的。

方才情况紧急，完全没注意自己竟不知不觉把他扒了。我瞧得口干舌燥，心中对自己默念禽兽也要挑时辰人家伤口还在那里可不能乘人之危云云，但眼睛却直勾勾地在曲徵嘴角与胸前来回打量，咳咳，不得不说自家夫君瞧着清瘦脱了衣服还真是线条完美啊……

曲徵微微咳了一声，我霎时回过神来，他亵衣湿着还敞着胸怀，定然会着凉的，我却还在这里用眼神非礼他，当真没良心。

于是我赶紧过去将他衣衫拢了，缓缓挪到火堆旁边，又不想让他躺在冰冷的地上，踌躇了一会儿，便将他的头搁在自己肩上，伸出双臂将他抱在怀中。

一炷香时间过去。

这心越跳越快是想怎样!

我郁卒地别过头，他身子极沉，这般靠在我怀里，潮湿的乌发有种淡淡的香气，混着清冽的男子气息，莫名地让我手臂发软，连带着脸也越发烫了。

没出息啊金百万！抱自己的夫君心虚个甚！就算曲徵醒了能怎样，照样应该感激你伟岸的胸怀为他驱寒送暖，虽然你的本意是想占便宜……啊不对，本意是想报答他跳下瀑布救了你的这番恩情……

我胡思乱想一番，意识便渐渐地模糊了，周身酸痛疲惫统统袭来，一夜无梦。

再睁眼的时候，火堆已熄了，只余零星的火星。曲徵仍是没有醒，我摸着他周身冰冷，便想再添些柴，可是一个姿势维持了一晚上，手臂和双腿都已麻木得失去知觉，只好等缓过了再动弹。

安顿好曲徵，外面天蒙蒙亮，我穿好外衫，出去转了转，也不敢走得太远。只灌了水袋，采了些草药和野果，这些事做起来有一种奇怪的熟悉感，仿佛我过去经常在野外露宿，是以竟很是熟练。

啃了两个果子有了力气，我替曲徵的伤口敷了药，大约是动作大了些触了伤口，曲徵眉头一蹙，乌黑的眼便睁了，直直向我看来。

此时我一手抓着他的亵衣，一手摸在他腰上，此地无银三百两地道：“我就是看看。”

“是看伤口看伤口！”我满脸通红，“不是看别的……”

曲徵弯了弯嘴角，只说了一个字：“水。”

我赶忙拿过水袋，扶他坐起一点，拧开盖子递了过去。

曲徵菱唇微启，我直勾勾地瞧了半晌，忽然想到慕秋的那些艳本，一般男

子重伤无力之时，女子半推半就，最后都是用……用嘴喂水的噢！

我的眼神立时晶亮热情起来，只盼他举不起水袋。

但这货不是别人，曲徵顺利喝完了水，竟还有力气撑着身体坐起来。我失望地蹲在一边，拄着脑袋看他。

曲徵环顾了四下，目光又扫过我散乱的头发和衣衫。我不自然地捋了捋，便怕他向我道谢，说起来，还是他救我这番恩情大得多了，于此时再计较这些，便显得生分了。

他顿了顿，声音沉沉道："御非可还活着？"

我心里"咯噔"一下，早把这货忘到九霄云外去了，便挠头讪笑道："这个……我只顾着你……便忘记了。"

曲徵淡淡一笑，像是在回应，又像是某种心照不宣的暧昧，我的心又乱蹦跳起来，难得他一副苍白容色，笑起来仍然如同杏花微雨，很是勾人。

"百万，你过来。"

这这……这忽然叫我过去，难道被我这番体贴入微的照顾打动了？继而发现了我可靠贤惠善良美丽等深藏不露的美好长处……

我红着脸垂着头，应了一声，磨蹭半天才到他身畔，小声道："过来了。"

"再过来一些。"

我偷看了他一眼，正对上幽深的目光，登时心中大大蹦了几蹦，各种扭捏地凑近他身畔。

曲徵执过我的手，平平摊开了，伸出修长的手指画了一个奇特的图案，像是朵花，又好像什么都不是。他低声道："你去那河边，用湿柴点起黑烟，再寻个平整的石头，用炭灰画这个图案，记住了吗？

画个画儿而已，搞得像在调戏我一般。

我不免有些失望，但察觉曲徵话中严肃，便仔细记忆了一遍，点了点头。

曲徵沉道："事不宜迟，这便去吧。"

我听话地走到洞口，想了想又转过身来，还未张口，便见他弯起嘴角："我一个人不会有事，你也小心些。"

果然，就算受了伤，他仍是转转眼珠子就能猜中别人心思的曲狐狸，不需我操心。

于是我又来到河边。

山风凛冽，我没了亵衣袖子，风直往袖口中钻，冻得我瑟瑟发抖，便赶紧生了火，多添了些湿柴，待风小了一些，终于汇成一道淡淡的黑烟。也不知曲徵是要给谁发信号，那瀑布顶端地势奇特，想要到这里只有跳下来，指望桃源谷的人过来是不可能的，况且我便算再迟钝，也发觉了其中蹊跷，莫说俞兮，只那御临风就很有些诡异。

我挑了块平平的鹅卵石，用炭灰细细画了图案，放在那火堆旁边，刚想抽身离去，便远远瞧见河中漂来一个东西，很有些眼熟，近了才发现那好像是……一个人。

御非面部朝下泡在水中，裸露在外的皮肤已浮肿泛青，断断不可能活着了。那河底遍布暗礁和石块，若不是曲徵相救，我必然毫无悬念地归位了。看这样子他大约是不巧落在了暗礁上，我心中陡然生出一种悲戚，叱咤江湖多少年的老前辈，那般疼爱儿子的父亲，可曾想过这样离开人世？甚至极有可能死在至亲手里……

想到他莫名其妙地忽然坠下，我叹了口气，蹚水将他拉上岸来，挖了一个坑，将他埋了，磕了几个头。

回去的路上，我心思悲切，未觉自己身子越来越烫。待反应过来的时候，才想起蹚水湿了衣衫，挖坑又出了一身汗，被秋末冷风一吹，不发烧才怪。

勉强支撑着回了洞里，曲徵仍是躺着一动不动，大约是睡了，我寻了个角落躺下来，很快也昏睡过去。

不知过了多久。

我缩成了一团，身上一会儿冷一会儿热，十分难受。只听洞口有轻微的脚步声传来，心中警铃大作，奈何体力不支，只动了一下便歪倒在地上。

“这洞太难找，啧……你受伤了？真是难得，似你这般的人也会受伤。”说话之人声音浑厚清朗。

我努力睁开眼，一片朦胧中只见一双俊朗的眉目，流光肆意风采卓然，前额几缕发散乱地垂下来，显得十分潇洒不羁。

他站在我身前，用脚踢了踢我的屁股。

“阿徵，这是什么东西？”

此时我身体难受得说不出话来，但心思仍然活络，是以在心中无比愤怒地回道：你才是东西呢，你全府上都是东西！

第四章 受伤，情字已深

◆

◇

桃花树下，曲徵一袭白衣扬眉浅笑：“百万，你过来。”

我身上烫得难受，风一吹又冷得发抖，不过即便如此仍然屁颠屁颠地凑了过去。

他长臂一伸，将我整个儿抱起，柔声道：“百万，你待我很好，我喜欢你。”

我红着脸，心中欢喜无限，闭着眼嘟着嘴缓缓向他靠近。

……

好吧，若不是一个震天响的喷嚏将我惊醒，我定然已经亲到帅哥了。

半梦半醒间，肋下紧紧的，勒得我生疼。

我睁了眼，发觉自己确实是被人抱着，只不过梦中是被曲徵美美地打横抱起，现实是被人用一只胳膊夹在腋下，就像一大灰狼夹了只小母鸡。

这个夹着我的便是踢我屁股的那个人了，我立时掐住他的手臂怒道：“你是何人？放我下来！”

“醒了？”他毫不在意地道，“阿徵说你病了，我瞧你精神得很嘛。”

我奇道：“你……你识得曲徵？”

“当然，不然我怎会循了暗号来。”他低头瞅了我一眼，“那丑得没边的暗号是你画的？啧啧，还须练练。”

鉴于我不认识他娘亲，也就不便问候出口了，是以平复了一下接着道：“曲徵呢？他现在何处？”

“不远有个村落，他先行一步，我们在那里会合。”

“他受了那么重的伤，自己一个人怎么行。”我急得脱口而出，“你放我下来吧，去看看他怎样了。”

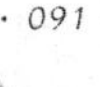

“你道曲徵是何人，便算他再伤重十倍百倍，又有谁能奈他何？”那男子朗声道，忽然一脸八卦地低下头，笑得暧昧异常，“其实我早这般说了，可他让我与你一起……嗳，我说，你和阿徵是什么关系？”

我没忍住言语中的嘚瑟劲儿，美滋滋地答道：“我是他未婚妻。”

然后我就从这货胳膊中掉了下去，结结实实摔了个狗吃屎。

他怔住了，我揉着下巴愤怒地瞪着他，这才发现他肩上还扛着一个奇长的东西，用麻布裹得严严实实，看起来极沉的样子。

没等我抗议，他回过神来便再一次夹起我，霎时天旋地转，我只瞧见两畔景色飞速向后掠去，如此快的速度，却不见他多喘一口气，想不到这男子内功竟如此深厚。

不消半刻钟，我二人进了村子，直接冲进一间瓦房。

“你你你你……你定亲了？”那男子把我一丢，直接对着床上的曲徵怪叫道，“离开琅中之时，你还说没有娶妻的打算！”

曲徵正闭目休憩，这时睁了乌黑的眼，弯起嘴角道：“此一时彼一时了。非弓，多谢你接百万过来。”

原来他叫非弓。我终于有机会细细端详，此人身形颀长，肤色偏麦，剑眉星目，头发用一根带子高高竖起，青色短打衣衫衬得整个人俊逸非凡。比起曲徵的清美隽秀，另有一番潇洒不羁的风致。

此刻非弓也在打量我，他后知后觉道：“百……百什么？”

我立时冲曲徵挤眉弄眼希望他不要再说了，可惜他并未领会我这番迫切的意愿，淡道：“百万，金百万。”

还重复两遍！

于是非弓的反应也没让我失望，他先是垮了脸，然后努力按捺，两肩抖了许久，最后终于绷不住大笑起来。

“哈哈哈哈……百万……金百万……你娘是有多缺钱……”

我噘了嘴：“我没娘。”

“咳咳！”非弓立时克制住了，“那便是你爹缺……”

我嘴噘得更高了：“我也没爹。”

然后我满意地瞧见非弓的表情变得尴尬起来，他眼珠一转，立时转了语气道：“其实这委实是个别致的名字……”

“你的名字也很别致啊。”我皮笑肉不笑地道，“非弓，非公，不是公的，

那不就是母的吗？”

床上传来曲徵忍俊不禁的一声轻笑，非弓脸上一阵红一阵白，显然气急又无话可驳，结巴道：“是……是弓箭的弓！不是公母的公！”

我故作讶然地道：“噢，是吗？”

“这只是字，又不是名……”他愈说愈尴尬，见我和曲徵都在笑，干脆不解释了，转身踢开门，口中嘟囔了一句“我去找点吃的”便火速溜掉了。

我得意地笑笑，这么一闹，难受的感觉也去了大半，便凑近曲徵道：“这家伙是你朋友吗？”

“一个故友，你可以信他。”曲徵答得简短，顿了顿，低身从被褥旁拿出一套干净的亵衣，温言道，“孤山野岭，只好借了这院中主人家的粗布衣服，你先换上，莫着凉了。”

我瞧见自己衣衫凌乱露出的小半只前臂，脸上莫名一红。想不到曲徵心细如发，察觉我用了亵衣袖子帮他裹伤，竟在这里特地为我借了新亵衣……难道，难道他心中亦是一直想着我吗……

我默默地开心了，只是痴痴瞧着他。直到曲徵又轻唤了我一声，这才回过神来赶紧接了那亵衣。我垂眼扫过他的腰际，几乎立时想起那活色生香的画面，于是心中又奔过大群禽兽，小声道：“你的药可换过了吗？”

他弯起嘴角：“劳烦大夫看过了。”

我失望地“哦”了一声。

“说到换药……”曲徵缓道，向我伸出一只修长好看的手，掌心向上。

我不明所以，只递了一只手上去，他却瞧也不瞧，淡道：“另一只。”

我换了手，忽然瞥见掌心那几道已然凝结的伤口，这才想起手掌划破了这回事，挠头笑道：“这个……其实已经没事了，不用上药……”

曲徵不理我，拿了药巾细细擦拭我的掌心，凉凉的，有些痒。我瞧着他专注的神情，浑身软绵绵麻酥酥，只觉世间再没有什么能比这一刻更圆满。

“百万。”他垂着眼沉声道，“日后若受了伤，先顾着自己。”

我一怔，呆呆去瞧曲徵。他却没有看我，浓密的眼睫浅浅合着，在白皙的肌肤上落下一圈好看的剪影，清雅俊逸，恍若谪仙。

这一句轻言淡语，到底有几分温度是真？

我心中忽地涌起千百种滋味，鼻间便莫名地酸了。自与曲徵定下婚约那日起，无论他待我多好，我都一遍又一遍地告诉自己，眼前这个人，温雅浅笑永远都是他的面具，就算他掩饰得再好，那一刀都在你的背上你的心里，断断不可忘记。

你要提防他、利用他，更不可以爱上他，因为这婚约，本就是互相利用的笑话一场。数次的出手相救，包括为了你跳崖而身受重伤，这一切的一切，难道你以为是因为他对你有情吗？根本不可能！连苏灼灼都入不了他的眼，你不过是一个镖局的下人，又有哪一点及得上苏灼灼？

这些，我原本那么清楚。

可是从什么时候开始，就忘了提醒自己，那些我被打动的事情其实都是利用与计谋。所有的一切开始混乱，我担心他胜过担心自己，为他上药甚至忘了自己的伤口，只是瞧着他心中都觉得无限欢喜……

无论他是瑾瑜还是曲徵，无论他害过我或是如现在一般待我那么好。其实我早就有些预感，只是心里无论如何都不想承认吧。

原来，我是喜欢曲徵了。

原来，命运兜兜转转造化弄人，情之一字，心不由己。

终究，是逃不过。

我缩回手，心中不知是欢喜还是忐忑，只怕被曲徵一眼瞧出了什么，便佯装不舒服匆匆推门落跑。

不巧刚一出门，便撞见了这家舍的主人。

山中人多淳朴，大娘姓王，很是热心，因我三人住进来，她和女儿只能挤在自家的炕上。即使这般，王大娘仍是热情地替我收拾了床铺，还端了退烧的药给我喝。热气腾腾的汤汁下肚，睡意一下子袭来，这两天我也实在累得乏了，是以刚刚沾了枕头便沉沉睡去，却梦见曲徵练了《璞元真经》提了把杀猪刀来追杀我，委实十分惊悚。

醒来已是傍晚，大约是汤药效用绝佳，我出了一身汗，只觉神清气爽，又不想去见曲徵，便索性去伙房帮大娘做晚膳。

大娘早年丧夫，一人独自拉扯一双儿女，十分不易。此时她儿子阿牛耕地还没回来，女儿小娥去村头卖手编竹筐了，今晚又多了三张口吃饭，她一人忙不过来。但伙房于我自然是再熟悉不过，是以帮着帮着，大娘便被我撵出了伙房，不过半个多时辰，晚膳已大功告成。

杂粮地瓜饭、玉米面贴饼、冰糖萝卜羹、小鸡炖蘑菇、清蒸南瓜、鸡刨豆腐、粉蒸白肉……虽然皆用了普通的农家食材，但做法心思不同，是以就变得精致诱人起来。

大娘目瞪口呆，随即目光在我上三路下三路来回打量，笑容越发显得慈祥，只问我芳名贵庚祖籍婚否有没有兴趣认识她家阿牛云云。

难得有人如此赏识，我心中得意，但忆及自己闺名造下的孽，只好掩面娇笑："呵呵呵呵……人家、人家名叫小婉。"

话音刚落，我便被人从侧面喷了一脸汤水，非弓擦着嘴咳嗽道："百万妹子，打诳语不是好习惯。"

我面无表情地滴着水："不是公的，谁准你吃我做的饭了？"

非弓又喝了一口冰糖萝卜羹，哈哈一笑："难得百万你有此手艺，阿徵这厮倒是口福不浅，若我是他亦不会嫌弃你闺名叫百万的，你说是不是百万……百万？百万！百万你怎么了百万，百万你怎么不答我……"

我默默地折断了一根筷子。

当晚，非弓每样菜都盛了一些，端到曲徵房里去了。

于是用膳的只剩我与大娘等四人，令人惊奇的是，她对百万这名字赞不绝口。

"名字这东西啊，就是图个念想。像我家阿牛呀，意思就是跟牛一样身强体健能干活。"大娘笑呵呵地道，"百万你这名字，喜庆得很。"

我嘴角抽了抽，慕秋大约搓破头皮也想不到，她的品位与千里之外的山村大娘分外贴合，难道她们是失散多年的姐妹？

念及慕秋，便忍不住想到桃源谷与御临风，我的脸色沉了下来，既是危机已过，眼下还算安全，风花雪月暂且搁置一边，我当先找曲徵弄清楚这些阴谋阳谋，才好早做打算。

"阿牛，给百万姑娘夹菜啊。"

阿牛红了脸，抖着筷子夹给我一块鸡肉。我回过神来，连忙呈上碗去接，心中有几分尴尬，原来大娘真的打算让我当她儿媳妇。她这儿子倒是意外的眉清目秀，但我已是有婚约之人，不由得心下恨恨：若是在数月之前，能嫁这般面目端正老实勤奋的小哥，我定是做梦都要笑醒的。

帮大娘洗过碗，我向她讨了针线包，回房把当日那件衣服挑开，假经文泡烂了自是意料之中，但曲徵亲手写下的婚约夹在里面，字却也花了。我心头郁悒，只怕他知道了此事翻脸不认，那就坏事了。

当下夜深人静，我决定去找曲徵研讨桃源谷之事，边走边琢磨该如何哄骗他再给我写一张婚约。

院落很小，两间屋子相距不过十几步。我站在他房门前，只见昏黄的烛光

透过纸窗洒落，·隐隐有人说话的声音，朦朦胧胧听不真切。

这么晚了会是谁？我心下好奇，便凑近了窗畔，透过缝隙看到曲徵和非弓坐在床边，定定对视片刻，随后开始……脱衣服。

我的眼睛和心灵顿时受到了强烈的冲击，忍不住后退了一步，却不小心碰到了一个铁桶，发出了清脆的咣当声。

屋中顿时一静。

房门旋开，非弓拢着衣襟出现在门口，神色讶然："百万，这么晚你怎么来了？"

我一脸蒙，大脑还处在冲击状态，呆呆地"哦"了一声，随着他走进屋中。

曲徵仍然坐在原处，微敞的领口说明刚才一切都不是幻觉，我目光触及他分明的锁骨与白皙的颈项，立刻如被烫了一般缩回来，心中疯狂哀号。

夜深人静，孤男寡男，我是不是发现了什么了不得的事情……

大约是我的神色过于精彩，曲徵淡淡一笑："百万都看到了吗？"

听听这语气，和话本里杀人灭口前的台词多么一致，我立刻把头摇得像拨浪鼓："没看到，我什么都没看到！"

非弓本来有些茫然，听到此处却蓦地反应过来，气急败坏道："你想哪里去了，我正要为阿徵疗伤，脱衣服是为了快些散去热气！"

我咳了一声：原、原来是疗伤吗……

曲徵顿了顿，端起一杯粗茶道："百万深夜来访，定是有事情吧。"

被这乱七八糟的一搅和，他不提我险些忘了，自己找他还有正事。我瞧了非弓一眼，犹豫了一下，没有张口。

曲徵微微点了点头："但说无妨。"

"之前一直没机会同你说……御非死了。"我努力使自己的声音平静一些，"我瞧见了他的尸身，你……你觉不觉得，他掉落得很有些蹊跷？"

"御谷主死了？"非弓惊道，神色隐隐有些悲戚，没想到他和桃源谷主竟也相识。

曲徵浅浅啜饮了一口茶，垂了眼眸道："非弓，你与御临风相识多年，可察觉有甚不对？"

我大为惊奇："你与桃源谷很亲近？"

非弓却不答，沉了眉头思索："只是过去时常走动，好像他身子不太好，御谷主将他当成宝贝，功夫还成……性情也算温和。"

“他那副样子，不叫阴森便是客气了。”我撇撇嘴，“跟温和可没半点干系。”

话音落了，我自己也惊觉起来：若说温和，初见御临风时，他的言谈举止确实是不错的……

“那么，”曲徽弯起嘴角，“百万觉得，御临风从何时起便似变了一个人？”

我愣了愣：“你是说……有、有人……”

“此前他在茶水中下药，御谷主将我们挪至密道，他曾趁其余几人不注意，在密道口留下了暗号。”曲徽放下茶杯，缓缓道，“御谷主下药之意，一是怕黑白无常客不肯躲藏，二是不愿我们得知密道入口。此密道口极为隐蔽，否则便算血月再厉害，也不会那么快便追来。御非千算万算，却绝算不到自己爱子的头上。”

“那……我与他被隔在暗门另一边的时候，血月追上来……之后的一切都是在做戏？”结合当时的情状与曲徽后来的疑问，我恍然大悟，怪不得，怪不得血月迟迟未下杀手，怪不得御临风与我恰巧待在了暗门边，原来这一切都是计划好的！

“依你所言，此人与九重幽宫脱不了干系。”非弓蹙眉，“若真如此，只为加害御非，为何要绕如此大的弯子？”

“你还不懂吗？”曲徽弯起嘴角，“他们想要的，不只是御非的命。”

我和非弓同时瞪圆了眼睛，异口同声道：“密道！”

“那密道一正一副，九重幽宫想要的东西，便在正道中。百万你可还记得，御非一开始领我们走的，却是副道。”

确实如此，我想起当时他那番说辞，忽地意识到一事：“若是为了《璞元真经》残页……御临风不是已经得到了吗？且江湖盛传有《璞元真经》的人，不是我吗？他们怎不对我下手？”

“很简单。”曲徽眼中一片深黯，缓缓道，“九重幽宫知道你所保的这经文是假的，而御临风手中的残页……”

“亦是假的！”我恍然大悟，“而真的残页……”

“石门。”非弓轻道，“桃源谷生、死、空三门，那东西定在空门里。”

屋中一时无人说话。

我被这真真假假的经文弄得晕了，如此说来，御非没有将真的经文残页交给御临风，不知他这般作为是有心还是无意。理了半晌思绪，我忽然发觉有两件事重叠在了一起，线索便在其中等待我发现。

托镖人让金氏镖局保送假经并偷偷告知各大派，引起江湖纷争；有人重金

买通九重幽宫发了桃源谷九幽令，目的在于密道内的《璞元真经》残页；而九重幽宫，却一早便知我这里的经文是假，甚至派来追我的杀手都是三个九流角色，且就此再无迹象，这就说明……

“那托镖人……与九重幽宫是一伙的！”我站起身来，激动道，“甚至……甚至与买通九重幽宫加害桃源谷的就是同一个人！”

曲徵弯了嘴角。

一直困扰我的托镖人终于有了些线索，且从前都是敌暗我明，此番终于能反客为主，我觉着很受鼓舞：“让我知道他是谁……哼！”

但我还有许多关于自己的秘密不明白，譬如那手帕，与假御临风的关系，还有小鱼和血月刀……我的麻烦已然够多了，这些事情在弄清楚之前，眼下还不能让曲徵知晓。

“事发刚过三日。”非弓提了那像棍棒一般的包裹，对曲徵直言道，“坠崖的消息定已传开，你当趁瞿门与其余牛鬼蛇神寻来之前做好打算才是。”

他说罢便推门而出，我奇道：“非弓到底姓甚名谁，我瞧他对桃源谷很熟悉嘛。”

曲徵垂目淡笑：“到时你自然知晓。”

……最讨厌聪明人卖关子了！

窗外天色不错，曲徵仍需静养，我待得无聊了，一面想着那些杂七杂八的阴谋阳谋，一面缓缓地在小路间闲晃，只觉得脑子都缠在了一起。

我一抬头，便在不远处瞧见了一个熟悉的挺拔身影，却是非弓。他肩上扛着那奇长包裹，正欲向市集行去。

我老远向他打了声招呼：“不是公的，干吗去？”

自昨日我误会了他和曲徵以后，非弓看我的神色便一直有点微妙，他顿了顿，答了两个字：“抓药。”

“噢！”我做恍然大悟状，然后边说边转身，“那请去吧，我这就……”

只是身子还没转过来，便被非弓提溜着后背衣衫又转了回去。他勾起嘴角，看似客气地道：“那不是你的未婚夫君吗，你同我一起去吧，省得一天到晚胡思乱想。”

我瞧他笑得威胁意味甚浓，只好悲催地点了头。

药铺离得并不远，此时有数人端了草筐来回进出，大约是在进货。非弓向我使了个眼色，我便走过去，他留在原地做望风景状。

掌柜正在清点药材，让我稍待，我便在一旁听他闲话。

“麝香四钱……三七一两……红花七钱……木血竭……嗳，我说老胡，这木血竭少了点吧，且成色也不怎样。”

“掌柜的，你又不是不知道咱村子的情况，如今龙血树少了，山顶又有只吊睛大虫，难搞得紧。”

“也罢，我听闻那棵百年龙血树，便在大虫的窝边上……”

“若我搞到了那棵树的木血竭，掌柜的能出多少？”

“我自是收不起，若你真的有命搞回来，便卖去城里，一百两一块也有人抢着要。”

“当真？”

“自然当真。”掌柜叹道，“木血竭镇痛安内，活瘀生骨，乃是续命延年的圣品，若是百年龙血树上的，更是难得一见。”

我听得来了兴致，凑过去道：“掌柜，这厉害的木血竭，对伤了腰、折了肋骨、失血过多有效吗？”

“比之寻常药物，它自然有奇效，起码少卧床两月。”掌柜瞄了我一眼，“不过你一个姑娘家，还是莫肖想了。”

“多谢！”我应了声，赶紧溜出药铺。曲徵自然不比常人，他第三日已能下床，若用了这极品木血竭，不出十天半月，定然又可晃着狐狸尾巴为祸人间。

我将这桩事情与非弓说了一通，他倒颇不以为然：“我助他运功便是，这劳什子木血竭长在山顶，太麻烦。”

“任你二人再厉害，伤筋动骨一百天呢。”我苦口劝道，“好长的伤口，还断了肋骨！那可是腰啊！”

诚然我说这话前没过什么脑子，便见非弓怔了怔，面色有些八卦起来：“腰啊……那确然是很重要的，百万还未过门，倒是深谋远虑。”

我红了脸：“我、我只是担心他的身子！”

“自然自然，”非弓笑嘻嘻地扛起细长包裹，“顺便将那吊睛大虫的虎鞭一起收了，便算我给你二人的新婚贺礼，如何？”

这货脑子里还有别的东西吗！

不管怎样，非弓是愿与我走这一遭了。我放下心来，若我独自一人上山，莫说木血竭，大约还未摸到边儿便妥妥地做了吊睛大虫的开胃菜。

于是我向送药人打听了路线，又跑回王大娘家，带了些吃剩的玉米面饼。

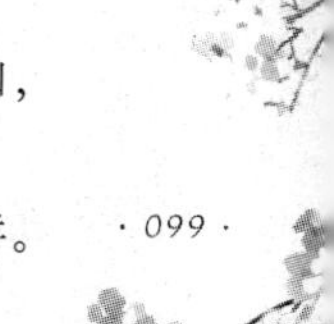

我与非弓约了在山脚下会合，只等了一会儿便见他扛着细长包裹出现在不远处，腰间挂了一个葫芦，原来是去买酒了。

此时天色尚早，上山有条采药人专走的捷径，若一切顺利，大约傍晚也就回来了。我心情极好，揪了两根狗尾草哼着小曲儿，有非弓在侧，就冲他那一掌断树的功夫，便真有大虫来了也无甚好担忧。

路上无聊，我便生了心思探听他的八卦：“嗳，你和曲徵到底是甚关系？”

非弓歪着头望风景，不知是真没听见还是装没听见，几缕额发散落下来，显得十分英俊。我磨叽了几句来回地央问，他终于败下阵来，顿了顿只道：“阿徵……大约是我现下，唯一的朋友吧。”

“怎会？”我大为惊奇。曲徵虽是这一辈的翘楚人物，但性子过于乖张，让人猜不透，并不是很好接近；而非弓便正好反之，他性情豪迈洒脱不羁，让人一见便心生好感，且武功奇高相貌出众，绝不比俞琛与御临风差，是以我还一直纳闷为何从未听说江湖中年轻一辈还有他这般的人物。

“怎么不会？”他幽幽一叹，“人心难测，你却知谁又当真是你的朋友？有时便是最亲近的人，都有可能反捅一刀。”

我觉着他的口气有些苍凉，正欲出言安慰，便见他转而勾起嘴角，笑得潇洒又磊落：“但其实也没什么打紧，孤身一人未尝不是一件好事，便如风于江湖，无牵无挂，自由自在。”

如风于江湖，无牵无挂，自由自在。

非弓说这话的时候，黑眸便如暗夜中的灿星，这气度风骨委实让人心折。我暗暗赞了一声，拍了拍他的肩膀道：“话说回来，你既是曲徵的朋友，自然也是我朋友嘛，以后我做了好吃食，有曲徵一口便有你一口，大家同乐同乐。”

非弓抽了抽嘴角，大约是想笑，却渐渐敛了表情，只是认真瞧着我。我被他瞧得心底发毛，讪讪问道：“作甚？”

他却不答，最终只是缓缓摇了摇头，不发一语。

我霎时噘嘴，这货学甚不好，偏染了曲徵那爱卖关子的毛病，太讨厌！

大约行到半山腰处，我觉得累了，便坐在一处小石间，掏出玉米面饼与非弓分了吃。此时风过树叶沙沙作响，他耳朵尖，立时肃了表情道：“你听。”

我屏住呼吸，果然听见一阵有节奏的敲击声，是从山上传来的。

我向非弓使了个眼色，便向声音传来的地方爬去，越靠近山顶坡度越陡，是以每一步都需小心。这般走了一会儿，我便瞧见了那声音来源：一柄家用的

小砍刀挂在树枝上，被风吹得摆动，是以发出了有节奏的声音。

砍刀不远处，一个少女背着竹筐，僵在那里一动不动，大约是吓傻了，正是王大娘的女儿小娥。我松了口气正欲出声去唤，非弓忽地伸手拦了我，指着小娥身前道：“等等。”

他不说我还真没注意，小娥身前盘着一条通体碧绿的蛇，体型不大，但一看便知有毒。我紧张起来，身畔却不见了非弓，只剩他那个细长的包裹。

一抬头，我便瞧见他在最靠近小娥的那棵树上，嘴里咬下葫芦瓶塞，饮了一口酒，悄悄地翻越下树，身姿轻盈如燕，十分飘逸，待得近了，便冲那青蛇一口酒喷出。

我闻到一股浓烈的雄黄气息，原来这酒是有料的。霎时间那蛇便软了，被非弓捏在手里，微一用力，便听“咔”一声，我后怕地摸了摸自己的颈项，为什么身边的人武功都这般好，哪天吵个架都没底气哎。

小娥这才坐倒在地，长吁口气来向我二人道谢。原来她是出来砍竹条的，不巧遇了毒蛇，砍刀又在摔倒时飞了出去，无法之下只能僵持在那里。

王大娘也算我们半个恩人，救人亦是理所应当。我安慰了她几句，却见非弓远远地站在一旁，在地上堆了三个石头。

我好奇地走过去：“你在作甚？”

他却不答，只叹了口气，像是自言自语道：“既是开了酒封，此处却也不错。”

非弓端着那葫芦，口中念了几句什么，然后便将那雄黄酒一股脑儿地浇在石头上，双手合十，闭眼静默。

原来他带这雄黄酒是来祭奠的。我想了想，亦走过去双手合十默念道：“非弓先祖在上，保佑我等平安和顺，大吉大利，当然能闷声发个大财也是极好的……”

还未念完，头上忽然一痛，我“哎哟”一声揉着脑袋，非弓横了我一眼：“不准瞎说。”

我正欲表示不满，便见他眸中隐隐泛起悲伤，轻道：“我祭的不是先祖，是亡妻。”

这货居然成过亲！

我瞪了半晌眼睛以示震惊：“你你你……你已有家室？”

“嗯。”他淡淡应了声，“不过现在没有了。”

“这……”我一时间不知如何宽慰，“她……这个……令妻……不对，大嫂……嗯，弟妹……是因何……”

“是枉死的。”这次非弓答得很痛快，只是言语中携了一丝不易察觉的怒意，“我娘子，是被人蓄意谋害的。”

便是我很想八卦，也觉得此时再追问下去有些失礼。

大约是我二人间气氛骤冷，小娥怯怯地走过来：“非弓大哥，百万姐姐，多谢二位相救，我这就赶紧回去了，不然娘她要担心。”

我乐得转移话题，便去与她寒暄，但这一走路却发觉小娥扭了脚，一瘸一拐间只能扶着树，上山倒还好，下山便很费劲，一不小心极可能滚下去，颇危险。

非弓亦瞧见了，我预料他嫌麻烦定不会管这闲事，岂知他蹙了眉，迟疑道：“这……小娥姑娘这般下山不行吧，可是你独自上山亦不安全……”

“没关系。”我立时拍胸脯做豪迈状，“小娥是普通姑娘，我可是会两下子的，遇了大虫打不过还不会溜吗？”

“那……你慢些走，我送她回家后便用轻功追来，大约不过一个时辰。”非弓沉声道，“自己小心。”

我应了，瞧着非弓接过小娥的竹筐，将她背在身上，他本就生得好，这般风度起来更有一番令女子倾心的气韵，小娥脸红得像是应季的山楂，一副女儿家情状。

我羡慕嫉妒恨地瞅了许久，何时我与曲徵能这般你侬我侬，但想到自己那副表情趴在曲徵背上，又觉得有点反胃。

其实非弓不在，我一人还是有些没底的。他二人走时不过晌午，我觉着趁青天白日采那木血竭，多少安全些，便鼓足了劲儿地向上爬，大约一个多时辰过去，终于瞧见了一处龙血树群。采药人说那棵百年龙血树便在这树群的正中，旁边是个洞穴，恰巧是个吊睛大虫的老窝，是以近来很少有人敢靠近。

此处地势稍缓，我钻进树丛，累得已快脱力了，但想到这东西能让曲徵少疼些，心中便喜不自胜，再辛苦亦觉得值了。

不多时周遭便有一股腥臊的气息，我心知接近那洞穴了，果然瞧见了那棵百年龙血树，当真比普通的大上数倍，包括那干硬在果实终端的木血竭，亦比寻常的要红得发亮，一见便知不是凡品。

我掩不住欢喜，但觉着自己去摘又过于冒险，只好窝在隐蔽的地方等非弓回来。

时辰一点一点过去，却是丝毫不见他的人影儿。

眼见太阳已近西，我瞧着那唾手可得的木血竭心痒难耐，反正这许久都不见一根老虎毛，大约那吊睛大虫在山腰处闲晃，没道理我去摘了它便出现吧，

那鼻子也太好使了。

于是当我站在洞前伸手去够那木血竭且不巧瞥见洞中一双凛凛大眼的时候，心里不由得狠狠骂了声娘。

这货居然一直在窝里啊啊啊——

一声虎啸。

我的腿连动都没动，这距离太近了，逃跑不过是将后背暴露给它，一样死得利落，但这般眼睁睁地瞧着它向我扑来，心中仍然觉得有些悲催。

我还有许多事没做，包括自己到底是谁，查出那托镖人的身份，提醒慕秋小心假御临风；我还没弄清血月刀与翠竹帕子的渊源，还没把自己的身家全都留给小鱼……

我还未告诉曲徵，我……究竟有多喜欢他。

大约是害怕使然，我闭了眼，只觉劲风扑面，随即腰间猛地一紧，有人一手揽住我向后退去。我惊愕地睁开眼，刹那间只见一只白玉般的手生生击在地上，顿时荡起一片冲天尘埃。

我呆呆瞧着那一掌的余力将大虫震得自半空跌下，地上自我二人起数步内划起一个整齐的圆弧，干干净净，只余尘土，竟连石子落叶都被震开了。

“百万。”曲徵一袭青衫翩然儒雅，低头向我弯了嘴角，“你又胡闹。”

生死转变太快，我反而发起愣来，只觉眼前之人美得虚幻，不似真实。

“这难道便是传说中的死前癔症？”我呆道，“想着谁便见了谁。”

曲徵忍不住笑出声来。我又呆了呆，不顾那吊睛大虫还在旁边低声怒吼，只是伸手捏了一把他的脸，细腻光洁，手感甚好。

“你……你不是在……”我霎时红了脸，“怎么会……非弓呢？”

曲徵不答，只是敛了笑容，淡淡瞧着那吊睛大虫。我甚少瞧见他不笑的模样，只见一双眼如同浸了万年冰雪，深暗幽冷，傲意卓然。

那大虫被这一眼瞧得没了声息，大约也觉得眼前之人并不好惹，半晌竟缓缓地退了几步，转身冲进树丛里溜掉了。

我回过神，曲徵又温雅起来，只是勾起的唇畔有些苍白。我摸着他腰间湿热，心中不禁一紧，他重伤还未愈合，原不该动用内力的。

“我见非弓送小娥姑娘回来，听闻你还在山上，虽说他很快便去接你……”曲徵缓道，“但仍有些放心不下，便来看看。”

“非弓回来了？”我慌道，“可是我等了很久，一直没……”

“大约是遇了旁的事情。”曲徵淡道，笑意敛了几分，“这世上，能阻了他的人只怕不多。”

我瞧着曲徵的脸色不好，定是腰间伤口崩裂，而非弓亦不见踪影让人担忧，不由得十分沮丧：“你不该来的……都怪我非要采这东西。”

曲徵握了我的手站起身来，伸手拂去我额间碎发，温言道：“你若为我采木血竭送了性命，那我才真的怪你。”

他望着我的一双眼，竟有几分柔情怜惜。霎时间我便觉心魂俱醉，竟不知自己身在何处。什么婚约，什么算计，不管这情意有几分真假，只盼时光凝止，永生永世都被他这样望着，便叫我立刻死了都甘愿。

于是接下来的时光很是惬意。

曲徵施展轻功上山，再加上那一掌，恢复了半数的内力又得耗光了，是以摘了木血竭后，我便半是搀扶半是依偎地靠着他，眼前是宏伟山景壮丽黄昏，鼻间是曲徵的清淡发香，心中很是平安喜乐，大约只嫌这下山的路不够长远。

走到半山腰，我觉着曲徵身子越发沉了，手下一摸，鲜血已渗透了外衫，不由得一阵心慌，便让他坐在石台前稍作休憩，忽然想起怀中揣着的木血竭，掏出来却又犯了难：“这……这玩意儿怎么用？”

曲徵只是微微抬眼，便淡淡说道：“研磨外敷。”

“你学过医？”我有些惊奇，随即又释然了，这货是曲狐狸，有什么是他不会的吗?

于是我在这周围转腾了数圈，拣了几个石头都觉得不理想。曲徵默了许久，终于还是问道：“你在作甚？”

“找石头研磨啊。”我随口答道，“别说话我很快就……”

“百万，你过来。”

大约我对他这种叫小猫般的语气没什么抵抗力，所以想也没想乖乖地便过去了。

“东西拿来。”

我继续乖乖地将木血竭放在他手上。

曲徵没有言语，随手捡了片宽大的落叶，掰了一小块木血竭放在手心，轻轻一握，细碎如沙的粉末便尽数落入那叶子中。

我哆嗦着指头道：“你……你不是没内力了吗？”

曲徵弯了嘴角：“再不济，这点力气还是有的。”

这点力气这点力气这点力气……

我试着捏了一把木血竭，硬得如石头一般，不由得在心底默默赞同非弓的话：便是再伤重十倍，也只有他玩死别人的份儿。

天色渐晚，我觉着不好再耽搁，便想着快点上药快点回去。只是我端了叶子站了许久，曲徵只是不动声色地瞧着我，半晌没有动作。

我咳了一声：“嗯……这个……你解开衣带……”

曲徵似是有些讶然：“嗯？”

我心底一阵咆哮，非要人家说得这么直接！

“我端着药粉……不便……嗯，不便去帮你……”

他弯了嘴角，伸手去解自己的衣襟，眸光仍是落在我身上，动作神情皆优雅。我忍不住别开微红的脸，脑子里已然炸了锅：解衣带就解啊为什么要这样看着我，这人真的不是在调戏我吗……

待曲徵拉开亵衣，我走过去的脚步已然发软，只敢瞧着他的伤口。虽然这身子我已在山洞里看了很多次，只是……只是那时人是晕着的，而不是这般直勾勾地盯着我瞧，让我觉得自己肖想他的那点小心思早已无所遁形，甚悲催。

除却上药的“香艳”之事，这一路还算太平，到王大娘家时天上已有了月亮。非弓还没回来，我端来水盆服侍曲徵洗漱了，心下不由得担忧，便坐在他门前托着下巴等人，虽然夜寒不易打瞌睡，但过了子时就再睁不开眼，不知不觉竟入了梦。

梦中仍是冷，我抱着膝盖，只朦胧记得自己被人抱上了床，大约那人身上温暖，便两只胳膊搂紧了人家不撒手，那人掰了几下未果，只好任由我抱着。

于是次日醒来我惊悚地发现自己搂着曲徵口水蹭了人家一胸口的时候，这才恍觉昨晚大约不是梦，愣然了一会儿又觉得艳福不浅，便打算装睡继续搂下去。毕竟美人在怀多一刻便是一刻，还未闭眼多久，便听有人敲响了房门。

这谁啊太没眼力见！

我还未收回搂着曲徵的手，只听房门一响，有人风尘仆仆地冲进来，头也没抬便直接道：“阿徵，我去寻了半宿都没找到百万，这可怎生是好，我到哪儿再去赔你一个这般会做饭的媳妇儿——”

话音戛然而止，曲徵亦醒了，非弓直勾勾地瞧着我们在床上，三人大眼瞪小眼。

我欢喜道：“你回来啦！可担心死我们了。”

“你们……”非弓眉角抽了抽，“便是这般担心我的？担心到一张床上去了？”

我尴尬地挠挠头，还未出口解释，便见非弓将一坨血糊糊的东西丢在桌上，飞来一个“你们懂”的眼色：“百万，昨日说好的，我便给你弄来了，不要太感谢我噢。”

他说罢便溜出去了，还顺带捎上了门，一副“不打扰了”的情状。

我瞧着那坨东西，心中不好的预感越发强烈，直到曲徵坐起身来，瞥了那桌上物事一眼，转向我道：“百万，那是什么？”

我心中泪如泉涌，只得干巴巴地道：“这个……咳，我亦不知……”

“你们昨日说好的东西，怎会不知？”曲徵弯起嘴角，掀开被子便要下去查看。

我连忙揪了他的衣襟：“你身子还没好，别随便下床了吧——”

大约是那极品木血竭果真有奇效，曲徵一扫昨日疲态，微微一笑拂开我的手，这便下了床，伸手拨开了包着那东西的油纸，然后……

我默默地在心底问候了非弓的娘亲一百遍。

“百万。”曲徵笑意不减，“这东西，是你想要给我吃的吗？”

“不是不是！”我连忙摆手，“是我自己想吃！一点也不会给你的！”

“这样啊。”曲徵转过身来，“不如我做给你吃，可好？”

“不，不必劳烦……”

“你为我翻山越岭去采药，”他温言道，“我只为你熬一碗汤，算不得劳烦。”

“……”

不知身心健全的年轻女子吃了虎鞭会不会欲火焚身而死。

于是我只能寄希望于曲徵的厨艺，最好烂得不能再烂，这样我还可以用“难喝”这个理由拒吃。

可惜他端出来的汤碗香气四溢，我苦着脸接过来，非弓在一旁笑得几乎快断了气。

曲徵看着我，容色温润，笑意清雅，我隐约瞧见了他的狐狸尾巴在身后甩得欢实，不由得叹了口气，这货果然心里一清二楚，只想寻我开心，可话已说出口去，我狠狠瞪了非弓一眼，仰脖就把虎鞭汤喝个精光。

“好喝！”我豪迈道，“非弓，要不要来一碗？”

非弓正乐得欢实，赶紧收了笑容严肃道：“我充沛得紧，便不用了。不如

阿徵也……”

曲徵只淡淡望了他一眼，便成功地阻了他后半句话，转而沉声道：“你一夜未归，可是遇到他们了吗？”

我不明所以，却见非弓一怔，顿了半晌才回答，声音颇有些苦涩：“果真……什么都瞒不过你。”

“既是如此，这里便不能待了。”曲徵淡道，“此木血竭确实是神物，我再换一次药，今晚便可动身。”

他二人一问一答说得顺畅，我却听了个云里雾里，身体里已有一股热浪烧来，只好佯装镇定地去院子里吹冷风，顺便帮小娥编竹筐。

一下午竹筐编下来，我心中燥热已然平息。小娥编了十四个，我却只编了三个，且都歪歪扭扭甚是难看，不由得有些赧然。非弓见了哈哈大笑，只说我编的竹筐倒贴银两才有人肯要。

我还未来得及还口，便听王大娘远远地飘来一句：“第一次能编成型就不错，百万编了三个，已是很能干了，若是能嫁入我们家……”

“她已跟阿徵定了亲。”非弓轻飘飘地道，“再说大娘，爱喝虎鞭汤的姑娘可不好养啊，啧啧。”

非弓！

我正欲做出一副泼妇状，便听王大娘走出伙房与我笑道：“虎鞭有甚打紧，百万，我家阿牛便不介意，要不要考虑一下？”

我不好意思地笑了笑，还未回答，便见非弓眸色一凛，道了句“有人来了”便提着那细长包裹翻身上了房顶，霎时不见踪影。

我想起午时他与曲徵的对话，心中觉着不安，便偷偷揣了大娘家的小砍刀追出去。还未跑过几户人家，只见有村民惊恐地往回跑，嘴里喊着“打起来了打起来了”，我心中不安更盛，远远瞧见非弓手中一杆通体漆黑的长枪，连缨子都是黑色的，身姿迅捷威风凛凛，以一敌六也丝毫不见败象。

我忽然意识到他经常扛着的那个细长包裹是什么了。

那几人训练有素，虽不敌非弓亦不乱阵脚，我觉着自己此时上去大约只能添乱，只好缩在那里默默观战。

不知何时，这六人之外竟多了一个素服女子，细瞧之下竟是我认识的，便是那风云庄的晋安颜。她站在非弓身后，手中亦握了一杆枪，面色阴郁非常。我瞧得心惊胆战，立时奔过去扬声道：“小心背后！”

非弓回过头来，只看了晋安颜一眼，后半招便生生撤了，长枪旋了几圈顿

在原地。我暗道可惜，他明明占尽优势，怎的说收手便收手了……

“师妹。”非弓低声道，目色沉稳，隐隐有些苍凉。

师妹？想不到这二人竟还有这层关系……我挠了挠头，可我怎未听说……等等，师妹！他是晋安颜的师兄！那他岂不就是……

“百万，你不是一直想知道我的姓名吗？”非弓淡淡丢出几个字，却没有看着我。

我哆嗦着手指：“你你你……”

“我姓宋，字非弓，名涧山。”他敛了笑容，“我是宋涧山。”

宋涧山！

那个窃取门派秘籍，且犯下弑师大罪的大奸大恶之徒吗？

我呆了半晌，想起自己还曾祝晋姑娘手刃宋涧山，恍然觉得有些可笑。我认识的非弓，英俊落拓、潇洒不羁，他能陪我上山为曲徵采药，他能屈尊去送一个扭了脚的姑娘回家，他面冷心热、侠骨柔肠，他如风于江湖，无牵无挂，自由自在，如何会是那个宋涧山？

“谁是你师妹。”晋安颜秀目冷冽，举起手中长枪怒道，“宋涧山，自你杀我爹爹那日起，我的大师兄便已死了。废话少说，出招吧。”

宋涧山微微摇摇头，收了黑枪：“你知道我是不会同你动手的。”

“既能杀了恩师，又有何人是你不敢动手！”晋安颜怒道，随即摆开架势，一招苍龙出洞便直取宋涧山的面门，他却站在原地，只静静瞧着枪头离他越来越近，连眼睛也不眨一下。

这货难道不想活了！

“等等！”我情急之下脱口而出，“晋姑娘，这……这只怕是误会吧！”

“误会？”晋安颜冷笑，长枪只停在宋涧山咽喉前半寸，“金姑娘，你自己问问他，这是不是误会。”

宋涧山淡淡地望了我一眼：“百万，你回去吧，这不关你的事。”

“怎么不关我的事！”我瞧他这副无谓生死的样子就生气，忍不住爆了粗，旁边六个风云庄弟子霎时惊掉了下巴，他以为我乐意管这闲事，还不是看他要归位了。

“难道你被捅个窟窿，我便当作没瞧见拍拍屁股回家？”我怒道，“你瞒我身份，回头再找你算账。”

宋涧山一怔，大约是觉得我这爹毛的言语太过难听，一时间竟默了。

晋安颜瞥了我一眼，忽道：“金姑娘，你先前祝我手刃此贼，原是违心的吗？”

“当然不是！”我连忙摆手，面上有些尴尬，“那、那时我不认识他，以为宋涧山是弑师叛门的恶徒，可如今……”

“如今，我仍是弑师叛门的恶徒。”宋涧山负了双手，明明口中承认了恶行，但他站在那里，却是一副君子坦荡神色，“宋某敢做便敢当，无论是甚缘故，晋风云都是我杀的。”

他竟然直呼恩师名讳，我隐隐觉得不大对，既然“无论是甚缘故”，说明此事决计是有缘故的，可是因为某种原因，他不愿……抑或不能说。

“好个敢做便敢当！”晋安颜凄苦道。有那么一瞬间，我看见她眼中滔天的恨意，生怕她当真便这么刺过去，那还有甚戏唱。

我在一旁紧张了半天，晋安颜却迟迟没有下手，且不知为甚从头到脚都在发抖，仿佛被枪头指着的是自己一般。

“整整一年，我时刻盼着杀了你给爹爹报仇，又怕当真叫你被我抓到……”她眼中盈满泪，言语间似是携了万般苦楚，“你出招啊！为甚不肯与我动手……为甚……为甚是你……偏偏是你……”

为什么是你，偏偏是你。

我心中一窒，这几个字，曾让我数个夜晚趴在床上翻来覆去地煎熬，背上的伤在结痂，可心中的痕却是越发狰狞。你那么相信他，甚至倾注了整颗心的思慕，这世上谁都可以叛你伤你，唯他不能。

可又怎样呢，情之一字，从来心不由己。瑾瑜曲徵，非弓宋涧山，都是我们命里的劫，躲不开，化不去，唯有生生承受。

只是我还可以忍痛去喜欢曲徵。

而晋安颜，背上了命运施加的残酷枷锁，却再不能爱宋涧山。

那几个字，忽然让我懂了晋安颜。

此时情况紧急，须有个台阶给她下。于是我无视了那六个弟子虎视眈眈的眼神，缓缓走过去握了晋安颜的手，努力不着痕迹地把那长枪推得离宋涧山远些，附在她耳边轻道：“晋姑娘，此事定有蹊跷，别让自己后悔。”

其实我这般说也无甚把握，可晋安颜浑身一震，只呆呆向我看来。

那边六个风云庄弟子见她不出手，便摆开阵法又攻上来，宋涧山对他们可没有对师妹客气，转身便持枪而上。

我趁机将晋安颜拉开，她再也无法自持冷静，眼泪有如断了线的珠子般：“金姑娘，他可是被人陷害？又为甚要承认？我……我……”

这姑娘看似坚强，其实已在崩溃边缘，若宋涧山肯与她动手，大约这满腔怨怼还有个发泄的地方，偏偏他动也不动等着她杀，叫她杀也不是不杀也不是，大约心中早已乱成一团麻了。

我瞧着眼前拼命按捺自己的姑娘，心中酸楚，不知为何忍不住便与她一起流下泪来。半晌，我握着她的手诚挚道："此番我与曲徵落难，全靠宋涧山相救，若说他是那种人我是全然不信的。晋姑娘你且放心，我定帮你查出真相。这货若不说，便绑起来抽他说，凭甚让你这般难做。"

晋安颜心魂激荡，握得我的手都疼了。那厢六对一也精彩得紧，阵法一旦布成威力大增，宋涧山眉间一蹙，不知他使了什么戏法，那通体漆黑的长枪枪头竟然燃烧起来，携着一股灼热的气浪，进退之间金光四射，威风凛凛势不可当。

六个弟子霎时大惊向后退去，晋安颜痴痴望着，喃喃道："风云枪法……"

我心下一凛，不由得生出一丝畏意。风云枪法是风云庄的独门秘技，代代都是只传庄主的，宋涧山既是会用，那么窃取门派秘籍这桩大约是跑不掉了。

我正焦急间，忽然耳朵里有个醇澈的声音沉沉道："去做人质。"

这声音……是曲徵。

当下我不假思索，提了大娘家的小砍刀，面上一横便冲了上去。但冲到一半我却反应过来，在风云庄那几人的眼中，我与宋涧山是一伙的，这般忽然去砍他也太奇怪了，是以脑子转了半圈，立时便收了小砍刀张牙舞爪道："别打了别打了——"

宋涧山一杆火焰枪舞得正欢畅，这时见我冲上来便愣了一下，险些没收住后招。我顺着长枪一路滚进他怀里，口中"哎呀"一声，捏了他另一只手便架在我脖子上，愤然道："好你个宋涧山，我好心为你解围，你居然劫持我！"

他嘴角抽了抽。

我不着痕迹地踩了宋涧山一下，便听他咳了一声，手上微微用力，我的脸色霎时不用装也很难看。

晋安颜此时终有借口让六个弟子撤回，宋涧山收了长枪，我到近处方发现，那枪头的火焰原是精纯的内力，本以为聚力成气的功夫只是传说，未曾想今日竟亲眼瞧见了。正感叹间，忽觉他转手揽住我的腰，数个跳跃间便溜得远了。

我大大吁了口气，这麻烦事终于告一段落。曲徵既已来了却不露面，想来我亦不可公然与宋涧山结交，否则妥妥地一同变成武林公害。难为我勇猛的演技给大伙儿都找了出路，想到此处我不觉有些得意，险些笑出声来，只听宋涧

山在我耳边道：“百万，你喝了几碗虎鞭，也太沉了些。”

他说罢，在林中将我放脱，我挣扎了一下扭过脸怒道：“你还好意思说！非弓非弓，非你娘亲！你同我说实话，你当真杀了自己师父又窃了本门秘籍吗？曲徵明知你是谁还与你这般交好？昨晚你便是遇见了风云庄的人是不是……”

我连珠炮似的唠叨了一通，宋涧山揉了揉眉间，叹气道：“你一个一个问行吗？身份一事，确然未想瞒你，但亦没必要让你知道。阿徵自然是知道我身份的，我如今能躲得各大派围捕，全靠他暗中部署，说是莫逆之交亦不为过。至于弑师叛门……”

他微微顿了顿，一双黑瞳灿若寒星，只深深将我望着：“那些，确然都是我做的。”

我心中紧了紧，仍是直视他的目光，淡道：“我不信。”

宋涧山无奈地耸肩：“我说了你又不信，何必来问。”

“也对，确实不必问了。”我拍了拍他的肩膀做理解状，“不是公的，我第一日见你便问过曲徵你是谁，他甚也没说，只是要我信你，所以我便信你了。那些事情，就算是你做的，其中定也另有隐情。你是我金百万见过的最潇洒坦荡之人，别让这些牵绊了你。”

宋涧山嘴角本是弯着，听了我几句话，却渐渐抿了下去，只是望着我。这种认真的眼神，同那日我称他是朋友时一样，似是有些欲语还休的意味。

“知己之人，唯阿徵与百万。”他终于又淡淡笑了笑，额发垂落下来，衬得眼角眉梢越发俊逸，“旁人如何看，宋某却不在乎。”

我觉着，他方才望着我想说的并不是这个，但话题已到了此处，我趁热打铁道：“其实晋姑娘亦是信你的，只要你肯——”

“此事日后再与你解释。”他立时道，“若想寻我，记得那个暗号。”

果然，谈及此事，宋涧山溜得比耗子都快。

我无计可施，只好拍拍衣衫，自个儿往回走，走着走着，却觉得作为一个被绑票的人质，这般表现是不是太惬意了？于是我便在路上随手摸了几把灰土，狠狠心在脸上抹了，做出一副灰头土脸的模样才回了村子。

大约是晋安颜的命令，为防被瞧出破绽，那些风云庄弟子都不曾寻来，是以我一路都没生枝节，径自走回大娘的院子。

晋安颜正指挥那几个弟子装马车，见了我只寒暄了几句，大约是此时耳目太多，并未问及宋涧山之事。曲徵一副伤弱病容，全然瞧不出这货方才用了千里传音指挥我去当人质，定然是装给风云庄看的。王大娘与小娥见我归来均露

出欣慰神色，阿牛偷偷瞧了我几眼，一副欲言又止的样子。

大娘拉着我的手道："百万这就要走了？再多住几天吧……"

我心中亦很不舍："大娘，我们再待下去，定会给你们带来灾祸的。"

"唉，我早有这么个感觉。"大娘叹道，忽然凑近压低了声音，"曲公子的相貌气度，一看便不是寻常人，那非弓公子也是一表人才，谁想到竟然凶性大发掳你做人质……百万啊，江湖这般可怕，你不如便留在这里跟了我家阿牛……"

她说罢，便向旁边使了个眼色。

阿牛磨磨蹭蹭地走过来，一双眼像是种在了地上，手中拿了个东西，半遮半掩地递给我："百、百万姑娘，我……我……没甚好东西，这是我锄地闲时编的……"

我有些尴尬，瞧了他手上东西一眼，却不由得被吸引了过去。那是一只草秆编的蟋蟀，眼睛是两颗红豆，约食指大小，几只脚跷着，十分传神。我赞赏地接过来，堆出一抹笑挠头道："真好看。"

阿牛见我喜欢，似是松了口气，大约大娘这几日没少逼迫他向我示好。我收进怀里，一时间也拿不出东西回赠，便嘿嘿笑道："可惜我没准备……"

"不用不用。"阿牛连忙摆手，"我知百万姑娘已定了亲，只是我娘不死心……这不过是只草蟋蟀，送姑娘赏玩，没有其他意思。"他说罢，脸已然通红。

我复而觉着阿牛真是个不错的男人，一回头便撞见曲徵悠然的目光，他站在房门前，淡淡地将我二人望着，随即忽然弯了嘴角。

我登时背后一毛，赶紧与大娘道别，收拾好东西便溜上马车。

因曲徵伤着坐了马车，我悄悄与他说了宋涧山的情状，便在外面与晋安颜一起骑马晒月亮，远远地跟在队伍后面。

其实我们本可以次日再上路，但晋安颜说，桃源谷一事已震惊江湖，瞿门倾巢而出搜寻曲徵与我，其余各派亦是派出大队人马帮忙寻找，她便是其中之一。风云庄桃源谷既然联盟，关系也自然亲近，我将御非仙去之事说了，晋安颜默然良久，放了信鸽传出消息，忍不住便红了眼眶。

听闻黑白无常客只是受了轻伤，我心下稍安，转瞬又觉得黑云压顶，只怕除了瞿门与风云庄，其他门派搜寻我们实为心怀鬼胎。我忍不住在心中泪如泉涌：我身上只有"璞元假经"啊！而且已经泡烂了啊！这是九重幽宫的阴谋啊，你们这些愚蠢的凡人！

"一年来如何搜捕宋涧山都毫无踪迹，怎曾想会在这里碰见。"晋安颜轻

叹道，“早知如此，我亦不会只带六个人了。”

我心下腹诽，若不是曲徵将他召来，你这辈子也别想碰见，但面上转而笑了笑：“冥冥之中自有注定，若晋姑娘你带了几十人，只怕今日便没那么容易化解了。”

“今日放走他，却不知是对是错。”晋安颜低声道，言语中有几分哽咽，“我对不起爹爹……世上怎有我这种不孝女儿！”

我一见她哭，立时慌了手脚，递了手帕后亦不知如何劝慰，只听她断断续续地将整桩事情讲了一通。

原来宋涧山出身乡野，十七岁拜师学艺，根骨资质奇佳，性情侠义洒脱，深得晋风云赏识。时年晋安颜八岁，两个少年人近十年相处下来，她对宋涧山早已情根深种，终有一日忍不住挑明了心意。宋涧山却有一个自幼青梅竹马的婚约发妻，于她也只是兄妹之情，便婉转回绝了。

晋风云早年丧妻，又只有这么一个女儿，免不了娇惯一些。晋安颜伤心欲绝。晋风云虽也中意宋涧山，但宋涧山态度坚决，甚至不肯娶晋安颜做妾。一时间风云庄上下遍是风言风语，宋涧山性子豁达不愿理会，便离了风云庄远游江湖。直到一年前宋涧山归来，晋风云却于当晚忽然家中暴毙。而有弟子说，起夜时瞧见了宋涧山在庄主房中，两人似是有过争吵。

我想起宋涧山曾说他妻子是枉死，心中只觉大概与此事脱不了干系，但也不好妄自揣测。晋安颜说完了，默然良久隔了马匹伸过手来拉住我：“百万，这些事情压在我心里太久，与你说了后才好过些。我想给爹爹报仇，又不愿相信大师兄是凶手，我……我是不是很没用？”

“这若换作是我，大约直接哭死在一边，更遑论撑起风云庄，还能拿枪指着他。”我望着她绽起笑容，“所以阿颜，你真是个了不起的姑娘。”

晋安颜亦笑起来，她既如此信我，我又有甚不可与她说的？当下除了俞兮和假御临风这两桩，我便将“璞元假经”和与曲徵订婚之事尽数讲了，这亦是我第一次与人倾诉，只觉长夜漫漫北风重寒，但心中欢畅快活，几乎无法言说。

一夜赶路，已近了崇阳镇，距瞿门不远了。

我与晋安颜私话一晚，清晨时便觉浑身乏力，我方知晓她昨日白天已睡过了，是以晚上才跟夜猫子般精神。我熬不住困意，便爬上马车，曲徵端坐在软垫中，秀目闭合，也不知是醒着还是睡了。

这马车是在村子里买的，已是有些过时的设计，所以并不宽敞。我爬进去缩了脚，便挤在曲徵腿边，寻思怎么躺比较舒坦。

彼时我撅着屁股贴近曲徵，正在研究是躺左边还是右边，一抬头便见曲徵睁了眼，眸光幽深若井，淡淡将我瞧着。

我面上有些尴尬，只小声道："你借我睡睡……"

曲徵顿了顿："借你睡？"

"不是不是。"我慌忙摆手，"我是想说你借个地方给我睡，不是要你借我睡啊！这么小的马车也不能真的睡的……我说的睡只是闭眼睛那个睡！不是那个睡……"

我到底在说什么！

曲徵忍不住弯了嘴角，腾挪身子坐到窗边，挪了一块地方出来，淡道："我已歇息好了。"

我斜靠在他方才待的地方，手下仍是温的，不知为甚脸就红了起来，只好默默抽打自己心里的禽兽：一点体温都要心中蹦跳想入非非是想怎样！

越是按捺，我便越觉着曲徵在看我，喜欢的人离自己这般近，虽然之前也同床共枕过，但那是醒了之后才得知的，完全不似这样煎熬。

我辗转了一会儿仍是无法入眠，索性睁了眼，小声道："你的伤好些了吗？"

曲徵果然没有看我，只是淡淡望着起伏的窗纱："昨晚换过药，这几日若不动武，大约半月内便可痊愈。"

好得这么快定然是极品木血竭的效用了，我心头美滋滋："你要快些好了，等回去了还要收拾假御临风和九重幽宫……"

"若想知道幕后之人是谁，眼下还不能拆穿他。"曲徵沉声道，复而一笑，"包括俞兮与非弓之事，百万这般聪明，自然知道如何应对。"

话是轻巧，我的过去似与假御临风有些关系，这一层倒不可不查，只是比起这些，我更情愿先灭了九重幽宫，为靖越山村寨老小报了血海深仇，再把那托镖人扯出来鞭尸一百遍啊一百遍……

我想得开心，忽然意识到，这美好的前景是建立在曲徵帮我的基础上的，曲狐狸这般多的心眼儿，虽我是他名义上的未婚妻，且他待我也不错，但终究没有好到能为了我做这些事的程度，弄不好还会连累瞿门。

这般一想我又觉得不妙，眉头蹙起，转而发现曲徵在看我。他垂下眼眸，半晌淡淡一笑："百万，你似是极讨厌九重幽宫，我自会帮你，那托镖人害了你与镖局，我亦会揪他出来，这个中缘由，我若不说，你大约很难心安。"

我背后奓起一片汗毛，这货果然知道我脑子里在想什么，只好挠头讪笑道：

“总不会因为我是你未婚妻吧……”

话音落了，我忍不住向他瞧去。有风透过窗缝灌入马车，轻轻扬起他如墨的发，掠过白皙的耳垂与下颌。曲徵目色沉稳，淡淡回道：“自然不是。”

我面上一副不以为然的神色，心中却失望得难受起来，虽然我早知不可能因为婚约，却不愿听他亲口这样说。

“你可还记得，我与你定下婚约的原因吗？”

我怔了怔，忽然想起……那时他明知《璞元真经》是假，却非要我与他回瞿门，我曾问过他缘故，结果……结果被他一句模棱两可的话给绕过去了！

“眼下我帮你的原因，仍是一样。”曲徵缓道，一副倾世姿容却面无表情，现出几分危险冷冽的气息来，“我想要的，是真正的《璞元真经》。”

《璞元真经》，究竟有什么好？

我被曲徵最后一句话震撼，心中旖旎尽去，老老实实地躺在一边。他言下之意，是帮我揪出托镖人灭掉九重幽宫，便可得到真正《璞元真经》的线索，还是他早有预谋，只等对方送上门来……我胡思乱想了一会儿，终于抵不住困意睡了过去。

不知过了多久，我正梦见曲徵罚我抄写《璞元真经》一百遍，忽然觉得身子一晃，迷迷糊糊便醒了，睁眼瞧见梦中人就坐在一旁，窗外日头正大，他手中似是捏了个什么东西，放在窗格处把玩。

朦胧间我瞧了半晌，赫然发现曲徵手中的东西便是阿牛送我的草蟋蟀，登时心下一个激灵，悄悄摸了摸怀中果然不见，不由得一阵心虚：草蟋蟀不是好好地收起来了吗，这货是怎么发现的，难道他趁我睡觉偷袭了我的胸前……

“百万醒了。”曲徵弯起嘴角。

我咳了一声，装作刚醒的样子揉着眼睛，便听他接着轻道：“我在马车里捡了这个，你可知道是谁的吗？”

他明明就瞧见了阿牛送我的情状，这会儿却装起蒜来。我心觉没必要扯谎，反正他大约也不会在乎，便笑了笑道：“这是阿牛送我玩的。”

“这样啊。”曲徵唇畔弯得更深了些，手指微微张了张，风儿一吹，那草蟋蟀霎时便没了踪影。我只来得及“啊”了一声，可草蟋蟀已随风掉落，说甚都迟了。

“对不住。”曲徵淡道，“手滑了。”

鬼才信你啊！

我立时撩开窗子去看，马车并不快，说不定可以捡回来，这般想着便去掀了帘子准备喝停马车，忽然听曲徵唤我：“百万。”

“作甚？”我口气不善。

“那桃花簪许久不见你戴了。”他目色幽深，有些许道不明的意味，“是在瀑布中丢了吗？”

“自然不是。”提起此事我便心下得意，从怀中献宝般地将那晶莹的簪子掏了出来，层层叠叠包了五层软布，“当日在密道里便怕弄碎，所以早早收起来换了木钗……我聪明吗？”

“百万果然想得周全。”曲徵很给面子地做出一副赞赏的形容，然后微微侧头，弯起嘴角道，“无事了，你继续吧。”

我怔了一下，这才想起自己方才要做什么，但几句话打岔的工夫，那草蟋蟀早就不知被风吹到哪儿去了。

“你……”我嘴角抽了抽，难道你这是在喝干醋吗？

曲徵似是看透我心中所想，微微一笑：“当真只是手滑而已，百万若舍不得，我再赔你一只好了。”

“再赔一只也不是那只啊。”我嘟囔道，“人家一片心意……”

他垂下如扇的眼睫，神情似有几分无辜，低了声音道：“莫非……你要为这等小事责怪我吗？”

我心上霎时中了一箭。

其实草蟋蟀在风中本来就很容易被吹走的吧，人家曲徵是何等人物，怎会做这般无聊的事情，我真是想多了……

所以千错万错一切都是我的错！怎么会不小心让草蟋蟀掉出来！

阿牛，我对不起你……

不过半日的工夫，马车已进了城镇。刚刚过了守备便有瞿门弟子迎上前来，看样子这几人已经搜查好多天了，憔悴面相间终于浮出一丝喜气。几人对曲徵极为礼敬，至于我便被直接无视了。当时我腹中饥饿，只从马车缝隙处深情地瞧着外面的小商贩，亦不在乎这几人理不理我。

一个弟子去传了消息，还未近瞿门府邸，便见大路两旁已然肃清。晋安颜早已下马，我与曲徵出了马车，霎时便有鼎沸的人声从前面压过来，无非便是“曲师弟你回来了”“有没有受伤，可叫师父担心”“回来便好回来便好”“我早说曲师弟定然无事”“苏师妹一双眼都哭肿了”等等等等。

这货在同门中人缘居然这般好。曲徵弯起嘴角，一一礼貌回应。难为这么多人，他居然能把每个师兄的姓都记住，真难得。

晋安颜作为外客走在前面，受到了应有的礼遇。我做贼般跟在曲徵身后，没人理我倒也自在。

不过数十步便到了大门处，匾额上苍劲的“瞿门”二字，大气又庄严。有弟子将门缓缓旋开，门厅正中一人负手而立，近六十岁年纪，一身儒衫衬得他身形颀长，灰发尽数绾起，下颌续着三寸美须，眉目淡漠不怒自威，若年轻个二十岁，定是一等一的美男子。

那人扬起眉来，曲徵敛了神情，微微躬身，沉声道：“师父。”

我未曾想到这般快就见到瞿简，心中大大一跳，便藏在曲徵身后一面学着他的样子躬了身，一面期待瞿简老眼昏花没看见我，但……瞧他这矍铄的神色，大约是不可能的。

半晌无声，我忍不住偷偷抬眼瞄去，正撞见瞿简盯着我的目光，三分打量七分冷淡，登时浑身一个激灵，继续将眼睛种在地上。

“跟我进来。”他淡淡道。

旁边的众弟子方才还七嘴八舌，这会儿全没了动静，可见瞿门管教弟子之严。我在一片默然中随着曲徵走进大门，隐隐觉得以后日子大约不会好过。

瞿门弟子众多，院落也是九曲十八弯，我跟在曲徵身后走了良久，只觉肚子越发饿，心中忍不住怨念：就不能先吃口饭再唠吗……

终于走到最里面的厢房，陈列摆设都很是雅致，颇有出尘之感。很快有弟子上了茶水，随即带上了门，便剩我三人站在房内，亦没人请我坐下。我尴尬地立在一旁，努力把自己当作摆设中的一件，就差屏住呼吸了。

曲徵淡淡看了我一眼，微微示意道：“百万，坐吧。”

我霎时便感动了：关键时刻知道向着未来娘子，果真没有白稀罕你！

我屁股还没凑近红木雕花椅，瞿简便转过身来，一双眼直接将我上上下下扫了个遍，吓得我便没敢坐下去。

“灼儿已将《璞元真经》一事禀报于我。”他沉声道，话虽是与曲徵说的，但眸光仍是落在我身上，顿了顿才旋开，冷道，“你要胡闹到几时？”

瞿简本就面色肃然，加上这般问罪的语气，我只觉得脊背发寒。难得曲徵竟然淡淡笑了，低声缓道：“师父是指哪桩事情胡闹？”

“你心中分明清楚，还来问我吗？”

“师父不言明，徒儿自然不解。

瞿简面色黑了几分，目光却又向我刺来。我登时做出一副“什么都没听见”的情状，这老头儿貌似瞅我不顺眼，自家弟子顶嘴，看我干吗，又不是我教的……

“收到飞镖传书知情不报，擅自与师妹乔装出镇，还自己订下了婚约。”瞿简冷哼一声，“你果真……是见为师偏爱于你，便愈来愈放肆了吗？”

如此说来，曲徵与苏灼灼追查我一事，倒是与我当初猜想的情形一致……我眼珠转了转，继续面无表情地装作屋中摆件。

“弟子不敢。”曲徵似乎没瞧见瞿简风雨欲来的神情，慢条斯理道，“我知师父心系《璞元真经》，便与师妹暗中追查了，至于订下婚约……”

我忍不住向曲徵瞧去，曲徵亦望了我一眼，眸中似有深意：“金氏镖局所保的真经是假，实为有人暗中陷害，意欲搅起武林纷争。我与百万姑娘订婚，只缘于弟子许过她一个意愿，无关真经与其他。”

他竟对瞿简全盘托出了。

我挠挠头，只觉话到此处，自己应该表个态，便嘿嘿一笑对着眼前人行了个大礼：“……百万见过师父。”

“意愿？”瞿简蹙眉，好似没听见我说话，只是沉了脸瞧着曲徵。

我登时尴尬了，比起知情不报与“璞元假经”，这老头儿好像更不爽曲徵擅自与我订下婚约一事。

“是，意愿。”曲徵继续道，“君子一诺千金，师父教诲，弟子绝不敢忘。”

瞿简冷哼一声转过身，大约是被顶得无话可说了。

我心下暗笑，跟曲狐狸耍嘴皮子，就算你是师父，那也要再操练几年。

顿了半晌，瞿简忽然缓了语气，低声道：“你……可有受伤？”

他问得漫不经心，但我却觉得，自进了屋，他最想问曲徵的，不过只有这一句罢了。其实亦不难看出，若是寻常弟子失踪，他堂堂武林泰山北斗，怎会亲自屈尊前去大门迎接，瞿简对曲徵，当真偏心得很。

“坠落瀑布伤了腰，断了几根骨头，”曲徵缓道，我瞧见瞿简眼中一紧，便听他接着道，“幸得百万为我采了百年极品木血竭，现下已无大碍。”

我正欲谦逊地回答“这都是人家应该做的”，便见瞿简又掠过我面上，冷道：“若不是她，你会掉下瀑布？我却不信。”

这老头儿反正就是看我不爽！

屋中一派寂静，忽地便冒出“咕——”的一声，且余音袅袅绕梁不绝。

我登时一脸窘迫：已经一整天没吃东西了，这能怪我啊！

曲徵轻笑出声，微微躬身道：“弟子先带她去打点了。”

“灼儿外出寻你，亦是今晚归来。”瞿简沉声道，“待人齐了，请了风云庄晋姑娘一同用膳。”

怪不得没见苏灼灼，我撇撇嘴，此言语不就是告诉我不能提前开饭吗，谁稀罕！

我随曲徵出了瞿简的院落，长吁了一口气。他瞧了我一眼，淡道：“家师便是这个性子，你莫放在心上。”

“你师父不是这个性子，是瞧我不顺眼。”我苦着脸道。

曲徵笑了笑没有说话，只吩咐了伙计几句，便让我随着那人去梳洗整理一番。我亦觉得浑身难受，便乐颠颠地去了。瞿门只有苏灼灼一个女弟子，是以大多伙计都是男子，那人思前想后，还是将我领进了曲徵的卧房，在他房中放了浴桶热水，备了干巾带上门，把屏风拉得死紧，就在门外守着。

这小伙计瞧着我的眼神很是探究，一副想八卦又不敢问的情状。我心下好笑，洗着洗着，又被曲徵的房间引去了注意。陈列倒是简单，俱是古玩字画之类，床幔是青色的，归顺得一丝不乱，桌上有个香炉，里面却没有香，大约只是个摆设罢了。

我看着看着，想到自己在曲徵的房中洗澡，不知为甚竟觉得脸热，便赶紧加快动作，穿了衣服将头发擦干。不多时只听那伙计在外面轻唤：“金姑娘，可洗好了吗？”

我应了，他便推门进来，在桌上放了一盘点心：“这是曲公子吩咐的。”

那点心摞得整齐，白色花底桃红点缀，竟是如意糕。我心中一动，只在苍雪山远远瞧了这东西一回，想不到曲徵便记下了。此时我饿得狠了，竟一块接一块干掉了一盘，心中却很是愉悦，曲狐狸这货心思甚多，若动一点在泡妞上，大约没有哪个女人招架得住。

我复而觉得悲催，他大约还没动心思泡我，我便巴巴地上钩了……还有比我更傻的姑娘吗？

待头发干了，我用桃花簪绾了个素净的样式，刚推门出来便听有人唤了一声“曲弟妹”，正是许久不见的白翎枫。

难得在瞿门有个熟人，我见了他便笑起来：“白三师兄，你可还好？”

白翎枫亦笑得欢实：“好什么，听闻你跟曲师弟掉下瀑布，师父震怒，连那桃源谷派来送信的人都给轰了出去，我们更是受了责骂，大伙儿心都吊着，生怕曲师弟就此再回不来。”

“曲徵掉下瀑布，骂你们又有甚用。”我撇嘴道，“这老……咳，瞿门主

也太糊涂了些。”

“小点声。”白翎枫连忙向我使眼色，“师父虽严厉，但待我们都是极好的。说起来曲师弟这番涉险，还不是因为那飞镖，做师兄的竟都未察觉，我在落霞镇见了你二人，更是丝毫不知《璞元真经》之事……唉，当真惭愧。”

我心说那倒还好，若是你们都知道了拦着曲徵不让他出来，我还有甚戏唱，早不知被俞家掳到哪儿去了。

白翎枫又与我寒暄一阵，忽然神秘兮兮地问：“曲弟妹，那《璞元真经》……当真给了我瞿门吗？”

我挠挠头，坚决执行“一切都推到曲徵身上”这一伟大策略：“这个……我既寻不到收镖之人，又与曲徵有了婚约，给了他自然便是给了瞿门。”

不知为甚，白翎枫一副打了鸡血的神色，我忍不住出言询问，他立时激动道：“传说中的经文在自己师门，定让其他各派羡慕死了！搞不好以后师父可以传一招半式给我……”

我心中腹诽，羡慕个球球，是个祸害还差不多。我随着他经过大堂庭院，发现几乎所有瞿门弟子都是这般想的，到处都是对我探究的目光与对《璞元真经》兴奋的谈论。白翎枫与我在一起甚是昂首挺胸：“曲弟妹，这些家伙只听苏师妹讲了你与真经之事，却不知你已与曲师弟订下婚约……一会儿准叫他们傻眼，你且瞧着。”

看样子，这货对于知道点别人不知道的八卦很是得意。我抽了抽嘴角，却听大门处一阵喧闹，似是有人回来了。

曲徵亦站在大门不远处，换了一身锦灰镶银的裘袍，头发还湿漉漉地垂在腰际，浑身散发着沐浴后的香气，眸若寒潭眉似远山，仿佛有光散发出来，直叫我看得心中禽兽乱窜。

白翎枫大步走上前去：“曲师弟，伤处可还好吧？”

“伤处已无碍。”曲徵弯起嘴角，“多谢白三师兄借房间给我沐浴。”

“好说好说。”白翎枫嘿嘿一笑，“自家兄弟客气什么。”

原来他把房间腾给我，自己便去别人的房间洗了。

我面上一热，正想与他打个招呼，忽听不远处一声娇喝，便见一个桃色的影子火速飞了来，直直撞进曲徵怀里，还夹杂着抽泣声，我愣了愣，这才看清眼前女子是苏灼灼。

“公子……我以为再也见不到你了……”她扬起脸，泪容真若梨花带雨，那眼睛那眉尖，那红唇那贝齿，连我一个女的瞧着都心旌神驰，“我听说你受

了伤？可好了？还疼吗？你答应我，以后再别抛下我一个人了！”

曲徵还未回答，我瞧着苏灼灼环在他腰间的两只胳膊，瞬间觉得碍眼得很，说话便说话，搂这么紧作甚？但未等我说些什么，忽然旁里走过一人拉起我的手，亦是梨花带雨道：“金姑娘……你无事真的太好了。”

我目瞪口呆，俞兮挂着一副真切的面容继续道：“若不是当时我脱了力……怎会让你掉下去，曲公子亦不会为救你受伤……”

这妹子当真该去做戏子，演技太完美了啊！

我顿了顿，反手握住俞兮的手，嘴边弯起一抹笑：“俞姐姐言重了，当日密道中和瀑布边的恩情，我当铭记于心，此生永不敢忘。”

俞兮睫毛颤了颤，眼中情切不减，丝毫不动声色。

我心下冷笑，在镖局做了三年的下人，有些脾气亦磨得平和了。但若说我这泥人土性子中还有甚缺点，两个字便是记仇，三个字便是很记仇，十个字便是非常十分极特别地记仇。

莫非她觉得我金百万出身卑微，便可肆意欺辱，却不敢去寻她的晦气吗？

第五章
回师门，情关难过

◆

◇

曲徵归来，瞿门大举设宴，晋安颜与俞兮均为座上宾。

至于苏灼灼，她一直黏在曲徵身畔，直到快进内门了才瞧了我一眼，挑了柳叶眉道：“噢……你也还活着。”

语气里充满了失望啊！我嘴角抽了抽：“不好意思，命硬。”

苏灼灼不理我，美目转向曲徵，笑颜如花道：“公子你瞧，命硬克夫的，不如把那婚约……”

“他命也硬啊。”我立时插言，“大家硬到一处去，般配得紧般配得紧。”

曲徵莞尔一笑，苏灼灼飞来一个眼刀，我亦飞了一个回去，但眼睛没人家的大，瞪起来也不够销魂。

瞿简入座，便可开席了。我本来想坐在曲徵身边，奈何晋安颜觉着自己离瞿简太近有些紧张，生生把我拉了去，于是我只能看着苏灼灼和俞兮一边一个将曲徵夹在中间，默默在心里咬手绢。

以俞兮之心计，眼下定然不会让苏灼灼察觉自己喜欢曲徵，是以她虽坐在曲徵旁边，亦是几番推托。苏灼灼半点也没怀疑，大约觉得俞兮坐了那里便可阻了我坐过来，神色颇为满意。

曲徵悠然端着茶杯，一副事不关已的情状。我虽吃了盘如意糕，但对正常的晚膳仍然充满期待，是以只是昂着脑袋等开饭，对其余人等好奇的目光一概无视。

饭菜相继端了上来，这一全门宴席，少说也有上百人了，我登时对瞿门的厨子生出了滔滔河水般绵延不绝的敬仰之情，如此大的菜量，做得用不用心，内行人一瞧便知。

瞿简微微抬手，他右手边的一个黄衫男子便说起了场面话，无非便是感谢晋安颜大恩大德云云，顺带将近日一直在瞿门帮着寻人的俞兮也赞扬了一番。我却不知此人是谁，便推了推旁边的白翎枫，他小声与我介绍：“师父入室弟子有七，这是大师兄冯彦，那是二师兄……苏师妹排第六，曲师弟最晚进门，为七。”

大约是我这番交头接耳的动作太过鬼祟，霎时便吸引了冯彦的目光，他生了一张长脸，倒也算得仪表堂堂，但若摆在曲徵身畔，那便瞬间变为路人了。

“冯某失礼。”他微微向我点头致意，“这位便是金氏镖局的金姑娘吧。”

我矜持地点了点头算作回应，一副小媳妇儿模样。冯彦还未来得及再说什么，便听白翎枫卖关子道：“大师兄，你可知金姑娘为甚来此吗？”

宴席一时寂静下来，无数双眼睛落在我二人身上，看样子白翎枫一直在等这个时刻，他清了清嗓子正欲发言，便见曲徵轻轻放了茶杯，淡道：“这位金姑娘已与我订下婚约，亦算瞿门之人了。”

席间顿时鸦雀无声。

只瞧着身畔这几位师兄的反应，大约便可纵观全局。冯彦一怔，下意识地看向苏灼灼；他旁边的二师兄更是直接瞧着我蹙起眉来；白翎枫垂着脑袋，对于没有亲口说出这桩八卦极其失望；四师兄张着嘴巴，像是这辈子也合不上了；五师兄一副“你在开玩笑”的表情笑了起来，且愈笑愈厉害……苏灼灼只盯着我牙齿磨得咯咯响；瞿简冷哼一声，大概表示不屑。

我很淡定地起身施礼：“见过各位师兄。”

这些货便算再震惊，到底也是涵养极好的瞿门弟子，便一一起身与我回了礼，连苏灼灼都瞪了我一眼，于是我发觉最不客气的，就是瞿简这老头儿。

我很快便发现为何瞿简这般不喜欢我了。

他一口一个灼儿，目光中满是慈爱，连连叫曲徵为苏灼灼夹菜，那温情似乎将周身清冷都褪了几分。师兄弟们似是见怪不怪，想也知道瞿简宠爱苏灼灼不是一天两天了，大家都已习惯。我几乎能瞧见这老头儿心中的腹诽：美貌的养女是心头肉，更美貌的弟子是私心偏爱，这俩自然是天造的一对儿地设的一双，谁知忽然有个不知哪儿跑出来的女人插进一脚真是煞风景啊煞风景……

我脑中想得毫无边际，面上却忍不住艳羡起来，连嘴里的食物都渐渐失去了滋味。同是没爹没娘的，为甚就不同命呢，不但是天下第一美人，还有一个这么威风又疼爱自己的师父……

这般愣了一会儿，抬眼却撞上曲徵的目光，大约我这点心思全落入了他眼中。

便见曲徵垂下眼睫，忽然放下了筷子，弯起嘴角道：“师父、各位师兄弟慢用。”

他站起身来，并未看我，似是随口而出一般道了一句：“百万，你过来。”

我于他这种唤小猫的口气已是熟得不能再熟，当下“噢”了一声，脑中还未反应，身体却不由自主地站起来乖乖跟了便走。

曲徵走得不快，我随着他去了一处靠里的院子，回廊建在荷花池上，这个季节早已没了荷花，但格局雅致，另有一份冬日清幽。

他径自走到池塘正中的亭台间，半晌没有言语。

我站在一旁不明所以，心里觉得两个人杵在这里有点冒傻气。但在慕秋的艳本中，花前月下却是男女私会的好景致，此刻虽没有花，但月色朦胧，落在曲徵发间仿佛镀了一层白霜，微风低拂似有仙气，好看得很。

可是艳本中的私会不是两个人傻站着什么都不干吧！我脑中转了几转，隐约记起了几个片段来。

好像有一本《书生小姐》，讲的是在花前月下，书生先吟了几首酸诗表达了对小姐的爱慕之意，随后两人越靠越近越靠越近越靠越近……然后就被小姐她爹发现了。

当时慕秋看完大发雷霆，只骂那个写书的没有操守，亲都没亲上算个甚的艳本。鉴于我肚子里没有几两墨水，这个方案被最先否决。

另一本大约叫《乡野艳遇》，讲的是在花前月下，一男子在路边调戏了一个陌生女子，男子伸手挑起女子的下颌，淫笑道：美人，来香一个。

此艳本被慕秋赞赏了文笔。我先试想了下自己挑起曲徵下巴这个场景，不知为甚背后爹起了一片汗毛，再次否决。

最后一本有印象的是《俏嫂嫂》，讲的是在花前月下，英俊王爷与他的皇嫂衣衫渐褪，继而翻云覆雨……的故事。

这一本是慕秋的最爱。于是便在我默默回忆到皇嫂解开了王爷的腰带时，曲徵忽然侧目，淡淡向我看来。

这货会知道我在想什么的！

我立刻装作一副“月色真美啊”的表情，努力在心中驱除杂念。

月亮挺好……“嗯，王爷不要”……夜空也很安静……“嫂嫂想煞本王了”……快想月亮……快想……“嗯啊嗯啊啊”……

曲徵望着我诡秘莫名变幻不定的表情，嘴角弯起一抹笑：“你在想什么？”

我胸口一疼，只觉他这笑似是把我看穿了，便尴尬地挠挠头，别开目光道：

“在想……嗯……在想你为甚叫我出来。”

心中长吁口气，依曲徵的性子，他叫我出来总不会真的看月亮吧，定是有事情要说，我这问得也算正常。

他望着我，眉目与星辉相映，薄唇微启道：“赏月。”

我瞪圆了眼睛道：“你是不是吃了什么坏东西？”

曲徵弯起嘴角别过头去：“我说笑的。”

好冷。

我被他难得的幽默感震慑了：一点都不好笑……

“俞姑娘来此，你却不觉得奇怪吗？”

原来曲徵是想说这个。我心思转了转，沉吟道：“俞兮大约只是想确信我死没死……或者……”

我的语气陡然酸起来：“她心系于你，你不是早知道了吗，来此亦不奇怪。”

曲徵不答，只是垂目沉思。我不知为甚，便像喝了一整坛陈年老醋，语气越来越酸：“还有你的苏师姐，心系你的姑娘还真不少哇……她扑过来你便任由她抱着，她揶揄我你也装听不见，让你夹菜你还当真就给她夹了……”

我说着说着，自己都觉得此时嘴脸有些难看，便慢慢住了口，只是心中还有半缸醋在晃荡。曲徵瞧了我一眼，顿了顿却忍不住笑出声来。

我不满道：“你笑甚？”

他踱了几步，缓缓凑近我身畔来，低声道：“百万可是在吃醋吗？”

“当然没有。”我抿了嘴角嘴硬，“身为你未来的娘子，只是不希望你招惹太多桃花。”

曲徵低声一笑：“卿不知，以桃花挡桃花，方为上策。”

我冷哼一声，又欺负我听不懂文绉绉的话了是不是，什么以桃花挡桃花，一朵苏灼灼一朵俞兮，都很凶残，挡得住！

“百万可还记得，俞姑娘想加害于你，是从什么时候起？”

“密道。”我脱口而出，继而脑中忽然有些片段闪过，自己沉吟半晌顿了顿，蓦地便反应过来。

婚礼之前，俞兮还劝苏灼灼不要对我动粗，恐怕那时她心中的情敌还是自己的好姐妹。而我在密道醒过之后走向曲徵，故意上演了一番肉麻的说辞，难道……难道俞兮忽然对我起了心思，便是听信了那番说辞吗？

这么说，以桃花挡桃花，便是要以苏灼灼挡俞兮？目的是……是为了护着我？

夜月半圆，风静云垂。

我瞧着曲徵，一双乌黑眼瞳如同落了薄薄的碎雪，有种摄人心魄的幽暗。此人事事不动声色，谋略城府极深，行事利落无情，甚至连这几次三番的回护，怕是也没多少情意在的，他既说了要的是《璞元真经》，我其实最清楚不过。

却忍不住淡淡地欢喜起来。

那种感觉很奇异，无关倾慕，无关真心，只像在心中生了个暖炉，沉甸甸地熨帖着不安。我亦不知自己是怎么了，从前只愿多一事不如少一事，如今经历了密道追杀瀑布生死，反倒对许多事情看得开了。明明我还是那个普通的我，境地依旧是如此糟糕的境地……

可是那又怎样。

大约是近朱者赤近墨者黑，与曲徵在一起时日长了，多少也沾染了他淡然的风骨。记不起过去没关系，横竖托镖人已将祸事烧向我，九重幽宫若想害我便让他们来，各大门派更加无所谓了，至于俞兮……

我垂下眼睫，将这万般情绪隐去，只盯着他衣衫下摆轻道："……我不怕。"

曲徵转过身来。

"我不怕俞兮。"嘴边弯起一抹笑，我声音淡淡，却极是坚定，"若连这都怕，如何嫁你。"

如何有胆量见识你的手段计谋，如何看你一步一步得到《璞元真经》。

如何在你身边，陪你翻手为云，覆手为雨。

此时曲徵没有答，我看不见他面上表情，只觉他越靠越近，越靠越近，便在我意识到好事将近之时，终如艳本中一般，有人毫无眼力见地出现了。

苏灼灼大约是寻了很久，才在这偏僻的院子里寻到了我二人。意外的是，她没有上来缠住曲徵，只是貌似亲热地牵了我的手，柔声道："金姑娘还未定下歇息之所吧，快随我来。"

苏灼灼温柔起来，实在让人骨酥肉麻，我瞧了她这副形容，只觉毛骨悚然，心下突突没有底。曲徵跟在我二人身后，很快到了大堂。众人用膳完毕，瞿简与一众弟子正在等晋安颜与俞兮退席，顺带安排就寝。

俞兮原是住在客房的，如今风云庄的人住进来，便满得没了地方。而女子居所也只有苏灼灼那一处，于是她便要连同我三人挤上一挤，在房中多放一张床了。我想到与俞兮背靠背睡在一张床上便妥妥地奓了毛，虽说我不怕她，但不代表我要自己送上门去！

“金姑娘不愿啊。”苏灼灼大约料定我是忌惮她才这般不情愿，越发温婉地笑道，“这可如何是好，瞿门上下，唯一有女眷的地方便是伙房了。”

我登时对她这副反常的德行恍然大悟，原来是想让我与下人住在一起。我原本就是金氏镖局的厨子，住在伙房于我来说是再舒坦不过。晋安颜蹙了眉，大约是想为我说话，我当即拦了她，乐颠颠地应承下来：“无妨无妨，住哪里都是一样。”

与俞兮的直取人命比起来，苏灼灼这点心思简直有些可爱了。见我全未放在心上，她脸上的笑便有些挂不住，直接道：“伙房可是大通铺，金姑娘你确然要去吗？”

周遭之人霎时都向我看来。

我瞧曲徵似是要说话，便向他微微摇了摇头，昂起头道：“大通铺有甚不好？我最喜欢大通铺了，挤挤更暖和，且抬头就是月亮，方才荷塘赏月可美得很啊，你说是不是曲徵？”

曲徵没有看我，但他忍不住弯了嘴角。苏灼灼当即轩叶附体爹毛道：“谁跟你荷塘赏月啊金甚好你想染指公子还早了五百年呢你听到没有……”

几个师兄霎时目瞪口呆。瞿简咳了一声，她这才意识到师父和师兄们还在一旁，登时涨红了脸，哼了一声扭头便走。俞兮不着痕迹地看了我一眼，随即追了过去。

于是众人散去，曲徵被瞿简叫去问话，白翎枫与晋安颜陪同我去下人的居所，一路无话。

到了地方，白三师兄的表情仍有些梦幻：“刚刚那个跳脚的真的是乖巧的苏师妹吗……”

我眉角一抽，你还没瞧见她拿着剑要做掉我的样子呢，那叫一个母夜叉下凡。晋安颜仍然对她方才欺辱我的言行大为不满：“传闻苏姑娘人美心善，未曾想……”

她顿了顿，大约是觉得白翎枫就在一旁，只好转了语气道：“百万，不如你与我一起住客栈去，省得看人脸色。”

白翎枫面上有些尴尬，晋安颜如今是瞿门贵客，若是住了客栈只怕于江湖上不好听，便嘿嘿一笑：“晋姑娘莫误会，苏师妹是跟曲弟妹闹着玩呢，便因……嗯，你亦知道她与曲师弟……”

他说得含糊，而我早已将苏灼灼与曲徵之事告诉过晋安颜，便见她秀眉微扬正要说话，我阻了她弯起一个笑，趁白翎枫与伙房众人打招呼之际，凑近她

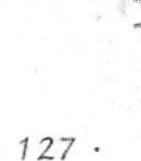

耳边道：“离她们远些更好，在镖局时我便是住这里的，清净又自在。”

晋安颜见我当真不介意，便也就不再强求。我向她比了个安心的手势，白翎枫将一切都安顿好，两人便一同离开了。

此时距宴席结束不过一个时辰，伙房的人还在刷碗洗锅，我一进屋便觉亲切，瞧了半晌，撸起袖子便想一起干活，吓得一众妹子大姐扔了手中东西上来阻我：“使不得使不得，姑娘是客人，在旁歇着便是了。”

我拗不过，只好站在一旁。这群姑娘忙碌之余，个个还忍不住拿眼角偷看我，便差在脸上写着“八卦”二字。大约是我周身气息让人觉得极易亲近，一个妹子擦了手，终于忍不住道：“金姑娘，你果真……果真与曲公子订了婚吗？”

晚宴时才传出的言语，眼下竟然连伙房都知道了，果真八卦无处不在。我挠了挠头：“这个……确实有这么回事。”

“我就知道！”那妹子乐颠颠地扔了抹布，凑过来道，“花姐你还不信，我说什么来着？”

那名叫花姐的女子亦扔下手中活计：“可是汀兰说……”

“汀兰是苏姑娘的贴身婢女，自然要向着主子说话了。”

“苏姑娘那般美貌，曲公子怎会不动心……”

“你当着金姑娘面说这些作死呀！”

……

一时间没人干活了，全凑在我身畔等着听八卦。

我略一沉吟，便将重点避过，只把自己与曲徵坠了瀑布，我为他采药，他为我瞪跑大虫等事说得惊心动魄，极尽缠绵悱恻生死与共，并且把苏灼灼欺辱我这一行为添油加醋，直把伙房一众听得个个感动气愤得不能自已。

“我说怎会突然让客人住到这里，真失礼……”

“原来是苏姑娘从中作梗。哼，往日瞧她温善，却不知与汀兰一样蛮横……”

“金姑娘你且宽心，住在这里至少叫你吃好喝好，不受他们委屈！”

我亦有些感动，却见那第一个与我说话的妹子隐隐抽泣，半晌竟号啕大哭起来，我吓了一跳，刚想去询问，便见花姐拍了拍她的肩膀温言道：“金姑娘莫见怪，芊芊喜欢白公子，一直觉着自己是下人不配肖想，如今听了姑娘你的话……”

想不到我金百万有朝一日也能成为励志的典范！

于是如此东拉西扯，睡前大伙又坐在通铺上，点了蜡烛嗑着瓜子唠起八卦，

要多惬意有多惬意。仅一晚下来，我已然与瞿门伙房的妹子大姐们生出了茁壮的友情之花，为日后搞小动作打下了坚实而有力的群众基础。

因前一晚睡得迟了，次日我赖到日上三竿，听闻瞿简已招待俞兮等人用了早膳，压根儿没有叫我的意思。

我亦不稀罕，花姐她们照原样备了一份早膳与我。吃过了我想起正事，便托瞿门弟子去驿站带书信给慕秋与黑白无常客，虽然曲徵归来这消息定已传开了，但我仍愿他们早知道一些，省得为我担忧。

正原路往回走时，却撞见了大师兄冯彦，他向我躬身道："金姑娘真巧，师父请你芳华楼一叙。"

听闻昨夜曲徵在瞿简房里半夜才回去，这会儿又要见我，我默默觉得大约不是什么好事情，于是偷偷向冯彦瞧去。花姐说，其实瞿门五个师兄，除了白翎枫，其余四人对苏灼灼都是有心思的。但自曲徵来了之后，苏灼灼再不将旁人放入眼内，是以大都断了念想。如今大师兄已然成家，应不至于与苏灼灼一个鼻孔出气才是。

我心知瞿简不喜欢我，说不烦恼那是假的，瞧着冯彦面色温和，便挠挠头试探道："嗯……冯公子，我跟你打听个事儿。"

"金姑娘请讲。"他有礼道。

我瞅着四下无人，放低了声音："你们师父……瞿门主……有什么喜好吗？"

"喜好？"冯彦一怔，沉吟半晌道，"家师素来意欲寡淡，若说喜欢什么决计是没有的，我只知他老人家不喜的东西。"

"求冯公子指点。"

"不敢。"冯彦缓道，"家师清高亮节，不喜奢靡，不喜……女子。"

我觉着心口一疼，怪不得这老头儿一个女弟子都没收过。

"可是苏姑娘……"

"苏师妹是家师一手抚养长大，情义自然不同。百万姑娘莫要误会，家师只是不喜有些女子柔弱骄奢，并无其他意思。"

说白了，就是嫌女人麻烦。我点点头道："我懂，还有呢？"

"家师不喜粗俗之物。"他继续道，"此粗俗并不单指什么，可能是物件，亦可能是一个人的装扮、名字……"

我顿时心口又是一疼，示意他不要再说了，堆起一团笑："这个我亦懂了，还有呢？"

"还有……"冯彦认真地想了想，忽然双手一叠，"家师不喜长相平庸之人！"

这老头儿臭屁得让人好想踹一脚啊！

我捂着心口，他的喜好是专门针对我设定的吧？三条全中是想怎样？女人和粗俗也就罢了，长得平庸碍到他什么事了，怪不得他七个入室弟子一个赛一个好看，可是有甚用啊，又不去选花魁！

芳华楼很快便到了，我认出此处是瞿简的居所，不由得心下忐忑，一进去便瞧见苏灼灼正在给瞿简捶背，一番天伦之乐的景象。

冯彦带上门退了出去，我站了半晌，瞧这两人都没有理我的意思，便咳了一声，尽量不卑不亢道："瞿……瞿门主，不知何事要见我？"

瞿简抬了眼，目光飞快地在我身上一扫便收了回去，仿佛多看我一眼就会中毒。

苏灼灼乖巧地站在一边，甜声道："金姑娘，听闻你与公子有一张婚约？"

我心中"咯噔"一下，婚约已然泡烂了，一路过来我根本没借口亦没机会要曲徵帮我重写。

"自然是有的。"我故作一副沉着模样，"可惜现下不在身上。"

苏灼灼面色有些迟疑，瞿简微微点了点头，她便扬起声音道："那便劳烦金姑娘去取一趟了。"

我想回一句"凭甚给你看"，转念一想苏灼灼是没资格，但瞿简怎么说也是曲徵的师父，一日为师终身为父，他要看这婚约，倒没有理由不给。

近晌午的日光温然，我走在回伙房的路上，绞尽脑汁思考如何最快搞一张婚约给那老头儿看，不过近了小门处，却听伙房内一阵喧闹。

"你们这些懒货，都是做什么的，苏姑娘房里的糕点都敢糊弄！"一个丫鬟服饰的女子端着盘点心，眉目间满是不耐烦，"月钱不想要了吗？"

"可是汀兰，这就是苏姑娘惯吃的桃花酪啊。"芊芊委屈道，"并无不同……"

"前几日早早便与你们说了，"汀兰声音又高了一分，"俞二小姐不喜花生，这桃花酪上洒满了花生碎，存心叫苏姑娘难堪是不是？"

俞兮不喜花生？我竖起了耳朵。

花姐忍不住道："俞二小姐不喜欢，不吃便好了，今日送去了六盘糕点，苏姑娘大可……"

"放肆！"汀兰上前一步，"苏姑娘做什么不做什么，何时轮到你来多嘴？"

她说罢，反手一扬，竟将那盘桃花酪生生泼在了花姐身上。我冲过去阻挡不及，袖子也波及了一些，但远不如花姐满头碎渣来得狼狈。

众人面带怒色，汀兰没见过我，只是吓了一跳，但她是苏灼灼的婢女，大概很快便意识到我是谁，面上隐隐现出几分不屑，只微微低头道："原来是金姑娘，婢子一时失手，对不住了。"

瞧她神色，哪有半分歉然。我帮花姐拂了半天衣衫，心中虽不爽，但这到底是瞿门地盘，轮不到我来管教婢女，便偏过头不理她。

岂料那汀兰以为我怯懦，得寸进尺道："久闻金姑娘亦是奴婢出身，想来住在这里是再合适不过了，与您身份倒是相衬得紧哪。"

她说罢笑了几声，又吩咐了重做桃花酪，转身便要离去，我淡道："站住。"

汀兰不耐烦："金姑娘还有何吩咐？"

"你会武吗？"

她一怔，下意识道："不会。"

"明白了。"我从地上捡起那些桃花酪，缓缓走到汀兰身边，对她呵呵一笑，然后……一盘子扣在了她脸上。

"对不住，"我面无表情道，"我亦是一时失手，你可别见怪。"

这桃花酪黏黏腻腻，糊在脸上大约不是很好受。

汀兰呆了呆，一把拍开我的手，抹着脸怒道："你分明是故意的！"

"没有啊。"我无辜地转过身，"你们谁瞧见我是故意的了。"

伙房众姑娘一起摇头："我们什么都没看见。"

"你们……"汀兰磨了磨牙根，终于未按捺住勃然大怒，"金百万，莫以为你攀上曲公子便做凤凰了，有苏姑娘在，曲公子早晚——"

我又将一块桃花酪拍在她嘴上，顺势使劲抹了抹："你若再嘴巴不干净，下一个塞的就是鼻孔。"

汀兰反抗了数下，无奈她在我的钳制下还不了手，便铆足劲儿挣脱了，恶毒地环视我们一圈，遂愤恨离去。

大约是她平日里作威作福惯了，伙房众人经此一事，看着我的眼神中都带着景仰。花姐、芊芊直呼痛快，我此番以武欺人，终过了把做恶人的瘾，爽是爽了，然想起自己回来的目的，忍不住又忧愁起来。

想了半天都觉得不靠谱，主要是因为曲徵这货太过聪明，什么借口搞不好都会弄巧成拙。我思量到最后，觉得还是照实说比较妥当，便亲自下厨做了份红豆饼，问过曲徵院子的路线，一路小碎步疾奔而去。

此时午膳时间刚过，我敲了门鬼鬼祟祟地探出脑袋，曲徵正在房中习字，

初冬的阳光温淡，落在他身上暖融融的，一人一案如在画中。

俞兮和苏灼灼都不在，好机会！我嘿嘿一笑，端了那盘红豆饼出来："闲来无事做的，给你尝尝。"

其实我若想讨好于他，应做些精细的点心卖弄手艺，只是时间紧急，且伙房现成食材亦不多了，便将煮过的红豆调了蜂蜜捻碎，面粉中掺了黄油和鸡蛋，多揉几次，这样制出的红豆饼皮酥馅绵，且没有放糖也不会过于甜腻，适合男子口味。

曲徵弯起一抹笑，手下紫毫未停，大约想写完了再与我言语。他眸光流转，旋过红豆饼时忽然顿了顿，这一字便失了笔锋。我瞧他将笔架回，乐颠颠地把红豆饼又往前推了推："趁热气未散，这时最好吃。"

他垂下眼睫："百万是有事找我帮忙吗？"

有、有那么明显吗？

我挠挠头，觉得有些不好开口，难道要说"婚约泡烂了，我怕你反悔所以再给我写一张呗"……最悲催之处在于，我怕他真的反悔，那还有甚戏唱。

但灵感这东西，总是诞生于电光石火之间。眼前这张桌子上摆了砚台、墨石，与一排大小不一的毛笔，我眼珠转了转，做出一副蓄谋已久的样子讪笑道："这个……什么都瞒不过你，我想你教我写字。"

曲徵瞧了我一眼，弯起嘴角道："好啊，你想写什么字？"

金百万你简直太聪明了啊！

我上前一步将宣纸抹平，压好镇纸玉石，递上硬毫笔亮着眼睛望着他："先写咱俩的名字吧。"

他转过身，却不接笔，在桌前腾出了一个人站立的位置："百万先来写写看。"

"啊？"我一怔，而曲徵已做了副请的手势，不知葫芦里卖的什么药，我怕拒绝了会平白惹他不快，便抿了嘴走过去，抬笔蘸饱了墨汁，写了个"曲"字。

我只道自己识字，却不想自己写出的字倒也能看，但与曲徵流水般的行书一比，也就只是能看罢了。他名字的第二个字笔画甚多，我写了一半，只觉越发像鬼画符，便迟疑地停了笔，正欲说话，却见一只修长的手覆上我指间，轻轻握起。

曲徵左手撑在案上，右手又与我一处，便将我整个儿拥在了桌前。他带着我的手缓缓下笔，写完了"徵"字，又写下一个"金"字，顿了顿在我耳边淡道："百万有根基，用些力气便好看了。"

而我根本没注意听曲徵在说甚，他的长袖与我的衣衫叠摞一处，鼻间满是他身上特有的清冽香气，侧目便是他微微弯起的菱唇，如同五月的芍药般艳丽惑人，呼出的气息萦绕在我耳边，顺着脖颈一路麻痒向下……

“还写什么？”他轻道。

我僵直着身子，只觉魂都飞到了九霄云外：“嗯……写、写……靖边镇。”

曲徵握着我的手，又缓缓写下“靖边镇”三个字，默了半晌弯起嘴角：“百万，下一句要写‘此生敬爱，百年如一’吗？”

我就知道会变成这样。

于是，曲徵又写了一张婚约给我。

为了遮掩方才尴尬，我坚持说自己确实想与他学写字的，是以这半会儿的光景，我在桌前临摹这张婚约，他便在一旁品鉴红豆饼。

我面上淡定，心中却已经翻江倒海。曲徵这般容易便帮我写了婚约，当真只为了《璞元真经》吗？可事到如今，许多线索他已然得到，根本不需要同我一起了。他这般心思缜密之人，断不可能只为许一个意愿便做无用之事，但除了这些，却还有别的解释吗？

难道将我带在身边，是为了引托镖人出现，抑或……

我脑中想到一个可能，心中霎时乱蹦跳了几下，脸嘭地红了。虽知道那是根本不可能的事情，却仿佛只是偷偷想着，便微微欢喜起来。

不能这么容易开心，要挺住啊百万！

我呼了口气，故作一副镇定自若模样：“眼下我们该如何？”

曲徵隔了帕子拈了一块红豆饼，目光向我看来：“百万可听说过武湖会吗？”

武湖会我自然知晓，其名取自武林江湖之意，二十年才举办一次，胜者便可拥有武湖玉印号令天下英雄。上一次在何时我亦记不清了，慕秋只与我说，当年瞿简与俞望川打成了平手，没有胜者，是以武湖玉印已多年未现江湖。

“下个月初，便是武湖会了。”曲徵悠然道，“届时各大门派齐聚俞家，必会热闹得很。”

我望着他乌黑的眼眸，心中默默浮现出四个字：会有好戏。

假御临风与托镖人筹谋已久，各大派如今都盯着瞿门的《璞元真经》亦是蠢蠢欲动，不知这让所有人觊觎的权力、武功、财富牵扯到一起，会是怎样的波涛暗涌。

“可是……”我忍不住道，“我们手中的是假经，若有些人图谋不轨联合谋害，

那瞿门岂不是太冤枉了些。”

“若有这个胆量，一早便下手了。”曲徵沉声道，“瞿门而今的威望，连九重幽宫都要思虑三分。至于假经……”

他唇畔噙着笑意：“亦不会一直是假的。”

我听得背后一凉，脑中又乱了良久，手下的字写了几张也越发不像样，便索性停了笔，只掠过那几幅字一眼，忽然发现一个问题。

“待归琅中立时完婚……”我指着这行字哆嗦着手指，“这意、意思岂不是……你若不回琅中，便一直不能完婚？”

“起初是这般打算的。”曲徵淡淡一笑，“但武湖会后，我须回琅中一趟。”

起初起初起初……

曲狐狸，算计人眨过眼睛吗？眨过吗？眨过吗？

我心中咆哮了许久，半晌才反应过来他后半句话的意思。

待武湖会结束，便要回琅中完婚了。

我脑中空白了一瞬，先前那点恼火霎时熄了，只忆起桃源谷大婚那日御临风与慕秋喜服加身的璧人模样，只不过人却换成了我与曲徵。

这种想张开双臂原地转圈的冲动是怎么回事。

我站了一会儿，只觉恍恍惚惚如在梦中，手里的衣角拧过来又拧过去，很快变成了麻花状。

“百万。”曲徵忽道。

我恍然回神：“啊？”

“听闻师父今日叫你去见他，可为难你了吗？”

居然把正事忘了！我一拍脑门，赶紧将那几张婚约收在怀里，对曲徵嘿嘿一笑：“红豆饼你慢慢吃，我还有事先走啦。”

说罢也不等他回答，我随手关上门，赶紧向芳华楼行去。

本以为取个婚约却用了这么久，瞿简定会生气，他此刻坐在那里悠然品赏字画，仍是将我无视得很彻底，反倒是苏灼灼瞪起美目，只是碍着师父在旁，也不敢太过放肆。

她先将婚约承给瞿简，老头儿瞥了一眼，冷哼一声，算作看过了。苏灼灼又拿起来瞧了半晌，面色阴晴不定。我便在一旁等着，只不过薄薄一张纸，就不信她能看出花儿来。

“此生敬爱，百年如一……”苏灼灼喃喃道，我瞧见她的神色有些戚戚，

转而抬眼看向我，眼中忽地闪过一丝狡黠，我心中“咯噔”一下，便想上前去，她亦向我走过来，侧身将婚约递给我。

“师父既看完了，那便还给你吧。”

还未等我伸手拿到，苏灼灼便松了手，身后陡然刮起一阵风，将那婚约旋起，打着转儿便飘出了窗子，落进了外面的池塘中，转眼间便被池水没湿了。

我瞧了一眼她身后的瞿简，老头儿仍悠然地品赏字画，仿佛完全不知发生了什么。可是初冬天气之凉，为何就忽然开了窗子，那一阵奇怪的风，当真不是深厚内功的聚力成气之法吗？

原来这二人打的是这个主意，毁去婚约，再伺机让曲徵翻脸不认？我默默地抽了抽嘴角，旁人大约都觉得是我缠上曲徵的，只是也把他想得太简单了些，若他当真想翻脸不认，我还会站在这里吗？

“哎呀。”苏灼灼轻轻叹了一声，眼中似有嘚瑟，“金姑娘真是不小心，这可如何是好。”

我心中将她和俞兮比了比，越发觉得她这点小心思真是娇憨可爱，连瞿简这老头儿都跟着胡闹。

待苏灼灼得意够了，我也弯起一个笑，从怀中掏出刚刚习作的一摞婚约：“无妨，我这儿有的是。”

苏灼灼看着我牙齿磨得咯咯响。

“你既知我与真经之事，便该知曲徵为何要娶我。”我懒得跟她拐弯抹角，直接道，“有这工夫做无用的，不如去劝曲徵放弃他想要的。”

苏灼灼哼道：“可你的经文是假的。”

原来她已知晓此事，想来瞿简是不舍得瞒她的，整个瞿门知道“璞元假经”一事的大约也就他三人。我耸耸肩：“那你便更要去问你的好公子了，他那人心眼太多，我怎知他打的是甚主意。”

我说罢，刚想潇洒地转身，便听身后一个声音沉道：“若我既要真经，又不想你嫁与曲徵呢。”

瞿简终于放下了那套字画，但目光仍然没有看向我。我瞅着他握了拳头，努力按捺一直以来的不爽，只可惜最后还是没控制住。

“瞿门主，说话之时可否看着人。”我慢悠悠地道，“莫非你有眼疾吗？”

苏灼灼怒道：“金甚好你放肆，竟敢在我师父面前——”她心中对师父敬畏，话说了半句就气得语塞。

瞿简终于冷冷向我看来，我被这目光瞧得背后爹了一层又一层的汗毛，心

里虽虚面上亦不肯示弱地瞪回去。武功好辈分高就了不起？若不是瞧你是曲徵的师父，我还有更难听的没说呢。

“既然你老人家不乐意搭理我，那姑娘我也不稀罕搭理你。”我哼了一声转过身，“以后大家谁都别瞅谁，各自清净大吉大利。”

说罢我便推门而出，不理苏灼灼在后面骂了甚，只觉得浑身上下无比畅快。

其实后来想想，瞿简没把我轰出瞿门真是相当客气，他一代武林宗师前辈，自不能在面上与我这小丫头计较，大约只能在心里恨得骂娘。

接下来的几日算是相安无事，我一不与他们一同用膳，二怕苏灼灼和俞兮寻我的麻烦，是以也很少出伙房院子。晋安颜匆匆见过我一面之后便回风云庄了，要筹备参加武湖会等事宜，唯一能说上话的曲徵和白翎枫也很少到伙房院子里来，而花姐、芊芊亦不肯让我帮忙做事，只让我坐床上歇着。

于是待我觉着屁股都坐大了一圈的时候，发现自己很是怀念与宋涧山一起扯皮的时日。他曾说想找他可以用那个暗号，虽不知是不是真的那么灵，但起码可以一试。我从伙房拿了块炭灰，寻了块平整的石头画了那个图案，悄悄放在院中的墙根处，满怀希望地等着不是公的从天而降。

只是又盯了两天，我却连根宋涧山的毛都没见到，终于再也忍受不住，愤怒地到院子里打了一套罗汉拳法，累得满头大汗气喘吁吁后扯着嗓子号叫：“好没劲啊啊啊——”

芊芊正要出去采备，瞧我百无聊赖的模样，便拐了个弯到我面前：“要不金姑娘同我一起去市集吧？”

我立时活了过来：“好啊！我帮你提篮子！”

“金姑娘到底是客人。”花姐插了一句，“怎可让她一起做下人的活计。”

“不妨事不妨事。”我连忙摆手，“天天在屋里闷也闷死了，只要带着我让我做什么都行！”

芊芊爱热闹，亦想带着我有个伴儿。花姐踌躇了一下，决定与我二人一起去，于是三人收拾了一番，终于出了瞿门。

崇阳镇历史悠久，门市的格局也十分古色古香，家户与店铺都是并排挤在一起，每排中仅余丈许的距离，挤满了小贩显得很是热闹，但亦很容易迷路。

描了画的油纸伞、精致可口的糖人、男女传情的荷花灯、闻着臭吃着香的臭豆腐……各种各样新奇的东西让人眼花缭乱，与崇阳比起来，靖边就好像乡下。我只觉眼睛不够用了，身上只有半钱碎银和几个铜板，现下吃瞿门住瞿门，

但保不准哪天老头儿翻脸，这点钱是万万不能动的，只好眼巴巴地在一旁围观。

芊芊十分后悔带我出来，因我这也要看那也要看，很是耽误工夫。好在花姐也跟着，便让芊芊去置办东西，她陪我慢慢逛便好。

于是我花了三文钱买过一份佛手，又在露天台子下听了半天戏，待夕阳近边，从花姐的表情来看，她也后悔了。

“姑娘，我须回去帮厨了……”她无奈道，“喝完这杯茶便走吧。”

“好说好说。”我一面应道，一面竖起一根指头示意她噤声。

茶馆里故事正讲得精彩，一个狐妖和道士的野史说完了，说书人清了清嗓子，端了杯茶道：“昨日上回说到，桃源谷一场腥风血雨，曲公子抬手便打飞了偷袭的小贼，又帮乌珏乌大侠接过那血月一刀……”

我嘴角抽了抽：“花姐，他在瞎编。”

花姐笑了笑：“瞿门如今是武林大宗，曲公子样貌人品皆无双，在崇阳很受追捧，编他的故事才有银子赚，你瞧这馆子里的……”

她一说我才发觉，茶馆中从一楼到二楼，竟有半数都是女子，个个一脸陶醉的神情听着说书人的言语，不知在想什么，大约已在脑中把曲徵糟蹋了一百遍啊一百遍。

“诸位可知，此次曲公子瀑布逃生，还带回了一个金姓女子。说起这女子可是真不简单，她身形魁梧，貌若无盐，桃源谷大婚之时，曲公子已被迫与她公示婚约，自掉落瀑布之后，曲公子伤重虚弱，她便乘人之危，与公子成了好事。曲公子风霜高洁，只得将她带回瞿门，听闻这女子之丑，令瞿门主都不敢直视……”

茶馆里响起一阵义愤填膺的嗡嗡声，我脑中那根理智的弦儿霎时断了，“啪”的一声拍了桌子站起身来指着说书人怒道：“你才丑，你才貌若无盐，你全府上都让人不敢直视——”

花姐立时捂了我的嘴将我拽出茶馆。

“真有那么丑？”我蔫蔫地问花姐。

“都说是瞎编呢。”花姐安抚地拍了拍我的肩，“若不将你编得丑些，那些姑娘还如何肖想代替你接近曲公子。且那说书的还编过苏姑娘相貌一般，不配江湖第一美人之名，你瞧可属实？”

我稳健地摇了摇头，但亦不觉开心。苏灼灼虽有绝俗美貌，但在我心中，慕秋才是天下最美的姑娘，没有之一。

此时夕阳早落了，天幕中悬了一轮朦胧的月亮。大约是崇阳有夜市习俗，街上的人反而多了起来，花姐走得极快，我努力跟着她，却忽地被一股人群挤向了另一边，不知是谁拽着我跑了好远，到了河边才惊觉认错了，连连向我道歉。

我挠着头心中暗道不好，这回是妥妥地迷路了，正无计可施间，却远远地瞧见两个熟悉的影了，一叶扁舟浮在河中央，女子倾城男子绝世，正是苏灼灼和曲徵。

这般看去，二人真如神仙眷侣。我瞧见那些挤过来的人亦等着泛舟，大多也是一男一女，大约是时下流行的私会方式。

我心中霎时燃起熊熊妒火，曲狐狸，我在这儿天天无聊得要死，你却月下小船会美人，不要太逍遥快活啊！

本来我只想在此处待花姐来寻我，这会儿也失了心思，只瞧准了行舟的方向，一路小跑奔去乘船的地方，打算偷窥这二人到底在作甚。

晚风瑟瑟，曲徵下了船，衣袂翻飞间，苏灼灼似是足下一顿，“啊”了一声便倒在了他身上，他回身接过她的手腕，微微一笑：“师姐小心。”

苏灼灼面上飞了两朵红云，不知小声嗫嚅了什么。

我趴在枯叶子里恨得咬手绢，姓苏的你是故意的以为我看不出来！

曲徵一头乌发只用一根浅紫缎带松松束着，衬得整个人闲适慵懒，自有一股隔世逍遥之气。苏灼灼垂着头跟在他身后，便只听他温言道：“过些日子便是师姐的生辰了，不知师姐有甚意愿，承蒙照拂，我自当略尽薄力。”

苏灼灼一怔，缓缓顿了脚步。夜色微光闪烁，在水面上错落出粼粼清波，映着她整个人如同镜花水月。

“我想要什么，公子不是最清楚吗？”

有猛料！果然没有白白偷窥！我瞧见曲徵亦顿了脚步，心中竟紧张得怦怦直跳。

“师姐说笑了。”曲徵没有回头，“若是知晓师姐想要什么，我又何必有此一问。”

“你明知故问！”苏灼灼忽然抬了声音，“去年这时候我便告诉过你，我苏灼灼此生，唯愿——”

“去年这时候我亦与师姐说过，”曲徵打断了她的言语，淡道，“眼下我的心思，不在儿女情长。”

“可你如今有了未婚妻。”苏灼灼的声音已有了一丝哽咽，“我是哪里不

如金百万？”

曲徵没有回答。

气氛骤冷，夜风起了，吹得林间树叶哗哗作响。他二人武功虽高，却是听不见我，我亦怕听不见他们的言语，只得越发努力屏住呼吸。

“其实我知道……我知道你娶她是为了《璞元真经》，亦知道你想要那经书，不全是为了师父。”苏灼灼的声音被风吹得变了声调，颤抖着有些飘浮，“公子，我……我只恨自己没用，连让你利用的地方都没有……”

我心中一颤，只觉得有些说不清道不明的滋味渐渐蔓延开来。但见曲徵回过身，幽幽望着苏灼灼：“师姐言重了。你既全都知晓，就更不该把心思放在我这无心之人身上。”

她迎着他的眸光，似是整个人都醉了，眼中却隐隐泛起泪光：“我宁愿你一直无心，亦不愿终有一日你有了心，却是为了旁人。”

曲徵垂了眼睫，微微侧了身，看不清面上表情。待他转过来的时候，已弯起一个笑：“起风了，早些回吧。”

我趴在树根下，脑中乱糟糟的，却不知在想什么，一会儿是苏灼灼含泪的模样，一会儿又是曲徵微翘的嘴角，画面交替纷杂后却只余那句“你娶她是为了《璞元真经》”，兀自回荡久久不肯散去。

这本是事实，曲徵没有瞒我，他早就对我言明了目的。且我当初嫁他的理由，亦是为了瞿门能为镖局挡去“璞元假经”的灾祸，像是一场公平的交易，我从来都很清楚。

大约是我对他动了心思，是以不愿从旁人口中听到这种言语吧，我自嘲地笑笑，一面清楚这是交易，一面又觉得难受，女人果真是麻烦得紧，我开始理解那老头儿为甚不喜欢女人了……

正恍惚地想从地上爬起，突然觉得背后有劲风袭来，我下意识地直接趴下向旁边滚去，便瞧见一个黑衣人一掌击在我方才趴的地方，枯黄的落叶霎时荡起，我心中暗道不好这厮武功比我高，赶紧爬起来向前奔去，只盼曲徵还没走远。

那黑衣人功夫极好，只瞬息的工夫便赶上我，又是一掌向我拍过来，我向下一缩身子，忽觉一个影子从旁蹿出，替我接下了这凌厉的一掌，与那黑衣人缠斗在一起。

我惊魂未定，退了几步仔细看去，发现救我之人竟是花姐。

她……会武？

我很快便发现，花姐不但会武，且功夫还很好。她一面与那人周旋，一面向我急道：“姑娘快走，我挡不了她多久。”

那黑衣人身形娇小，是个女子。我瞧着瞧着，只觉越看越熟悉，心中隐隐有了底。此时花姐已落了下风，那黑衣人一招一式老练狠辣，下盘极稳，一看便是从小习武的。

花姐见我不走，急得乱了阵脚，那黑衣人趁机攻她不备，我瞅准机会，从怀中掏出个小壶，奔过去冲着那黑衣人就是一通乱喷。

那黑衣人急忙遮脸，但如何能全部挡得住，很快便湿了蒙面黑布。她似是转身想跑，只是身子顿了顿，渐渐哆嗦了起来，继而软倒在地，蜷起手脚只是抖个不停。

花姐喘着气，从地上爬起来，低声念了一句：“总算不负公子所托。”

我一怔：“你是曲徽的人？”

“自姑娘踏入瞿门，时刻都有公子的人暗中相护。”花姐悄声道，“方才真是千钧一发，若误了公子的事，可真是万死难辞其咎了。”

怪不得我出门她一定要跟着，我嘴角抽了抽，但此刻不是计较这些的时候。我从地上捡了根树枝，远远地蹲下身，将黑衣人的面巾挑开了，瞧了一眼却不惊讶，只是微微叹了一声：“果然是你。”

俞兮面色潮红，痛苦地掐着自己的脖子，似是快喘不过气了。花姐亦不奇怪黑衣人是谁，只对我道：“想不到姑娘随身还带着毒药，早知我便不用这么急了……”

我咧了咧嘴角：“这不是毒药。”

“不是毒药怎这般厉害？”

“这个嘛……”我晃了晃手里的小瓶子，拔了喷嘴仰脖喝了一口，咂着嘴蹲在俞兮面前，“百万自制花生露，口干可以解渴，肚饿可以果腹，最重要的是还可以救命，我给它起名叫‘俞兮杀剂’，俞姑娘你觉着可还妥当？”

俞兮喉咙里嗬嗬几声，却说不出话来，只是不甘地瞪着我，面上及沾上花生露的其他皮肤都迅速地起了一片疹子，看着有些骇人。

“日前汀兰说你不喜花生，我便发觉不对，果然你是碰都碰不得的。”我得意地笑笑，俞兮在人前通常都很乖巧守礼，就算她不喜花生，苏灼灼亦不至于要汀兰前来伙房大闹，这只能说明俞兮不只是不喜这般简单，而是实在有着不能碰花生的理由。

前几日我托芊芊去询了大夫，惧怕花生这种病症极其罕有，通常都是天生体质使然，即使沾了一点花生所制的东西都会立即反应，哮喘，伴随着抽搐、窒息，严重了极可能丢掉性命。

我渐渐沉了面色，望着她冷道："俞姑娘，你害我一次二次，却当金百万是何人，难道我会任由你害我第三次吗？"

俞兮此时脸色已经发紫了，她双手掐着领口衣襟，看起来极为痛苦。我淡淡地瞧着她，心中半点恻隐之心也无，料想她在瞿门不敢对我下手，瞧她这身夜行衣，却未配备兵器，大约是跟踪了苏灼灼和曲徵出来，亦躲在这林子里，碰巧撞见我也在偷窥，一时动了杀念。

我正想得出神，忽见一道银光向我射来，还未来得及反应，旁里便飞出一颗石子，生生在我鼻子前与那银光撞在一起，斜斜飞了开去。

弹石子那人站在不远处，是个身形颀长的男子，面上亦蒙着黑布。我这才发觉在鬼门关前走了一遭，下意识地后退一步，心中默默咆哮：不是吧还有一个？蒙面很好玩？

瞧他刚才弹石子的力道和准头，定是个一流高手，若他想对我不利，我和花姐跑也没用，且刚才他亦不会出手救我。想到此处，我稍稍宽心，花姐戒备地瞧了那黑衣人一眼，伸手去掰过俞兮的拳头，她手中藏了两枚绣花针，方才那银光便是趁我不备突施的暗算。我越想越愤怒，让花姐扭了俞兮双手，大步走到她面前去。

"请你吃花生，千万别客气。"我咬着牙道，从怀中掏出几颗花生，一巴掌全呼进她嘴里，"与曲徵相识最久之人明明是苏灼灼，你以为，做掉了我便轮到你了吗？脑子是不是被门挤过啊？还是你爹把你扔了养大了块尿布？"

花姐忍不住"扑哧"一声乐了，她却不知我做厨子三年，市井骂人言语已学得自成一家。此番顺便挑拨了一下她与苏灼灼的关系，我站起身冷道："这次死不死便看你的造化，你害我三次我还你一次，还是亏了些。"

俞兮努力吐着花生，已经开始抽搐。我拉着花姐，头也不回地扬长而去。

走出了河畔，我喘了口气，只觉自己好像忘了点东西，是什么来着……

花姐忽然将我护在身后，沉声道："阁下何人？"

我一怔，霎时发现自己忘了的那个东西正坐在前面的树杈上，一只胳臂搭在屈起的膝盖上，额前碎发随风微拂，显得十分潇洒不羁。这种骚包的感觉很是熟悉，还未待我惊喜地叫出来，便见他一把扯下遮面黑布，跳下树来对我露

出一口白牙："啧啧，百万好威风……原来兔子急了也咬人。"

我立时不乐意了："你骂我是兔子！"

"我在夸你好嘛。"宋涧山无奈地抚额。

我刚想过去，忽然想起花姐就在身边，正不知如何扯谎，便见她露出宽慰神色，上前一步抱拳道："见过宋公子。"

这二人竟然认识？宋涧山对花姐回了礼。我几步走过去乐颠颠地拍了他的肩膀："不是公的你可叫我好等，几天都不出现！"

"我不便在瞿门露面，这几日一直在等你出来。"宋涧山爽朗一笑，"倒也巧得很，不然百万你脸上怕是要多个针眼儿。"

我觉着对他不必客气道谢，便笑笑不说话。花姐直接道："有宋公子在此金姑娘便无后顾之忧了，我须速速赶回瞿门，禀报公子统一口径，以防叫人瞧出破绽。"

宋涧山应了，我与花姐话别了几句，待她走了才奇道："你二人怎会相识？"

"阿徵手下的人，自然都认识我。"他用一种看二货的眼神瞅了我一眼，"对付俞兮脑子倒是挺灵光的，怎的这会儿就缺了心眼儿。"

"你才缺心眼儿！"我凶巴巴地道，"我是担心她不知你的烂摊子，回去要是漏了什么，叫人知道你在崇阳，你就等着提裤子跑路吧！"

"这些你都不用挂心，没些手段，是不能在阿徵手下做事的。"宋涧山抱起双臂，向我飞了个眼色，"这几日只怕你也闷坏了，一起喝一杯如何？"

于是我二人溜进一家酒楼，选了一处极隐蔽的小包间，要了一桌子酒菜。他未带那柄黑色长枪，霎时便低调了许多，加之刻意垂着头，是以一路也未有什么麻烦。

"先说好，我可没有银子。"我拍拍两手以示穷酸。

宋涧山却毫不在意，径自从怀中掏出两锭银子搁在桌上："怎有让姑娘请客的道理，改日只要你为我亲自下厨便好。"

我大为惊奇："你这是在逃命？要不要这么逍遥，哪来的银子？"

"眼下我亦算是为阿徵做事，自然是他的酬金。"宋涧山为我二人倒了酒，"譬如瀑布山洞救你二人，五百两。"

"五——"我抬了声调，霎时反应过来，将后面几个字吞回肚子里，悄声道，"你二人不是朋友？"

"我原先是不肯要的。"他端起酒杯，"但以阿徵的性子，他从不肯欠人什么，是以一定要算清楚。若拿了可让他安心，又有何不可。"

我半张着嘴，觉得这的确是曲徵会做出的事情，但是……五百两！也太败家了！

“他一个琴师，哪来这么多银子——”

“你竟不知？”宋涧山挑眉，“阿徵在琅中有十余家琴庄，与邻国都有生意往来，可算得富甲一方了。”

这、这算不算不小心傍了个财神爷……

我默默觉得，离曲徵越近，便反而越是看不清他。若哪日说他是皇亲国戚的私生子，只怕我也丝毫不觉得惊奇。

酒过三巡，我瞧着宋涧山心情甚好，思及曾答应过晋安颜要帮她，便趁机旁敲侧击风云庄之事，但这货嘴巴便如蚌壳一般，只是摇头不说话。

又喝了几杯，我觉着眼前也有了重影，脑子忽重忽轻，一时间那些烦恼与忧愁都抛到了九霄云外，似乎世间只有眼前的酒杯是真实的，便又倒了酒，咧嘴笑道：“再干一杯！”

“你这点酒量，还想灌晕我套话。”宋涧山瞧着我笑起来，一双眼如同暗夜繁星，伸手夺了我的酒杯道，“少喝些，一会儿你回瞿门，叫人看见成什么样子。”

我大为不满，一把将酒杯夺回来：“看就看了，谁在乎我是什么样子。”

宋涧山目光沉沉，正欲再夺过杯子，我却向后一仰，将酒倒进嘴里，动作猛了些呛了数下，只趴在桌上咳嗽半天，脸都憋得红了，喘息着道：“谁在乎呢……”

“百万……”他放柔了声音，似是要劝慰。我苦笑数声，将脸贴在桌上，轻轻呼了一口气：“反正他娶我……也不过是为了真经罢了。”

宋涧山一怔：“你知道？”

我心里酸涩，晚间苏灼灼的面庞还映在我脑中，她说出那句话的每个神情与每个音调都不断回放重演，言语中俱是苦苦压抑的情思。我只觉得整颗心都难受得翻滚起来，仿佛那便是我将来的模样，爱而不得，痛不欲生。只在尘世中，为情所困百转千回，永远逃不出那一生的桎梏。

——公子，我只恨自己没用，连让你利用的地方都没有。

“我却觉得，能做金百万，真是太好了。”颊边似是有温热的东西落下来，粘在桌子上湿漉漉的一片，我轻声道，“能给他想要的东西，让他利用……真

是太好了。”

那一瞬间，我心里便是这般想的。只要能够留在他身边，哪怕背后只是一场交易，哪怕他于我半分情意也无。

爱一个人，原来可以这样卑微。

半晌无声。

我爬起来，迷糊地望着宋涧山：“你怎么还不骂我傻，我想听得紧。”

他只淡淡笑了一声，温言道：“你不傻。”

我对他这副欲言又止的情状不太满意，只努力瞪了眼去瞧他，重重虚影中，又在他面上寻到了那种认真的表情，像是慨叹，又像是……怜悯。

“百万，我只说这一次，你须记在心里，”宋涧山凑近我耳旁，声音轻得像是出口便散了，“曲徵不是你的良人，若有机会，便离开吧，走得越远越好。”

我瞧着他，他也瞧着我，时间像是凝固了，只余窒息般的沉默。

“咯——”我肩膀一抖，终于忍不住打了一个响亮的酒嗝。

宋涧山脸黑了：“算我对牛弹琴！”

我哈哈一笑，面上装作醉了，心中却隐隐痛成一片。我又焉能不知曲徵实非我的良人，可就算不提九重幽宫与那托镖人，想要离开谈何容易。

却又怎么……舍得离开。

“情关难过……你懂甚……”我一下一下地拍着桌子，“阿颜那般喜欢你……你却这样伤她，你懂甚……”

宋涧山面色一凝。

“我知你有妻子，亦欣赏你专一的脾性，只是……”我停了手，淡淡叹息，“至少晋风云的事情，你不该这般一直瞒着她真相，一个女子不过几年大好韶华，平白耽搁在你身上。”

今日的酒喝得奇怪，开始时明明两人都兴高采烈的，喝到最后却双双感伤起来。宋涧山默了许久，终于展了眉峰，端起酒壶，给自己倒了一碗。

“想必你亦听过，我出身乡野，爹娘都是老实的庄稼人，有一门从小定下的姻亲。”他垂了双目，沉声道，“那一年赶上山匪洗劫，村中人死了大半，我那未婚妻子拼死护我爹娘，最后……爹娘无事，她面上却留了一条狰狞的疤。”

我听得认真，他顿了顿，复而弯起嘴角笑了：“百万，便算师妹伤情于我，但有妻如此，宋涧山是顶天立地的汉子，又岂能负她？”

言语不过寥寥，但每个字都透着无尽的残酷与苍凉。

那一年山匪流窜，宋家爹娘染病相继离世，亲家亦只剩姑娘一人了。宋涧山决心下山学艺，一辈子都要护她周全。两人相约待他学有所成便回来完婚，一生一世双影天涯，再不分离。

这一去便是近十年，那姑娘无怨无悔地等着。宋涧山凭天生资质与过人聪慧，勤修苦练终得了风云庄首席大弟子之位，他本想着已修成正果，岂料晋安颜忽然对他吐露心事，他无法，只得将自己与未婚妻子的事情说了。晋风云本来对他极是赏识，连风云枪法都尽数传授，但女儿伤怀又无法不理，只是左右为难。

此事一出，风言风语极其难听，宋涧山不愿损及风云庄与晋安颜，便想悄然退出江湖回那村子。只是这一回去，见到的只是房屋燃起的熊熊大火，他的未婚妻子因年逾二十五未嫁遭人排挤，孤身住在偏僻之处，是以一直未有人发现，待他形容癫狂地将火扑灭，见到的只有她已成焦炭的躯体。

她手中握着两样东西，一个是他临行前送予她的定情之物，另一个却是不该出现在这穷山村中的东西——一颗雕琢得极其精致的金铃铛。

这金铃铛他再熟悉不过，乃是恩师晋风云五十大寿之时，晋安颜请了奇匠妙手铸造的枪饰，一串足有百余，挂在长枪璎珞上，舞动起来仿佛仙乐天籁，配以风云枪法，火焰中金光交错，有如神迹。

那时他仅是怀疑，却不敢定论，只匆匆赶回风云庄与晋风云对质。

可现实终是指向了他最不愿相信的真相。

短短数日不见，晋风云像是老了十岁，新病旧疾一同复发，面对宋涧山的质问，只神色苍白地瞧着他，一个字也说不出。

是内疚？抑或后悔？宋涧山亦不知道，他严慈如父的恩师，是否当真爱女心切，便向一个无辜的村妇下了毒手，只为他能够娶自己的女儿。

“待我回过神的时候，晋风云已呕了血，大约是被我揭发，一时急病攻心，就此不治。”宋涧山冷道，“我虽未动手，他亦算是因我而死，也算不得冤枉。”

我被震慑得久久回不过神来，只是结巴道：“那，那你为何不告诉她？”

“晋风云是自作自受，可晋安颜是无辜的。若此事传出，风云庄还如何在江湖上立足。她若知道爹爹的死是因自己任性要嫁我，又如何能拆解这个心结？”

“可是……”我忍不住道，“你便甘心这样东躲西藏一辈子，白白冤屈了自己吗？”

“如今亦没有什么不好，无拘无束自由自在。此等罪孽因我而起，便该由我来背负，宋某大好男儿，何惧流言世俗。”他昂起头，眼中凛然无畏，只是片刻，那铮铮铁骨霎时转为点点柔情，隐入黑眸，再无半点踪迹。

“至于师妹……她年纪还小，总有一日会忘了我这山野匹夫，嫁个如意郎

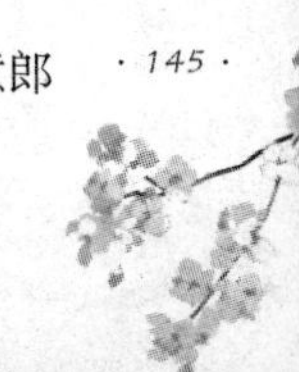

君。”他轻道，“在我有生之年，能守护她一刻，便是一刻吧。”

当晚我被这比艳本还要离奇曲折伦理无常的情节震慑了，走出酒楼之时还浑浑噩噩，一不小心便撞了一个人。

此人一副纨绔模样，看似也是喝多了，刚刚伙同狐朋狗友祸害了一个瓷器摊子，这会儿见了我，撩起袖子便意欲轻薄：“哟，小妹子不长眼，专往相公身上撞——”

他的手还未碰到我的衣角，便被宋涧山一根手指点了开：“哪儿来的醉鬼，饥不择食也要看对象。”

动作是见义勇为的，言语亦是正义不屈的，只是为甚我觉着这么不是滋味儿。

我此时没心情理他，宋涧山亦是不愿多事，我二人速速走了几步，只见那个被砸了摊子的老大爷坐在地上，两眼浊泪捡着碎片，场面实在可怜。偏偏那几个纨绔子弟还不长眼地追了上来，抡起拳头作势便要打架。

我默默地瞧了一眼那几人的胳臂，大约还没宋涧山的手腕粗。

于是数声惨叫过后，我晕乎乎地走到近处去，从那几人怀中搜出了七八锭银子交与了老大爷，亦没查总共多少，反正慷他人之慨一点不心疼，大约够买数十车这样的瓷器了。

老大爷千恩万谢，执意捡了件东西送我，我推拒不过只好收下来，趁人群未聚集围观之前赶紧跑路。

路上我细细瞧了，那是一对端坐一起的瓷人，均着了大红喜服，颜色上得很是粗糙，只有半个手掌大小，大约不值几个钱，但欢喜的神色却惟妙惟肖。

宋涧山瞧了一眼，哼道：“为甚揍人的是我，得好处的却是你？太不公平。”

“你要那送你啊。”我向他怀中塞去。

“说说你也当真。”宋涧山躲开了，微微一笑，“你可知这对瓷人是什么含义？此种东西……只能送意中人的。”

他笑容中隐隐有一丝悲伤的意味。

我心中紧了紧，再抬眼时却已看不到忧愁，只见到那个潇洒不羁的宋涧山。种种惨痛的记忆没有让这个孤苦的男子堕去，他不是没有恨，只是他有胸怀容忍。他默默地保护了风云庄，赌上一世的声名与尊严，去守护那个倾心爱慕他的女子，就算她是仇人的女儿，就算她一心要杀了自己，仍然凛然不惧。唯这样的男子，当得起“侠”之一字。

心中陡生敬重之情，我终于明白为何曲徵与他性格截然相反，两人却做了知已。

“不是公的。”我轻道，“能认识你……能与你做朋友，我觉着很荣幸。”

宋涧山一怔，随即莞尔一笑：“能认识百万你，我的肚子也很荣幸。”

好吧，跟他正经就是个错误。

于是夜黑天高，我酒醒大半，就此蹑手蹑脚地翻墙摸进伙房大院。通铺的姑娘们都已睡下，花姐见我回来，微微眨了下眼睛，我对她笑了笑，脑袋沾了枕头，只觉浑身乏力，不多时便沉沉睡去。

这一晚梦得可算精彩纷呈，一会儿是宋涧山的亡妻叫着我死得好惨啊，一会儿又是曲徵淡淡一笑说那火其实是他放的，最后苏灼灼从天而降大声嚷嚷着你和宋涧山是一伙的，身后还跟着俞兮和俞琛等一众人，吓得我连滚带爬地跑还不巧摔了个狗啃泥，一抬眼便是一柄血红如弯月的刀，腥气随即扑鼻而来。

我霎时便将那血月刀一脚踢开，嘴里骂了一声，然后觉着身上一凉，睁眼默了半晌，这才发觉我踢开的是自己的被子，而旁边一人轻笑一声扭过头去，白衣曳地眉目如画，正是曲徵。

“……”

老子衣衫不整啊，你怎么说进来就进来不会敲门的！

我大窘，赶紧拽了被子裹住身体，曲徵别过头只当作什么都没看见。尴尬之余，我正想寻个话头，又恍然想起这是通铺，本来就是没有门的。

“头可还痛吗？”曲徵背对着我道，“这是解酒汤，趁热喝了吧。”

我这才瞥见他身旁放着的小碗，心中不由得一虚，挠头道：“咳……你都知道了。”

不对啊，我心虚个甚，我又没做对不起他的事，且就算做了甚反正他也不在乎。想到此处，我大方地道了声多谢，捧起汤碗便喝，却不想这药大约是刚出炉，烫得我直咋舌。

“自然都听花姐说了。”曲徵淡道，“俞兮未死，只称自己发了急病，清早便提前赶回了俞家。”

“算她命大。”我嘟囔了一句。此事之后，俞兮定然对我更加防范，甚至指派其他人来暗害我，看来我要加倍小心才是。

“她活着倒非桩坏事，若俞二小姐在崇阳出事，俞望川定不肯善罢甘休。”曲徵淡淡道，“只是百万你今后不可独自出去了，任我安插在你身畔的人再多，也只防得住一时。至少在瞿门，她还不敢乱来。”

我一听不能再出门，不由得十分失望，但亦知他是为了我好，便撇了嘴不说话，仰脖喝光了那醒酒汤，随即将碗搁在一边，紧了紧身上的亵衣。但瞧着

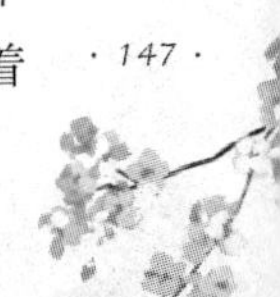

曲徵没有出去的意思，我默了半晌反应过来，他大清早来此，大约不只是为了给我送汤和说俞兮之事这般简单。

“咳，有甚事情……待我穿好衣服再说吧。”

我尴尬地说完，曲徵侧过身，悠悠地瞧了我一眼，嘴角弯起一抹笑：“是我唐突了。”

为什么我看不出你有一点唐突的自觉啊！

曲徵说罢，转身飘然而出。我正欲拎了衣服套上，便见门侧又伸进来一排脑袋，个个脸上洋溢着三八的气息。

“你瞧见曲公子没有！居然进了咱通铺——”

“以前从没见曲公子来过这里嗷！”

“他方才出去时对我笑了一下！啊啊啊，我死而无憾……”

“想得倒美，你眼花了吧，明明是对我笑的！”

“近看真是更美啊！”

“皮肤是怎么保养的……”

“眼睛怎么那么黑那么亮！嘴上没胭脂也好诱人——”

“咳咳，我说，”芊芊站出来，“曲公子来这里，还不是因为百万，正牌未婚妻在这里，你们好歹收敛些。”

我抽了抽嘴角，便见一众姑娘将我围在中间，七嘴八舌地八卦开了，全然不顾我想独自穿衣这一意愿。

“百万，我瞧曲公子待你不错呢。”

我默了，这是从哪看出来的……

“真的，他虽待人温善，但也没见跟谁这般亲近过。”

“对，更别说大清早不避嫌地过来，巴巴就为给你送碗醒酒汤。”

“啊啊啊，好羡慕，百万你是如何把曲公子搞到手的？”

“难道说书人讲的是真的？你们……你们已成了好事？”

“曲徵便在院子里，他耳力极佳，难道你们竟不知。”我皮笑肉不笑地道，“现下你们说了甚，他都一字不漏地听见了。”

语毕，伙房众姑娘互相看了看，“哗啦”一声鱼贯而出，捂着脸不知到哪儿害羞去了。

我默默地起床换好衣服洗了把脸，簪好头发便入了院子。曲徵背对我站着，冬日阳光温淡，落在他一袭白衣间却陡然耀眼浓烈，如同神祇初降。

我未吃早膳，便从伙房顺手摸了个温窝头，捧在手里啃得欢实。

曲徵要我将遇到俞兮的事情细细说来不可遗漏，我眼珠转了转，便将偷窥他二人这段略过，只说自己遭遇俞兮偷袭花姐救我，宋涧山忽然出现等等。说到最后我也吃完了，喉中噎得慌，便回身去伙房取了碗水，咕嘟咕嘟喝了半数，而后听曲徵淡道：“依你所言，与非弓喝完酒便回来了？”

“嗯。”我继续喝水。

“是吗……”他微微一笑，“那对瓷人又是甚？”

“噗！”

我呛了口水，这货明明就派人跟踪我连瓷人都知道，还要我再跟他说一遍作甚！

“咳……这个，”我从怀中将那瓷人掏出来，“路见不平的酬谢。”

曲徵伸出手，我便将瓷人放入他掌中，顺便把遇见那几个纨绔子弟之事说了，见他执在手中瞧得认真，又想起宋涧山曾说这东西是送意中人之物，不知为甚脸上红了红，小声道：“也……也不是什么重要东西，你、你若喜欢……便拿去吧。”

他嘴角弧度不减，我心中惴惴：这……这算不算表明心迹了？可是瓷人什么的是女儿家才关注的玩意儿，曲徵大约不知这个寓意为何。我一颗心乱蹦跳了数下，最后却垂下眼睫，只是不敢再去看他。

便听曲徵默了半晌，忽然道：“后天便是苏师姐生辰了。”

我怔了怔，随即“噢”了一声，心下有些空落。

“瞿门大举设宴，相交的门派都会前来，而后一同赶赴俞家参加武湖会。”

他与我说这些，大约是想要我有个准备。我心中暗暗记下了，但心思一转，却脱口问道：“你送了她什么生辰礼？”

曲徵有些讶然，侧过身微微一笑：“眼下还没有，师姐说待她想好，便会与我说了。”

我心下怏怏，不由得有些艳羡：“真好。”

他走近了些，温言道：“不知百万生辰是什么时候？”

生辰我自然不知，至于生辰礼什么的，更从来没敢奢望过。我垂下头不自觉地拧着衣角：“我……我没有生辰。”

“倒是我忘了，百万与我说过是孤儿。”曲徵淡淡弯了嘴角，“苏师姐亦是孤儿，不过师父收养她时，襁褓中附有姓名与生辰八字，是以每年虽有师姐的生辰会，最后不过都会变成对师父的铭恩宴。”

我心不在焉地听着，但言语到了最后，却发觉曲徵这般耐心细细解释，竟

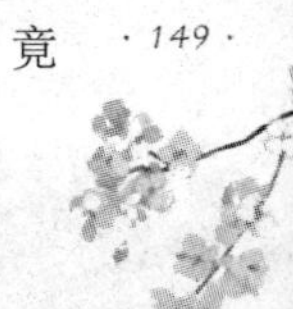

有几分宽慰我的意味。

“嗯,其实也没什么。”我心中感念他的好意,便扬起一个笑脸,“有没有生辰,于我来说都是一样,我亦不是很在乎。”

曲徵没有回答,只是伸手撩过我耳边的发,嘴边笑容渐渐隐去。我心中突突跳得极快,只觉他目光似有深意,无论如何也不敢去瞧,待回过神来,却发现他已转过身,白衫赛雪衣袂翩飞,悠然去了。

胸口像是压着什么,说不出,又闷得辛苦。

我呆呆地望着曲徵离去的方向,颊边还有他手指拂过的温度,带着酥酥的痒。

未待我伤春悲秋多久,伙房院子里的姑娘们又冲出来一通八卦,我听着她们花痴的言语,心情好了些,转而想起那对瓷人,曲徵没有应声,但他亦没有还给我,想来便算是收下了吧。

那是送意中人之物呢。

我脸上红了红,心中却渐渐生出缕缕甜意,像是得到了什么了不得的宝贝。

婚喜瓷,成双对,美眷生红尘,盼君常怜惜;年岁飞去,容颜易老,此情无期何寄,但愿相思不语,却与日月齐。

第六章
试探，狐狸吃醋

◆

◇

近日伙房忙了起来。

因着苏灼灼生辰，所以提前两日便要开始着手准备菜品。我听话地窝在院子里不出门，闲得无聊便也帮着干活。姑娘们已与我很熟了，亦知我待得难受，也就任由我到处搭把手。

如今我方知，瞿简生性孤高，不喜奢费，是以门中弟子从上到下都谨遵教诲，每月余出吃穿用度，全都施给了城中孤寡乞丐，深得崇阳百姓尊崇。我觉着瞿简这老头儿，除了不喜欢我这点，其他倒真是顶好的一个人，可惜太可惜。

正因如此，苏灼灼生辰便显得尤为排场起来，可谓是瞿简很少同意铺张的宴会了。我开始有些羡慕，但后来便也淡了心思，若人人都要去比，如何能落得好心境。眼下我有吃有喝什么都不操心，待去了武湖会，这等优哉游哉的日子只怕再也寻不见了，该趁现在好好乐和才是。

生辰宴前一日，崇阳的花坊送来一批妆点宴会的鲜花，部分用于装盘，另一部分却是摆在厅中的，要苏姑娘亲自挑选。因伙房姑娘们讨厌汀兰，是以谁都不想去，最后全都巴巴地瞧着我，反正我眼下亦无事，便应承了下来。

将每种花都折了几枝捧在怀中，一时间花色缤纷浓香四溢，我觉着最近也没怎么招惹苏灼灼，她应不会趁机寻我晦气，便问好路线去了她的院子。

到了那里却只见到汀兰，苏灼灼不在屋中。

“这等事还要劳烦金姑娘来做呢，那帮下人真是不懂规矩。”不知为甚汀兰笑得一脸贱兮兮，“姑娘在伙房待得可还习惯？”

我笑了笑道：“什么叫那帮下人，难道你竟是上人了吗？”

汀兰面色一黑，登时语塞，顿了顿却又笑了，眼中很有几分得意之色：“金

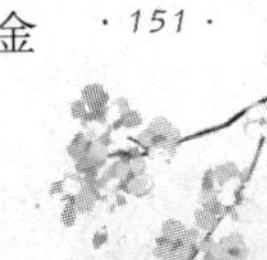

姑娘爱说笑，你来找苏姑娘，可惜她眼下……”

我隐隐觉得她说的不会是甚好话，便听她欠揍地又笑了一会儿，故意慢慢道：“眼下正在曲公子屋中呢。”

在曲徵屋中？

“那有什么，”我面上做出一副毫不在意的情状，“曲徵入瞿门两年多，只怕与苏姑娘同在一屋中的时机多得很，可惜……”

我嘚瑟地转过身：“可惜后来他还是与我订了婚哎。”

汀兰立时就奓了毛，她跳到我面前那一瞬间，大约想起我武功比她高明那么一点儿，是以很快便换了副吃了屎一样的表情缩了回去，看样子已在心中将我鞭尸了一百遍。

我面上虽轻松，心中却已然开始咆哮。

——曲徵这货招蜂引蝶竟然都招进屋里去了，是当我死的！

我前脚刚走进曲徵的院子，便见瞿简负手缓缓踱步，似是正要出来。因着上次相见不欢而散，我立时别过头做出一副“我看不见你”的德行，不料瞿简却顿了脚步，淡淡地瞟了我一眼，唇边发出一声清晰的哼笑。

这老头儿不是心情极好就是吃错药了，我挠挠头瞧了一眼他离去的背影，耸了耸肩，一转身却瞧见曲徵的房门紧闭，心中不由得酸了酸，孤男寡女的，什么事不能开着门说吗？

我捧着一怀的鲜花，竖着耳朵听了许久，却没发觉一丝动静，这二人到底在作甚？我脑中不住猜测，心中猛然“咯噔”一下，浮现出一个画面来：曲徵搂着苏灼灼，两人无比宁静美好地躺在床上……

美好地躺在床上……

躺在床上……

床上……

我气血上涌，冲动的毛病又犯了，只站直了身子一把推开房门。

一阵清风随着房门开启悄然而入，携着我怀中的花香，伴着淡淡的冬日暖阳，柔柔落进屋中。

苏灼灼端坐窗边，不施粉黛如同清水芙蓉，一头乌发悉数落在月白纱衣间，仿佛错落凡尘的九天玄女，极尽天然去雕饰的清美。曲徵站在案前，玄袍将腰身勾勒得很是玉树，修长的手中执了笔。因我忽然推开门，两人便都向我看来。

这……大约是在作画。

我有点尴尬，挠挠头道：“咳咳，那个，花坊送花来了……我代人来问苏姑娘的意思，看明日摆哪几种好。”

曲徵未答，手中的笔也没有落下，一双幽深的黑眸便落在我身上，像是要将人生生吸进。我被他瞧得后背发毛，只得讨好地堆起一脸笑，心中暗暗骂娘。

苏灼灼倒是意外地给面子，大约是正在曲徵画中，不便对我跳脚，只挑了我怀中鲜花的几个颜色品种说了。我怕自己记不住，便将她说到的鲜花收在怀中，剩下的一股脑儿插在曲徵房中的瓷瓶里，就当清新环境。

“这幅画便是师姐要的生辰礼了。”曲徵淡淡瞧了我一眼，“百万你过来，看看画得可还好？”

我故作一副满不在乎的样子，伸头瞧了一眼，虽有些准备，却仍被他一手妙笔丹青震慑了。这货从小是怎么过的？琴棋书画色艺双绝不去挂牌真是可惜……

咳，扯远了。

我默默地瞟了一眼苏灼灼，阴险啊太阴险，生辰礼要画像，不就是想制造些二人独处默默凝视的美好机会！还有瞿简那老头儿，画个画儿就那么高兴，搞得像二人已成了好事一般是想怎样！

“画得甚好啊。”我颔首，“就是这里这里还有这里有些虚了，得再完善完善。”

我胡乱指了一通，只觉苏灼灼眼神要吃人了，便也不管曲徵理不理我，赶紧抱了鲜花开门溜走。

生辰宴当日，各大门派来贺，俞家、风云庄、桃源谷均有到场，其他小门派不予细表。

俞家来的是俞琛。在武湖会这当口，他竟然不去帮爹爹主事，亦不留在那里照顾染病的妹子，反而远赴此处道贺，倾慕之心昭然若揭；桃源谷假御临风一众正在为御非守孝，不便到场，但仍派了弟子奉上丰厚贺礼；风云庄却来的是晋安颜本人，她一进来就握了我的手，说要一直留在这里与我们一同去武湖会。我大喜过望，想起她与宋涧山之间的爱怨纠葛，不由得又有些怅然。

苏灼灼穿了一件浅蓝色的水袖罗裙，眉不画而黛，唇不点而朱，当真是美艳惊人。各派初到之时，仍有不死心打听我踪迹的新秀才俊，但这会儿也没了声息，全被苏灼灼勾去了魂。我觉着自己这时露面只会自找麻烦，便也就躲在角落偷偷观望。

我来瞿门也有段日子了，从未见瞿简这老头儿这般和颜悦色过。曲徵仍是平时的儒雅模样，规矩地坐在第七个弟子的位子上，浅浅啜茶。有人慕名与他

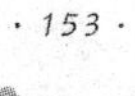

攀谈，他便也与人淡笑言语，举手投足间斯文内敛锋芒尽收。我第一次在他看不见的地方大胆地凝视，只觉他一举一动都好看极了，怎么瞧都瞧不够，仿佛心里平白生出一个花痴。

看苏灼灼与在场其他女子的目光，大约这厅中花痴也够搓两桌麻雀牌了。

生辰会到了后来，果然如曲徵所说，变成了瞿筒的铭恩宴。席间一派父女情深的情状，我止不住艳羡，几度红了眼圈，还是决定不继续在那里虐自己，自个儿回了院子。

人家过生辰，我虽没得过，亦不能亏待了自个儿，便亲自下厨做了两碗精致的甜菱膏，上面用新鲜蔬果丁铺满了，最后淋上蜂蜜和鲜奶，煞是好看。此时伙房姑娘都忙着，我自己坐在院中对着月亮吹着冷风，也别有一番情调。

一碗下肚已有些饱了，我咂咂嘴，想起初识瑾瑜二人时，我亦做过这种点心，当时轩叶爱吃得恨不得吞下舌头，然后来我与她日日拌嘴赌气，是以再也没做给她吃过了。

要送给她吗？

我心中有些纠结，以如今我二人的关系，见面不开打便算客气，这般送去给她吃只怕她还要怀疑我下毒。但思虑良久也就慢慢释然，说起来我二人到底也不算有甚深仇大恨，今天是她生辰，不过一碗吃食，我虽记仇，但还不至于小气。

听闻宴席已散，我将甜菱膏装进食盒，磨磨蹭蹭去了苏灼灼的院子。

到了地方，却发觉静悄悄的，连汀兰也没见到。我心下奇怪，便悄声靠近窗边，只见内门大敞，里面跳跃的烛光将两个人影勾勒出来，良久没有声息。

“俞公子，天色已晚，你在我房中……怕是，怕是不妥的，有甚事情明日再说吧。”

原来里面是俞琛，我登时嗅到了一股八卦的气息。

“今日明日，难道又会有甚不同吗？”俞琛声音郁郁，似是苦苦压抑着什么，“灼儿，你明知我……”

这么快就从“苏姑娘”变成“灼儿”了，果真有俞家风范。

“你亦明知我心里是没你的。”苏灼灼的声音波澜不惊，“俞公子，你的身份人品，何愁没有好姑娘……”

“除了你我谁也不要！”俞琛忽地抬高了声音，“灼儿，我究竟……究竟哪里比不过他？”

经典艳本台词！我兴奋得拎着食盒的手都抖了，赶紧按捺自己屏住呼吸。

苏灼灼没有回答，俞琛平复了一下，缓道：“他如今已有了未婚妻，为甚……你还是执迷不悟……”

“我已有了心上人，为甚俞公子……你也还执迷不悟呢？”

这一句反问得太到位，俞琛登时默了，过了一会儿，微微叹气笑道：“大约……因为你我都是痴人吧。”

“痴人……”苏灼灼轻轻呢喃，似是转过了身去。

俞琛复而道：“你一日放不下曲徵，我亦是一日放不下你，大家……便看谁耗得过谁吧。”

他语毕，转身竟出来了。

我立时站得笔直做出一副“我刚来什么都没听见”的情状，俞琛只抬目瞧了我一眼，道了声“金姑娘”，便快步去了。

我挠挠头，便见苏灼灼站在她香闺门口，冷冷瞧着我：“你来干什么？”

听了一出八卦，我险些都忘了自己是来干什么了。我走到院中的石桌那里，将食盒摆好，把甜菱膏拿出来，置于正中。

“金甚好。”苏灼灼走近了，面上满是嘲色，“你又玩甚花样——”

“你别多心，又不是给你的。”我瞧了她一眼，淡道，“多做了一碗，好歹相识一场，便权作送轩叶的生辰贺礼。”

送给与我日日拌嘴，却率真狡黠的轩叶。

那个被苏灼灼隐藏在心底再也不会回来的轩叶。

苏灼灼似是愣了一瞬。

其实我当真全懂，她对外的冷艳矜持，对曲徵的痴缠任性，对我的蛮横无礼，不过全因偏执地爱着一个不爱自己的人。

我又何尝不是一样。

所以瞧见她伤至深绝的眼泪，竟会觉得与我那般相似，容颜身份天壤之别又怎样，都是爱而不得的可怜人，我唯一的优势，不过是阴错阳差做了曲徵的未婚妻。可在他眼里，我与苏灼灼，又究竟有甚分别？

她眼中翻起汹涌莫名的情绪，我顿了顿，微微叹了一声道：“愿她还能……如从前那般快活吧。”

瞿门弟子数日整顿，终要赶赴俞家了。

永南距崇阳说远不远，说近不近，一条官道贯穿途经六个城镇，是以此次路途算得比较轻松，不用露宿野外亦不用带着缓慢的马车，人人一个包裹一匹壮马，中途在客栈落脚便好。

这次有瞿简坐镇，想必路上亦不会出什么乱子。同行之人有俞琛、晋安颜及几个相熟的门派。伙房的姑娘们舍不得我，将我的包裹塞得鼓鼓囊囊全是吃食，背着甚费劲儿。但思及其他人全无我这等待遇，又不禁心上暖洋洋。

曲徵骑着马在一众弟子中，仍有一番木秀于林的风致。我瞧了半晌发现端倪，瞿门以芳华剑法独步天下，从大师兄冯彦到小师妹苏灼灼均带着剑，只有曲徵浑身上下没有半个兵器，难道是入门时间短还未学？

在我寥寥数次见他显露武功的时段里，印象最深的除了那震退大虫惊天动地的一掌，还真没发现他用过什么兵器。按理说瞿简这般看重他，应该倾囊相授才是。我想了一会儿就觉头大，操心曲狐狸的事情，我当真是太闲了。

一路紧慢交替赶路，大约疾奔一个时辰，便缓步半个时辰让马儿休息。我与晋安颜和一队风云庄的弟子落在最后，说说笑笑品天赏景，没有长辈看着倒也惬意。只是数次有关宋涧山的言语到了嘴边，又说不出口去，堵在心里有点憋闷。

意中人是冤枉的，可爹爹却因自己而铸下错事死有余辜，我若是她，怕也接受不了这样的真相吧。

一日已跨两个镇子，傍晚临近溪水整顿，再往前去便是第三个小镇了，此时不宜再赶路，瞿简吩咐了两个弟子先行前去打探客栈。我瞧见曲徵身畔总有那么几个女人围着转，偏偏碍着其他派在场不好去挡桃花，忍不住心下郁悒，蹲在溪边恨恨地揪枯草。

苏灼灼大约瞧那几个女人亦不顺眼，但她为了躲俞琛，只好跟在瞿简身畔，同样恨恨地瞧着曲徵的方向，脸拉得老长。

我正不爽着，便听一个声音在耳畔道：“别看了，不知道的还以为你身上揣了十坛老醋，这会儿全打翻啦。”

“阿颜你胡说什么。”我脸红了红，有那么明显？！

晋安颜笑嘻嘻地蹲在我身畔，自我认识她起，她都是一身素服形容悲戚，此时开朗起来，自有一股动人的灵秀。

“我哪里胡说。”她压低了声音道，“百万，你的心事全写在脸上，我与你这般好，瞧不出才是傻子。”

话到此处，再掩饰便有些矫情了。我垂下头想说什么，却莫名扭捏起来，只是烫着脸更加努力地揪枯草。

晋安颜亦不说话，便陪我蹲在那里。两个姑娘这般默不作声地窝在一起，颇有些“我俩有秘密”的意味，是以旁边的人都识相地走远了些。我顿了顿，小声道：“你……你千万别告诉旁人。”

晋安颜哭笑不得：“百万，他是你未婚夫婿，喜欢便喜欢了，又有甚打紧。”

“可是……”我挠挠头，嗫嚅道，“你是知晓的，他娶我全然是为了真经，我亦不想让他知道……”

“确然，若我忍住了不曾告诉大师兄，不知今日却是何光景？”晋安颜淡淡道，隐隐有些低落。我不想惹她回忆伤心事，便转而笑了笑：“也没什么，他心里没我，日子久了，我自然也淡了心思。”

晋安颜也弯起一个笑：“我倒觉着曲公子待你不错。”

不错和喜欢……其实真的是两回事啊。

我心中柔肠百结，便见晋安颜又凑近了些，轻声道：“以前我是不知自己对大师兄有意的，直到后来他有次出庄历练，途经深山，从匪盗手中救了一个官家落难小姐，那小姐对他一见倾心，数日后竟携了十余马车嫁妆前来求亲，我瞧着心中很不舒服，便怕师兄答应了……从那时起，我才知……”

她脸红了红，又道：“百万，喜欢与否，万一连曲公子自己都不知呢，你又怎好自己妄加定论。”

我一面感叹宋涧山这货招蜂引蝶的能耐，一面忧愁阿颜委实不知曲狐狸是何等人，又不好与她解释，便叹道：“那我如何得知他的心意，总不能当面去问吧？”

譬如一只手抬起曲徵的下巴邪魅一笑：小相公，我瞧上你了，你看你中意我不？

我抖落掉一身鸡皮疙瘩，便见晋安颜调皮地笑了笑：“其实也简单，就依我之前说的，百万你须……”

言语到了尾声，我恍然大悟。

晋安颜说，我应找个人殷勤一番，瞧曲徵脸色是怎样的，若是同我一样打翻了醋坛子在溪边揪小草，便是有门。

虽然曲徵不可能去揪小草，但能瞧瞧他不乐意的反应也是极好的，是以我觉着此计甚为靠谱。而后便与晋安颜在这众多弟子中打量来打量去，最后瞄上

了两个人，白翎枫和五师兄。

白三师兄被选中，委实是因为我与他最熟，而且他也最好说话。白翎枫很快便被晋安颜否决了，理由是因为太相熟，完全不可能生出暧昧的气息。我心头长吁一口气，若真要我去与他殷勤，日后只怕见了芊芊就会心虚。

于是接下来的时段里，我与晋安颜一路尾随着五师兄暗中观察，发现他确实是个不错的人选。相比瞿门其他几个师兄弟，五师兄还是少年人心性，最为活泼，也好接近一些。

最最重要的是，他还是个吃货。

是以一行人在下一个镇子落了脚，因客房不够，我与晋安颜挤在一间里，倒也遂了我二人腻在一起的心思。

此镇以夜市喧闹闻名遐迩，恰巧晚间闲来无事，年轻人都喜好热闹，我此时须小心自己安危，不可到人多的地方去，又实在不愿自己待在客栈，便站在角落里，眼巴巴地瞧着其他师兄弟邀曲徵出游。

他似是无意地掠过我一眼，嘴角弯起一抹笑："百万要一起吗？"

"我能去吗？"我立时星星眼地凑到他面前，如果有尾巴一定已经晃得眼花缭乱。

"自然，但你须听话，不可乱跑。"

"我听话，我听话。"我立时点头如捣蒜。

于是那几个别派的女弟子颇显失望。苏灼灼为了躲避俞琛，竟然放弃了出游待在客栈里陪着瞿简，情操简直太伟大了。

一上了街，大伙儿便渐渐分散开。姑娘们喜欢看首饰水粉，晋安颜亦没有抵抗住诱惑弃我而去。我跟在曲徵身畔，兴致勃勃地瞧热闹，倒也不觉有甚不好。

走至一处戏台，几个师兄坐了下来，我与曲徵便随后落座，只见五师兄摸了摸肚子，随意道："刚用过晚膳，怎的与没吃一样。"

冯彦笑了笑："数你吃得多，还嫌不够吗？"

我觉着这是个好机会，从怀中掏出预备好的花生酥，眼中精光一闪凑了过去。

"五师兄。"我特地软了声音道，"正好带了吃食，你便先垫垫好了。"

五师兄怔了一下，瞿门这几位大多如瞿简一般，对我视若无物，只有迎面对上眼才会问候一声。他显然没有料到我会主动与他攀谈，转瞬便被我手上的花生酥引去了注意，赧然地抿起嘴笑了笑："这个……多谢金姑娘。"

吃货就是好上钩！

我自然地坐在他身畔，一脸热切地瞧他吃着。旁边的冯彦大约觉得不妥，微微咳了一声道：“曲师弟，一起用点吗？”

半晌不听曲徵回答，我微微侧头偷看，便见他定定瞧着戏台，一副聚精会神的模样，根本没注意我们在做什么。

失败！

此时夜色被灯火点燃，周遭都似染了橙灰色，映得曲徵一双眉目幽深灿然。戏台上正唱着“好个没良心的郎，妾身日日思断肠”，真唱得千回百转凄惨无比，但赫然便是我眼下的心境。

我老实地坐回他身畔，牺牲了一包可以抵挡俞兮的花生酥，这货却连眼睫都没眨一下，委实失策。正低落间，眼前忽地出现一只莹白的手掌，掌心落着一个青花瓷罐，小巧温润极是精致，我诧异地抬头，伸手之人正是晋安颜。

“送你的。”她弯起双眼，“不知百万你喜欢何样的胭脂，便挑了个自然些的，瞧瞧可还喜欢？”

我霎时瞪圆了眼睛，单说这瓷罐，大约便比寻常胭脂贵了几倍，一见便是好铺子掺了油蜜细调的，连慕秋都未曾用过，我便更加无福消受了。

“这……”我连忙摆手，“阿颜你知我还不起的……”

“谁要你还啦？”晋安颜故意沉下脸，凑近我耳畔道，“百万你既有了意中人，就该好好妆点才是，与我却生分了吗？”

我有些忐忑，又觉得欢喜，便任她挑开盖子，沾了胭脂在我唇上点了数下，正巧五师兄回过头来，便觉晋安颜捏了我一把，对他轻笑道：“你觉着这颜色配金姑娘可好看？”

五师兄又是一怔，目光向我唇间掠去，脸唰地便红了，赶紧移开目光，支吾道：“自……自然是好看的。”

他说罢，忽然起身，一路小跑不见了踪影。

我默默地抚额，五师兄这般纯情，是不是调戏得太过了……

戏台上又唱“妾自红妆只为郎，君未归兮独彷徨”，便见晋安颜飘过来一个鼓励的眼神，我霎时会意，站起身来道：“五师兄怎的还不回？我得去瞧瞧。”

冯彦大约觉得我突然对五师兄这般热络很是奇怪，便起身道了句“金姑娘”。我不理他自顾自溜得远了，当然也不可能真的去找五师兄在哪里，只是在近处四下乱晃了晃，瞧着一处做蛋饼的手艺新鲜，就站在那儿细细端详做法。

“金姑娘，你怎在此处？”

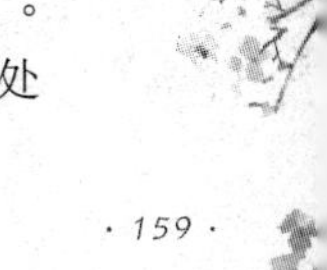

我一回身，便瞧见五师兄站在我旁边，挠挠头道：“没什么，就是瞧瞧……”

“说起来，还未答谢金姑娘的点心。”五师兄爽朗一笑，掏出几枚铜钱递了过去，“来两个蛋饼。”

我真的只是在看做法而不是馋了啊！

此时话亦不好说出口了，我接过热气腾腾的蛋饼，只得结结巴巴地道谢。

五师兄咬了一口，烫得他直咋舌，有饼渣粘在他唇畔。我对着那处指了指，五师兄抹了一下没抹掉，我掏出了随身带的帕子，想也未想便替他拂了，便见五师兄怔了怔，目光突然掠向我身后，一张脸霎时又红了。

晋安颜对我比了比大拇指，我默了，其实刚才那个动作……还真不是要故意殷勤……

曲徵走近我身畔，我霎时反应过来，有点慌张地解释道：“这个……我不是故意乱跑……也没跑远……”

“不打紧。”他弯起嘴角，“有五师兄在旁，我很放心。”

我便怕他嫌我乱跑不肯再让我出来，但刚刚欢喜一瞬，转而便觉出他言语中的意味，顿了顿拖长音“噢”了一声，沮丧地垂下头。

曲徵这货，压根儿一点都不介意啊。

当晚无事，我摩挲着晋安颜送我的胭脂，心中极是喜欢，又觉得温暖，禁不住便想做些什么好好酬谢她才是。

可惜我身无长物，只有做饭的手艺过得去。于是夜里偷偷塞了几个铜板给客栈的厨娘，要她将伙房借我一用，大约她嫌我给的钱少，恶声恶气地将好食材收了大半，并警告我不准弄出大声响，不然大家都吃不了兜着走。

我耸耸肩，面上一副不放在心上的神色，心里却对她这态度大为不满，暗暗记了仇。食材少得可怜，便费了些心思，煲了一道女子养颜的莲子茉莉羹，主食只有面和红豆，只好弄了一堆红豆饼。既然花样少，我便在数量上弥补了一番，足足做了两个食盒。

明日那厨娘看到面粉袋子见了底，大约会直接晕厥过去，不过那时我们早就在路上了，她便是想找人算账，也只怕连根我的毛都找不到，嘿嘿嘿嘿。

晋安颜自是喜不自胜，连声赞我手艺好，但喝了几口，顿了顿却红了眼眶。

“我娘死后……再没人特地为我做甜羹吃了……”她垂下头，“百万，你待我真好。”

“这……这算什么。”我尴尬地挠挠头，“比起那盒胭脂……”

“这碗甜羹，比一百盒胭脂都要贵重。”她说得情深意切。

我握住了她的手，诚挚道：“阿颜你也莫与我客气，日后有机会，我天天做给你吃。”

话一出口我便觉得不是味儿，难道我要辞了金氏镖局的厨子营生，转而去风云庄做厨子吗……啊不对，我日后嫁了曲徵，自然是要去他琅中的琴庄做厨子的。

呸呸，这点出息，除了厨子还能想点别的！

那两食盒红豆饼，晋安颜只吃了三个半便再也咬不下，坚持说这是她多年来吃得最多的一回。我瞧着她细细的小胳膊摇了摇头，自己吃了五个，可是还剩了好多，眼珠转了转，反正凉着亦是浪费，不如出去做顺水人情。

于是一圈师兄弟送下来之后，我站在瞿简的门前，深沉地思虑自己要不要敲门。

这老头儿一直对我不理不睬，但到底也未将我扫地出门。我想了想也就释然，罢罢罢，苏灼灼我都送了生辰礼，瞿简怎么说也是长辈，敲便敲吧，大不了他不搭理我，我自己找台阶下，也不会少块肉。

但敲了门后，出来开门的竟是苏灼灼，我二人面对面俱是一怔。半晌她侧过身，面上现出一副不耐烦的表情：“是金甚好。”

我亦没挂上好脸色，径自走到桌前，清了清嗓子道：“不小心做多了些，嗯……请瞿门主尝尝吧，不爱吃便丢了，我亦无所谓的。”

瞿简眼皮也未抬，我在心里问候了他的娘亲一百遍，淡定地转过身，就知道没人理我，哼，谁稀罕。

走近门畔，却听旁里传来一声细小的“多谢”，我怀疑自己耳朵出现了幻听，苏灼灼将脸别了过去，耳根却红了，大约很是后悔自己刚刚的言语。

我挠挠头，忽然也有些不好意思起来，却听身后一个微哑的声音道：“是红豆饼吗？”

太阳是打西边出来了吗？这两人都不大对劲。我转过身子，应了一声，便听瞿简又缓缓地道：“上次徵儿房里的红豆饼，也是你做的吗？”

我迟疑了一下，觉着也没甚好隐瞒的，微微点点头。

瞿简只是默了半响，轻轻摆了下手：“你出去吧。”

还以为他反思了一会儿是要感谢我这一番好心，果然是我太天真了，就知道这老头儿最没礼貌了！

送完瞿简，剩下的一盘便只有一处可送了。

我站在曲徵门前磨蹭了半天，心中不知在扭捏什么，明明是再简单不过的言语和动作，心中却演练了一次又一次，莫名就紧张起来。

正踌躇间，恰巧五师兄自走廊尽头出现，见了我欢欢喜喜地唤了一声："金姑娘，你在作甚？"

我背后一麻，便想让他小声些，岂料这货丝毫感应不到我迫切的眼神，走近了瞧见我手上的托盘，又是爽朗一笑："金姑娘手艺真好，我都吃光了。"

"那……那就好。"我嘴角抽了抽，这会儿曲徵要是还不知我二人在门外，他便是天底下第一号的聋子。

果然房门旋开了。

曲徵只着了中衣，乌发披散领襟微敞，现出脖颈下一片白玉般的肌肤。我只瞄了一眼，便开始默念禽兽退散。

"五师兄，真巧。"他弯起一抹笑，"要进来坐坐吗？"

不知为甚五师兄一副受惊小鹿的模样，后退了几步道："曲……曲师弟不用客气……我只是路过……嗯路过……"

说罢他便头也不回地溜了。

我纳闷地挠挠头，随着曲徵进了屋子，轻轻带上了门。

经过五师兄这么一搅和，我之前苦心练习的几句说辞全部忘了个精光，只得将托盘放在桌上，还未开口便被旁里一幅画引去了注意。

那幅画只刚刚勾勒出轮廓，似是一个人捧着什么东西站着，笔触转折浓淡相宜，能看出极是用心。我瞧见他撤去了一头的镇纸玉石，却用了我送他的瓷人，压在另一畔，心中不由得一甜，脸上红了红道："你竟还带了笔墨纸砚，果真是喜欢字画。"

"却也不是喜欢。"曲徵走近了些，"这套文房四宝是师姐刚刚送与我的，闲来无事便试试笔墨，果然是上品。"

我刚刚那点欢喜霎时不见，苏灼灼这货阴险啊太阴险！没事送这送那的作甚！欺负我没银子？

手上开始拧衣角，但想起曲徵毫不介意我与五师兄亲近，这时介怀别人送他东西，未免也太失面子，我便只咳了一声故作一副无所谓的模样道："这画的……可是苏姑娘吗？"

曲徵淡淡一笑并不回答，复而更近了些，隔着油纸拈起一个红豆饼，轻咬了一口："百万做的东西，有种舒服的味道。"

总听别人夸我做菜味道好，头一次听说有人夸我味道舒服，我一时忘记他岔开的话题，只是不好意思地笑了笑，这会儿忽然想起瞿简莫名其妙的反常，便试探地问道："瞿门主……也喜欢吃这个吗？"

他顿了顿，将咬过的红豆饼置于盘中，发出一声几不可闻的叹息。

"从前，师父身畔有个喜欢做红豆饼的女子，"曲徵垂了眉眼，幽幽道，"那饼，我亦吃过一次。"

想不到瞿简这老头儿还有这等风流情史，能入他眼的女子可是何等绝色？我觉着有八卦可听，瞧曲徵神色，似是陷入了回忆中，显然对那做红豆饼的女子难以忘怀。我心中紧了紧，苏灼灼和俞兮还不够，又多了个做饼的……

曲狐狸你的烂桃花还敢再多些！

我撇了撇嘴，再也掩饰不住，大步走到曲徵身前去，哀怨地将他望着。

曲徵似是有些讶异，目光折了回来，淡淡地落在我身上。

"你也给我画张画儿吧。"我怏怏道，"虽然……嗯……我不过生辰，但是……"

他不答，只是待我说下去，我亦不知还能编出什么理由，末了只微微噘起嘴："反正你给我画一张就是了。"

曲徵弯起一抹笑，忽然伸过手来，覆在我下颌边，手指顺着我的唇畔轻轻一捻，沉声道："百万便算不涂这胭脂……也好看得紧。"

此时我脑中顿了一瞬，只觉得他答得也太不着边际了，问他画中女子是谁，他说我做饼好吃，让他给我画画儿，却又与我涂了胭脂有什么关系？

可我心思还未转起，便忽然意识到脸颊边手指温暖的触感，落在我唇上好似点燃了一般生生转为炽热。我不由自主地望进他一双古井般的美目中，登时思绪只余一片空白。

他摸了我的嘴唇。

他说我便算不涂胭脂也好看得紧。

他离我这般近，日思夜想的容颜便在眼前，温声软语情意绵绵。

这……这太刺激了些吧！

我后退了一步，又后退了一步，小腿打着转儿旋过身，颤颤巍巍地冲出去回身推上门，随即……便后悔了。

金百万你个没用的货！多好的机会不推倒他就算了你跑个甚啊！

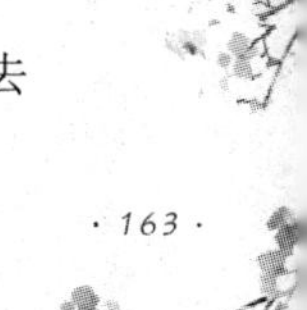

可是……再待在那里，再待在曲徵定定的眸光中，我怕自己会先融化了，到时嘤咛一声软在他面前只怕更难看。

我忧愁地回了房间，晋安颜已经脱衣躺下，见了我便向旁边挪了挪："百万可送完了？过来歇息吧。"

半晌我才反应过她的言语，后知后觉地"哦"了一声，脱了外衫钻进被窝，脑中思绪纷沓，发了会儿呆，忽觉一双冰凉的小手探入我衣下，吓得我抖了抖，这才发现是晋安颜。

"百万，你能否不把你想什么都写在脸上。"她笑嘻嘻地道，"说吧，你的曲公子又怎么啦？"

我脸上一热，不好意思地挠挠头，支支吾吾将方才的事情说了。晋安颜略一沉吟："其实苏姑娘送曲公子贺礼，也算不得稀奇，毕竟……今天是他生辰啊。"

"生辰？"我心中"咯噔"一下，"怎会……"

"百万你竟不知吗？"晋安颜奇道，"今日我还听冯彦与人说，瞿门主吩咐了曲公子的生辰不必操办了，往年他都是随着苏姑娘之后在瞿门中庆贺，不知是不是要赶赴武湖会的缘故……我还以为你知道呢。"

"他……"我努力使自己的声音平静些，"他还说什么了？"

"你说曲公子？"晋安颜顿了顿，努力回忆道，"恰巧我路过，只记得他的意思是……有没有生辰，都不重要吧……"

——有没有生辰，于我来说都是一样，我亦不是很在乎。

那一日冬阳温淡，我轻轻说出这番话，曲徵白衣似雪，伸手撩过我耳边的发，渐渐隐了唇畔的笑容。

我以为他想待我好，许是会挑个好日子，便说那就是我的生辰，与我一起庆贺。

却不想竟是这样的方式。

原来，比起平白给予奢望的东西，却将自己拥有的摒弃，默默陪你一起失去，更加能够俘获一个人的心。

我呆了半晌，微微闭了眼。

这件事情其实有诸多疑处，方才我与曲徵问及送礼，他却没有与我说起生辰之事，为何晋安颜便恰巧路过听见了？他若想故意要她听到简直轻而易举……这一举动几分真心假意，其实我已没有力气去计较。

大约……这便是我会喜欢曲徵的理由吧，无论他在算计什么，无论重新选

择多少次，哪怕伤至心骨，我都会奋不顾身地向他而去。

犹如飞蛾扑火，燃尽一生，只为了那一点真实……或虚幻的温暖罢了。

一路顺风顺水，不过第三日，已达永南城。

瞿门这一行人数众多，大约是武湖会声势最大的一拨来客，是以远远便见俞望川在门口迎接，俞琛殷切地与瞿简介绍当地特色，大概也是因为苏灼灼就在另一侧的关系。

俞兮亦站在俞家大门畔，面色如常巧笑倩兮，一点也寻不见那些疹子了。她与苏灼灼拉着手叙旧，又与晋安颜打了招呼，这会儿便要走到我面前来拉我的手。我忍住心中不适从兜中摸了一把花生碎出来，成功阻了她的脚步。

附近这几人中，大约只有苏灼灼是知道俞兮怕花生的，是以她见俞兮变了下脸色，便狠狠地瞪了我一眼，我亦狠狠地瞪了回去——你家好姐妹心若蛇蝎，就你个二货还当宝贝。

听闻桃源谷昨日便到了，我心中一喜，刚刚向内门走了几步，便见慕秋一身素服急匆匆地跑出，见了我便飞奔过来，抱着我又跳又叫。我亦是高兴，只是她笑着笑着，把脸埋在我肩上，竟似哭了。

“怎，怎么啦？”我拍着她的背，心中“咯噔”一下，“是不是御临风欺负你了？”

之前为避免打草惊蛇，我只在信中报了平安，没有提及御临风是假冒的言语，想来他潜伏至今连洞房都未入，应没有伤害慕秋的意思。此时见慕秋这副模样，我的心便提了起来，只怕出了什么岔子。

“谷主仙去，我才知道桃源谷是收了九幽令……后来听闻你在桃源谷出了事……把我担忧得吃不下睡不着……”慕秋抹着眼泪道，“《璞元真经》的事我亦有所耳闻，百万……你为镖局挡去这么大的灾祸，怎么都不与我说？”

我放下心来，对她扬起一个笑容：“与你说了又如何，只会让你白白担忧……慕秋你莫难过，我现在还不是挺好的。”

慕秋却只抱着我不说话，眼见围观的视线越发多，我有些尴尬，只得不停地安抚她，心中很是忧愁。单只是真经之事便让她如此，假御临风的事情我要如何开口？只怕她听不到一半便晕厥过去，真是为难。

有人领我们去了客房，正好与桃源谷一众相邻，是面对面的两个院落。

御临风同是一身缟素，我掉下瀑布后首次见他，仍是那副冷面模样，手里摩挲着帕子不言不语，旁人只当他历经丧父之痛心情抑郁，我瞧着心中不爽，

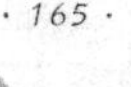

便觉他目光看向我，待走到近处忽然凉凉道：“曲公子与金姑娘，命硬得很嘛。”

曲徵弯起一个笑，并不回答。我冷笑一声：“自然比你是硬多了，少谷主节哀顺变，希望令尊晚些能入你梦中，同你好好地叙叙旧。”

慕秋去迎黑白无常客，此时不在近旁，我毒舌起来毫不避讳，御临风不知我们已得知他身份是假，但大约亦觉得我这言语有些嘲讽意味，脸色陡然一沉，便上前了一步，右手威胁般地握在身畔。

想到他暗害了御非，又毁了慕秋一段大好姻缘，而真正的御临风生死未卜，我只觉愤怒大过惧意，便站在那里迎着他压迫般的目光。

忽然肩膀一沉，曲徵揽住我，盈盈现出一抹笑：“百万口无遮拦，御公子勿动气，还请节哀。”

御临风顿了顿，松开握成拳的五指，脸上亦现出一个笑，只是颇有些阴恻恻：“曲公子客气了。”

曲徵点了点头，我二人走进瞿门的院落中。他瞧了我一眼，沉下声音道：“此人武功极高，且来武湖会的目的还未明，眼下不好揭破，你须离他远些。”

我点点头，方才是冲动了点，委实不该这般挑衅对方。但又觉得身后有曲徵这座靠山，便算假御临风武功再好，还不是在密道中被这货一把就推倒了。说起玩阴的，自家未来夫君才是祖宗，别人那都是小面点不够看。

一切安顿妥当，我去俞家大门处寻慕秋，正巧乌珏到了，大喜之下三人寒暄了半天。我问及当日与血月交手的状况，原来一见石门闭合，那血月便不再恋战折返而去，二人只受了点轻伤，只是她露了半张脸出来，日后怕是个不小的祸端。

他亦问了我掉落瀑布之后的种种，言辞中颇有关怀之意，我心中温暖，便将事情简单说了。三人站在那里说了这许久话，却一直不见白妗妗，倒是有些奇怪。

乌珏风尘仆仆，满脸疲惫之色，看得出对御非的死极为伤怀，他只说白妗妗有事要晚些才到。我与慕秋交换了眼神，均知对方心下有惑，黑白无常客夫妻二人从来出双入对焦不离孟，如今只他一人颇为反常，但长辈的事情，又不好出言去询，只得作罢。

当晚很是热闹，明日便是武湖盛会，俞家弟子连夜布置场地，各大派都派遣人手前去帮忙。我趁机给自己补给了一瓶花生露，在她俞家二小姐的地盘，还得防着她派别人来做掉我，是以我哪儿都不敢去，老老实实地跟在曲徵或晋

安颜身畔，有一点声音都吓一跳。

这一晚安安稳稳地混到临近安歇时分，果然便出了岔子。有个瞿门的弟子来报，说是瞿门主要见我，瞿简这老头儿一路都没怎么搭理我，怎么偏偏选了现在？我心中觉着不妙，便眼巴巴地瞧着曲徵。

他弯起一个笑："好吧，我同你一起去。"

曲狐狸太给面子，果真没有白稀罕你！

我带了靠山来，敲门的时候腰板笔直，进去的步伐也十分有底气，但在瞧见屋中不但有瞿简还有苏灼灼的时候，心中隐约猜到了是什么事，顿觉有些肾疼。

瞿简脸拉得老长，我默默庆幸拉曲徵来垫背果然是对的。苏灼灼在桌畔摆了个凳子，对我身后柔声道："公子，坐吧。"

我已然习惯被无视了，便也不觉有甚。曲徵却没有动作，微微一笑："多谢师姐，不知师父找百万有何要事？"

"你不知？"瞿简冷道，"你倒是问问你带回来的未婚妻，她对俞兮俞姑娘做下了何种好事！"

我在心中默默扶额，来了来了，苏灼灼这货今早瞧见我用花生骇跑了俞兮，定然要在瞿简面前告我一状，只是其中缘故牵扯甚多，什么能说什么不能说，我心中亦是没底。

"俞姑娘？"曲徵丝毫不动声色，只是淡淡道，"百万与俞姑娘相交甚少，怎会对她如何。"

我转了目光，便撞见他极其迅速的一瞥，心中登时了悟。曲狐狸这家伙，大约一早便猜到瞿简为何叫我来，怕我应付不过，是以才这般痛快地跟来与我随机应变。

"那日阿兮抱病匆匆赶回俞家，我便觉得蹊跷……"苏灼灼愤怒地瞧着我，"金甚好你既知阿兮有那层忌讳，竟还做得那般过分，你……你不知稍有不慎便会让她送了性命吗？"

我垂了眼睫似是在考量，却偷偷向曲徵瞧去，他状似无意地回过头，目光微微流转，不易察觉地弯了下嘴角。我怔了怔，霎时明白了他的意思。俞兮害我这档事，牵扯瞿门与俞家的关系，他是不便说出口的。而我说的话，瞿简与苏灼灼只怕不会相信，必须想个办法才行。

这些心思不过转瞬，我顿了顿抬起头，向苏灼灼淡淡一笑："一把花生过分吗，我只怕她送不了性命。"

苏灼灼怒极，正欲说什么，我飞快地打断她道：“俞兮害我三次，一次密道落下石门，一次害我掉下瀑布，最后一次便是河边小树林，她欲将我一掌打死……我不过以其人之道还治其人之身，一把花生，我还嫌自己仁慈了些。”

“一派胡言。”苏灼灼冷道。

瞿简忽然端起茶杯，肃道：“俞家乃武林正宗，俞姑娘出身侠义之门，只你一面之词便说她做下这些恶事，又有何凭证？”

凭证很简单，问曲狐狸啊！我心中默默咆哮一句，但他已经说了自己不知情，此时再说出来便是将他卖了。方才他瞧我那一眼，亦有些暗示的意味，大约是要我靠自己了。

靠自己便靠自己……我心中有了计较，隐隐弯起一个笑。

你既信我，我又岂会让你失望。

“苏姑娘可还记得，在临远城之时，俞兮曾见过曲徵一面？不过那时你我乔装，她更以为曲徵只是瑾瑜公子。”我缓缓道，“后桃源谷大婚，她与你同接曲徵的马车入谷，按理说得知瑾瑜便为瞿门新收的弟子曲徵，她应十分讶异才是，为何便装作从未见过？”

苏灼灼一怔：“阿兮她大抵是忘了，与此事又有什么干系？”

“若真是忘了，后来便不会再刻意提起。”我复而道，“其实便因俞兮她不知你就是轩叶，直到你来寻我晦气，她方才反应过来你便可能是那个琴童，是以才吐露自己见过曲徵，并试探你的口风。”

苏灼灼脸色白了白。瞿简淡道：“此事只能证明俞兮城府颇深，与她害你却不能同事而论。”

“那么……她在苏姑娘面前装作对曲徵半分兴趣也无，却在婚宴结束后忽然折返，瞿门主不觉得奇怪吗？”我继续忽悠道，“是倾慕曲徵，还是……其中牵扯九重幽宫与桃源谷的事端，我不敢妄自揣测。她在密道中对曲徵殷勤备至，御临风与乌大侠、白大侠都是瞧在眼里的，你二人可不信我，但黑白无常客的言语，总不会唬人。”

我这段话说得掷地有声，说是不敢揣测，实则将俞兮的行为扣了顶意图不明的大帽，又抬了几个大证人出来，容不得他们不信。我只怕他二人回过味儿来问我更多细节，那就不好编了，便赶紧趁着气势道了声“夜深不扰”，给曲徵使了个眼色妥妥地溜了。

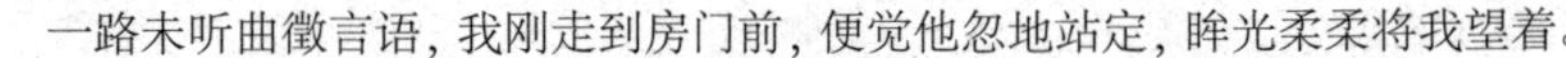
一路未听曲徵言语，我刚走到房门前，便觉他忽地站定，眸光柔柔将我望着。

此时月明云稀，我极受不住他这种无声的电眼招数，只红了脸道：“怎……怎么了？”

“没什么。”曲徵走近了些，淡淡一笑，“只道百万平日懵懂，不曾想推断起来，亦是头头是道的。”

这言语听起来不太像在夸人，我挠挠头，伸出一个指头道：“还不是因为你！若你乖乖站出来同我一起说出真相，还用我这么辛苦分析给他们听？”

“可是百万你说得很好啊。”曲徵避而不答，侧过头向我嫣然一笑，“我的心思，不过全在那一眼之内。”

我只觉心中一跳，面上便如火般烧开了。这……这难道是在说我聪明……或者是想说我们果然是心有灵犀……

正暗自荡漾间，忽听院内几声响动，便见有人牵了马，身上背了包裹，后面又跟了一个人，手上提着灯笼，远远映出两人的面容来。

“大师兄不用送了。”一个爽朗的声音道，“我这就走啦。”

“师父怎这时要你回去？”冯彦的言辞听起来有些困惑，“瞿门琐事，无论如何都应是让我回去才对。”

“大师兄要参加武湖会嘛。”五师兄爽朗一笑，“我功夫比不过各位师兄，来了也是白瞧热闹。”

冯彦仍是锁了眉头：“我说的话你都听了吗，千万莫开罪于他，你前些日子那些行径……”

“我自然是听了，但我亦觉得大师兄是多虑了。”五师兄乐颠颠地拍了拍腰间，“我这几日一直躲着避着，不曾想他今日听闻我不愿回去，便给了我五十两银子。五十两啊大师兄！比我一年的零花还多！这一路回去不在师父眼皮底下，想吃喝什么便吃喝什么，要多逍遥就有多逍遥嗷！”

“你啊……”冯彦亦忍不住笑了，无奈地摇摇头，又去牵马送他出院子。

夜深如墨，我与曲徵站在房门前不言不语，是以他二人亦未留心。

原来五师兄竟忽然要回去了，我挠挠头，可惜殷勤策略已然失败，不禁微微有些遗憾。只是不知冯彦说的却是何人，更听不懂五师兄到底在说甚。不过瞧他这副嘚瑟的模样，貌似对那人充满了感激，大约心中也很是乐意。

我懒得再想，便随口问了曲徵：“他们说的是谁啊？”

半晌不闻回答，我侧过脸去，曲徵垂下眼睫，嘴边弯起一个笑，悠悠地道：“我不知道。”

“真稀罕。”我觉着有些好笑，“原来这世上还有你不知的东西呢。”

他不答，只是唇畔笑意更深了些。我怎么瞧怎么觉得背后凉飕飕，便赶紧道了声安歇关了门扑在床上。明日便是武湖会，必定风起云涌明争暗斗，我当早点休息养足精神才是。

天下英雄出武湖，二十年只争朝夕。

历史上赫赫有名的武林至尊，无一不是出自武湖会。是以这句话也就不难理解，二十年苦功只为这一日，成就谁家少年江湖梦，扬名四海威震九州，就此一飞冲天。

我有些心向往之，虽不可能参加，但瞧瞧热闹总是好的，是以早早地就起了床，梳妆整齐老实地坐在院子里等其他人。半晌没等来瞿门的师兄弟，却见一个人从院前走过，那身影十分熟悉，像是乌珏。

我欢喜地唤了一声“乌大侠”，几步追了过去，迎面便闻到一股酒气与浓浓的脂粉味，险些觉着自己生出了幻觉，但定睛瞧去，确定眼前之人是乌珏没错。只是他面色微红，步履不稳，让人不禁怀疑他昨夜去过什么怡红院之类的地方。

可他是乌珏，与白妗妗伉俪情深，又是忠厚侠义的黑白无常客，怎么可能去那种地方？我使劲将那些想法甩掉，对着他笑道：“这是要到会场去吗？白女侠可来了？我想她想得紧。”

乌珏眯了下眼睛，似乎在努力辨认我是谁，随即仿佛有些清醒了，绕过我不发一语便离去了。我正奇怪，便见慕秋从对面走来，瞧见乌珏便变了脸色。

“师父不对劲儿。”她忧心忡忡道，“我昨夜见他去了花楼，今早竟喝成这副样子……师娘也没有踪影，该、该不是她出事了……”

“别瞎想。”我宽慰她，“也许只是夫妻寻常吵架呢……”

她摇摇头，面有憔悴之色。

我瞧着心中不舍，便挽着她道：“你跟我们一起吧，武湖会定有许多眉目端正的小哥，也好有个品头论足的伴儿。”

慕秋扑哧一笑，当即应了。

其实我这般说辞，还有个私心，便是想让慕秋离假御临风远些。

武湖会看似隆重，其实规矩甚少，一切以武定论。上台子的人若无人主动挑战，可自行挑选对手，赢了便可挑战下一个。若台上之人展现出超群武艺，台下自觉不敌之人便可向后退三步退出争夺。

如此说来，愈早上台体力耗费愈大，但也愈出风头。一般高手都愿隐藏实力，

直到黄昏之后才主动上台挑战，是以白日里台子上均是些年少气盛或是妄自尊大之辈，虽不够精彩，却是十分热闹的。

瞿门一派到了的时候，台上早已轰轰烈烈地打了起来。人头攒动摩肩接踵，但瞿简一来，便有人自动让出一条路让瞿门门主通过，虽我对这老头儿嗤之以鼻，但亦不得不承认，此时跟在他后面十分有面子。

曾经这等场面，都会有四个位置，分别为俞望川、瞿简、晋风云、御非几个武林前辈的尊座，不过数年光景几场变故，四已去二，瞧着不禁让人唏嘘。瞿简入了座，其余弟子都站在他身后，有跃跃欲试者，都早早站到了台子下，场面一派热烈。

此时我发现俞望川与瞿简的位子中间，还坐着一个年轻的姑娘。大约不过十六七岁年纪，生得十分灵秀，束着一双俏皮的圆髻，只余几绺长发垂在颈项两侧，穿得亦很是奇特，如此寒冬腊月天竟还裸着小臂与小腿，一身嫩绿色的短打衣衫，挎了一个毛皮质地的袋子，眼下正捧着桌前的瓜子嗑得欢实。

我大为好奇，这姑娘能在此等场面有个座位，便可知其身份不一般。正巧晋安颜刚挤过来，我便拉了她道："阿颜，那是谁？"

晋安颜瞧了一眼，便答道："那是歆唯姑娘。"

我和慕秋俱是一脸茫然之色。

晋安颜耐心道："百万不知，但慕秋姑娘一定听过，江湖上流传着这么一句话，'杏林张，阎王愁，生死簿上抢人头'，赞的便是医仙张氏一族。"

慕秋一副恍然大悟状："那么这位姑娘，便是张氏如今的传人吗？"

"没错。"晋安颜接道，"医者慈善心，张氏一族向来与世无争，又极得江湖上敬重，是以武湖玉印一直由张氏保管。今天这么大的日子，她自然是要到场的。"

"阿颜你亦是第一次参加武湖会吧。"我赞叹道，"你却连这都知道了，真厉害。"

晋安颜却面露难过之色："以前御公子身体不好，御谷主便特地为他请过张家的人来诊断，风云庄与桃源谷亲近，我便是那时候识得歆唯姑娘的。眼下……眼下御谷主仙去，御公子瞧着身体也好了很多，只是不知为甚与我却生分起来……"

"临风确然是变了些。"慕秋宽慰她，"他刚失了至亲，许是心中难受……晋姑娘你莫见怪。"

事到如今，慕秋竟还是向着那货。我不由得心中一阵惆怅，本来我应叫她

二人小心提防，可曲徵亦说过不可贸然揭穿假御临风，眼下只能走一步看一步了。

台上斗得激烈，正全神贯注地观看间，有个桃源谷的伙计却挤过人群，对着慕秋躬了躬身："禀少夫人，白妗妗白女侠到了。"

慕秋面上一喜："现在何处？"

"正在乌大侠院中。"那伙计面露尴尬之色，"两人似是……嗯，少夫人你还是亲自去瞧瞧吧。"

话音一落，我和慕秋面色都变了变，当下再也没心思瞧台上的情形，与晋安颜跟曲徵分别说了一声，便匆匆挤出人群向客房去了。

慕秋功夫比我好得多，她牵了我运起轻功，不过几个起落便入了乌珏院中，还未走进内院便听刀剑相交之音，我二人对视一眼，屏住呼吸躲在门后，竖起耳朵偷听。

一声巨响，大约是那石桌被震毁，我不由得心下惴惴，看来两口子不能功夫都好，不然吵个架也太吓人了……

"休妻？"白妗妗的声音满是怒意，"二十余年的夫妻情分，你竟丝毫不念吗？"

"与你说了多少次。"乌珏冷冷道，"……我厌了。"

"我不信！"她陡然抬高嗓音，"你是何人我最清楚不过，便算你于我已无情意，亦不可能……"

"有何不可能。"他似是向前逼近了一步，"你要杀我，便来吧。"

"我要杀你？"白妗妗似是在苦笑，"乌珏，乌大侠，若是二十三年前你如此对我，我便真敢一剑杀了你！"

提到当年往事，乌珏的声音低了下来，只缓缓道："妗妗，人是会变的，何况世间男子多薄幸，我对你二十年怜惜，也够了吧。"

这言语实在太过伤人，我忍不住便想去劝慰，却只觉慕秋拉住我的手。我一怔之下，这才发现她满脸是泪，已泣不成声。

"慕秋……"寻了个无人的地方，我立时宽慰她道，"两人也许是有什么误会……你也别……"

"人是会变的……世间男子多薄幸……"她哭得极为伤心，"当真是如此……所以师父变了？而临风这般对我……亦是男子薄幸吗？"

我看得心疼，却一时之间不知如何劝慰。方才乌珏的言语极为果决，再不

能用误会和吵架搪塞了。而御临风的薄幸，我心中一直清楚，却一直瞒着她。

这还算什么好姐妹？眼睁睁瞧着她痛苦，却没有任何作为。

我脑中一热，将曲徵的言语全部抛到了九霄云外，只揽过慕秋的身子，将自己所见所猜全部说给了她听。

“……所以，从抢我帕子那时起，”我肃道，“御临风便不是你我初见的那个御临风了，你真正的心上人，只怕……只怕眼下却在别处。”

其实我想说“只怕生死未卜”，但担心慕秋承受不住，便赶紧换了个说辞。

慕秋震惊得怔在那里，久久回不过神来。

天色已不早，我去房中端了壶茶水和吃食，数个客房院落中都静悄悄的，各大派都去观看武湖会了，自然不会有人，亦没见到黑白无常客。我与慕秋坐在院中石凳中，她却连口茶也喝不下，我心知此时劝慰无用，便也不多言，只陪她一起坐着。

这感觉十分难受，我情愿她如方才那般大哭，或是提起刀去砍那假御临风一通，亦不愿她这般不声不响地发愣，像是已没有了计较的力气。

一坐便是一下午，武湖会此时好戏大约才刚刚上演。慕秋眼珠动了动，终于抬起头道：“百万……你去会场瞧热闹吧，我……”

“不。”我忙道，“我就在这陪着你，武湖会又挤又无趣，也没甚好瞧的。”

“我没事的。”她弯起一个勉强的笑，“就是……就是想一个人静一静。”

这一下午坐下来还不够静？

我有些担忧，但心知慕秋的性子上来，几头牛都拉不回来，是以踌躇了一下，又宽慰了她几句，这才一步三回头地离开。

待我回到会场时，不知是战败还是自知不敌，台下已没有那般多的人了。而此时台上战得难解难分的两人竟是——俞兮与晋安颜。

俞家向来以掌法称霸武林，晋安颜一柄长枪如同蛟龙，两位均是女子，却都是武艺精湛不让须眉，台下言语亦多是赞赏。我心中自是盼着阿颜会赢，直为她捏了一把汗。

俞兮面色肃然，一双手掌幻出数个虚影，一目看去只觉眼花缭乱。晋安颜的风云枪法显然不是很到家，枪头并未如宋涧山那般化出火焰，但一招一式精妙绝伦不容小觑。

我挤到瞿门处，发现只冯彦站在瞿简身旁，其余弟子都在台下。方才告诉慕秋真相乃是自作主张，我略一思量，觉着还是知会曲徵一声比较好，便走到

他身畔，拽了拽他的袖襟："咳，我有事找你。"

曲徵微微侧过头，一双眸光仍是落在台上，显然交战已到了最关键之处。便见俞兮忽然一个矮身，避过枪头顺着走势旋到对方近处，双掌重叠，运足内力向晋安颜胸口拍去。

人群中已有人道出"不好"，持枪之忌讳，便是被人近身，这一下晋安颜躲得狼狈至极，饶是如此仍然被俞兮掌风刮倒，手中长枪霎时滑出，掉落在俞兮脚边。

看来胜负已分。

两人互相客气了几句，台下一阵欢呼，俞望川笑得尤为开怀。我觉着没甚好看的了，正欲拉着曲徵说方才之事，忽觉有些不对劲。

前面围观台子的人，都回过头来，似是在瞧着我。

"不知金姑娘意下如何。"台上一个脆生生的声音道，"可敢与我一战吗？"

我一怔。

"可是……"我有点惊慌，"我没参加啊……"

"武湖会规矩，站到台下便是自愿参加。"俞兮淡淡一笑，"还是金姑娘把这武湖会当作了儿戏？"

周遭有议论声蔓延开来。

我的心跳得厉害，虽说武湖会向来点到即止，但保不齐俞兮会下黑手，我站到台下明明只是来找人的，这人就是想阴我吧！

转瞬间，我摸了摸怀中物事，心中惊惧全部化为不甘之意，打就打，谁怕谁，大不了你给我一掌，我泼你一头花生露，看谁比较惨些。

心中打定了主意，我瞧见曲徵正欲说什么，便忽觉一股冰凉的寒意横至我面前，那是一柄长剑。

苏灼灼持剑拦了我，眸光却落在台上。

"金甚好，你且待着。"她声音淡淡，"阿兮，这一战，我来和你打。"

武湖会规矩，若是无人挑战，胜者才可自行挑选对手。

我还未反应过来，便听曲徵沉声道："百万，去师父身畔，别再下来。"

他这般说了，我立时"噢"了一声赶紧溜了回去，不知苏灼灼葫芦里到底卖的什么药。瞿简破天荒地瞧了我一眼，我只觉耳中有个浑厚的声音冷道："你竟送过灼儿生辰贺礼？"

"是啊。"我仍未反应过来，"她竟帮我对付俞兮，你竟主动看了我一眼！你二人……没吃错药吗？"

瞿简冷哼一声："灼儿这么做，亦非全是为了你。"

我恍然明白他话中意思，想必昨日那番陈词，让苏灼灼对俞兮起了疑心，方才帮我亦有答谢我送她的那碗甜菱膏之意。

阿弥陀佛，好人果然有好报！

苏灼灼敛了神情，俞兮却不动声色，似是对好姐妹忽然要与她一战毫不意外。

掌风与剑光交错起来，我如今方知瞿门绝学"芳华"二字的含义，出剑、格挡、突刺、下劈，每一招都有如跳舞一般优美无匹，飘逸洒脱之余，却是凌厉狠辣，快若雷电，让人脑中不禁浮现"刹那芳华"四个字。

苏灼灼一身淡粉色衣衫，挥起剑来流光溢彩，如同桃花灼人眼。

俞兮虽也不弱，但刚刚大战一场，此时便稍稍落了下风。紧张处台下竟没了声音，大约都被苏灼灼勾去了魂儿，俞琛更是痴痴瞧着台上，我不禁觉着这货胳膊肘往外拐：对面那可是你自家妹子你到底希望谁赢啊……

不过这一会儿，台上二女已拆了五十多招，俞兮额上已泛起薄薄的一层汗。我偷偷向俞望川瞧去，他却不如何紧张，仿佛并不计较胜负，心中不由得生出几分钦佩之意。

苏灼灼出招越发狠了，剑光几乎连成一片，此时那张氏的歆唯姑娘手里已换了个梨子，边啃边道："我听闻苏姑娘与俞姑娘极为交好，却不想打起架来，手下都不留情呢。"

"武湖会以武会友，若手下留情，未免也太瞧不起对方。"瞿简淡淡道，"俞掌门你说呢？"

"这个自然。"俞望川抚着胡须呵呵一笑，"只要不打得哭着来找张姑娘诊治，便任小孩儿们胡闹吧。"

三人一齐笑起来。

我嘴角抽了抽，瞿简这老头儿护短得紧，俞望川便显得大度多了，而这张歆唯心直口快，倒是个颇为爽朗的姑娘。

正出神间，忽听台下一阵吸气声，苏灼灼剑光反转，直直向前刺去。而俞兮正堪堪收回一掌，身子前倾很多，根本来不及躲避。

电光石火间，那剑便架在了俞兮细细的脖颈上，她怔了怔，很快弯起一个笑："果然还是不如你。"

苏灼灼却没有撤下长剑，只是望着俞兮，一双美目隐藏了太多情绪。

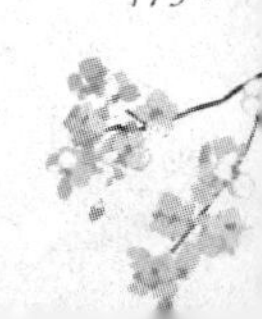

人群中爆出喝彩，我亦觉着打得好看，正欲与瞿简说些好听的，却见苏灼灼忽然将剑往地上一摔，反手拉住俞兮，几个起落便跃至我面前，扬声道：“金甚好，跟我来。”

众目睽睽之下，我嘴角抽了抽。

能说不去吗……

还未待我抗议，便觉袖子一紧，苏灼灼扯了我与俞兮，人群自动分出一条路来，任她畅通无阻地将我拎了出去。

我摸了下怀中的花生露，心下稍安。不知苏灼灼玩什么花样，但若冲突起来，起码俞兮是不用怕的。

进了一处院落，我觉着眼生，大约是俞家人自己的寝居。俞兮还未待苏灼灼站定，便小声地道：“灼灼，胜了是不能下台的……你这是放弃了资格吗？”

苏灼灼顿住身子，猛地回头：“你以为我当真要与你打吗？！”

俞兮神情似有几分茫然，我对她这副伪装的神情再熟悉不过，便不着痕迹地松了苏灼灼拽我的手，偷偷地站远了些。

“金甚好你过来！”她立时发现了我的意图又将我揪了回来，“今日我们便说个清楚，密道、瀑布、崇阳河畔，你当真是……是要害她吗？阿兮，只要你说没有，我便信你！”

二货，你这么问，她为甚要承认？我忍不住撇了嘴，向俞兮面上瞧去，却见她一副毫不讶异的神色，似也没什么惊慌。

“灼灼，难道你不知……”良久，她悠悠道，“我做这一切，都是为了你呢。”

苏灼灼一怔，连我都有几分讶然。

“你那般喜欢曲公子……我怎舍得让你伤怀。”她复而道，“若除去了金百万，便成全了你……”

就知道她不会那么痛快地承认，我实在不愿听她诸多伪善的借口，便立时打断道：“那么，你忽然折回桃源谷，对曲徵百般殷勤，又在崇阳河畔那晚穿夜行衣跟踪他二人，也都是为了苏灼灼吗？”

我顿了顿，继而冷笑道：“这所有的事，黑白无常客、御临风、花姐俱是见证。俞姑娘，你再哄骗她，亦没什么意思。”

自俞兮没有否认开始，苏灼灼便白了脸色，此时更是越发难看了。

俞兮似是没有听见我的话，只是望着苏灼灼，那眼中翻覆的情感太多，我却瞧不懂了。

这感觉有些奇怪，好像俞兮并不惧怕对苏灼灼说出真相，她就这么瞧着苏灼灼，似有些高兴，又有些紧张，像是按捺了许多时日，终于等到了这一刻的来临。

过了很久很久。

“我确实是为了你啊……”她轻道，弯起一个奇怪的笑容，“让你得到曲徵，再让你失去，看你哭泣，看你难过……再没什么比这更令我畅快了。”

苏灼灼脸上的最后一丝血色轰然褪去。

“你在说什么……”她喃喃道，“阿兮，我们不是最好的姐妹吗？”

“好姐妹？”俞兮冷冷一笑，“灼灼，既然已撕破了脸皮，我亦不怕与你说了。自八岁认识了你，近十年来，我再没一天快活。你不过是个野种，我出身比你好，学识比你多，性情比你懂事，练功比你刻苦……可是呢？无论我怎样努力，所有人看到的还是只有你！我站在你身边，一站就是这许多年，你是江湖第一美人、瞿门得意弟子、瞿简的掌上明珠，而我呢？便算我穿了再好的绸缎，站在你穷酸的纱衣前，一样只会被你比下去！

“在这个世上，我最恨的便是你！曲公子虽好，我确实是喜欢他，但亦不至于到这疯狂的境地，害金百万只是第一步，待曲公子与你一起，我便将他抢来，抢不来便杀了他，终究不会让你得到……你的意中人，你的名位，你的一切……所有你的东西，我都要抢！

“这许多年，我受够了，我再不要当你身畔的影子，无论要用何手段，天诛地灭也好，违背良心也罢，我做过的事情，我都不会后悔！”

俞兮如连珠炮般说着，声声凄厉，字字凶狠。

姐妹之情，其实真的很微妙。我心下不禁唏嘘，俞兮虽恶，到底也不过是个扭曲了心智的可怜人罢了。

此时天色已暗，苏灼灼似是傻了，而俞兮的言语面容越发癫狂，我觉着一会儿要是动起手来，估计苏灼灼没空护着我，便趁她二人纠缠之际默默地向旁边挪一步，再挪一步，再再挪一步……

待我想挪第四步的时候，忽觉腰间一紧，整个人霎时腾空而起，惊得我爹了毛，可惜还没叫出半个字便被人捂了嘴，眼前一片天旋地转，片刻便到了另一处。

我看出这里便是会场不远的厅堂，心下跳得极快。方才此人忽然出现，俞兮和苏灼灼武功均不弱，却丝毫没有发现他将我带走，轻身功夫可说是出神入化，若他想对我不利，此时可能便是我活命唯一的机会了。

我立时对着嘴边的手狠狠地咬了一口。

便听那人闷哼一声，手却没松，还未等我开口呼救，耳边只响起一个熟悉的声音沉沉道：“百万啊百万，爱咬人和打诳语一样，都不是好习惯。”

宋涧山！

我挣脱几下转过身来，瞧着眼前一张陌生的脸道：“你劫人之前能知会一声吗？吓死我了……”

“你还有心思咬人，一点也不像被吓到好嘛。”宋涧山抚额。

我没问他为何乔装，只乐颠颠道：“你怎在此处？江湖中人都在，太危险了点……”

“自然是收了阿徵的银子，在这里盯着你。”他沉沉道，“方才你和金慕秋溜出来，那黑白无常客，还有俞兮、苏姑娘等事，我都瞧见了。”

我微微一怔，脑中掠过数个画面，一时间心中只觉疲累极了，不过短短一日竟生了这般多的变故。

大约是我的面色过于愁苦，宋涧山便拍了拍我的脑袋，嘿嘿一笑：“时候已差不多了，回会场去吧，待会儿叫你看场好戏。”

“什么东西？”我后退一步，“有危险吗？”

宋涧山不答，只是偏过了头，那副神色竟像极了曲徵，便是乔装过亦有些老谋深算的意味。

我不禁身上寒了寒，真是近朱者赤近墨者黑近，曲徵者妥妥变狐狸……

会场依旧人山人海，只是台下几乎没什么人了。我不由得向台上瞧去，却见一个熟悉的身影站在中央，不由得大为惊愕。

曲徵裘袍曳地，黑发如缎，唇畔溢出闲适笑意，仿佛他是去看风景却不是比武的。

“俞公子，在下……”他微微叹了口气，“不想与你一战。”

“你怕了吗？”俞琛面色冷冽，双掌负在身后，看起来极是倨傲，“便让我来会会瞿门高足，兵器任你挑，快出招吧。”

他言语大声，眉目间又携了他惯常轻蔑的模样，想来认定曲徵不过是瞿门新晋弟子，靠色相蛊惑了苏灼灼的无用琴师，是以打定主意要在天下英雄面前让曲徵出丑。

曲徵便是不愿，只可惜对方没有留丝毫余地，似乎连别人都要看不下去了。白翎枫解下腰间佩剑，隔着数人远远地丢了过去：“曲师弟，俞公子既有此雅兴，

便是一战又何妨？”

他丢剑的时候用了内力，剑身连着剑鞘转都没转，直直地便飞向台上。曲徵眼睫都未抬一下，素手一伸便将那佩剑擒住，微微弯起嘴角：“多谢白三师兄。”

下一瞬，俞琛的掌风便直取曲徵面门，后者波澜不惊，只抬起佩剑微微一挡，身姿便如翩翩云鹤，飘逸若仙。

转瞬间，两人已拆了数十招。曲徵虽不见得占上风，却丝毫没叫对方压制，且他拿在手中的佩剑，翻转承抵，推前顾后，一招接着一招，却是一直没有出鞘。

又过了片刻，俞琛渐渐涨红了脸，低声怒道：“你为何不拔剑，瞧不起我吗？”

曲徵接下他一掌，淡淡一笑：“还不是时候。”

俞琛大怒，攻势越发凌厉了。

台下已是议论纷纷，俞望川忽然抚须一笑：“瞿门主收得好徒儿，犬子心高，还请手下留情些。”

不愧是江湖前辈，这一会儿便看出曲徵比俞琛高深了不止一点半点。瞿简立时与他客套起来，俞琛听了此言，几乎都红了眼，双掌叠起便向前扑去。

曲徵却站在原处不动，微微垂了眼睫：“时候到了……”

我心中一跳，只觉眼前白光刺目，不过一瞬。

大约谁都没看清发生了什么。

俞琛蹲在曲徵身前，掌中鲜血淋漓，他面上似有几分恍惚之色，仿佛仍然不知自己怎的忽然就败了。

整个会场鸦雀无声，那一道剑光好像仍在眼中，又仿佛从未存在过。

曲徵的佩剑只出鞘了一小半，他轻轻将剑身推了回去，容颜神情皆淡淡，一人一剑独立台中，有如神祇降临。

还未待我暗赞他这副卓绝风姿，便见曲徵忽地向前走了几步，面向着一个人。

“不知御公子，可有此雅兴吗？”他淡淡道，唇畔笑容还未绽开，剑光便已出鞘。

假御临风凌空而起，手中亦握了一柄剑，剑身剑柄通体雪白，极为奇异。

他接下这电光石火的一击，便见衣衫猎猎飞舞，两人错过身后各自落在台子两侧，遥遥相对。

我忽然觉得气氛有些不对。假御临风脸颊边被曲徵的剑气划出一道红痕，正渗出细细的血丝，皮肤的感觉却有些奇怪，血迹的下半部分似是脱离了腮处。

我恍然大悟，是人皮面具！

“九重幽宫九幽令，血月擎云索人命。”曲徵弯起一抹笑，“得见神兵擎云，在下有幸。”

九重幽宫两大神兵，两大杀手。血月刀与擎云剑，血月与擎云。

那通体雪白的长剑，竟是擎云！

“让你发现了呢。”假御临风阴沉一笑，“瞿门曲徵，很好……很好。”

话音刚落，他忽然伸出手，从下颌处揭开了那张面皮。

霎时间，人群像是被什么东西拨乱了。

我瞧见身畔有人抬起脸来，面上竟覆着九重幽宫的面具，似笑非笑阴森非常。宋涧山立时向离我最近的面具人击去，场面霎时沸腾起来。

我瞧见台下红光一闪，有个女子覆着面具，血月刀风旋过数人，转瞬便是腥风血雨。白妗妗不知从何处出现，暗器光芒闪过，与她缠斗在一处。

我瞧见一抹藕荷衫子站在台下，呆呆地望着眼前之人。假御临风漫不经心地瞥了慕秋一眼，抬手便是一剑。

我觉着我的心跳停止了。

那一瞬间来不及思量，我脑中只浮现出一个物事，只有这件物事才能引去他的注意救下慕秋。

“慢着！”我从不知我的声音可以这样扭曲而高亢，穿过重重人影向他而去，“那方翠竹帕子——是我的！”

擎云剑只停在慕秋眼前。

那人向我看来，他有一双同御临风一样微灰的眸，面容无疑十分俊美，只是脸色极为苍白，眉间一点殷红的朱砂，透出了十分的妖异阴柔。

“你若敢伤她，”我的心几乎揪在了一处，只觉浑身上下俱是杀意，“我便——便——”

其实便怎样，我亦不知道。那人愣了一瞬，瞪大双目满面错愕，薄唇动了动，似是说了两个字。

他轻唤道，阿初。

我脑中一痛，似有光劈下，只觉快要炸了一般，无数画面掠过，纷纷扰扰最终只归向这一声“阿初”，随即便向无尽的黑暗中堕去。

阴森的暗房内，一群孩子各自蹲在角落，手中俱抓着半块干硬的馒头，却个个狼吞虎咽吃得极为香甜。

暗房中间站着一个十一二岁的少年，眉间一点殷红朱砂，生得极是晶莹剔透。他弓身收拾着中间装馒头的篮子，双目紧闭、面无表情。

“死瞎子！”有个高个子的孩童捡了石头丢他，“就这么点馒头，定是你偷吃了。”

有孩子接口道：“人家可是宫主的儿子，怎稀罕吃这馊馒头。”

“当我不知？”另一少年冷哼，“不过是宫主醉酒后的孽种，满月时发烧把眼睛烧瞎了都没人管的，地位比我们都不如，还要伺候我们用饭。对这瞎子来说，馒头算是好东西了！”

半晌无回应，那盲眼少年只提了篮子，似对这些挑衅言语充耳不闻。

“喂，跟你说话，听不到吗？”旁地里伸出一只脚来，绊得盲眼少年一个趔趄摔倒在地，顿时周遭一片哄笑，数块小石子从四面八方丢了过来，没丢的孩子也饶有兴致地看着，仿佛这是肮脏的暗房内为数不多的取乐方式。

盲眼少年趴在地上，任石子落在他身上，仍旧面无表情。

“别打了。”一个稚嫩的声音忽道。

几个笑得欢畅的孩童没有听见，那声音便抬高了一些：“我说……别打了。”

有人正欲还嘴，却辨出了这声音的主人，霎时都住了手。

那带头的少年瑟缩了一下，似是极为畏惧地唤了一声：“阿初……”

……

阿初，阿初。

谁是阿初？

我坐在那暗室中间，捂着头闭上眼，半晌只觉得那些孩子都不见了，周遭堆起一座座面具的墙壁，所有似笑非笑的面孔都对着我，越靠越近。

血月刀垂在眼前，滴落点点猩红。那持刀的女子背对着我，微微侧了脸，却是一语不发，在一片黑暗中说不出的诡异。

九重幽宫，靖越山村寨，金氏镖局，《璞元真经》……无数画面嘈杂重叠，纠纠缠缠卷在一起，重重向我压来。

那是过去背后，溢满悲伤的痛苦。

我不想忆起。

我身子一晃，四肢仿佛有了知觉。

我觉着周身温暖，像是卧在一处落满阳光的地方。有人一下一下地摸着我的头发，不轻不重极是舒服，似是有些安抚的意味。

眼前是橘色的，我缓缓睁了眼，只觉一片朦胧，自己好像枕在一双腿上，身上盖了锦被。我微微动了动，便觉那人手下一顿，淡淡地唤了一声："百万。"

昏倒之前的片段像是潮水般涌出，我立时撑起身子，满脸的惊惶，刚要问些什么便听曲徵打断我道："金慕秋没事，你且宽心。"

他言语淡淡，如一杯温暖的香茶，熨帖着我满心的不安。我眼角忽地有些酸意，似乎总是如此，不用我说什么，我的心思，他全都懂。

"你昏了一整天，身子还虚。"曲徵温言道，"再躺会儿吧。"

我还有许多的疑问，正欲拒绝，却撞见他望着我的眸光，漆黑幽深，隐了几分柔情怜惜，乌黑的发沿着青缎胸襟蜿蜒而下，淡香盈满床铺。

那一瞬，阴谋算计爱恨情仇通通散去，忽然只觉得满身都是疲惫。我老老实实地躺下来，如小猫一般卧在他腿上，微微闭了眼。

就再休息一会儿。

曲徵抚着我的发，时光像是静止了，一瞬隽永。

这是一处客栈。

阳光透过敞开的窗子洒落下来，虽是冬日却不觉寒冷。

我嗅着曲徵身上的气息，心中十分安稳。不知为甚隐隐又有些倦了，正神思飘忽间，忽然门口一声巨响，我只觉胸口一疼，有人推开门走了进来。

"瞧我弄到了什么！"一个熟悉的声音乐颠颠地道，"三十年的花雕，啧啧，百万还不快醒！"

我无奈地睁了眼："不是公的，你不觉着……"

你很煞风景吗！

宋涧山丝毫没觉着有甚不对，自顾自拉开凳子坐下来道："我说你那日半点伤没有，又不是弱不禁风的千金妞，这一昏便是一天一夜也太夸张了些，赶紧起来，我们这就回琅中去了。"

琅中！

我耳朵一竖，坐起身来。

曲徵顿了顿，身子一侧优雅地下了床。宋涧山点头道："你休息吧，这里有我盯着。"

这话说得，好像我下一瞬便会归西一样，还需要人时刻盯着。我嘴角抽了抽，

望着曲徵离去的背影，颇有不舍之意，只是还没瞧够，便被宋涧山弹了下脑门："眼珠子都要掉出去了，你总得容他休息一会儿。"

"他休息什么？"我揉着脑袋道，"晕的不是我吗？"

"你那也好意思叫晕，一会儿发抖一会儿大哭，比醒了都要欢实。"宋涧山耸肩，"阿徵自你昨日昏过去便这般守着你，一整晚加一个白天都没合眼了。"

我怔了怔。

"少来……"我哈哈一笑下了床，"是他要你这样说的？我才不信他会……"

"信不信随你，他做事，我向来猜不透。"宋涧山眸中似是隐了什么，转而又笑了，"不过你到底梦见了甚，能吓成那副德行。"

好多面具，背对着我的血月，被欺负的盲眼少年还有……阿初。

我身上一冷，只是紧了紧衣衫，勉强地笑了笑岔开话题道："我亦记不清了……倒是昨日那般状况，你该同我讲讲吧。"

宋涧山给自己倒了一杯酒，这便说开了。

原来那御临风正是九重幽宫与血月齐名的杀手擎云所扮，他使计害了御非后却不离开，潜伏至今携了九重幽宫诸多杀手伪装进武湖会，目的便在于武湖玉印。但终是在最后关头被曲徵揭破了，双方混战，虽各大派均有伤亡，但张歆唯和武湖玉印被瞿简与俞望川护着，可谓是万无一失。魔教亦损失了大批人马，擎云与血月全身而退。而经此一战，曲徵一剑之威名震江湖，亦成为武湖玉印的主人了。

我心中分析了一会儿，觉着这时机、事由，都在曲徵的计算当中，得到武湖玉印不过是第一步。那假御临风的身份也已明朗，他是九重幽宫的杀手擎云，连同那方翠竹帕子，还有我过去的身份……究竟有什么牵扯？

大约是我不自觉地蹙了眉，宋涧山忽然道："我给你说件稀罕的事儿，是阿徵的人查探出的，江湖上却不知晓。"

"哦？"我来了兴致，"快说快说。"

"那九重幽宫，三年前竟易了主。"宋涧山喝了一口花雕，"而今的宫主便是这擎云。听闻他自幼盲了双眼，硬是凭着狠辣手段得了今日地位，现下眼疾治好了，只怕更加凶残，连原宫主井渊那般可怕的人都被他软禁，啧啧啧。"

梦境与现实重叠在一起，我心中一紧，只试探地问："那……那你可听说，九重幽宫有个……有个叫阿初的姑娘？"

"阿初？"宋涧山愣了愣，立时道，"没听过，怎么……"

"没事没事。"我放下心来，乐颠颠地也给自己倒了杯花雕，"眼下慕秋

是回桃源谷啦？晋姑娘也回风云庄了吗？”

宋涧山面色却沉了下来。

“嗯……有件事还没同你说。”他缓缓道，语气有些戚然，“金姑娘没有回桃源谷，她与白女侠回蜀境了……”

“蜀境遍地是风沙，她最不爱去了……”我念叨了一句，待意识到不对的时候，便见宋涧山放下了酒杯。

“不爱去也须去的。”他轻道，“因为要给乌大侠……送葬。”

“你说什么？”我以为自己听错了，愣愣地站起身，“乌大侠怎会……”

“那一日我暗中护你，看见乌珏与白妗妗闹得那般厉害，其实……其实只因在桃源谷密道中，他夫妇二人瞧见了血月半张脸，由此引了祸端。”宋涧山沉痛道，“乌珏收了九幽令，不愿累及白妗妗，这才写下休书要与她恩断义绝……武湖会当日，乌大侠为护白女侠，被血月伤了背心要害处……”

他说不下去了。

我愣了一会儿，脑中纷沓杂乱，半晌感到疼痛，这才发觉自己捏着桌角，几乎将指甲都嵌了进去，生生被毛刺磨出了血痕。

血月……九重幽宫……要夺走我多少珍贵……要折磨我多久……才会罢手？

要如何……才肯还这乱世一个太平。

所有恸怒纠缠在一起，临界爆发前一刻，却轰然散于无形。

我松开狠捏桌角的手，淡淡敛了眉目：“不报此仇，怎为人儿女。”

宋涧山手掌一颤，似是要抵挡什么，却忽然止住了。他目光落在我脸上，忽然沉了声音道：“百万，杀气不可这般露骨。”

我一怔，这便回过神来，只摸着手指道：“什么杀气？我只是……只是太难受了。”

“我知道。”宋涧山很快接口，“阿徵已命人去了蜀境布置，给了乌大侠最隆重的宗师之礼。如今江湖全听他号令，各大派掌门都是要去亲自祭奠的，这般排场……大约也没几个人能有。”

我心中好受了一些，不由得又有些担忧：“那慕秋……”

“她还好，师妹陪着她呢。”宋涧山轻道，“你放心吧，她二人……都是坚强的姑娘。”

他说罢，似是不想再谈论此事，转身下楼去端了些饭菜。

我胃口不佳，吃了几口便放下了筷子，只与宋涧山一人一杯花雕地扯皮，大约是酒气侵了心，半个下午喝下来，却将心头悲伤散了大半。

可我终究没有醉。

天色已暗，宋涧山喝得困了，便回了他自己的客房。我将桌上碗筷收拾了，自己坐在窗边愣愣地出神。

夜晚比午间冷了许多，微风低拂，丝丝凉意入侵肌肤，却不觉得难受。大约这种时候，只有如此些微冷着，才会觉得分外清醒。

我发着呆，亦不知过了多久。

“会着凉的。”

忽然响起一声低语，我险些一头从窗边栽下去。

“你你你你……你何时进来的？”我忧伤地抚着心口，“就不会出个声！”

“我亦没刻意藏着。”曲徵伸出手关上窗子，侧头对我嫣然一笑，“是百万你想得太专注。”

我挠挠头“噢”了一声，顿了顿道：“这么晚了你怎么来啦？”

曲徵不答，闲适地走到床边坐了下来，向我伸出一只手。这副姿势有些熟悉，我想起瀑布落难之时，他亦是这样伸出手来，细细为我擦拭掌心的伤痕。那时我已陷入他无情似有情的温柔中，方才明白自己心意。

而如今，花月不再，境地非同，人面依然……心却还旧。

我递了手过去，曲徵轻轻握了，瞧了一眼，忽然轻叹道：“怎这般容易受伤。”

我望着他温润绝世的容颜，只觉这话有些好笑，便也就任他替我挑着手指间的小毛刺，脑中却不由得想到了别处去。

其实自定下婚约相互利用之后，他真的待我很好。且不论真心假意，光是几次救我性命的恩情，已是今生再难报偿。可是我喜欢他，所以永不会满足于恩情二字，只是贪心地想要更多。

我脸上红了红，小声嗫嚅道：“你当真……当真守了我一天一夜吗？”

当着宋涧山的面不信，心中却微微希冀了起来，有那么私心的一瞬，我多希望这是真的。

多希望他当真……是有一点在乎我的。

曲徵没有回答，只是耐心地挑着毛刺。

便在我等得快要抓狂之时，他放下我的手，弯起一抹笑。

“自然是真的。”曲徵悠悠叹了口气，“昨日见你梦魇，只要了这一间房，却不想今晚便都住满了。”

我一副莫名其妙的形容，没听出他后半句话中的深意。

“也就是说，”曲徵淡淡一笑，“今晚……我只能住在这里。”

第七章
大婚，再无瓜葛

◆

◇

住在这里?

我默默环视了屋内一圈，觉着没有什么可以躺的地方，便无奈道："不行啊，这里只有一张床……"

话音一落，我忽然后知后觉地反应过来。

"你你你……你是说，跟我睡一张床？"我后退一步。

曲徵弯起嘴角，却不否认。

"不是公的也有房间啊！"我惊恐道，"快去找他！"

"我提过了。"他悠然道，"只是非弓他……不甚乐意。"

那我便乐意？我嘴角抽了抽，虽然我确有种心花怒放的感觉，可是理智告诉我这不可以啊不可以！

"这个……"我咳了一声，"他又不是小媳妇儿，那般扭捏做什么。"

曲徵忍不住莞尔："你也不是小媳妇儿，却在扭捏什么？"

那是一样的吗？我是女的啊女的！虽然我时常心怀禽兽，但总体说来我仍然是个颇有少女矜持心的黄花闺女啊！

于是下一刻，我便蹲在宋涧山房门前，默默思量说辞。

"不是公的？"我试探般地小声道。

屋中陡然响起一声鼻鼾，似是睡得十分香甜。

想不理我就不要理，何必装得这么明显。我撇了撇嘴，抬高了一点声音道："你再装睡，我便对这客栈里每个人说你的真实身份——"

鼾声戛然而止，便听一个极其无奈又不甘愿的声音缓道："我是死也不会开门的。"

“你是贞洁烈夫吗？”我忍不住道，“将就一晚又不会怎样。”

“你二人还有婚约在身呢，怎不将就一晚？”宋涧山极快地道，“且在那村中之时，你的胳臂搂阿徵搂得不要太紧噢，这会儿又害羞个甚。”

“那是……”我脸上红了红，“那是不知情嘛，眼下我一个清白姑娘——”

“我亦是一个清白公子！”

我额角隐隐跳了跳，忍不住向边上瞧去，曲徵悠然站在一旁，一副“早告诉你会如此”的神色。

“一掌把他的门拆了吧。”我认真道。

门内似乎有人呛住了，狠狠地咳了数声，最后怒道：“你敢！”

半晌无话，便听宋涧山声音又低下来：“阿徵！不要跟她胡闹……你不是真打算来一掌吧……你要是进来我就跳窗！”

跳窗……我还咬舌自尽呢！

这货是艳本看多了吗……

待了半晌，曲徵却没动，只是转过了身。

我乐颠颠地道：“一掌要酝酿这么久，要不我替你……”

“不必了。”他侧过头弯起嘴角，“也没什么，我出去坐一晚便是了。”

我的心上霎时中了一箭。

金百万！人家昨晚已然为你一夜未眠，今日失了歇息的地方，你竟如此推三阻四……且最最重要的是，客房的钱还是人家付的！

我立时矮了一截，伸手拽住曲徵的袖子，不好意思道：“这个……你睡我的房间吧，我出去坐一晚。”

说罢，我松开手正欲转过身，还未动，便被曲徵反手握住指尖，他微微垂了眼睫：“百万……是不信我吗？”

我胸口一疼，结巴道：“我……我，我当然信你。”

可是我不信自己啊。

是以折腾了数圈后，我认命地与曲徵站在床前，手中端了杯茶。

“嗯……既然这样也没别的法子。”我愁眉苦脸道，“你可千万别脱外衫啊，咱们躺好了，便在中间放这杯茶。”

我觉着，这大约是预防我半夜控制不住禽兽奔腾向他扑去的最好办法了。

曲徵没有说话，微微一笑便和衣躺下来，面朝内墙闭了双目。我留了一支蜡烛燃着，端着茶杯犹豫了半晌，还是放在了一边。

莫说我睡品不佳，万一一个翻身碰翻了茶杯，今天晚上便谁都别想睡了。再者我仔细想想，曲狐狸何等武功，他只要微微一挣扎，我便转着圈儿飞出去了，应该不会有霸王硬上弓的机会。

深思熟虑后，我觉着心中有了底，满意地和衣躺在外侧。

半炷香时分过后。

我缩着手脚蜷成一团，觉着很有些悲催。

千算万算，没想到被子是单人的，好窄！

我悄悄地回头瞄了一眼，曲徵一动不动地静卧，只搭了一半锦被，委实是副守礼的君子情状。可是我要与他中间隔出半人远，是以被子便不够宽了。

这货睡得这么快？我撇撇嘴，实在是感觉冷了，便微微向后靠了靠，躺了一会儿又觉得不舒服，又向后靠了靠，闭了半晌眼睛只觉后面仿佛有个暖炉，便又向后靠了靠……

于是这一次果断靠过了劲儿。

我背后一麻，只感觉到男子坚毅的背部曲线，隔了衣衫仍然觉得温热。这会儿曲徵要是不醒，他便不是曲狐狸而是曲木头了。

“百万。”他沉沉道，“茶杯不见了吗？”

我尴尬地咳了一声：“嗯……我觉着我的定力还是可以相信的，所以……”

他似是笑了笑，缓缓侧过身来，我连忙向旁边挪了挪，眼下两人都是平躺，中间缝隙极小，被子倒刚好够用。我觉着这副情况算是圆满，便安然闭了眼，准备睡了。

又是半炷香时分过后。

是不是昨天昏睡多了导致现在一点不困为什么我会睡不着啊啊啊！

我微微睁了眼悄悄去看曲徵，他娴静的侧容有如雕琢出的冰肌玉骨，在昏暗的烛光下却是极盛的美丽。我吞了下口水，觉着要坏事，便勒令自己不准再往深处想。

“你……你睡了吗？”我小声试探道。

半晌只闻心跳。

“还未。”曲徵淡道，声音有丝不易察觉的微哑，在这静谧的幔帐间更显惑人。

“我也睡不着，大约是昨晚睡多了……”我挠头笑了笑，“不如我们来谈心。”

他似是弯了嘴角：“好。”

“听闻你在琅中有好多琴庄。”我碎碎念道，“可惜我琴曲不行，以后与

你一起，亦不知做什么……我还是喜欢做饭多些。”

他还未回答，我忽地想到一处，霎时喜道：“这样吧！我做了琴庄的厨子，你每月给我十两银子怎样？大家这么熟就厚待一点嘛，对你来说不过九牛一毛是不是嘿嘿嘿……”

曲徵微微侧过脸，幽深的双眸映着红烛，跳跃着暗沉的光。

“你是说，”他淡淡一笑，“只做菜与我吃吗？”

“谁，谁说……”

我涨红了脸，曲狐狸你是在调戏我吧，方才哪个字有这个意思？！我结巴了半天，只觉心中越发心猿意马，言语到了最后便没控制住，小声答道：“谁说……呃……嗯。”

未待我害羞多久，便又想到一个严肃的问题：“那十两银子也得照给啊！”

曲徵又是一笑：“可是百万，整个儿琴庄，不都是曲夫人的吗？”

我一怔，曲夫人是谁，哪儿冒出来的，能吃吗？

曲夫人！

诚然他言语中无甚旖旎的意味，但我大约意识到这句话与香喷喷的银子沾边儿，霎时心跳得极快。

原来我嫁了他，就是曲夫人了。

可不知为甚，原本早就定下的婚约，我心中却一直觉得极不真实。仿佛前方是雾霭重重的迷障，看不到一条清晰的出路，随时都会有意外来破坏这一切。而身边的人，他若即若离，温柔无情，无论如何都抓不住。

其实我一直在想，如果不是《璞元真经》，我和曲徵大约永远都不会有任何交集。

他像在一座独木桥上缓慢地行走，下面便是万丈深渊。我以为只要追上去就可以与他并肩而行，可是低头看便会发现，这是一条极其危险的路。曲徵，他强大、高傲，天生就适合孤独。他的身畔不会有任何人，就好像他躺在我身边，我们离得这样近，我看着他的笑，望着他的眼，却触不到他的心。

是天和地的差别。

穷尽一生，好像都无法再近一些。

我微微地叹了口气，怎么会爱上这样一个人呢。

这样做……也许会很任性吧。明知靠近他只会被伤害，却仍是想握着他的手。哪怕下面是万丈深渊，还是情不自禁地想要拉住他。

便算粉身碎骨，也要……拉住他。

我在锦被下的手挪了挪，轻轻握住曲徵修长的五指。

“曲徵……你当真要娶我了吗？”我认真地小声道，“那以后……我们便都不是独自一人啦，无论发生什么，你总还有我在。”

言语淡淡，融入黑夜无声无息。

曲徵微微睁着眼，手也任由我握着，不曾挪动分毫。

他没有说话，亦没有惯常的笑意，仿佛是要睡了。但我知道他一字不差地听在耳中，每次他稍稍认真起来的时候，便是这样的表情。

似是过了很久很久，我大约是睡去了，却又仿佛在梦中，耳中朦朦胧胧，只听到一声几不可闻的清浅叹息。

“百万……”

我心思混沌，指间紧了紧，觉着他的手还在，顿觉安心，意识便渐渐模糊了，一夜稳然无梦。

路途五日，已达琅中。

江南水乡，风景如画。空气中仿佛都弥漫着湿润的气息，虽是冬日却丝毫不觉寒冷。但数日劳顿，我已然让马背颠得神色萎靡，难得曲徵和宋涧山都是一副神清气爽的模样，两人在前面骑马并肩谈笑，各有千秋风流无限，不知引了多少路人侧头回眸。我垂着头软在马背上，看起来极像个跟班的小厮。

不知在镇中走了多久，终于停了下来。

我抬起头，眼前的铜门极为古色古香，匾额是隶书写的“听琴苑”三个大字。曲徵推开门，我抻长了脖子，一股古朴典雅的气息霎时迎面而来。

“公子。”一个老人对着曲徵弯了弯腰，仿佛一点也不讶异曲徵忽然回来。他手上抱着一张琴，似是刚刚制好，又向宋涧山点头道，“宋公子。”

宋涧山亦回了礼，神色对这老者十分敬重。我觉着他大约不会知道我是谁，便背过身去解马身上的东西，只听身后脚步缓缓，那老者道：“我是这听琴苑的管家断弦翁，粗活便让我孙儿音无来就好，少夫人不必亲自劳累。”

我一怔，赶紧转过了身来，有些紧张地对他回了礼。不知何时有个少年站在我身畔，沉默寡言一声不吭，直接过来解我马上的东西，夹在腋下便离开了。我瞧着他这副身形有些熟悉，一时却想不起在哪里见过。

曲徵淡淡一笑：“可都准备好了吗？”

“回公子的话，都已经备妥，其他行头只等少夫人亲自挑选。”断弦翁恭谨地道，“老朽还有新琴要送去六号铺子，公子若有事可差唤音无。”

他说罢，与我和宋涧山指明住处，曲徵便先行回房整顿。

整座别苑极为安静，仿佛连个做活的婢女都没有。我挠挠头，面上十分困惑，宋涧山却似到了自己家中很是自在，与我挑了挑眉道：“你别看这宅院大，其实只住了阿徵一个人，所以只有那祖孙俩在打理。”

“这个老人家？”我脑子里浮现出他洗衣做饭扫地擦灰等情状，不由得刮目相看，“瞧不出他这般贤惠……”

“那些都是雇了外包工来做的。”宋涧山抚额，“你可知这断弦翁是谁？能让他甘心屈尊在此管个院子，怕是只有阿徵有这个能耐了。”

这祖孙二人步履平常，呼吸吐纳之间亦没甚特别之处，我又挠了挠头懒得再去想，但因那一声“少夫人”，心中已对这断弦翁生出了大大的好感，看这院子亦有许多亲近之意，大约……这便是我后半生的家了。

我乐得一扫疲惫，小跑着便奔去后院，瞧见一处敞开的卧房，我的包裹都已放在桌上，登时满心欢喜，扑进床铺间各种翻滚。

沐浴后睡了一觉，再醒来时已是傍晚。

音无已叫酒楼送来一桌好菜，我们三人都歇息过了，这时便聚在一起用膳。

曲徵淡淡道：“婚期定在后日，你觉着好吗？”

我脸上一红，不自觉地拧了衣角：“这，这么快吗……”

“若百万觉得不妥，”他盈盈一笑，“还可以再等——”

“不用了就后天吧！”我立时斩钉截铁道。

宋涧山喷了口米饭。

“婚约上本是说，待归琅中立时完婚昭告天下。”曲徵缓缓道，“本应广邀武林同道，但眼下亦是乌大侠的丧典，只怕……”

我连忙摆手：“不用了，现在这样……我就觉着很好。”

虽是没有资格为乌珏戴孝，但我亦不愿各派为了曲徵与我的大婚而失约于丧典，且那些乱七八糟的江湖人士来了，只怕这婚礼还不知会出什么岔子。我想到此处，忽然忆起苏灼灼和俞兮来，倒不知她二人现下是如何了……

“放心。”宋涧山喝了一大碗酒，“有我在，定叫你们洞房热热闹闹，不如来十根虎鞭大补一番……”

“留着你自己吃吧！”我凶巴巴道。

曲徵淡淡笑了笑：“不知百万喜欢什么首饰，断弦翁叫镇里的店铺每样都送了些，晚间一起去挑挑吧。”

一个数月前最好的首饰便是铜珠花的人忽然便可以各种环佩随意挑选还不用看价钱这种感觉……只能说人世间的大起大落实在是太刺激了。

琅中夜色如水，江边灯火通明。

我丝毫不觉得冷，像只燕子般快活地在街上蹦跶，曲徵跟在后面负着双手，一步一步很是闲适。

宋涧山这货本欲毫无眼力见地跟来，但听说断弦翁去采购婚宴美酒，又诚挚地表示自己是酒中大仙猴急地追去了。其实镇上的首饰铺子本可将东西送来听琴苑让我在屋中挑选，但在家买东西，怎有上街自己淘来的成就感，且身后跟着一只超大移动钱袋这种事情……真是怎么想怎么开心！

我乐颠颠地钻进首饰铺子，看哪个都觉着不错，但又定不下心便要这个，是以走马观花般连看了几家，曲徵悠然道："百万若都喜欢，全让他们送到听琴苑便好。"

我胸口一疼，好、好败家。

"似我这般勤俭持家的好女子，怎会那般奢靡。"我严肃道，"且我瞧这些首饰，都不如你送我的桃花簪好看。"

曲徵不禁莞尔："那你要戴着一头桃花簪出嫁吗？"

我嘴角抽了抽，脑中先想象了一下我一头桃花簪的模样，登时觉得像个簪子板儿，赶紧甩了甩头将这可怕的形容抹去。

可重点是你送我的而不是桃花簪本身啊！

其实我还想问一句，便是买首饰省下的银两，是不是可以给我……但又觉着言语中的铜臭味儿未免太过直白，也就忍了忍没说。

靠近一家成衣阁时，我琢磨衣衫总比首饰实用些，便乐颠颠地挑了几个颜色新鲜的。那老板似是识得曲徵，没有让我窝在试衣服的小隔间，而是热情地将我迎进后屋，大约是她的寝居，宽敞明亮，且有一面通透而高大的铜镜。

我喜滋滋地解了衣襟扣子，刚刚要脱掉外衫，忽觉身后的窗子一声响动，赶紧回过头去，却见窗子开了半扇，无甚反常，大约是风吹出的声音。我走过去将窗子关了，又站回铜镜前继续脱衣。

脱至一半时抬起头，铜镜中却已多了一个人。

我霎时魂飞天外，赶紧将衣衫捂紧转过身来。眼前之人面色极其苍白，眸色呈灰容颜俊美，额间一点朱砂殷红妖异，正是九重幽宫的擎云。

他离我很近，不出半点声息，只是定定将我望着。

我向后退了一步，这时要去唤人来救，大约还未张嘴便被他一个小指头弄死了。

我直勾勾地与他对视，眼中满是惊惧。

擎云看了半晌，忽然缓缓靠近了，轻轻闭上眼，伸出手抚上我的脸颊。

九重幽宫的人都是变态吗？我是有夫之妇啊！

我正想咬牙推开擎云，但他手指落在我眉间，霎时便觉得熟悉。

脑中似有道光芒一闪而过。

像是多年之前，亦有一个盲眼少年站在我面前这般摸我的脸。他触碰得极其仔细，从眉骨、双目、鼻翼、嘴角直到下颌，不带任何亵玩的气息，神情近乎虔诚，眼睫微微颤动，仿佛比我还要紧张害怕。

不知为甚，我心中一痛，难受得几乎无法呼吸，脑中疯狂地掠过翠竹帕子、梦中的盲眼少年与御临风曾经对我说过的言语。

——情若深绝，相隔天涯又何妨。

——这方帕子，是我一个故人之物。

——我亦不知，她离开很久了。

——你若再碰它，我便剁了你的爪子。

……

还有……阿初。

我头痛欲裂，浑身上下都在颤抖。却见擎云睁了眼，万般深情霎时隐去，仿佛一场真实的错觉。

“原来……”他冷然道，“你竟是忘记了。”

我正欲质问他我到底是谁，却听门畔有脚步声靠近，那老板的声音碎碎念道：“姑娘怎换了这般久？”

擎云瞬间捂住了我的嘴，却听门外紧接着又响起一个醇澈的声音：“百万，一切可还好吗？”

面前的禁锢顿时松了，擎云后退两步，推了窗子纵身一跃，轻盈得如同鬼魅。与此同时那老板亦推了门进来，我借口衣服不太合适，就此穿回外衫出了店铺。

曲徵似有所察觉，却未多问。

我心知自己过去定是与九重幽宫脱不了干系，只是无论如何不敢让曲徵知晓。若我真是九重幽宫的人，他可还愿娶我吗？江湖各大派又如何肯让执掌武湖玉印之人与一个魔教妖女成婚？

我面上强颜欢笑，心下不由得惴惴，再无心思逛街，便随意挑了些东西应付。走回听琴苑的时候，瞧见门口停了一辆金氏镖局的马车，霎时诸多不快顿时全抛向了脑后。

“慕秋！慕秋！”我激动地跑进院内，瞧着眼前一抹藕荷身影喜道，“你、你怎么来啦，不是应该在蜀境——”

慕秋眼角仍有哭过的痕迹，精神却很不错，她没有穿守孝丧服，只挽了我的手道：“百万出嫁当然要来了，这亦是师父的遗愿，我怎可违背。”

“遗愿？”我心中一跳，“乌大侠他……”

“师父在遗书上说，要收你为义女。若他出个什么闪失……”慕秋声音微微抖了抖，努力平复道，“便要我和师娘风光地送你出嫁，眼下师娘在蜀境走不开——”

她有些哽咽，我亦听不下去了，只觉气血上涌，心魂俱震。

乌大侠说要收我为义女，他没有食言。

便算阴阳相隔，他依然是一诺千金的乌珏乌大侠，光明磊落义薄云天。

我心中有千万言语，到最后顿了顿，只能说出一句话来：“有……有这样的义父，我很欢喜。”

“有这样的师父，亦是我几世修来的福分。”慕秋诚挚道，随即言语转而怨恨，“九重幽宫，我金慕秋此生，终会要他们血债血偿！”

我身上一寒，心思转及自己的过去，若我亦是九重幽宫的人，可曾这般夺去他人父母妻儿的性命吗？他们可曾也这样怨我恨我，恨不得拆我皮肉，食我骨血？

大约是我面色不佳，慕秋又弯起一个笑：“好啦，后天便是你的大喜日子，我们不说这些。师娘来不了，但守灵期间与我一起为你连夜缝了一套嫁衣，她说这是与她义女的新婚礼，你瞧瞧可还喜欢？”

我心中蹦跳数下，眼见慕秋向马车招了招手，有人便从后面变戏法般地闪身出来，手中捧了个红木箱子，笑得一脸纯稚，正是小鱼。我委实没有想到慕秋会将他带来，狂喜之余却呆在原地，说不出一句话来。

“小姐姐，可想死我啦！”他孩子气地道，将那红木箱子打开。大红喜服上好绸缎，在夜间橘火下华美无匹，想到这是慕秋与白妗妗一针一线绣的，我便觉着周身温暖，像是融进了热水池般，美好得不似真实。

“小鱼乖，”我握了他的手，将他一头被风撩乱的头发拨到耳后去，“姐

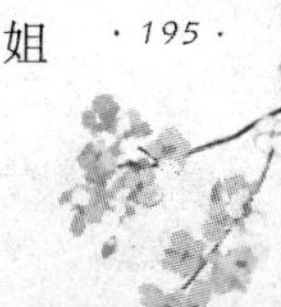

姐要嫁人了，你再也不用做仆役受人差遣，以后便留在这里做我弟弟，好不好？”

他欢喜地应了一声，眼中却似有泪。

我拉着慕秋与小鱼，只觉天下都在我手中，人生再无甚遗憾。

听琴苑热闹起来了，不时有外雇的伙计抱着婚典家用进进出出，断弦翁祖孙二人将一切整顿得井井有条，丝毫不需我操心。

慕秋一扫之前的悲切，很快便融入了喜气，只揪着我逛了一圈镇子。我一直未见她提及擎云之事，便小心翼翼地问了。她却一把抽出腰间软鞭，愤恨道：“居然让假货骗了这么久还哭得那般惨，气死我了！待你婚事一了，我与师父守丧完了，瞧我不集结一帮弟兄杀上九重幽宫，收拾了血月，找到临风，再抽他这劳什子的擎云一百鞭子才解气！”

这才是我熟悉的慕秋，爽朗，利落，敢爱敢恨。

我欢喜起来，便也学着她的样子道：“没错！一百鞭子怎够，待他断了气再揪出来鞭尸，然后吊在山头上用以警示后人！”

慕秋严肃地点头表示同意，我二人相视，登时哈哈笑开了，引得一片路人注目。

婚礼前一晚，我在房中摸着铺陈在床的喜服，心中一片旖旎。

忽闻几下敲门声，慕秋一脸鬼祟地探进头来，手里不知拿了什么，遮遮掩掩地道：“百万，还没睡？”

“当然睡不着了。”我乐颠颠地将她迎进屋来。

她将手中东西往身后藏了藏，坐在床上严肃道：“可有喜娘来过吗？”

“没啊。”我两手一摊，不知要喜娘来做什么。

慕秋叹了一声：“就知他们想不到这一层。”

我听了个云里雾里，面上一片茫然。只觉她微微凑近了，压低声音道：“没有喜娘，你可知道那些……嗯，洞房之仪吗？”

这有何不知，我挠挠头小声道：“礼仪不清楚，但与你艳本看多了，大概要做什么还是……咳咳……”

“艳本如何说得详尽。”慕秋诡秘一笑，“今儿个叫你长长见识。”

她将藏在身后的东西拿出来，献宝般地放至我面前，却是一本颇精致的画册。

我伸手翻了开，霎时便觉脸上一热，赶紧合上了，颤抖着手指结巴道：“这这这……这是——”

“《春宫图》。”慕秋得意扬扬，“洞房之仪一般都是娘家长辈教的，我

又不好与你讲解……嗯，你便自学成才吧，百万这般聪明，定可一日千里。”

“喂喂。”我忍不住抚额，“可是这种东西你要我怎——”

“看完藏好就是了，你可知我弄来费了多大劲？”慕秋凶巴巴道，转而又透了些愉悦，“快瞧瞧吧，我觉着有几个姿势很是神奇。”

这货其实就是想找个借口与我探讨一番吧！

夜色渐深，我和慕秋躲在被窝里，口干舌燥、脸红心跳地看完了整本图册。

结论为：大开眼界。

她已然尽兴，亦说得累了，便下了床穿好外衫离开。

我躺在床上又回味了一会儿，忽听门又被敲响，定是慕秋忘了什么东西又折回来，我不甚在意道：“看个画册便把魂儿都丢啦？直接进来吧！”

门“吱呀”一声旋开了。

一个醇澈的声音沉沉道：“什么画册？”

我背后一毛，赶紧将手中的《春宫图》塞进枕头下面，但已叫曲徵看见了我这副鬼祟的形容，顿时胸口一疼，只觉人生蹉跎活着好累，不如撞豆腐死了算了。

“你……你怎么来啦？”我故作无事般下了床，岔开话题道，“不是说大婚前日最好不要相见吗——”

他垂下眼睫：“百万是不愿我来看你吗？”

我心上霎时中了一箭：“也，也不是不愿……就是你来之前起码也知会一声……”

“我敲了门的。”曲徵弯起一抹笑，眸光掠向我被褥间，“就是不知百万说的画册是甚？”

岔开话题果然是没有用的。

“那不是男人看的。”我严肃道，“月色如此撩人，不如我们出去——”

我话音未落，便见眼前一花，曲徵已站在我床边，手中握了那卷图册。我登时涨红了脸，赶紧扑过去抢下来，背在身后道：“玩赖皮啊不带用武功的！”

曲徵却不答，默了半晌，再抬起眼眸时似是多了一分玩味：“可是百万，《春宫图》不是女子该看的才对。”

我立时挠挠头准备扯皮，但话到了嘴边却想到一处：“你怎知不是女子看的，莫非你看过？”

曲徵顿了顿，只弯起嘴角道：“我十三岁博览群书。”

博览群书跟《春宫图》有甚关系？我正欲揶揄他两句，忽地便反应过来。只见曲徵微微凑近了些，压低了声音重复道：“是博览……群书。”

便是说……自然也包括《春宫图》的。

十三岁便看过……我被他震慑了，顿时有种输掉的感觉，只捂着心口道：“那……那可曾身体力行了吗？”

曲徵笑了笑，却不回答。

我愈想愈觉得惊悚，青春年少满腔热血，看了这种东西，又怎么能睡得着？定是辗转反侧彻夜难眠就此思春荡漾然后进了某花楼一去不复返……

大约是我面上表情过于风云变幻，曲徵忽然淡淡地打断道：“在想什么？”

思及他已无清白之身，我一颗心早就碎成了渣渣，只无力道：“没、没什么……”

他忍不住莞尔，倾过身子附在我耳边，正欲张口，便觉屋门一晃，宋涧山喜滋滋地进来：“百万！你可知我为明日挑了多少好酒——”

言语只到此处，他目光掠过我负在身后握了《春宫图》的手，而曲徵贴我极近，看起来委实是副暧昧之态。

“你们……”宋涧山嘴角抽了抽，“就不能等到明日洞房吗？”

不是公的你个没眼力见的货！

于是拜宋涧山所赐，曲徵要说什么我终是没有听到。但《春宫图》却被他没收了，当着宋涧山的面也没办法出言讨要，委实憋屈。

“百万百万。”曲徵一走，他便急匆匆地凑到我面前来，一脸八卦之色，“当真不要虎鞭做贺礼吗？”

“什么贺礼！”我摆出一副晚娘脸孔，随即想到方才担忧之事，心中一动，“我说……你识得曲徵之后，可见过他逛花楼？”

“还没过门就管起夫君的事了，百万，小心眼儿要不得。”宋涧山哈哈一笑敷衍过去，继而执着地道，“可我确然觉着你二人十分需要虎鞭，虽然阿徵他身体充沛，但架不住你们这般……嗯……干柴烈……”

我听他越说越没边儿，赶紧骂了一声打断。

宋涧山抚额：“不要动不动就骂人行吗，要出嫁的人了，当母夜叉可不好。”

“你才母夜叉呢！似我这般贤惠勤俭的好女子——”我眉角抽了抽，“提着灯笼都找不到！”

宋涧山正端了茶杯喝得欢畅，此时听了我这一句便喷了出来。

我不爽地撇了嘴，二人又互相诋毁扯皮许久，他与我兴致勃勃地讲了今日尝的好酒，眉飞色舞、兴高采烈，我鲜见他这般开怀，不禁感叹何为酒中饿鬼，眼前便是了。

总算忽悠走了宋涧山，夜已漆黑，我躺在床上思来想去，仍然觉着图册被拿走了，万一日后慕秋向我讨要，岂不是没法交代。过几日保不齐那东西就被曲徵丢到哪里去，若想寻回来，应须趁热打铁才是。

于是临着大婚前一日，月黑风高，我又摸到了曲徵的门前。

不对，我是头一次来这里，为甚要说又呢……

房中透着淡淡的烛光，十分暗淡，大约四支蜡烛只留了一盏，瞧这光景，像是已经安歇了。

我自然不觉得以自己三脚猫的功夫，可以摸进曲徵房中偷走图册而不被他察觉，是以也就坦然地敲了门，压低了声音道："曲徵……睡了吗？"

屋中倒是很快有了回应："还未。"

我琢磨着他既然没睡，那便进屋直接讨要好了，省得拐弯抹角多费口舌。刚刚跨了脚进去，却只觉一股水汽扑面而来，我怔了怔，还觉着他房中也够潮的，待回身掩上门才意识到什么，猛地向屋内看去。

半隐半透的屏风后，曲徵背对着我坐在浴桶中，水声轻微撩动，便带起一阵沐浴的香气，沁满整个房间。

我登时觉着浑身上下都不自在起来，尴尬只不过一瞬，便忽然想到自己的来意，不由得暗叹天助我也。

这货在洗澡，也就是说，他只能待在那儿不能动。

……还有比这时更好摸回《春宫图》的时机吗！

我十分振奋，便故作淡定地绕过屏风，向床铺晃了过去。

"百万。"他低声道，"这么晚——"

"难道……你不愿我来看你吗？"我学着他的语气沉沉道，顺势坐在了床上。此处屏风已遮不住浴桶了，我努力不向他那边张望，悄悄地把手伸进被子来回摸索。

曲徵似是没有回头："可我眼下……"

"我敲了门的。"我顺口答了，继续努力地摸着枕头下，忽然觉着这对话有些熟悉，便听他悠然道："但我没答应让你进来啊。"

我嘴角抽了抽："这个……都要成亲了别这样小气嘛，大不了我不看你便

是。”

他低低笑了一声。

我又努力摸了一会儿，正纳闷时却忽然反应过来，我会把《春宫图》藏在床上……不代表曲徵也会把《春宫图》藏在床上啊！

“你在找那个吗？”曲徵悠然一指。

我便瞧见那画册好好地摆在他浴桶后的青花瓷瓶旁边，登时心中大大蹦跳数下，挠了挠头正想辩解，目光流转落在他身上，却霎时被引去了全部心魂。

水面上漂着缤纷的花瓣。

曲徵的黑发在这花瓣间蜿蜒游荡，如同上好的绸缎，渐渐吸附在光洁而宽阔的肩膀，然后攀上雪白的颈项，顺着棱角分明的下颌，缭绕过耳垂，覆了眉眼。

便在这一瞬，他抬眸向我看来。

像是不经意间，却汇集了世上的诸般诱惑，幽深、冶丽、清雅、卓然，万种风情齐齐绽放，却又在下一刻随着垂下的眼睫突然隐去。

那惊人的美丽还未来得及细品便已收回，再没什么比这更令人怅然若失，所以只好近乎渴求般地痴痴望着，他的眉，他的唇，他的鼻，他的眼……如同世间最深切的情动，勾引着浑身上下的每一寸感知。

他轻轻抬手，似有水珠一闪射向烛台，昏黄的光忽然熄灭，室内一片漆黑。

我一怔，霎时回魂，只听水声波动，仿佛有人从浴桶中站起，馥郁的花瓣香气陡然浓烈，携着潮湿的水汽扑面而来。我腰间一紧，只觉身子向后倾去，几缕湿漉漉的头发落在我脸上，冰凉中有种惑人的痒。

曲徵凑近我耳边道：“不是说……不看我吗？”

他声音中有种魅然的沙哑，黑暗中看不清身上，似只披了件薄薄的里衣，委实是副要命的活色生香之态。我努力抓紧最后一丝神志，哆嗦着嘴唇道：“一时失眼，你……你别见怪。”

曲徵低声一笑，又凑近了些，手臂环在我腰间，透过衣衫隐隐传来炙热。我只觉浑身的血都沸腾了，脑中只想着要跑，临到受不住之时，却又有几分逆反的情绪上来，每次占便宜的好机会都错过了，这次说甚也要揩到油！

我心中一横，环上他的脖颈，闭上眼就狠狠地亲了过去。

只听“嘭”的一声。

我揉着酸痛的门牙，泪眼婆娑地蹭下床。

那个与我门牙亲密接触的硬硬的地方，好像是曲徵的下颌。

能不能不要这么丢人。

“百万。”曲徵颇有些无奈地道，“这般撞法，不会痛吗？”

原来他以为我是害羞才要把他撞开。

几乎掉光的节操终于找回了一点儿，我抚着心口，背对他站在房门前清了清嗓子：“那本《春宫图》，是别人借我的，你……你何时还给我？”

半晌没有回答，我正忍不住又要问，便听曲徵悠悠地道了一句“明晚”，声音听起来高深莫测。

我“哦”了一声，觉着明晚也不算太迟，便赶紧推开门溜了。夜半躺在床上默默回味他臂膀的坚实触感，又思索了“明晚”这两个字许久，终于后知后觉地红了脸。

这货果然是在调戏我吧！

一夜半梦半醒，我在床上翻来覆去，脑中俱是来日和美的画面。

不过刚刚五更，便有四五个婆子冲进屋来，将我从床上揪起，老练地放水撒花瓣。我泡在浴桶里被人一阵搓洗，只觉皮都去了一层。

这几个大娘手下麻利，态度倒还是和蔼的，不住地与我念叨着今日的礼仪。我既是在本家出本家嫁，那么便不用走那般多的场子，只拜个天地便好。

喜服穿戴妥帖，我被抹了二两脂粉，看起来便像在面袋子里滚过，幸得还有两个红脸蛋能衬出几分活人气息。我十分怀疑这个模样在新婚之夜是否会倒了曲徵的胃口，但大娘们说，一辈子就这一次，能艳些就艳些，又将那簪子步摇给我插了满头，直赞我福气好夫家大方多金云云。

如此折腾完，天刚蒙蒙亮，大娘们出去前让我含住一片香叶，又给我盖上喜帕备了些水，嘱咐我小心不要弄掉胭脂，便尽数离去。

我这么直挺挺地坐在凳子上，只觉屁股都麻了，这才听见了些微的锣鼓鞭炮声音，越发临近，便如同心跳一般越发清晰。那人群声越近，周遭却越发朦胧起来，直至房门旋开，有人一步一步走进屋来，喜帕下现出一只好看的手，五指修长白皙，宛若天成。

我脑中滞了一瞬，便将手放了上去，之后的一切都有如梦境。

拜天地，拜高堂，夫妻对拜，我只瞧得见曲徵的衣衫下摆，镶金黑靴底边雪白。周遭满是觥筹交错的道贺声，似是一个镇子的人都来了。我听见慕秋与宋涧山祝酒的言语，她不知他真正身份，两人性子倒是豪爽到了一处。只是吉时一过慕秋便要赶回蜀境，却是连个道别的机会都没有。

各大派贺礼都已呈上，曲徵留下来逢迎宾客，我被人牵着进了洞房，脑中还有些晕晕的，大约是现实太过美好不似真实，是以仍有几分不敢相信。

我当真嫁给曲徵了。

这般想着，只觉心中似是落了个蜜糖罐，一切胡思乱想统统散去，皆尽化作绕指柔。

牵我之人感觉年龄亦不大，他将我带进屋内，洞房烛光闪烁，里面另有一人正在摆酒菜。我透过喜帕仔细瞧着，两人一高一矮，矮个儿摆酒菜的大约是小鱼，高个儿牵我进屋的瞧着也有些眼熟，仿佛便是断弦翁的孙子音无。

我坐在床边，久久不闻人言，大约是音无在帮小鱼布菜。二人忙了许久，忽然一声清脆的响动，似是酒杯滑倒在一边，便听小鱼抽了口气，那音无伸手摆正了，对着小鱼道："出去吧。"

屋中静了半晌。

"嗯，你……你先走吧。"我只觉小鱼向后退了两步，声音带着些奇怪的颤抖，"我、我还想跟小姐姐说几句话。"

音无点了点头，这便走出去带上了门。

我在床上坐着，不知小鱼要与我说甚，只等着他过来，可待了许久，房中却还是半点声息也无。我终于忍不住掀开了一点喜帕，瞧见他站在桌旁一动不动，只是呆呆地出神。

"小鱼？"我柔声唤他，"不是有话与我说吗？"

他回过神来，眼睛掠向我，那副表情十分惊惧，像极了他第一次见我的样子。

我只觉心中颤了颤，复而唤道："小鱼……你怎么啦？"

"小姐姐……"他喃喃道，"小姐姐，你……你不能嫁给曲公子……"

我怔了怔，不自觉地站起身来："怎么忽然……"

"小姐姐！我骗了你！"小鱼忽然凄切地喊了一声，冲过来扑进我怀中，"那晚与你说的村寨里的事……是我骗了你！我说爬出来时人都死了……其实不是的！那时你还活着……小姐姐！那些面具人——那些面具人都是你杀的啊！"

我身子晃了晃，只觉一阵头晕目眩，连声音都扭曲了："你……你说什么？"

"本来，本来我是要告诉你的……"小鱼哭得哽咽，"那时我去桃源谷一年有余，年纪小总受人欺负，便在婚宴前半月认识了阿包。他待我真的很好，我将自己所有的事情全与他说了，直到婚宴那几日宾客太多，阿包不小心将开

水洒在了一个蛮横之人身上，那人要谷中处罚他，却被曲公子拦了下来。我心中感激，可是曲公子却好像知道我从村寨来，说我若要报答他的恩德，只需在见小姐姐你的时候，不可提你过去杀过人之事……小姐姐！我当时不知你会待我这样好，我以为我这辈子便在那谷中做仆役，若是……若是不答应曲公子，只怕阿包便被逐出谷去，我一个人如何撑得过？”

言语童稚，却声声锥入心中，我握紧五指，指甲狠狠刺进掌心，强自忍耐道：“然后？”

“我以为瞒过这件事，也没什么要紧，反正小姐姐你都不记得了……可那晚见过你之后，我也跟着少夫人走了，待回那桃源谷已没了阿包的消息……以为自己又变成孤身一人还哭了好久……”他抽噎了一声，说了这许多话似乎也渐渐平复了些，直接道，“方才我瞧见那个音无的手腕上，有道烫过的疤。”

我与小鱼交握在一起的手微微哆嗦起来，他望着我的眼睛道：“以前做活时，我不小心让炉火碰了阿包手腕处，落了块奇怪的疤。便算他换了样貌，换了声音，我也决计不会瞧错，那个音无……那个音无便是阿包啊！”

脑中闪过一道光，我终于发觉为何瞧着音无那般熟悉了，原来他就是早在桃源谷便已见过的阿包，如此说来，他和曲徵——

“只怕他……他与曲公子是一伙的！”小鱼激动道，“他这般接近我，又与公子合谋演戏给我看，便是要我瞒过小姐姐你，定然……定然有所图谋！小姐姐你快走吧！无论如何……不能嫁给曲公子！”

·

我怔了一会儿，脑中开始疯狂地旋转。

桃源谷婚宴时曲徵消失的几天，原来便是去给小鱼设局了。而他要苏灼灼办的事情，大约便是把音无安插到小鱼身边吧。如此说来，他忽然要带我去桃源谷参加婚宴，其实便是要去核实我的身份。

他早知道我来自靖越山村寨。

他早知道我与九重幽宫有关。

这一切的一切，爱恨情仇，阴谋阳谋，可怜我步步小心提防，不露半点与过去有关之事，殊不知那些拼命掩盖的种种，皆在他掌握之中。

从定下婚约开始，赶赴桃源谷，落入密道，为救我跳下瀑布身受重伤，山中采药相护，瞿门离席赏月，直至武湖会暗潮汹涌……一路走来相扶相持，温声软语情意绵绵，我以为时至今日，曲徵于我，终是有那么一点在乎的。

可到头来却发现，从一开始，他便已筹谋好了这一切。

自始至终，曲徵要的，不过只有《璞元真经》。

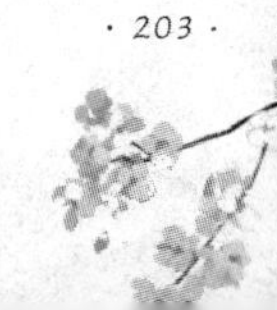

只有……《璞元真经》。

我心中揪痛起来，却深知此时不能伤怀于此，顿了顿对小鱼颤声道：“村寨灭门那日……到底发生了什么？”

小鱼的声音又哽咽起来：“那……那天我和阿妙说好藏到水缸里，好久不见她来找，就……就睡了过去。等我醒来爬出去的时候，就只看见好浓的烟，到处都是血，到处都是死人，萌崽、小七都一动不动，小姐姐你……”

他终究没忍住哭了：“小姐姐你抱着死了的阿妙，手里提了刀……面具人都好怕你，他们都在后退。然、然后小姐姐你的刀好快，我什么也没看清，就瞧见面具人脖子里喷出血，都倒在地上……我怕得不敢动，你把他们杀光了，就大笑起来，笑了好久……最后跪在地上，一掌拍向自己的脑袋，就……就不动了。”

竟然是这样。

我呆了呆，怔在当场久久回不过神。可大约因为那擎云，心中早已隐隐有了这种感觉，却无论如何也不敢深想。

此时不是吃惊的时候，我勉强打起精神，只说这没甚大不了的要小鱼宽心，将他哄出了洞房。

安抚好小鱼，我又坐了回去，脑中纷纷扰扰的思绪不知如何归顺，只是反复念着“他早就知道”这五个字，心中便狠狠地揪痛起来，霎时失去了浑身的力气，重重摔躺在床。

身体在不停地下坠，下坠，直到一片模糊。

朦胧中似又回到了那个苦苦折磨我的梦境。红衣女子不声不响地背对我站着，手中一柄染血的弯刀，四下漆黑幽深。

“你到底是谁？”我听见自己颤抖的声音，希望她转过了身来，又怕她当真转过了身来。

血月刀一声铮鸣，那红衣女子顿了顿，像是轻轻笑了笑。

“你不知道……我是谁吗？”她缓缓道，然后慢慢，慢慢地扭过头。

她有一双飞扬的眉，白皙的面庞，莹润的红唇，五官有些许清秀，因那乌溜溜的双眸，便陡然有了灵动的神采。

像是一道光划过脑海。

我忽然便懂了，为什么我会一直梦见她，为什么我会那般惧怕血月刀。

那是……我的脸。

原来，我就是四年前携了《璞元真经》潜逃，被九重幽宫追杀，却连累了整个靖越山村寨被灭门。

满手血腥，丧心病狂，背负着永生永世也洗不去的罪孽。

血月。

说不清是什么感觉。

恐惧、悔恨、悲伤、愤怒、憎恶交织一处。

这般浑浑噩噩地睡着，也不知过了多久，我睁开眼，觉着眼前站了一个人。

曲徵喜服加身，比我梦想中的更加俊美无俦。我呆呆瞧着他，心中竟没有一丝波澜。他亦瞧着我，黑眸如星，眉眼如画，顾盼间便可颠倒众生。

我觉着他今夜的容光，比往日任何一刻都要更加美丽，便坐起身来，对他扬起一个笑："你终于来啦……夫君。"

曲徵弯起嘴角，低低应了一声。

我心中欢喜，伸出手环在他腰间。此时他立着我坐着，额头便恰好埋在他胸前，顿时便有熟悉的香气淡淡袭来，我深深吸了一瞬，微微闭上眼。

"夫君，你……你抱抱我吧。"

他没有说话，只是伸出一只手，温柔地抚上我的肩。

如果可以一直这样……我用力地收紧了胳臂，如果可以一直这样拥抱，我愿用今生的一切去换。

可惜幸福于我，终究只会如镜花水月，浮华一场，都是空。

其实这当真……不关曲徵的事情。

就算他刻意瞒着我身份，可若不是他，大约我在桃源谷那瀑布坠落之时便已死了，断断活不到今日。

是我自已看不清，所以事到如今心如刀绞，却连……恨他的力气都没有。

"你早知道我是血月。"我贴在曲徵胸前淡淡道，"可瞒得我好苦。"

曲徵放在我肩上的手顿了顿，又抚上我的发间，言语沉沉，似是丝毫不惊讶我知道了真相："知道得太早，对你没好处。"

"可我如今仍是什么都忆不起来，亦不知道《璞元真经》在哪儿。"我闷声道，"只怕你要失望了。"

"此时暂且不论，"他淡淡道，言语一转，"想必你已知晓，九重幽宫的人到了镇上。"

"果真……"我想到见过擎云的事，不由得苦笑，"什么都瞒不过你。"

"可这件事你定然还不知晓。"曲徵缓缓道，"便在两个时辰前，琅中官道处，现任血月抓了金慕秋。"

我身子一颤，愕然抬起头来，随即便明白了："是……是为了引我去？"

曲徵没有回答，只是轻轻抚着我的头发。

我猛然挣开了曲徵的手，恍然觉得好笑，而后竟真的便笑出了声来。

这些人一个一个，都当我是宝贝，偏偏我失了记忆，连武功都没了，更不知那《璞元真经》到底在何处，这般阴来算去，究竟为了什么，又能得到什么，权力如何，财富如何，武功又如何，若这些都那么好，为何过去我会那般想要逃离，甚至丢掉性命都在所不惜？

我笑得癫狂起来，声嘶力竭时却又心中钝痛，这三年，莫非是老天与我开的一场玩笑？脱了那血腥的身份重新开始，最后却又落得这样一个结局。走到哪儿，哪里便有灾祸，从前靖越山村寨是，而今金氏镖局更是，连桃源谷也未幸免。这样的人，竟还敢奢望幸福，如何不可笑？

曲徵没有动，仍是站在我身前，任我揽着他的腰笑得辛苦。过了半晌，我笑够了，又重新环住他，将脸埋在他怀中。

他的怀抱是暖的。

他的心是冷的。

我终于可以断绝这份卑微的爱，彻然心死。

"我要去九重幽宫救慕秋。"我抱着他低声道，"若能记起来，我会给你《璞元真经》。在你手上……总比其他人要好得多。"

顿了半晌，我垂下抱着他的双臂，站起身，一步一步走到桌前，伸手将头上的珠花步摇一个一个地拆下，整整齐齐地摆在桌上。

黑发倾泻下来，有一丝凌乱。

"待这一切都结束了，夫……"我轻轻地说着，想唤他一声"夫君"，终是再难欺骗自己，转而笑了笑，"给我写张休书好吗？"

曲徵静静听着，忽然抬起双眸。

我终于在那双幽深古井般，仿佛永远都不会有波澜的眼里，看到了满满的讶然。

爱而不得，痛不欲生，想要逃出这桎梏，原就该如此斩断一切执念，我到现在方才懂得，这样……再好不过。

不见不念，不爱不恨。

从今以后，再无半点瓜葛。

“曲徵，你放过我吧。”我淡道，微微垂了眼睫，“我也……放过我自己。”

新婚洞房夜，红烛映窗花。

我将面上脂粉洗去，穿过遍布红色喜气的回廊，嫁衣在风中猎猎飞舞。听琴苑前院还有酒杯肆虐过的迹象，周遭静得只闻风声。

大门畔幽幽地挑着一只灯笼，似是站了两个人。

我缓缓地走过去，却发现那是断弦翁与宋涧山，本就难受的心越发翻滚起来，张了张嘴却又不知如何言说。但他二人瞧见我，面上却无惊讶神情，仿佛一早便知我会出来一样。

断弦翁微微点了点头：“金姑娘。”

我有些讶然，方才洞房之中，也不过是片刻钟的事情，他们是绝对无法知情的。只凭我从洞房走出来便换了对我的称呼，这老者心思灵敏令人惊叹。我亦回了礼，目光向宋涧山探去。

他抱着双臂，面色有几分肃然，沉声道：“我在等你。”

我轻轻一叹，弯起一个苦笑：“原来……他早料到我会去救慕秋吗？”

“两个时辰前是不知的，”宋涧山缓了声音道，“事发突然，你早晚会知晓，又怎会放任金慕秋被带到九重幽宫。阿徵他知道拦不住你，便让我送你上山。”

“琅中至九重幽山，最快亦需两日，此线为渭河水路，大约一日半便可先行而至。”断弦翁将一张软皮地图交与我手中，“老朽向来佩服大义之人，还请姑娘珍重。”

大义？似我过去那般的人，可也配称大义吗？

我微微摇了摇头，点头谢过，又请他代我好生照顾小鱼。

断弦翁似是瞧出我神色戚戚，便又温言道：“人生之瞬息，千万变化。一念起而天下覆，姑娘又何必执着于过去，便是一叶知秋者，也不见得有多快活。”

我心中微微一动，有些讶然地向他瞧去。

断弦翁稍稍点头：“智者一弦，吾宁断弦，老朽姓卢。”

姓卢……卢一弦？

我心头巨震，曾听慕秋讲过，五十年前有位传奇人物，乃是百年难得一遇的天下第一聪明人，精通奇门遁甲五行八卦，上通天文下晓地理，没有什么是他不懂，没有什么是他不知，被称为“智者一弦”。

如此人物竟在此做个管家，背后定有许多来由牵扯了，但此时慕秋在血月手上，万万不可再耽搁，我向他深深作了一揖：“多谢前辈，金百万受教了。”

宋涧山跃上身后的马，手上提了他的黑色长枪，向我伸出另一只手。我走过去站在马前，将手放在他手上，微微顿了顿淡道：“想必……你也早就知道我是谁了。”

那些他欲言又止的认真模样仍然历历在目，如今明白了，便觉得满是讽刺。

宋涧山静静凝视我半晌，将我拽到马上，声音从后面低低传来：“是我对不住你。”

“没什么。”我轻声道，“我不怪你。”

宋涧山牵着马缰的手臂微微一颤，似是想说什么，却终是没有言语。便在此时，琴声悠然响起，婉转承接极尽萧索，又满是缠绵，听着让人不由得心头难过。

断弦翁微微一笑：“是《殇别离》。”

我鼻间一酸，再难忍住，便对宋涧山道了声：“走吧。”

马儿长嘶一声，转瞬便奔出了听琴苑大门。但这悲伤的琴声却一直在耳边萦绕，我努力不去想那弹琴之人，任凛凛夜寒拍在脸上，长发和嫁衣缭乱风中，一路无话。

这般疾奔了数个时辰，离渭河已不远了，很快便要改走水路。临到驿站，宋涧山去更换马匹，我站在漆黑的夜中，只是呆呆地出神。

昨日此时，我还只是个欣喜的待嫁姑娘，在床上辗转反侧满腹甜蜜心事。不过短短一日之间，似是穿过了两个人生，夫君没了，自己竟是杀手，此时却要去救人，凄苦之余竟觉得有些好笑，莫不是还在做白日梦吧？待我醒来，发现自己就在金氏镖局的伙房里，守着一锅快熬干的汤，一切艰险不过是午后小憩的梦境一场，我又可以与慕秋一起过恨嫁的悠哉日子，除了月钱再无什么需要操心。

马蹄声近了，我恍然回神，宋涧山瞧着我唇畔弯起的笑，面色有些小心翼翼：“百万……你……你是不是受刺激太过了？”

“是啊。”我敛了笑容，横了他一眼，“你忽然变成前任血月试试看。”

他见我揶揄，不怒反喜，似是松了口气道：“你肯同我扯皮……便还当我是兄弟了，百万，我……”

“我懂，”我对他笑了笑，“你若背着他偷偷知会了我，便不是我认识的宋涧山了。”

他一怔，似有些讶然。

我垂下头，复而道：“虽有些难过，但当真……是不怪你的。”

夜风呼啸，拂动我身上大红的嫁衣，二人这般站着，显得极是怪异。

“百万……”宋涧山微微放低了声音，听起来极是认真，“你是个好姑娘。”

我身上一麻，抖了抖鸡皮疙瘩道：“我已感受到你的歉意了，不用昧着良心这般夸我……大半夜的还不够冷？”

宋涧山却没有笑，从怀中掏出一个物事，执起我的手放入掌心。我只觉手上一凉，不由得心中沉了沉。

瓷人面上仍挂着惟妙惟肖的欢喜之意，它曾被我当作表明心意之物，送给倾心爱慕的那个人，可如今却又回到了我手里，其中含义，不用言说亦很清楚了。

“阿徵要我交给你。”宋涧山柔声道，“收好了。”

我摸着瓷人润泽的轮廓，淡淡道：“他怎不敢亲自给我。”

宋涧山没有回答，缓缓向后退了几步，忽然旋过身子一枪探出，登时驿站的牌子被刺了个对穿，有个影子迅捷地跃开，像是站在那里很久了，只是黑暗中瞧不真切。

“打出听琴苑便跟了一路，”宋涧山冷然道，“阁下这般关怀我二人，不知有何贵干？”

那黑影动了动，向前走了几步，似是哼笑一声：“风云庄首席弟子，果真名不虚传，曲徵手下之人，倒是有几分能耐。”

借着月光，我瞧见那人额头上一点殷红的朱砂，登时心中紧了紧。宋涧山自然也在武湖会见过他，深知擎云厉害，当下二话不说便舞起长枪攻上前去。

二人身形极快，一剑一枪打得眼花缭乱，融在黑夜中很快便分不清谁是谁了。我心中焦急，血月抓了慕秋，擎云却跟着我们一路到了此处，他究竟想干什么？何不在宫中待我乖乖送上门去，或者……他深知我过去身份，想要一人擒住我

独吞《璞元真经》？

黑暗中陡然燃起明净的火焰，风云枪法如同神迹一般，威风凛凛势不可当。但擎云作为九重幽宫两大杀手之一，自然不是好相与的，他两剑化去攻势，唇畔漾起一个讽刺的笑："宋公子，你如此拼命，为的是曲徵还是为了……她？"

宋涧山不答，手下越发凌厉。擎云轻巧地一并化解，竟还有心思言语："你可知道她是谁吗？"

我呼吸一窒，便听宋涧山哈哈一笑："知道又如何。"

他身子腾空而起，一枪从天而至，直直刺向擎云心口。饶是对方反应极快，仍是被这势如雷霆的一枪擦破了衣衫。

宋涧山落了地，朗声道："便算她是阎王老子黑白无常，亦是我的知己百万。我要护她去九重幽宫救人，你休要挡我去路。"

半晌只闻风声。

这世上当真有一种相知，不为男女、身份和立场所束缚。便如我知他是宋涧山，或他知我是前任血月一样。无论岁月与境地如何变迁，我们之间不会有任何改变。

人生得一知己，死而无憾。

我微微弯了嘴角，这一晚上麻木的心境，终于有了些许暖意。

擎云收了剑，微微转向我："你当真……要去九重幽宫？"

"不去，难道还指望你们大发慈悲放了慕秋吗？"我冷然道，"此事与她和金氏镖局毫无干系，别将他们牵扯进来。"

擎云不答，只是定定将我望着。他的眼神很奇怪，像是穿过我的身体在看另外一个人，眸光专注而炙热。

我被他瞧得有些不自在，半晌无声。

他忽然道："我带你去九重幽山。"

还未待我反应，宋涧山将枪身一横，怒道："你休想。"

"你在这里多纠缠一分，那边金慕秋便远了一分。你二人虽要走水路可快上半日，但到了九重幽山，雾霭迷障地势奇险，要上去亦是九死一生。"擎云慢条斯理道，"抓金慕秋虽是我下的命令，但血月向来厌恶比她美貌的女子，若瞧不顺眼在金慕秋脸上划几刀——"

"我跟你去。"我立时道。

宋涧山正欲说什么，我又打断他："九重幽宫若想杀我，何必绕这么大弯子，更不会费这个心思抓慕秋引我去。不是公的你且宽心，我不会有事的。"

擎云淡淡一笑，俊美中携了几分妖冶："不错，只要你去了，我立刻便放了金慕秋。"

瞧宋涧山的面色，他仍然觉得不妥，我便凑近他悄声道："放心，我有真经做筹码。"

对于过去我根本毫无记忆，更别提真经藏在何处了，这样说只是为了让他宽心。

宋涧山微微点了点头："眼下你担忧金慕秋，我拦不住你，一切自己小心，我和阿徵定然会去救你的。"

听到那个名字，我心中猛然一颤，但面上却不动声色，微微笑了笑走到擎云身畔，他拉住我上了马，很快便飞驰而去。

不过半个多时辰，已达渭河河畔。

擎云在我身后，越过我腰间的手握了缰绳，只是纵马狂奔，一路没有言语。待靠近了船只，我只觉背心一紧，他拽了我的衣衫腾空而起，稳稳落在渔船之上。那船家似是他已然打点过的，见了我二人未露丝毫异色，收了船锚便去起帆。

我不禁有种上了贼船的感觉，正欲套他几句话，便觉身子被人猛地翻转过来，狠狠抵在甲板上，擎云欺身上前，有些急迫地道："你……当真不记得了吗？"

他的面色在月光下更显苍白，衬得眉心朱砂如同鲜血一般，有种妖异的美丽。

我脑中一痛，隐隐觉着熟悉，却什么也抓不住，只是使劲儿挣扎了几下，冷道："放开我！"

我说这句话，只不过为凶他一凶，给自己助长些气势，却不想他怔了怔，竟真的松开了手。

我赶紧从甲板上爬起来，站得离他远了一些。

"若是过去，只怕我还未近身，便被你一刀逼退。"他俊美的容颜有一丝怅然，随即便转为满满的森冷，"你当真……是全不记得了。"

我背后一毛："不好意思，我也很想记得，可是……就是想不起来能怪我？"

血月、擎云，当年两个叱咤风云的杀手，不知我与他之间，过去到底发生了什么？我觉着他似对我执念极深，又有些反叛逆否的心思，忽冷忽热喜怒无常，真是个奇怪的人。

他没有再言语，将我推进这渔船中唯一的屋子。

房间倒是洁净，只是极为狭窄，烛光昏暗，不过一人多宽的小床。我不敢躺下，只站在一旁，见他亦没有出去的意思，便挥了挥身上的嫁衣挠头道：“虽然……嗯……我眼下是你的肉票，可我好歹亦是嫁了人的……你，你在屋中只怕……嗯，不太合适……”

“嫁了人？”擎云旋过身，便在床畔坐下了，冷冷一笑，“你以为今晚当真可以嫁给曲徵吗？若不是你自己走出来，我便进去将所有人都杀了，到时你仍要乖乖跟我离开。”

我咽了下口水：“你是与我有仇吗？”

擎云面色陡然一沉，我不敢再说话，以为他大约是要我站着睡了。但未待多久，擎云却站起身，推开房门拂袖而去。我被这船晃得想吐，这才松了口气扑在床上，今晚发生之事一件接一件，太过震撼且越发复杂，我想了一会儿便困倦已极，意识渐渐模糊。

不知过了多久。

门畔烛火已快熄灭，闪烁的昏黄中似有人低声呻吟，我睁了眼看去，朦胧中只瞧见擎云缩在我床边的角落，大约是睡了，可是眉头紧蹙，额间泛起一层薄薄的汗，仿佛做了噩梦。

“阿初……”他唇畔溢出低吟，“阿初……别抛下我……”

脱了那副阴森妖异的神色，此时的他更似梦中那个晶莹剔透的盲眼少年，闭了双眼的模样天真而无害。

我心中一酸，不知为甚看不得他如此难过的模样，下意识地伸出手去，轻轻抚上他眉宇间那颗殷红的朱砂痣。

擎云眼睫一颤，神情登时舒缓下来。我正欲收回胳臂，却忽然觉着手上一紧，他旋身而起，整个人压在了我身上，微灰的眸中满是危险的气息。

我不禁心中暗骂：让你手贱！让你手贱！这下好了吧！

擎云沉声道：“你做什么？”

这话应该我问才对吧？我堆出一抹笑：“这个……我不是故意的……”

他面色一沉，我登时觉得自己回答的言语有偏差，赶紧纠正：“只是看你……嗯，大约是做噩梦了，所以……”

“不用你可怜我。”擎云忽然打断道，言语虽冷淡，听起来却有几分傲娇之意，似是在掩盖什么。

我嘴角抽了抽："可是……我觉得……眼下我才比较可怜……"

船上一片寂静，擎云淡淡将我望着，看不清眼中的情绪。

我忍不住觉着这副姿势委实有些不合适，便不自在地紧了一下身上的嫁衣。他瞥了一眼，唇畔漾起冷笑："倒是我忘了，今晚本是你的洞房花烛夜，要我赔你一个吗？"

我登时将头摇得像拨浪鼓："洞房没了就没了吧，我都不在乎你也别客气，嘿嘿嘿！"

"你不在乎？"擎云微微凑近了些，"我瞧你难过得很。"

我怔了怔，随即便弯起一个笑："难过又有什么用？打不过逃不过，眼下我唯一能做的便是不难过了，总要留些精神，与你们这些坏蛋周旋才是。"

话一出口我便觉着不好，竟然真把"坏蛋"两个字说出去了。擎云却似毫不在意，臂膀一支从我身上坐起，大约骂名听得多了是以根本无关痛痒。我大大松了口气，便听他幽幽道："你果真是阿初。"

我心下微微紧了紧，却是不愿意承认："若我真是阿初，你为甚没有早些认出我？"

擎云没有说话。

"其实只凭帕子也不能说明什么，便算你以前瞧不见，那声音，感觉总还认得出吧？"我越说越起劲，心中微微存了一些希冀，"会不会……是搞错了呢，我怎么可能会是血月……"

"你全身上下共有七处伤疤。"擎云忽然道，"后颈，腰间，胸下，小腿，脚踝……每一处我都清楚大小、形状，何时何地被何人所伤。这些……可会搞错吗？"

我猛地抬眼，霎时间只觉浑身冰凉。那些伤疤……甚至连慕秋都未知道得如此详尽，他却怎会这般清楚？

"四年了，我以为你躲起来再不踏入江湖，怎知你失了记忆，换了声音，改了性子，变成了金百万。"他声音一点一点沉了下去，"若能早一些知道……"

我听不真切他最后说了什么，但心思已不在此间，只是忽然想到一个严重的问题："咳咳，好吧……就算我是血月，不知你我……嗯，过去是甚关系？"

这货连我身上有几块疤都知道，虽然他是我离开之后才治好了眼睛，但……但好歹是男女有别！难道我过去竟是个如此豪放的女子！或者……或者与他已是……

擎云转过身来，唇畔勾起一抹诡异的笑："你说呢？"

我背后一毛，使劲儿往床角缩了缩，无比怀疑我过去的品位。虽然擎云生得极是俊俏，但这阴恻恻的性子也很可怕啊！不过既然在杀手堆中混，保不准以前我也是个奇葩，这样一来倒也般配得很……

我脑中胡思乱想一阵，最后只觉得悲催：似我这般积极向上一心向善很会做菜的好姑娘，怎会是那前任血月呢，老天真是不长眼。

顺河一夜，临了次日正午，已到了九重幽山下。

我被船晃得两腿发软，且腹中空空没什么力气，但想到慕秋在血月手中，浑身便似打了鸡血一般，不发一语只拼了命地往上爬。擎云跟在我身后，目光似是若有所思。

大约过了两个时辰，九重幽山已攀过小半，临了一处泥沼，我瞧见那隐藏在树木间一排排的利箭，还有前面如云雾般的瘴气，心中不由得微微一叹，早知这里不会如此简单，若不知机关排列，便算破解了泥沼的行进之法，只怕也会因为停留太久而中瘴气，说是九死一生并不夸张。

我几乎有些虚脱了，只瞧了一眼擎云："带路吧。"

他却未动："你便这般想救她？这里若走错一步，必会死无全尸。"

"废话少说。"我有些不耐烦，瞧了天色催促道，"我这不是遂了你的心思吗？待你放了慕秋，随你怎样把我死无全尸。"

擎云没有回答，只是轻轻一跃，人便站在了泥沼中，却没有陷下去。我提起精神，亦跃了过去，小心踩在他足尖点过的地方，丝毫不敢偏差。

如此跃了十多丈，我渐渐有些喘息，动作不免拖泥带水了些，只觉怀中一轻，有什么东西在我半空滞留的时候滑了出去，在日光下现出一抹灿然。

是那对瓷人。

我微微怔了怔，脑中根本没有考虑后果，只是下意识地转了方向，拼尽全力去抓那对瓷人。数个闪烁中，我心里只有一个念头，便是不能让它掉进泥沼，千万不能。

不然就什么都没了。

摸到瓷人的一瞬间，我就势滚在泥沼中，顿觉身子一沉，霎时树叶飒飒作响，四面八方的机关启动。我咬牙借着树干暂缓了下沉，但已有暗箭发射声破空而来，眼下是决计躲不开了，很快我便会化成一只刺猬。

电光石火间，胸前衣衫一紧，我觉着自己被人提起，在空中打了个转儿，最后归向那人怀中。

擎云足尖踏上树枝，避过前面的暗箭，然后迅速变了方向。我惊魂未定，眼前一花，慌乱中只瞧见一支利箭从下方急速而来，很快便射至我眼前。

九重幽宫当真狡猾，此时落入陷阱中人都忙着躲避上面铺天盖地的暗箭，人在半空，又有谁会防范下面？我闭了双眼，只觉脸上一阵温热，却没有预想中的疼痛浮现。

纳闷了一瞬，我睁开眼，却见那支箭深深刺入了擎云的手臂，鲜血溅上我的脸颊。他在空中腾挪躲闪，抱着我极为不便，为躲一根巨型的圆木只得将身子向下沉去，这一路树枝锋利，他背过身子，将我护在怀中，竟用后背承了所有痛楚。

一切不过发生在转瞬，他落了地，微微有些喘息，背部衣衫已然划得凌乱，隐隐透出血迹。

我呆了呆，这才反应过来，只怕那支利箭，亦是他用手臂为我挡去的。

“你……”我结巴道，“你……怎么……”

擎云伸出手，眼也不眨地拔出了那支利箭，冷道：“你欠我的都没有还清，我怎会让你死得如此容易。”

少年你还能再嘴硬点吗……

虽他言语凶狠，但从抢了帕子，或是认出我那一刻起，种种深情与执念昭然若揭，我不是木头，自然感觉得到，更别提这舍了性命的相护。

心中莫名生出几分杂乱，我扯下裙角将他手臂裹好，忍不住望着他认真道：“你……你到底是我的什么人？”

微风骤起，擎云怔了怔，黑发旋飞遮住了他额间那颗殷红的朱砂痣。

有那么一刹那，我似是看到了一个盲眼少年站在我面前，羞涩地对我微笑。那神情与眼前苍白阴郁的面容渐渐重合，我瞧见他眼中闪过一抹深深的悲苦，只是垂了眼睫轻道：“我于你……什么都不是。”

那你怎会待我这样好？

我心中一动，只是没好意思问出口，便转而又问：“那我是你的什么人？”

擎云微微偏过头，却没有回答，伸出手臂将我打横抱起，冷哼道：“再放任你跟着，只怕会被你害死。”

我霎时心虚，亦知方才确实是自己惹下的祸端，便老实地低头窝好不说话。

抛开凶险不谈，九重幽山山峦重叠，极有巍峨气韵，十分壮美。

此时我已没有心思欣赏，擎云轻身功夫极好，只是手臂和后背都受了伤，所以不免每次落地都要滞缓半分。眼见夕阳近边，我有些焦急，但心知这已比

我跟着他要快上许多了，是以一路都没有言语惹他分神。

此时这种状况有些怪异，若说他是在帮我，偏偏慕秋是他下令抓的；若说他是要对我不利，可我已确定了过去身份，九重幽宫本就是我该来的地方；若说他对我有情意，却还总摆出阴森冷然的模样，委实让人费解。

我脑中转得极快，夕阳最后一抹金光沉下天幕。擎云抱着我从崖边跃起，轻盈地落在一道石阶上，这石台蔓延着向山顶而去，足有百余丈，我眼尖地瞧见一抹藕荷色衫子便在那石阶尽头，九重幽宫大门森森地敞着，似是在迎她进入。

“慕秋！”我扯了嗓子吼道，“别进去！慕——秋！”

她身子顿了顿，缓缓回过头来。

我立刻手脚并用地向上奔去，越近便瞧得越清楚，只见慕秋头发衣衫皆凌乱，气色却还是不错的，不由得心中一宽，终于落回了肚子里。

“百万……”慕秋怔了怔，似是不敢相信自己的眼睛，使劲揉了揉，忽然便大叫起来，“谁让你来的！”

我脚下一顿，便停在离她三十余级石阶的地方，有些讶然地昂起头。

她站在顶端，我站在下面，一个垂首一个仰视，山风烈烈地吹刮起来，我那身脏污又破败的嫁衣猛然翻飞，似要生生虚化而去。

“你可知他们抓我便是要引你来此？”慕秋怒道，“谁让你来的？我不要你救，你赶紧走！这里……这里可是九重幽宫啊！”

她的声音层层叠叠，顺着石阶回荡在山间。我怔了怔，仿佛回到三年前躺在床上睁眼的那一刻，有个极美的姑娘穿了藕荷色的衫子，她在窗边的瓶中插了一束盛放的野花，淡淡的香气随着她弯起的眉眼一同绽开，像是有什么东西将我空落的心填满。

从此再无颠沛流离，亦不用看人世炎凉。她救了我，赐我名字，予我一个栖身之所。

慕秋，她给了我一个家。

所以——

“九重幽宫又如何。”我望着她，一字一句道，“这世间，刀山火海，地府黄泉……为了你，我哪都敢去。”

第八章
九重幽宫，恢复记忆

◆
◇

山风烈烈间，慕秋正欲说些什么，便见她身后陡然现出一抹红影，面上覆着似笑非笑的面具，正是血月。

我眸中一紧，苦苦压抑的恨意开始疯狂滋长，恨不得现在就上去掐死她。擎云挟了我的手臂几个起落便到了石阶尽头。

血月本是一副气定神闲的模样，这时瞧见他却忽然上前一步道："你受伤了？"

她覆着面具瓮声瓮气，言语中却透出一丝关切之意。

擎云淡道："不妨事，你把金慕秋送下山吧。"

慕秋怔怔瞧着擎云，我忽然发觉这是自假御临风面目拆穿之后，他二人第一次离得如此之近，而上一次这般近的时候，擎云对她挥出了毫不留情的一剑。虽慕秋口中说得洒脱，但瞧她面色，显然不能完全释怀。

血月对我冷笑一声："你来得倒快，我还没与慕秋妹妹相处够呢……"

我背后一毛，赶紧过去牵了慕秋，将她拉至身后，对擎云道："我不信她，你亲自去送慕秋下山。"

"你以为你在跟谁说话？"血月霎时闪至我面前，刀光如长虹般架上我的颈项，"到了此处，还想活着回去吗？"

"想不想，亦不是你说了算。"我向她轻蔑地笑了笑。

血月似是有些动怒，刀身向前逼近几分。

擎云淡道："紫荆，把刀放下。"

她撤回血月刀，动作中颇有几分不甘之意，只是仿佛无论如何不敢违背擎云。

我不理她，瞧见慕秋有些狼狈又无助的神色，心中涌起无限歉疚，便走过

去握了慕秋的手道：“这些事……全是我连累了你，我……你放心，从今以后，再不会牵扯你和镖局了。”

慕秋顿了顿，望着我的眼睛道：“百万，无论你是谁，救你这件事……我从未后悔过。”

我心中一甜，忍不住便笑了。她似是有几分难过：“所以……你一定要活着，别让我三年前做的事情失了意义。”

“嗯。”我鼻间有些酸意，明知是无法实现的承诺，却仍想说给她听，“放心，我会好好活着，一定不会有事。”

擎云对那几个站在门畔的杀手道：“把她带进宫里，待我回来再行处置。”

“遵宫主令。”那几人上前来。

我缓缓向里走了几步，依依不舍地回望着慕秋。踏入这道门，生死全凭天意，亦不知能否再相见了。

紫荆走到擎云身旁道：“你的伤……我去拿点药来。”

“不必了。”他微微抬了下手，转过身与慕秋淡道，“走吧。”

慕秋没有看他，只是深深望了我一眼，很快便消失在了石阶尽头。

我终于救出她了，思及此心中不由得生出几分欢喜。正出神间，忽然一个踉跄，似有人从后面推了我一把，紫荆绕至我身前，伸手除去了面具，现出一副娇俏的少女面容来。

“初次见面呢。”她盈盈一笑，眉眼间携了几分暴戾之色，“你便是传说中的阿初吗？宫主大人四年来日夜念念不忘的女人，还以为是甚天香国色，我瞧也不过如此。”

她样貌纯稚娇憨，若不是手中的血月刀，谁能想到杀人不眨眼的魔头竟是如此年轻的少女。我想到乌珏之事，心中涌起无限恨意，便嘲讽般地笑笑：“你便是传说中的紫荆吗？听闻你不喜比你美貌的女子，啧啧，我瞧你不喜的人可有点多啊。”

这番涉及她名字和喜好的言语，全是从擎云那儿听来的，亦不知真假。从她霎时沉了的面色来看，大约很有几分可信。

“好一张利嘴，待会儿我瞧你还说得出吗？”紫荆冷冷一笑，“把她带进地牢。”

我早知进了九重幽宫便别想落了好，是以也不甚害怕，只是狠狠瞪了她一眼，昂起头跨进了大门。

整座宫殿幽静得毫无生气。

若不是那富丽奢靡的装饰与一尘不染的摆设，我会觉着这里多年没有人住了，气氛压抑诡怪得令人窒息。穿过曲折幽深的回廊，直至最为闭塞的幽宫深处，一个面具杀手拉开了地牢沉重的木门，顿时一股潮湿发霉的气息扑面而来。

我身子晃了晃，似乎有种熟悉的恐惧在心中蔓延开了，如同那地牢的黑暗深处有洪水猛兽一般，无论如何也不想靠近。紫荆伸出手来，扯了我的衣衫便将我带了进去。我眼前一黑，走了好一阵才隐隐辨得四周轮廓，仿佛是一个连着一个的暗房，铜墙铁壁连个窗子都没有，隔着那粗重的铁链，隐隐从门内传来稚气的哭声，越往里走，门内越渐渐地毫无声息了。

我脚下虚浮，背后尽是冷汗，只觉从头到脚都在发抖。这压抑而恐怖的气息似是深入了我的骨子里，微微感知到便再也忍受不住，迫不及待地想要逃离。

火光一闪，一个面具杀手点了烛台，照亮了我所站定的地方。

这是一间狭窄的囚室，门口摆放的各类刑具触目惊心。我走了进去，不由得默默后悔早知道便在外面跟她动手，起码能死得痛快点，这会儿还不知道要怎么受折磨……

"铐上链子。"紫荆淡淡道。

旁边的面具杀手迟疑了一下，低声道："血月大人，宫主有令，待他回来才可……"

"让你做便做，我又不是要处置她。"紫荆冷冷一笑，"放心，外面那些刑具，我一个都不会用的。"

那面具杀手不再多话，似是极为畏惧紫荆，便将我四肢都铐了起来。

我心中虽忐忑，但面上却不肯输了气势，是以一直面无表情，仿佛毫不畏惧。

紫荆走近了，伸手挑起我的下巴，弯起嘴角道："我有的是法子折磨你。"

我亦弯起一个笑："有种便来吧，老娘皱一下眉头，不算你娘亲。"

紫荆眼中杀气立现，手掌高高扬起，眼见便要落在我脸上，却硬生生地收住了。她吐了口气，摇头道："你这张嘴生得真是厉害……若骗我打了你，宫主回来可就不得了了呢……你便尽可能逞口舌之快吧，反正……亦快不了多久了。"

居然被识破了，我有点遗憾，寻思着如何说点更刺激她的言语。她既知擎云不想对我动粗，眼下必定趁他不在好好折磨我了，不知是要用甚阴损的法子。我默默算了下他回来的时辰，只要撑到明早便好。我虽已将生死置之度外，但既答应了慕秋，便要尽可能地保住自己的性命。

我在这里如临大敌，那厢紫荆站在近处瞧了我半晌，便冷哼一声出去了，幽暗的囚室内恍然只剩了我一个人。

可惜未待我纳闷多久，便渐渐回过了味儿来。

这四根铁链，铐在手上的两根从上方垂下，而铐在脚上的两根尽头却嵌在两侧墙壁的正中，这样一来，因为上方的长度有限，便绝对不可能坐下，又因脚上那两根铁链嵌在正中，亦不可能靠着墙壁。如此一来坐不得靠不得，初站一会儿觉得没什么，时间长了却觉得十分疲累。我不由得有些佩服紫荆的心思，这般一晚上站下来，身上绝无被虐待的痕迹，但人也必会虚脱了。

不过……想用这种伎俩为难我，她是不是……过于小瞧我了？

我深吸一口气，双手握住铁链以减轻吊着的不适之感，然后拖着脚链，在可移动的范围内不停地走动，便算不能靠着，动起来却比站着不动要好受多了，一时间沉闷的囚室里铁链声哗哗作响，我奋斗了一会儿，竟渐渐觉得好玩起来。

大约过了两个时辰。

我累得手脚酸软，但好歹四肢发热，亦不算太难受。正努力晃悠间，忽然左边的墙壁发起一声轰鸣。

“隔壁的，可否消停一会儿？”有个声音透过墙壁闷声传来，“进了酷刑室有你这般精神也当真少见。”

我吓了一跳，脚下便停下来，耳朵倾向左边的墙壁，试探地问：“你……你是谁？”

半晌无声，我恶从心起，又扯了那铁链可劲儿地晃荡，噪音一时在这囚室无限扩散开去，便觉左边的墙上传来几下沉闷的敲击声。

“再吵，我便让你死得更快些。”

我忍不住乐了：“好啊，我想死得紧呢，你倒是先过来。”

那人没有言语，我正欲再问，便听地牢远处响起轻微的脚步声。不过一会儿囚室的门便旋开了，紫荆与两个面具杀手走进来，大约是来瞧我被虐得如何了。

我对着她吹了一段口哨，故作一副嘚瑟的模样：“哎呀，好惬意可怎么办……”

紫荆蹙起了眉。

左边墙壁的声音也没有再响起，似是知道这边有人来了。

良久紫荆眼珠一转，对其中一个面具杀手吩咐了什么，那人立时领命而去。我登时觉着不好，这货肯定又想到了更恶毒的花招。

"听闻……"她不怀好意地笑了笑，"你在新婚之夜被弃了呢。"

我心中难受了一瞬，立时便纳闷了这八卦都是如何传的，简直太迅速了，便无奈道："你消息可不大灵通，明明是我弃了别人。"

"瞿门曲徵，心思深重，武功智计皆无双。料想他一路与你为伴，必是早就得知了你的身份吧？"紫荆凑上前来，放低了声音，"他娶的是真经却不是你，连赴九重幽宫救那金慕秋都让你单枪匹马而来，想来大约也不在乎你的生死……啧啧，这般无情的郎君，可怜可怜。"

原来她见虐身不成转而开始在心灵上虐待我了吗……

"这有什么，我亦得他一路庇护，大家各取所需罢了。"我悠然道，"倒是你，好端端的姑娘家凶神恶煞杀人如麻，这辈子可还嫁得出去吗？"

她高傲地昂起头："我才不稀罕——"

"噢！"我打断她做恍然大悟状，"我倒是忘了，紫荆姑娘已有心上人了嘛，但好像他看不上你呢。无论你为他做多少事，可惜热脸贴了冷屁股啊——"

啪！

这一耳光打得毫不留情，我脸歪向一侧，迅速肿了起来，心中却忍不住想仰天长笑：终于上当了，这人真是沉不住气哈哈哈。

我弯起嘴角："你果真喜欢擎云。"

紫荆胸口起伏，似是余怒未消。她平复了一会儿，侧目对屋中那个面具杀手道："你知道……这一耳光是谁打的吗？"

我一时纳闷她这句话的用意，便见那杀手毫不犹豫地垂下头低声道："回血月大人，这一耳光是我打的，愿凭宫主责罚。"

"很好。"紫荆阴森一笑，"我会在宫主面前为你求情。"

这是玩赖皮啊，杀手的节操哪儿去了！

"难道我没长嘴吗？"我忍不住拖着铁链子抚额，"不告你一状我岂不就是天底下第一号的二货。"

"你尽管告诉宫主我虐待了你。"紫荆伸手挑起我的下巴，盯着我一字一句道，"那么金氏镖局上下三十余人，还有你的好慕秋，便尽可与她师父乌大侠叙旧团圆了。"

我心中一颤，霎时浑身的血都涌上头顶，只恨手脚被缚不能上前杀了她，怒火与杀意在心头汹涌翻滚，自我身上猛然扩散开来。

囚室内一片寂静，我垂了眼睫，淡淡道："你敢。"

旁边的面具杀手似是抖了抖，不知在惧怕什么。紫荆捏着我下巴的手指一动，

我瞧见笑容凝固在她唇边。

“好强烈的杀气，不愧是九重幽宫百年来最有天赋的杀手。”她缓缓道，“你可知我是听着你的传闻长大的？当年你离开这里的时候，我才十二岁，人人都说，你是九重幽宫史上最厉害的血月。”

我定定将她望着，没有言语。

紫荆又凑近了些，压低了声音道：“知道你还活着的时候……我当真是又开心又害怕啊，怕你夺走我的血月之位，怕你迷去了宫主大人的魂魄……但我亦曾在数个夜里偷偷地想，若你敢回来，我便与你大战一场，将你的手指一根一根地切下来，再也握不住刀。我要叫其他人知道，便算你回来了……我也是唯一的血月，无论过去、现在，还是将来，我都是九重幽宫最强大的血月！”

她稍微顿了顿，面上笑意再是嘲弄不过：“不过可惜，你的记忆和武功都没了，如今已是个废人，与你一战……只怕还抬举了你。”

紫荆言语幽幽，回荡在囚室上空极是冷冽。我静静听着，不知为何心中前所未有的平静，只觉她这副得意骄傲的形容说不出的可笑，像是一个人看到一只蝼蚁在他面前疯狂地叫嚣，连理会也是多余。

这种强大出现得突然而猛烈，却似是与生俱来一般，在我心中轰然觉醒。

“要战，便战。”我淡淡道，无穷杀意都随着这轻描淡写的四个字散了开去。

紫荆腰间的血月刀忽然发出一声低低的吟动，似是感应到了什么而躁动不安。

她面色一变，握住刀柄。

我弯起一个笑：“有胆子……就来试试看。”

紫荆眼睛微微眯了起来，缓缓后退一步，满脸都是思量。

囚室在此时旋开了，那个一开始离去的面具杀手提了两个铁桶进来，将一个舀子呈给紫荆。她淡淡瞥了一眼，弯腰从其中一个桶中舀了水，抬手便向我面上泼来。

这一下来得猝不及防，水虽未开却是极烫，吸入鼻腔中大为难受，登时呛得我剧烈地咳嗽起来。

“险些被你这张嘴唬住了。”紫荆又从另一个桶中舀了水，冷冷一笑走上前来，对着我的头顶就淋了下去，这次的水却冷得刺骨，顺着衣衫浸透了后背，激起我一阵战栗。

“你的伶牙俐齿呢？”她又换了热水泼向我，“你刚刚的杀气呢？两舀子水便被浇没啦……不过只有嘴皮子厉害罢了。”

我被这冷热交替的水淋过，只觉浑身上下都难受得无法言说，但面上却不肯服软，咳了数声后盯着她弯起嘴角：“这算什么，根本不够看。”

紫荆面色一沉：“我瞧你能嘴硬到几时，给我泼！”

她身子一转，拂袖出了囚室。

两个面具杀手便在一旁一人拎着一个铁桶，相继向我泼水。我努力屏气，身子一会儿热烫如火，一会儿又冰冷彻骨，浑浑噩噩也不知过了多久，待回过神来的时候，囚室里已然没了人，周遭一片死寂。

我微微动了动，铁链声清脆响起，衣衫和头发都滴着水，大约再没什么比我眼下更为狼狈了。

可我终究是撑了过来。

这般想着，心中便涌起几分得意，微微站直了些。忽然便听左边的墙壁一响，似有人站在那墙边低声言语。

“竟然是你。”那人缓道，“四年了，我以为你不会再回来。”

大约紫荆对我说的那番言语，全被他听了去，想不到墙壁后面还是个旧相识。

我甩了甩脸上的水珠，苦笑道：“你觉着我这副德行，会是心甘情愿回来的吗？”

“不错，若你还有武功和记忆，区区紫荆又怎及得上你万分之一。”那人低低一笑，“唯一的血月？她也未免太小瞧这个称谓，不是谁拿了血月刀……都可叫作‘血月’。”

我从他这言语中，听出了一点骄傲之意，不由得生出几分疑惑：“话说回来……你是谁啊？怎被囚禁在此处？”

“我是谁？”那人怔了怔，随即忽然狂笑起来，回荡在囚室中久久不散。

我心下紧了紧，脑袋却只觉得沉痛：“好好回答行吗？再大点声惹来了人你便笑不出了。”

“你连我也不记得了吗？”他笑声渐歇，压低了声音道，“我可是要杀你的人呢……阿初。”

我身子颤了颤，似乎有什么遥远的记忆被唤醒，脑中越发沉痛，浑身冰凉脸上却滚烫。他是谁，为何要杀我，又为何这般让人畏惧，仿佛是渗透进骨子里的屈服，让我双膝酸软，再也支撑不住，手掌松开了铁链。

如同一块破布般吊着，我垂着头，脑中一片晦涩，渐渐失去了知觉。

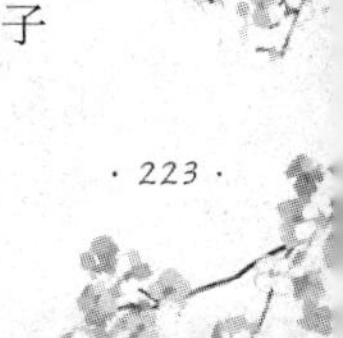

像是在同一间囚室。

我仍是被吊着。

一根蘸了盐水的鞭子毫不留情地抽下来，身体不由得随着痛楚狠狠一晃。

“在九重幽，不杀人，便要被人杀。”他站在黑暗中，声音没有丝毫波澜，“阿初，你让我很失望。”

我呕出一口血，囚室四下似是捆了几个与我年龄相仿的孩子，见我如此便忍不住哭了起来，嘤嘤噎噎惹人心烦意乱。

“你的家园被夺去之时，可曾有人对你有丝毫的怜悯？”他不带任何感情地道，“这是个弱肉强食的天下，不拿起刀，你永远只会被欺辱屠戮。”

我不语，又是一鞭子狠狠抽下来，孩子们哭得更凶。

“我所带回的人中，只有你最具天赋。”他紧跟着抽了几鞭，终于垂下双手，轻轻叹了口气，“这次我网开一面，不要你性命，但若有下次……”

他似是侧过身，目光掠过那些孩子，登时将他们都吓得没了声息。

“这四个孩子，都是与你相依为命的。”那人向前走了走，冷冷一笑，“若你再敢违抗我，我便砍去他们的四肢放在罐中，做成求生不得求死不能的人彘，你可听清了吗？”

心中狠狠揪起，我痛苦地闭上双眼，再也不想睁开。

时辰一点一滴流淌，我吊在铁链下面，滴落在地的血迹已然干涸。

那几个孩子不知去向，便听囚门一声响动，有人急切地走了进来。他似是瞧不见我，顺着墙壁摸了好久，这才摸到我的所在，掏出钥匙去开那铁铐。

微弱的光落在他脸上，映出一颗殷红的朱砂痣。我的铁铐解了，登时失去了支撑，沉沉向他身上倒去，那盲眼少年揽住我，两人一起摔倒在地。

“阿初，阿初！”他紧张地将我扶坐起来，“还能撑住吗？我偷了钥匙，你这便逃走吧！”

“青青他们还在这里。”我虚弱道，“若我走了……谁来保护大家？”

那盲眼少年颤抖着手指摸上我的脸，为我擦去唇畔的血迹。

“可他逼你做血月。”他的声音里带着止不住的战栗，“你若再不答应，会……会被他打死的。”

我瞧见他袖口落下露出的手腕青紫一片，似是又受了不少折磨，心中不由得一紧：“这钥匙是怎么偷来的？你……你又被发现了吗？”

“没什么。”他极快地道，“只要我咬定没拿，他们不敢打死我。”

在修罗地狱中长大的少年，拳脚相加已成了家常便饭，所以才能将自身生死说得毫不在乎。我心下酸楚，轻轻握了他的手，忍着身上的鞭疼道：“别再管我了……”

“不。”他固执地打断道，“在这个地方，我只有阿初你，无论如何也要救你离开，你还是快逃走吧！”

逃？往哪儿逃？

那些受不住酷训逃跑的孩子，小小的尸身挂满了九重幽山后的林间。自进入这地狱开始，能做的便只有不停向前，抢食物，苦练功，直到你比别人厉害，直到比你高一头的孩子也不能欺负你，直到他们害怕你畏惧你，再也不敢抢去你手中的干馒头。可你丝毫不觉得快乐，只会在这不见天日的地方日复一日地煎熬，而唯一的离开这暗房的机会，便是要去杀人。

去夺走那些素未谋面，或有罪或无辜，形形色色的鲜活生命。

“你想帮我吗？”

“嗯。”盲眼少年立时点头。

我喘了口气，望着盲眼少年道：“那么……杀了我吧。”

他微微一怔：“你说什么？”

“杀了我吧，求求你。”我忍不住哭了起来，声音仍有几分童稚，“我不想杀人，也不敢自己了断……可我受不了了，求求你，帮我解脱……”

“不……不行！我怎么能……”盲眼少年慌忙摇头，口中却断断续续吐不出一个回答，只得伸出手臂抱紧了我，紧闭的眼中亦流下泪来。我揪紧了他的衣衫，两人便这般偎在一起哭得肝肠寸断。

过了半晌，我平静了些，只余轻微抽噎。

他伸出一只手，小心翼翼地触碰我的脸，从我的下颌、嘴唇、鼻翼直到眉间，摸得虔诚而认真。

“阿初，你莫怕。”盲眼少年似是出了会儿神，忽然低声道，“无论如何……我都会守护你的。”

我嘴唇动了动，还未出声，便觉他将我放在地上，动作极其缓慢轻柔，生怕碰了我的伤口。

“他不就是想要杀人的工具吗？”那少年弯起一个笑，气韵间已颇有邪气妖异的掠影，“我去做擎云……我来杀人。”

心中一惊，我想要说些什么，喉中却似火烧一般，再也吐不出半个字。

我微微动了动，只觉身子忽冷忽热，脑中又沉得厉害，手臂仍然挂在铁铐上，周遭一片漆黑，衣衫都已干得差不多了，不知已过去了多久。

原来方才是做了一场梦。

远处忽然响起轻微的脚步声，紧接着囚门旋开，有个面具杀手走进来，将我身上的铁铐一一除去，我失了依托，更没有力气，顿时重重摔倒在地。

“血月大人让我捎句口信。”那杀手低声道，“你若敢乱说话，必让金慕秋死无全尸。”

他说罢，便站起身急匆匆地走了。

我意识清醒了些，但身体虚弱得几乎动不了，从前天晚上起便滴水未进，又历经水路、爬山、枯吊、冰火两重天等折磨，这时还没失去神思，大约也算不错了。

过了片刻，我微微动了动，囚门再次旋开。

擎云仍是穿着那件被划得血迹斑驳的月白衣衫，似是一回宫便赶来了。他面色隐在阴影中，浑身上下皆是冷冽的意味，我从未有如今这般乐意看见他。若是手脚能动，我大约早早便爬过去抱住他的腿大号一声“救星”，顺便将紫荆这货的作为添油加醋告一大状。

可惜如我眼下这般熊样，连话都说不出，也就只能在心中嘶吼了。

他微微上前了些，淡道：“她怎么了？”

“我亦不知。”紫荆从他身后走出，故作一副讶然模样，“我只将她带来此处，怎么不过一晚就……”

这货和俞兮都该去做戏子，绝对大红！

囚室中静悄悄的，十分压抑。

“你说，”紫荆忽然对身后的两个面具杀手道，“她的脸怎么肿了？是不是你蓄意——”

“宫、宫主赎罪。”那杀手跪下来，肩膀微微抖动，似是怕得便要晕过去，“我……我瞧她嚣张，一时气愤不过，所以——”

“拖出去。”擎云淡道，“杀了。”

霎时有四个面具杀手进了囚室，押了那个杀手便向外拖去。他终于忍不住凄惨地哀号起来：“宫主饶命，宫主——血月大人！血月大人救我啊！”

惨叫越来越远，渐渐便没有了声息。

我身上冷了冷，便见紫荆面色微变，悄然抚上擎云的手臂："他不听号令固然有错，但只不过是个耳光，宫主何必为此动气，我——"

啪！

紫荆捂着面颊，嘴角溢出鲜血，似是比她打我那一下要重得多。擎云弯下腰，脱了外衫裹在我身上，将我轻轻打横抱起，淡淡地瞥了紫荆一眼。

"这笔账，日后再与你算。"

他面色阴冷，不曾有半分怜香惜玉。

我靠在擎云怀间，望着他妖异俊美的面庞，半晌回不过神来。待出了地牢，终于见了熹微的晨光之时，又忍不住暗自回味他抽人的模样，真是英俊得惨绝人寰。

这一昏睡，不知过了多久。

我四肢动了动，恢复了知觉，只感到有些怪异，周遭弥漫着淡淡的药香，深吸口气只觉神清气爽，疲累尽去。我睁开眼，赫然发现自己泡在一个浴桶中，水色黄褐且漂浮着不知名的花草，但自己却浑身赤裸不着寸缕，脑中那根弦登时便绷断了。

有没有搞错，擎云这货是要像艳本上一般劫色，居然乘人之危……简直太下流了啊！

我惊恐地打量四周，这房中的陈设有些旧了，十分简洁，倒是有一股似曾相识之感。便听房门一响，我赶紧抱着胳臂把自己往水中沉了沉，有个人蹦着脚走进屋来，瞧了我一眼，对我扬起一个笑容："金姑娘你醒啦，真快。"

我瞪圆了眼睛，无论如何也没有想到会在此处见到她："是你！"

眼前之人梳着两个圆髻，仍是那般怪异的嫩绿衣衫，肩膀上挂着从不离身的毛皮袋子，正是那张氏的歆唯姑娘，她乐颠颠地对我点点头："可不就是我嘛！"

"你也被抓来九重幽宫了？"我脑子仍没转过弯来，"那武湖玉印是不是也……"

"武湖玉印早就交给瞿门的曲公子了。"张歆唯走近了些，伸手在我浴桶里搅了搅，"且我也不是被抓来的，我是被请来给你治病的……哟，药性吸收得不错嘛。"

"请来？"我越发觉得混乱，"这可是九重幽宫啊！他们是不是对你威

逼……”

“没有威逼，只有利诱。”她趴在浴桶边上与我脸对脸，看起来极是开心，“一百两黄金，谁会跟钱过不去。”

神医，你的节操呢？

“你们不是神医张氏一族吗？”我分外严肃地道，“一般神医大多都有奇怪的规矩，譬如见死不救，死了才救，或者女子不救，白道的不救……”

“以前爹爹做族长之时，的确有许多规矩。后果便是来求医的人越来越少，我小时候连口肉都吃不上，天天都是素药膳和草根子，真是难忘的岁月啊……”张歆唯叹了口气，似是十分不想忆起，“那时我便发誓，待我接管族长，定将那些烂规矩都废掉，无论谁来求医，有钱便是大爷！”

虽然觉得好像有哪里不对，但又不知说什么反驳，我挠挠头：“好吧，可他之前还要抢你的武湖玉印，就这么来了九重幽宫你不怕……”

“怕什么？反正武湖玉印交出去就不关我事了，此一时彼一时嘛，擎云宫主的眼疾还是我爹爹医好的。”她轻描淡写道，随即话锋一转，“不过金姑娘，你的病症也极是危险，不怪他只能找我来医治。”

“啊？”我又挠挠头，“失忆也算病症吗？我倒觉着我很是康健……”

“那只能说明你能吃能睡。”她无奈地抚额，伸出手在我头顶偏后的位置轻轻一点，霎时一股剧痛猛然灌入，我“嗷”了一声，疼得变了脸色。

张歆唯沉思道：“功力被封、声音突变，连带失去记忆……玄机便在此处。金姑娘，你的百会穴里面，有一根绣花针。”

我登时奓了毛：“脑、脑袋里有针？”

“不错。”她的模样颇为得意，“我可是将你摸遍了才找到，累死人了。顺便一提，若你愿多出一两黄金，身上那些陈年旧伤疤，我亦可以一并替你去了。”

如此说来，为我宽衣的定然不是擎云了。我觉着节操又找了回来，嘿嘿讪笑道：“这个……我所有的银子都在那衣袋中，只怕不够……”

“我替你数过，就半钱碎银和几个铜板……”她撇了嘴，似是在做激烈的思想斗争，最后终于下定决心双掌一拍，“好吧，赚点是点，反正不过举手之劳，便当送你个人情。”

我嘴角抽了抽：“那可真是多谢了。”

张歆唯蹦着过去将我床上的衣物扒拉开，掏出那几个钱揣进怀里。我状似望着她，神思却已飞到了别处。若依了小鱼所说，当初我做掉那几个面具杀手

之后，自己拍了自己一掌便昏死了，这根绣花针又是从哪儿冒出来的？

正沉吟间，却忽觉她又折回到我身前，捞起水面上一朵雪白的花，嗅了嗅道："药性全吸收了，可以开始啦。"

"开始什么？"我心中"咯噔"一下。

她笑了笑道："开始拔针呀。"

"等等。"我往水里缩了缩，"可是我还没准备好……"

"要的就是出其不意。"张歆唯耐心地解释道，"这桶药浴便是助你平心静气，镇定心魂用的，你最好放松些，不要总想着针……"

不想才有鬼啊！我惊恐地瞪着眼，她微微叹了口气，忽然望着我身后奇道："你看那是什么！"

我背后一毛赶紧回过头，却什么也没瞧见，待转过来正欲说话的时候，便觉一双温软的手落在我的头顶上，五指成爪，圈住百会穴。

"这招爹爹用了那么多年，想不到还有人会上当。"张歆唯狡黠道，"金姑娘，你真可爱。"

你全府上都可爱！

我还未来得及张口，便觉她手下奇快地点了我头上数个穴位，然后双掌翻飞在我太阳穴处重重一击。我头痛欲裂，只觉脑中似要炸开，无数言语画面从眼前疯狂掠过，微笑的、哭泣的、软弱的、欢喜的……那些我失去的年华和记忆翻涌浮现，只是还未待我细细追寻，便通通归向了无尽的黑暗。

黑暗下是望不到底的深渊。

一直在坠落，坠落，最终化作一缕幽魂，行走于尘世之外。

我飘在空中，周遭似是一处被战火殃及的村庄，几个脏兮兮的孤儿在遍地狼藉中寻找吃食。有个大约六七岁的小女孩与一只狼狗厮打在一起，战争和苦难赋予了她与年龄极不相称的矫健身手，最终她赢得了那半块窝头，赶紧咬了一口，吃得狼吞虎咽。

一个黑衣男子牵了个孩子，后面还跟着三个，静静来到她面前。

小女孩似是认得那黑衣男子牵着的孩子，警觉地后退几步道："青青，他是谁？"

"他是好人，要给我们饭吃！"叫作青青的孩子喜道，"以后再不用饿肚子啦！"

"真的？"小女孩抬起乌溜溜的眼眸，"大家……都能吃饱吗？"

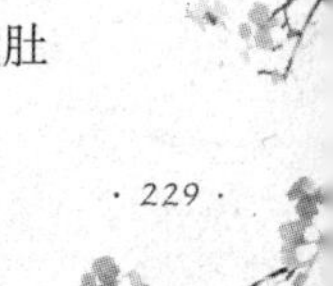

“自然。”那黑衣男子蹲下身来，目光落在她被狼狗抓伤的脖颈和手腕处，“你叫什么名字？”

“我也不知道。”那小女孩顿了顿，弯起一个天真的笑容，“以前跟我住在一个破庙里的爷爷，唤我阿初。”

“阿初。”黑衣男子亦淡淡笑了笑，眉目间掠过几分阴厉，“我是井渊，你可以唤我宫主。”

画面淡去，我又飘至了一个熟悉的地方，是九重幽宫的暗房。

盲眼少年蹲下身来，轻轻抚摸一个少女的面庞，她长大了些，依稀是十一二岁的年纪，声音仍有几分童稚：“多谢你给青青偷伤药，她功夫不好，难免多挨几下拳脚。”

那少年顿了顿，站起身来轻道：“没什么，我只是帮你。”

阿初想对他笑，似又觉得他瞧不见，便拉起少年的手放在脸上，微微弯起嘴角：“你真是好人。”

那少年面上一红，轻轻抽开手，转了言语道：“你外家功夫已十分厉害，早就该出暗房的。”

“可是青青他们不成。”阿初摇摇头，“我们五个是一个村子的……我得保护大家。”

“你早晚会被拖累死。”那少年冷道。

阿初却似不想回答，又笑了笑：“说起来，我还不知你的名字。”

少年微微摇了摇头：“我没有名字。”

他仿佛也不怎么在意，又道：“我娘只是个粗仆，宫主喝醉了酒便有了我，他厌我厌得紧，旁人都唤我瞎子。”

“其实也没什么，我原先也是没名字的。”阿初握了那少年的手宽慰道，“我希望天下太平些，永远不再死人永远安宁。”

她顿了顿，弯了眉眼：“我就叫你永安好不好？”

永安，永安。

承载了少女美好愿望的两个字。

那少年怔了怔，唇畔终于露出一抹笑，映衬得额间朱砂殷红如血。

“好。”

黑暗散去，九重幽宫山坡处，莺啼悦耳山花烂漫。

永安折了朵不知名的野花，放在鼻间轻轻嗅了嗅："不知是什么颜色的。"

阿初望着那朵黄色的小花，淡淡一笑："天是蓝的，草是绿的，花儿……有好多好多颜色。"

"那这一朵呢？"

"你心里觉着它是什么色，便是什么色啦，反正……都是很美的。"阿初望着他，目光掠向不远处草丛中的两副面具，登时眸中一黯，"瞧不见其实也好，看不见美丽，也看不见肮脏。"

"我觉得……"永安弯起嘴角，将小花别在少女的云鬓边，"这朵花是阿初的颜色。"

阿初失笑，永安见逗她开怀，不禁也一同笑出了声。

她笑了一会儿，便对他轻道："你如今已是二等杀手，有了地位和黄金，你的眼睛……"

"我不治。"他淡淡拒绝。

"怎么……"

"你说过，喜欢与我待在一起，是因为我看不见你杀人的模样。"永安闭着眼睛，眼角眉梢俱是欣喜，"我一直盲着，便可永远与你在一起了。"

幸福的面容顷刻碎裂，掉落一地，随即转向一处高山绝顶。

光阴在变，那个天真勇敢的阿初变成了令人闻风丧胆的血月，曾经沉默寡言的少年也已得到了一人之下万人之上的擎云之位，二人隔着数丈遥遥相对，面容再寻不到当年一丝纯稚。

"宫主密谋让《璞元真经》再现江湖，很快又是一场腥风血雨。"她微微摇了摇头，"我不能让他这么做……你放我走吧。"

他向前一步，闭合的眼睫微微颤动："走……又能走到哪儿去？你曾说过，逃也逃不掉的。"

"可我再也……"她抿住嘴角，"再也不想杀人了。"

"自青青他们死后，你便一直想走。"他缓缓道，随即忽然激动，"可我呢？阿初，你竟是分毫……都不肯顾念我吗？"

他言毕，猛地抽出长剑攻上前去，顿时红光白光交织一处，二人都是顶尖杀手，动作迅捷如风。相交几百招之后，终是因为他瞧不见而逊了一筹，她伸出手掌，重重击上他的背心。

盲眼少年扑倒在地，却仍不死心艰难地向前爬行。

"阿初……"他喃喃道，"阿初……别抛下我……"

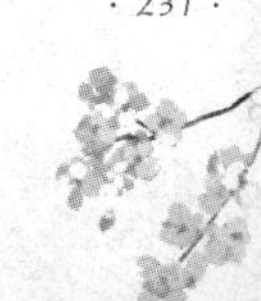

她手指轻颤，将血月刀丢在一旁，缓缓抚上他的发间。

“对不起。”她的眼泪静静地落下来，“永安……原谅我吧。”

眼泪落下，却是殷红如血，映出一片火光滔天。

她丢下沾了面具杀手鲜血的砍刀，跪在靖越山村寨老小的尸体中间，抱起一个幼小的孩子。

那个孩子方才还追在她身后叫小姐姐，要帮她缝衣衫上破了的小洞，甚至手中还攥着一枚绣花针，一个鲜活的生命就这样逝去了。

都是她的错。

若她早些从田地里回来，若她没有隐居靖越山，早早死在九重幽宫，或者死在那个被井渊宫主捡回的小小村庄。

若她不曾在这世间出现过。

那么这个孩子，可会和伙伴一同长大，拥有平淡快乐的生活。

她愣了那么久，终于大笑起来，从孩子手中拿出那枚绣花针夹在指间，对准百会穴，用尽毕生功力狠狠拍下一掌。

人生就如同笑话一场，历经肮脏而黑暗的地狱，以为终于可以拥有平凡的生活。可她有着被诅咒一般的过去，只会为身边的人带来不幸。那些苦苦支撑了她一生的勇敢与信念，终究敌不过命运和死亡。

幸福都只是奢望。

如果真有来世，那么……不要有战火，也不要这武功，更不要这可怕的身份，宁肯穷苦和卑贱，也愿做一个平凡普通的姑娘，勤恳度日，相夫教子，安安稳稳终此一生。

所有画面翻转重叠，齐齐落入我的脑海。

我睁开眼，耳中一片寂静，丹田中似有一股真气流转。良久听见窗外有水滴落在地上的声音，这才发现是下雨了。

过去的记忆残酷得近乎虚幻，而在镖局的那三年，却更像是美丽的梦境一场。我躺在床上，眼泪早已打湿了枕畔。

流年如水，命运兜兜转转，一切终究都回到了原点。

阿初，久违了。

我坐起身来，只觉身轻如燕，内力盈满四肢百骸，身上已换了套素淡的衫子。

百会穴处还有些火辣辣的疼痛，不过已是可以忍受的程度了。

窗外绵绵细雨间，似有一股极为内敛的吐纳之声，连这等高手的存在也可轻易察觉，可见从前的修为当真是不错的，我不由得在心中微微苦笑，缓步走过去推开了门。

擎云背对我站在细雨中，一动不动，像一尊巍峨的雕像。

“好久不见了。”嗓子还有些不适，出口却变得清亮而柔润，我望着他萧索的背影，垂下眼睫轻道，“永安。”

他周身一颤，极慢地转过身来。

湿漉漉的黑发覆过他眉心朱砂，将一张清冷的容颜分割得妖异而凄美。那一双微灰的眼眸微微紧缩，目光像是隔了两个尘世般落在我身上。

曾经那个不爱说话、苍白而隐忍的盲眼少年，四年不见，他高了些，更英挺了些，可骨子里的那种执着和孤独却丝毫没有变。我缓缓走近了，任雨丝落在脸上。

“你的眼睛……”我弯起嘴角笑了笑，“终于是治好了。”

他痴痴瞧着我，时光像是凝固了一般，瞬息又似绵长。

“自你离开之后，他与人合谋，给杏林坡张氏一族下了九幽令。”永安稍微平复了些，缓缓道，“是我接的任务，到了杏林坡，我没有下手，作为交换，张镇寰帮我医好了眼疾，且我向其索取了一种无色无味的化功散，一年中让他失去内力将他软禁。紫荆携了新人，将九重幽宫上一辈的杀手尽数除去，如此……我便成了宫主。”

我静静地听着，轻轻握紧了五指，又松了开。

“原来如此。”我伸出手，轻轻拭去永安脸上的水滴，“如今……你可看到花的颜色了吗？”

他颊边温热，却不知是雨水还是泪水。我觉着冰凉的手指握住我的手，他闭了眼，似是有一瞬的温存，随即猛然将我甩开。

“看到……又有什么用？”他怒道，狠狠瞧着我，“你抛下我就这样走了，就算我得了九重幽宫，得了这天下，又有什么用？”

“你知我宁肯死，也不愿再是九重幽宫的人。”我平静地道，“若可以选择，我希望我从未活在这世上。”

永安眸中一紧，上前一步紧紧攥住我的胳臂：“我不准！”

永安极为用力，我却不觉得痛，只是定定瞧着眼前苍白的面庞。

从小到大，近十年相依为命，他是我于这地狱中最深的依靠和牵挂，可世事无常多变，又有谁能料到如今这番境地。

“你一走了之，隐在金氏镖局，与人相亲成姻，好不快活。”他压低了声音，携着满满的孤苦，“那我呢？你可曾想到我被你丢在这地狱，又该怎么办？”

我心中难受，低了头道：“当年我是怕连累了你，若是被井渊抓住……”

“连累？”他冷冷一笑，松开手，从怀中掏出一个物事，“那么你在那泥沼去救这对瓷人的时候，可曾怕连累了我的性命吗？”

心下一跳，我摸了下怀中，这才反应过来，他定是趁我泡过药浴后从衣衫里搜去的，便赶紧伸手去拿。

永安微微后退一步，眼中尽是怒火：“你就这么紧张这个东西，你就当真……这般喜欢曲徵？”

我心中微微一疼，缓缓昂起头。

“不。”我朗声道，一字一句极是坚定，“自大婚那夜起，我再也不会喜欢他。”

纵然不可能说断便断，如此决绝地忘情，但我珍惜这对瓷人，却也并不是因为曲徵的缘故。我所怀念的，不过是那份单纯的情意，它属于平凡的女子金百万。我看着它，会想起曾经很多很多的美好。

原来我也曾那般无忧无虑地快活过。

“很好，若如你所说，留这东西还有何用？”永安冷笑，随即将那瓷人狠狠向地上一摔。

我眸中一痛，便觉自己也如那瓷人般碎裂满地。雨水冲洗着四下的狼藉，碎片中隐隐现出一张雪白的纸卷，霎时便舒展开来。

这是什么？

永安弯下腰，将那纸卷拾起展开，我故作一副不甚在意的模样，却瞬间认出了曲徵的笔迹。

“苍雪乱心事，别离殇琴时；一刻不见卿，初衷难复思。”永安缓缓读道，眸中燃起怒火，五指将那纸卷狠狠揉在一起，“初衷难复思……好个难复思！”

我怔了怔，脑中开始疯狂思考，难道曲徵将这瓷人给我，便是有意要我发现这张纸卷吗？

永安见我不语，却以为我被这情诗所牵动，提了声音道：“这场纷争，很快便要有结果。九重幽宫与各大派永远是水火不容。《璞元真经》只有你知道下落，他们如何肯放过你，你亦该审视清楚自己是谁了。”

“不必。”我望着他，“从前的血月和阿初都已死了，现下我只是金氏镖局的金百万。”

擎云没有动怒，只是冷冷哼笑一声。

“不管你是谁，这辈子都休想离开九重幽宫。”他淡道，“我不会让四年前的事情再度重演。”

“你明知我最恨的就是这个地方。”我心头一颤，上前一步道，“你……你疯了吗？”

“我是疯了。”永安转过身，声音夹在雨中幽幽地传了过来，“自你离开我的那一刻起……就已经疯了。”

天色阴暗，乌云翻滚。

我站在雨中，一时间心乱如麻。

可眼下不是儿女情长的时候，那张纸卷藏在瓷人内部，绝不是情诗这般简单，曲徵早早安排了这一手，是想告诉我什么？

我沉吟半晌，回身走进屋中。

这明明是首再普通不过的情诗，若不是我亲身而历，旁人定搓破头皮也想不到。

苍雪乱心事，表面上指的是我二人初遇，实则应该是指《璞元真经》；别离殇琴时，大约便是说大婚那夜，他奏起《殇别离》的时辰，应该是子时左右；一刻不见卿，初衷难复思，初衷当是我一直以来的念想，毁去九重幽，揪出托镖人，那么连起来看……这首情诗蕴含的意思，应是告诉我须在子时去见什么人，事关毁去九重幽与托镖人还有《璞元真经》，不可耽搁。

永安已表明了态度，定是不会对我透露托镖人身份了。如今我既已恢复，便不能再任人鱼肉，九重幽宫若在，对江湖，对镖局，对慕秋终究是个祸害，我亦要为青青、靖越山村寨、御非、乌珏等人报此大仇。这个地方毁了我的一生，哪怕拼上性命也好……无论如何，我都必须将它除去。

这是我四年前早该完成的事情，当由我亲手终结。

夜深，张歆唯又来看过我的脉象，一切恢复得比预想都要顺利。

我送走她，静静待到子时，便悄无声息地出门翻上屋顶。

九重幽宫仆役甚少，是以晚间除了几个守夜的杀手，整座宫殿分外静谧。我唯一要小心的，大约便是永安和紫荆二人。

沿着瓦片一路施展轻功翻越，下方站的几个杀手毫无察觉，我隐在一处角落，

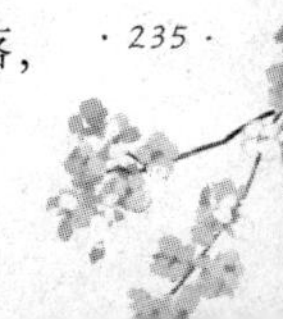

心下不禁有几分困惑，这是要去见谁？难不成那瓷人里面真的只是一首情诗？曲徵这货应该不会这么闲吧……

正神游间，却见一个杀手端了点吃食，匆匆走过大院。我瞧了他托盘上的东西一眼，脑中登时灵光一现：从前九重幽宫不给什么好吃的，除了馒头，便是一种菜饺，因捏得粗糙，既扁且平，又称作“一刻饺”。

而那首情诗中，一刻不见卿，一刻……难道这一句，是在暗示我寻人的地方吗？

我心中隐隐对曲徵生出几分钦佩之意，他大约是怕我看不出玄机，还特意挑了这种九重幽宫常见的东西，可惜我恢复记忆没多久，竟然没有想到。

因九重幽宫常年圈养大批孤儿，馒头、窝头等粗食都是需求极多的，是以伙房也离得很近。我悄然攀上墙头，门边站着一男一女两个面具杀手，二人恶声恶气地催促着吃食，大约已等得不耐烦了。

从伙房内走出一个蹒跚的老者，他白发苍苍，身形伛偻，肩上挑了一个担子，看起来就快被压垮了。那担中装着成堆的馒头，一个面具杀手走过来，提了那一筐吃食哼道：“老哑巴，再磨磨蹭蹭，小心我送你提前上西天。”

那老者唯唯诺诺地点点头，手上比比画画，倒真是个哑巴。我瞧了他半晌，心中隐隐有了底，便趁那两个杀手走了，翻下墙来，迅速掠向门畔，狠狠拍了一下他的肩膀。

这几下动作行云流水，我便这么忽然出现在他面前，如同鬼魅。那老者霎时后退一步，表情便真如见了鬼一般。

“不是吧，这样你也认得出来？”他一把撕去脸上面皮，现出原本俊逸的好相貌，“女人的直觉也太可怕。”

我嘴角抽了抽：“你的宝贝枪在这扁担杆中都露出缨子了，当九重幽的都是瞎子？”

“在哪儿？”宋涧山立时低头去看，随即挠了挠头，“还真是……那两个面具货果然都是瞎子。”

“也不尽然，全靠你扮老哑巴扮得像。”我点头道，“以后我就叫你老哑巴如何？”

宋涧山扯下头上假发，苦着脸道：“这几天快憋死我了，若你再不来寻我，只怕我这辈子再也不想见到馒头。”

我正欲取笑几句，却见他伸出手指抵在唇畔，对我微微摇了摇头：“此处

不是说话的地方，跟我来。”

我与宋涧山折进伙房，掩上里屋的门。有几个仆役似的人昏睡在床，我警觉地上前查探，宋涧山压低了声音：“下过药了，不到明日醒不了。”

“这也太乱来了吧？”我忍不住道，“若我一直不去砸那个瓷人，这计划岂不就要泡汤？”

“我特地在你旧情人面前给了你瓷人，你不砸他也会砸。”宋涧山耸耸肩道，“这是阿徵交代过的，他早知擎云在听琴苑外，送你离开不过一出苦肉计，为的便是让我跟踪你二人，记下上山的行进之法。然后我便到这里，将真正的老哑巴换出，顺便让他带出九重幽山的机关图纸。”

我张了张嘴正欲发问，便见他抬了抬手，继续解释道：“自八年前进九重幽宫之时，老哑巴便是阿徵的人，你不必担忧。眼下时间紧迫，你须将我所说的一一记好，此事牵扯甚广，江湖亦会重新洗牌。若成功了，便可将害你那托镖人彻底揪出来。”

“曲徵他……”我心中一动，“难道是故意让我上山的？”

“不错。”宋涧山微微颔首，“武湖会那日，那托镖人必然潜藏在暗处，擎云认出了你，而你又有真正的《璞元真经》，便代表着托镖人也知道了你是谁，很快便会成为他与各大派的目标。而阿徵刚刚得到武湖玉印，根基没有稳固，倘若你的身份被发现，便算你已是他的娘子，亦没有把握护你周全。当时唯一可以让你避难的地方，便只有九重幽宫。”

我听得傻了，好一会儿才结巴道：“他……他何时开始谋划这些？”

“武湖会一结束便开始了。九重幽宫的人到了琅中，又请了张氏一族的人回宫，阿徵便猜出他们要做什么了。你以为音无手腕上的疤早不露晚不露，偏偏大婚之夜便露给了小鱼看？”宋涧山携着几分赞赏道，“且他这番推测几近全部料中了，你离开第二日，各大派便从乌大侠的丧典赶了过来，幸好你走得及时，且这样一来便可断定，那托镖人，必在这群人当中。”

“可那托镖人与九重幽宫暗中勾结，他为何不直接找来，逼问我真经下落？”

“这便是要赌的地方了。”宋涧山压低了声音，“赌你的记忆和功夫能否恢复，赌擎云要的是九重幽宫还是你，赌那托镖人不敢公开你的身份只想独吞真经……”

他顿了顿，弯起一个得意扬扬的笑：“……眼下来看，我们都赌赢了。”

这一番匪夷所思的谋划推算，步步精巧处处在先，将那图谋不轨的托镖人

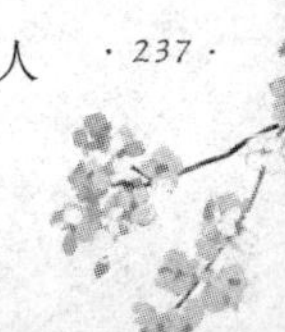

与九重幽宫玩弄于股掌之间。

真不愧……是曲徵呢。

我心中微微欢喜，但过了一瞬，又恍然觉得苦涩。他处心积虑推翻九重幽宫，揪出托镖人，可要的终究只是《璞元真经》和一统天下，自然……不会是为了我的。

“我明白了。”我点头道，“可是九重幽宫地势奇险，就算你们有了上山之法，但面具杀手个个武功高强，我怕——”

“所以，才要你来见我啊。”宋涧山狡黠地一笑，“你须找张氏那位姑娘，求来解药，然后找到软禁原宫主井渊之所，放了他。”

我怔了一瞬，然后恍然大悟：“要他们窝里反！”

“不错。”

“可张姑娘未必肯给我解药——”

宋涧山从怀中掏出一个物事拍在桌上，我瞬间瞪圆了眼睛，还未待说什么，便听院中似有响动，赶紧将那物事揣在怀中，与宋涧山使了个眼色，他立时将面皮与假发戴回，我则定了定心神，故作常态地出了伙房。

空中无月。

我走到院中，便觉身后衣衫悄然拂过，一抹红影迅速旋至眼前。紫荆站在院门处，目光掠过伙房微晃的灯火，随后落在我身上。

“半夜于宫中乱走，好大的胆子。”她似是极为欣喜，唇畔弯起一抹嘲讽的笑，“我还愁没借口收拾了你，你倒乖乖送上门来。”

我静静瞧着她，真气于丹田扩散丌，渐渐蔓延到四肢百骸，充盈到每一根指尖，似是在叫嚣着想要释放。

“当真……”我缓缓地握紧了五指，微微侧了头，嘴边亦弯起了一个笑，“是乖乖送上门来呢。”

红光闪动，血月刀凌空而下。

我目色一凝，足尖轻点，霎时从紫荆面前跃起，落在她身后，戏弄地拍了一下她的肩。

刀光横至，我向后跃开，紫荆秀眉蹙起，眼中掠过一抹骇然，不过很快便转为了肃杀之意。

“恢复功力又如何？”她冷冷一笑，“你别忘了，我还有血月神兵。”

“有句话怎么说来着？”我故作一副迷惘模样，避过她一刀锋芒，顿了顿道，

“莫非你不知……不是什么东西拿了血月刀，都可叫作血月的。”

紫荆大怒，刀式越发凌厉。我三年没有动过内力，却似从未失去过一般。每一招每一式都如同刻入了骨血，身体会本能做出反应，越发得心应手。

她刀法确然精妙，在十六岁年纪有此成就实属不易，可她的对手是我，血月刀的来势和后招，我早已烂熟于心，根本不需思考便知如何应对，拆解数十招后便趁她翻转刀锋之际，狠狠一巴掌向她脸上抽去。

“啪！”

紫荆身子腾空翻起，被我这一巴掌打得旋过三圈，摔在地上，却是一动不动了。

我料定她被我打了心中震惊，是以久久没有反应过来，便走上前笑了笑：“‘血月’这个称号，你尽可自行留着，我当真是一点也不稀罕。”

半晌不见她反驳之言，我有些讶异，伸出脚踢了踢她的腿，仍是没有回应。

宋涧山披了老哑巴的壳子，从门畔颤巍巍地走出来，上前一步将紫荆翻转过来，现出她脸上无比清晰的五个指印，竟已肿得老高。他掰开了她的下巴看了一眼，不知为甚瞧着我的目光有些怪异，像在看一个奇葩。

“右边上下掉了五颗牙。”他摇摇头“啧啧”一声，“百万，你用十成掌力扇巴掌，可也小题大做了些。”

我瞧了一眼自己的“爪子”，挠了挠头：“这个……好久没用，难免控制不好，我下次定然注意。”

“暴力啊太暴力……”他又用那种目光瞧了我半晌，最后结论般地道，“阿徵口味真重。”

我横了他一眼没心思扯皮，瞧着紫荆昏迷在地上，杀心顿起，便想上前一掌了结她。宋涧山却拦了我摇头道：“眼下若杀了她，只怕会打草惊蛇。百万你姑且忍耐，三日后各大派围攻九重幽宫，乌大侠的仇终会得报。”

“三日？这么快？”我眉心一蹙。

宋涧山微微叹了口气：“这些日子阿徵几乎未曾合眼，部署筹备极耗精神，你以为他放心你一个人在这里吗？三日还嫌太慢，可有些东西须靠时机，万万急不得。”

我幽幽地叹了口气：“他其实不必如此，待一切结束之后，我会给他真经。”

宋涧山没有回答，只是躲了我的目光，伸出脚踢了紫荆一下：“现下须担忧的是她怎么办。”

“反正她没瞧见你，亦针对我惯了，打上一架也没什么稀奇。”我沉吟了半晌，

“不过我忽然出现在这里确实容易惹人怀疑……若她告诉擎云……”

“这个你放心。”宋涧山嘴角抽了抽，“瞧她这副情状，没被你拍死已是万幸，这几天是断断说不出话了。”

我满意地点头，与宋涧山约了下次相见的暗号，将紫荆夹在腋下翻墙而出，把她扔回了自己房间。不知肿成这样，她可否还能戴上那面具，但似她这般好脸面的性子，定不会说是我把她揍了，倒是正合我意。

照眼下的状况来看，从拿到解药至放出井渊，我大约只有不到三日时间，分毫都不可浪费。

是以我送回了紫荆，又看到永安已在房中安歇，便放下心来，施展轻功在中心院落挨间查探，终于寻到了张歆唯的寝居。

她昨日一直守在我房中，想必也是累极了，睡得极为香甜。我刚刚靠近几步，便嗅到一股很特别的味道，心中“咯噔”一下捂住口鼻退了开，眼前已有几分眩晕。

“是谁啊？”床上传来一个迷迷糊糊的声音，“我房中……还布下了……四种毒药……劝阁下赶紧滚蛋……不然……”

我甩甩头，好在我内力深厚，只吸了一口还不算太严重，当下便压低了声音道：“张姑娘，是我。”

“金姑娘？”张歆唯揉揉眼睛坐起身来，从枕下摸出一个小药瓶丢给我，打了个呵欠道，“大半夜你摸进我房中作甚……”

我拔出那药瓶塞子嗅了一下，登时神清气爽，不由得对张氏一族五体投地，人说医者毒者仅隔一念，此话果然不假。

“深夜叨扰，确有要事。”我小心翼翼地走过去，一脸戒备之色。

张歆唯挠挠头嘿嘿一笑：“在这个鬼地方混当然要有所防范，金姑娘莫见怪。”

我没有绕弯子，便将自己的来意直截了当地与她说了。

张歆唯沉吟了一会儿，缓缓道：“金姑娘，非是我不帮你，擎云宫主总算于杏林坡有恩，何况那化功散的解药向来都是我爹爹保管，眼下……”

我二话不说掏出宋涧山给我的物事便拍在了桌子上。

张歆唯瞪圆了眼睛倒抽一口气。

“——眼下我还可以想别的法子！”她迅速转了言语，捏起那张一千两的银票，表情很是梦幻，“百万姐姐，你且稍待一会儿。”

见了钱连称谓都换了，就知道没节操的人最好对付了……

张歆唯从枕畔扯过她从不离身的毛皮袋子，点亮烛台，埋头在里面一顿翻找。眼瞧着她丢出一纸袋油栗，又扔过一只布偶，随后勺子、火折、雨花石……甚至还有一本旧艳本，我瞧着很是眼熟，忍不住道："这本《俏嫂嫂》我看过！"

"原来百万姐姐也喜欢看吗？"她眼睛一亮，大有知音之感，"这一本市面上已经没有卖了，你若喜欢我便送你，权当交个朋友。"

我想到慕秋房中那一柜子说死都不让别人碰的宝贝，登时觉着此礼十分贵重："这……这怎么好意思……"

"别客气。"她爽朗一笑，继续埋头丢出一些奇怪的东西，终于在蜡烛都快烧完的时候掏出了一个木质的小盒。

"我果然带在身上。"张歆唯长吁一口气，豪迈地将那盒子递给我，"拿去吧，这一粒堪比神仙灵丹。"

我瞧着那一床的杂物，忍住抚额的冲动狐疑道："当真？"

"自然当真。"她掩口娇笑，颇有一丝心虚之色，"就是……嗯，有一点儿副作用，服用之人不可大躁大怒，否则极有可能伤到心脉……"

"那没关系。"我放下心来，有点遗憾地道，"若吃完过几天能翘辫子就好了。"

张歆唯甚无所谓地道："若是井渊宫主真的伤了心脉，记得让他来找我医治啊，瞧在你和擎云宫主的面上，我可以算他便宜一些……"

神医的节操不要丢得这么随便啊！

我严肃道："张姑娘，近日九重幽宫怕是不太平，你还是早些回杏林坡为好。"

"我亦有所察觉。"她点点头，"明日我与你再换一次身上的药，这便走了，想来擎云宫主亦不会阻拦。"

此时夜深露重，我又与她扯皮一会儿，见她确实是除了银两其他什么也不关心，也就放下心来。

一路摸黑回了房间，天色隐隐有泛白迹象，我回身插上门，一夜未合眼，自然有些困倦，便走到桌前倒了杯冷茶。

"你去哪儿了？"

这五个字来得毫无征兆，便在黑暗中幽幽响起，骇得我直接奓了毛将杯子丢向前方，却听不见杯子碎裂的声响。只见永安接了那茶杯，连水滴都未洒出半分，就这么静静地走出来，面上一片森然。

大意了。我抚着心口，以我如今的修为本该察觉到他的存在，但之前以为

他已经安歇，无论如何也没想到会在自己房中撞上他，当下脑中掠过数个借口，思及紫荆与宋涧山，我心中已有了计较，便摊手道：“饿醒了，出去找些吃的。”

永安定定地瞧着我，似在我面上寻找扯谎的痕迹。我方才确实是去了伙房，这般想着也就分外坦然起来。他看了许久，终于垂下眼睫：“张姑娘交代过，你刚刚拔了针，不能进食。”

我“哦”了一声，从桌上拿起火折，将烛台点亮，一时间火光跳跃昏黄，屋内尽是沉寂。我觉着再不说点什么会很可疑，便状似无意道：“你……你怎么忽然……”

“只是来瞧瞧。”他很快接口，但声音极轻，“你回来了这件事，我梦了数百次，只是每次醒来都是假的……我怕这一次，还是我的一场梦。”

我心中一酸，觉着对他不起，却不知如何开口。

永安忽然上前，将我抵在墙上，苍白的脸颊便放大在我面前。

“快说你再也不会离开了！”他急切道，双臂越圈越紧，“你不会抛下我，也不会消失不见……”

我使劲儿一挣，原只想轻轻推开他，却忘记自己内力已今非昔比，饶是他武功高强，仍然狠狠地撞在了桌角。

于他一事，我心中本已十分纠结，说实话只怕会惹他防备，骗他又实非所愿，届时各大派围攻，能否保他一命还很难说。此时瞧他一副孤苦悲伤的神色，我终究觉得歉然，上前一步道：“自我们相识那天起，这许多年了……你知道我便是死，也不愿死在这个地方。”

“当年我要救你离开，你却不肯走。可待青青他们一死，任我如何哀求，你还是头也不回地走了……”永安顿了顿，凄苦一笑，“阿初，我在你心中，就这般无所谓吗？”

无所谓？怎么会无所谓！

我要如何告诉他，当年那番思量，不过因为他已是擎云，且是宫主的儿子，武功、地位、财富已无人出其右，我以为他已经很快活，我以为他不会愿意抛下这些与我离开……可再多的以为，如今都已太迟，我竟不知这一走，会伤他深绝至此。

永安颓然坐倒，我没有言语，房中一片静谧。

“早知道如此……”他闭了眼，似又变回那个沉默的盲眼少年，“早知道如此，那一年在囚室中，我就该杀了你，再自我了断，便不会像如今这般纠缠不清。”

“不错。”我苦笑一声，“我确实是早就该死之人。”

他听了我的回答，面上却不见丝毫缓和之色，只是更阴沉了些。

“事到如今，我不会让你死，更不会让你离开。”他坐在桌边缓缓道，“阿初，这一世……还长着呢。”

我从这果决的言语中听出了几分威胁之意，登时背后一毛。我已不是过去好欺负的百万，脑中也已开始盘算能打过他离开这里的胜算有多少，但想想又觉得会打草惊蛇，只得作罢。

永安便这么坐在桌前，似是打定主意要在这里看守我，无奈之下我只好和衣卧床，闭目沉思间，心中便有了计较。

“永安。”我淡淡唤道，“我想见他。”

永安没有问我说的他是谁，半晌低低地应了一声：“好。”

天不过蒙蒙亮，我亦睡不踏实，便与永安一起去了地牢深处，便在我被折磨的囚室左边的墙壁后。

那是一间还算像样的监牢，必备的生活起居之物相对齐全些，看来永安对他还算是不错的，毕竟……血浓于水嘛。

那人背对我盘坐在床，头发竟也掺了半数白雪。便是这样萧索的景象，却仍让我身子微微地发起抖来，不知是恐惧还是……恨意。

他转过身来，露出一张已爬了皱纹的面庞。

那一刻，多少黑暗血腥的过往汹涌浮现，我似已忘了自己来的目的，几步走上前去一手掐住他的颈项，恨道：“你亦有今日，井渊！”

他淡淡瞧了我一眼，却是镇定自若，依稀可辨当年叱咤风云的狠辣气度。

“阿初，别来无恙。”井渊缓缓道，“四年不见，你的功夫倒是没什么长进。”

我手下加了力气，便见他面色越发青紫，冷冷道：“长进不长进，你尽可来试试看。”

永安站在一旁，却不来阻拦。

我这才稍稍回神，撤去手掌，井渊喘息了片刻，侧目对着永安嘲讽一笑：“你很欢喜吧，小畜生？”

永安没有回答，连看都没看井渊一眼。我挡在他身前，冷哼道：“你居然叫别人畜生，真是好笑，也不瞧瞧自己是什么东西。”

倘若是以前，我是决然不敢如此跟井渊说话的，对这个男人的惧怕已经刻入了我的骨子里。但做过了金百万，市井中学来的伶牙俐齿与贫贱中不卑不亢

的品性也已融入了我的血肉，结识了不同的人，看过更多的风景，经历了各种各样的奇遇，自然便有了如今这样强大的心境。

我早已不是从前那个只拥有黑暗的阿初。

“你这副性子，倒是变了许多。”井渊哼笑一声，“远没有过去乖顺讨喜呢。”

我五指握紧，反手便是一拳，虽只用了两成力道，亦让他身子向后旋去，重重摔在地上。

永安站在一旁不言不语，他心中恨意只怕比我更盛，可井渊终究是他的亲生父亲，杀不得打不得，只能这般软禁耗着。

我微微侧过头：“拿鞭子来。”

刑室便在旁边，很快有杀手呈上了一根鞭子，我抻了抻。

井渊擦去唇畔血迹，轻蔑道：“来吧，我知你不会轻易放过我。”

狠狠一鞭子下去，衣衫崩裂，隐隐透出血迹。井渊大约已年近五十，确然是老了，失了内力便与普通人无异，很快便承受不住地蜷起身子，我却丝毫没有手软。过去十余年，他抽我的鞭子何止千百，他对我的折磨又何止于身体？

永安瞧了一会儿，终于无法自持拂袖而出。我淡淡弯了嘴角，待他走得远了便收去鞭子，关上监牢的铁门，缓缓走到井渊面前。

“你以为谁都和你一样变态吗？”我压低声音，将那个木质盒子掏出，“我虽不打算放过你，但也不会同你一般禽兽。”

井渊的目光落在我手中的盒子上，却不去接：“这是甚？”

我淡道：“能解化功散的东西。”

井渊一怔，随即猛然大笑起来。

“阿初呀阿初，莫不是我被关得久了，你竟以为我会同那小畜生一般蠢？”他喘息着，捂住脸颊的伤口道，“他未免也太大意了……你恨我尚且不及，又怎会救我？”

便是如今这番境地，井渊依然头脑清明满怀防备，真不愧是曾经做过宫主的人物。他能被永安暗算，也只怪他看惯了这个不曾在意的儿子顺从卑躬的模样，是以从来没有想到对方会反咬一口。

“谁说我是救你？”我将那盒子向床上一丢，冷哼一声，“我恨不得你现在就死。”

井渊思量般地瞧着我，没有言语。

“我既回来，身份便是瞒不住了，各大派若围攻山下，永安已铁了心地迎战，

胜算却有几分？九重幽宫已今非昔比，你比我更清楚。”我利落地道，“你死了我定然开心，九重幽宫若毁了就更好了，但我想要保住的……只有他一人。”

虽说这是我蛊惑他的言语，可心中未尝不曾真的这般想过。我与永安自小一同长大，情谊非同一般，再没人比井渊更清楚，由不得他不信。

“我不知你在筹谋什么，但你必不会任他软禁你三年之久，你莫以为我不知影卫的存在，无论是武功还是阅历，都远在新人之上。”我淡淡道，“这枚解药，便算我的条件，我只要他平安，之后的仇怨，便各看你我造化吧。”

我停住话头，微微偏过脸。曾经的过往太过残酷，井渊深知我恨极了他，若我直接说自己要回到九重幽宫而奉上解药，他定然不会信，而今我的言语半真半假，倒是不好判断了，希望可唬过他这一次。

井渊沉吟良久，伸手拿起那个盒子，微微皱起眉。

“我想看那小畜生能玩到何种地步，不过……”他轻轻打了个响指，便听囚门微微响动，有一人鬼魅般地闪身进来，面上覆着似笑非笑的面具，与宫中之人毫无二致，而我竟一直没有察觉他的存在。

“我的影卫潜藏九重幽宫四处，不得召唤不会出来。”井渊淡道，“他以为我便这般轻易地任他宰割？想不到……最了解我的，居然还是阿初你。”

我没有说话，面上木然，不带任何情绪地听他说着，心中越发沉重。

从地牢里出来，天光已然大亮。

永安站在不远处，便算在这充满生气的清晨，他的周身依然只有无尽的孤冷。我缓缓走过去，将鞭子丢在他脚下，没有言语。

“三年，我极少去瞧，也不曾伤过他。”他淡淡道，“我知你想他死。”

我心中颤了颤，面上却敛了神情：“他毕竟是你爹，我明白。”

井渊和九重幽宫，是缠绕我与他的枷锁和囚牢。我能逃出来并尽情地痛恨这一切，而他却永远不可，因那桎梏中，还有一道名为“血缘”的铁链。

是无论如何都斩不断的牵扯。

所以，将这一切终结，是我能为他做的……最后一件事。

九重幽宫一片静谧，变化在悄然不紊地进行。张歆唯离开，紫荆闭门不出，各副宫面具杀手悄然被处理掉，换过的是井渊的心腹影卫，唯一余下的便是永安与紫荆身畔那近百个核心杀手。

不知不觉间，三日已过大半。

宋涧山将消息夹在给我的馒头中，告知了各大派抵达的时辰，是明日的破晓时分。

当晚我端坐房中，看夜色越发暗沉，心中竟也没有多少紧张。永安这几日一直盯着我，连夜间也坐在门外，大约是铁了心要将我关在九重幽宫一辈子了。

我掐算好时辰，将一切都准备妥帖，轻轻推开门。

永安倚靠在躺椅上，没有睁眼。

“如今你眼疾也医好了。”我压低了声音淡道，“不如我们来打一架。”

半晌不闻回应，我心知他没有睡，便一掌攻上前去，只是他却丝毫未动，任我掌风到了他脸颊边，仍是没有睁眼。

“你知……我是打不过你的。”他淡淡开口，“就像过去每次练习，我不肯伤你，又如何会赢。”

我心中一酸，念及过去种种，只得硬起心肠道：“我要走了，你仍是不肯出手吗？”

夜凉如水，沉寂无声。永安睁开眼，眉间朱砂如同一颗红豆，情意再美，可相思……只会蚀骨。

“你不会走。”

我一怔，便听他幽幽地道：“阿初，你给了他化功散的解药吗？”

“你……”我后退一步无比震惊，“你怎会……”

“那日你故意抽他鞭子让我离开，不就是为了这个吗？”永安站起身来，淡淡道，“这几个副宫中，怕也尽是他的影卫了吧。”

我定了定心神，提了声音稳然道：“你既已知晓，为什么……”

“我囚禁他，只因他下令追杀你。如今你已经回来，这宫主的位子，我早已坐腻了。”永安定定地将我望着，“你会救他，无非是想要宫中内斗，你便可趁我分神对付他的时候悄悄离开。”

我呆呆地瞧着他，半晌吐不出一个字来。

“若我怕你这样做，一开始就不会让你恢复武功。”永安淡淡道，“这些日子我一直在想，你不过是不愿待在九重幽宫，没关系，这次我与你一起走。”

他近乎狂热地望着我：“阿初，天涯海角，你都休想再将我抛下。”

一起离开，远离这痛苦的一切。

我垂下头，心中一片柔软。若当真能说走便走……我又何尝不愿？

可有些事情，不是逃避便可以过去的。三年前发生在靖越山村寨的事情，不能在镖局身上再度重演，我有拼死也要守护的人与必须要背负的东西，只能鼓足勇气去面对。

而永安……

若不能相守，又何必给他虚幻的希冀？

得而失去，才最是残忍，不如在一开始，就断去这所有妄念。

我默然良久，忽然抬起头，望着永安身后惊道："井渊？！"

永安猛然回头，我迅速点了他身上几处要穴，不由得又有些想笑，这一招……还是从张歆唯那里学来的。

我将永安背到我房中隐秘的幔帐后，让他靠得舒服一些，顿了顿握着他的手，便如儿时在那暗房中一般。

"这天下很大，风景如画，山高海阔。九重幽宫是囚禁你的枷锁，我要将这一切打破，然后你就能走出去，用这双眼看诸般美好，你会看见很多颜色的花儿，不必再执着有着阿初颜色的那一朵，她已与那黑暗的过往一起死了，这世间，只有没心没肺的金百万。"

言毕，我运足内力，点上他的睡穴，便见那双满是愤怒和悲伤的灰色眼眸怔了怔，不甘地轻轻闭合。

我转过身，拿起桌上的刀。

离破晓还有两个时辰。

九重幽宫三个附属副宫，除去主宫与紫荆一脉将近百个杀手，其余一百余人，不知是早就潜伏在宫中还是躲藏在山下，大约都已换成了井渊的影卫。

不过刚刚两日半，井渊大约不会想到我会这般快便动手。但保险起见，我用推车挪了五块巨石，死死压住了地牢，叫他便算察觉到什么，想出来也要费一番功夫。至于宋涧山……我却没有知会，似他这般磊落的性子，大约不适合与我一起做接下来的事情，且我也不愿他涉险。

空中悬挂了一轮极弯的月亮，皎洁明亮，十分静美。

只是便要刮起腥风血雨。

刀的快慢，长短，力道，方寸，每一处都极为重要。

靠近一个影卫，轻轻握住他的手，在他反应过来那一刻点上他的哑穴，然后刀锋划过手腕下几寸，挑断手筋的同时，鲜血便会喷涌而出，完成这一套动作，

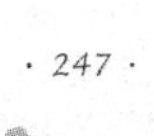

不过只在眨眼间。

浓重的腥气弥漫开来，若非亲眼所见，怎知一个人体内会有这般多的血？如此大量失血，便算不死，亦会陷入昏迷，再没有什么战力了。

无声无息放倒数人，我终于被几个杀手一起围上。井渊的影卫，确实不是新人可比，无论内力还是外家功夫，几乎便要与紫荆同等级别。

可终究是差了一些。

我肩上中了一掌，回身旋过一刀，看到他们眼中盈了满满的恐惧。

是了，这些影卫……都是九重幽宫的老杀手，自然是识得我的，所以深知我当年有多么恐怖，因不曾爱惜自己的性命，所以杀人的时候，从来不留后招自保，只会狠狠拼命，这种人……总是极危险的。

解决掉眼前的五个，继续悄悄潜入，很快便有更多的杀手围上来。我反手握住刀柄，抿住嘴角，脑中只有一片空白。

月光下，除却兵器交响的声音，没有任何言语，像一场诡异而血腥的哑剧。

这一夜那样漫长。

终于，第一缕晨曦落下。

我微微喘息片刻，浑身上下伤痕累累，衣衫早已被血染红。

虽然没有解决所有的影卫，但总算去了一半的威胁。如此一来，若永安不醒，九重幽宫真正需要提防的，便只剩井渊与紫荆二人，以及身边为数不多的影卫和杀手。我终究不是铁打的，能为围剿山顶所做的，大概也只有这么多。

这般想着，便微微欢喜起来，耳中只能听到自己喘息的声音，眼前一片血色模糊，身上的猩红也根本分不出是自己还是旁人的，竟有一些恍惚。

天色初破晓，大约各大派已经上山，我穿过幽深的回廊，脚下仍有几分虚浮，缓缓地走过主殿，却不见一个守卫的杀手。

我意识到了什么，急急跑了几步，推开了九重幽宫的大门。

熙和的阳光落下来，我伸手遮住眼，隐约瞧见有一人站在晨风中。

他一手负在身后，白衫纤尘不染，乌发轻柔缭绕，眉目间似是沐了天地间最为动人的光辉。

可他的另一只手，掐在面具杀手的颈项处，袖襟微微挽起，便没有染上淋漓的鲜血。随着轻微的一声响动，那杀手的身体软软地滑下，倒在另一具尸体旁边。

而那人携着一身倾世风姿，就立在这尸横遍野中，像是错入了修罗地狱的清雅谪仙。

便在这一瞬，他抬了眸光，穿过这重重虚幻，定定向我望来。

刹那间，我想起很多很多，他的脸，他的声音，他的温柔和他的无情。

便算决心不想不念，可爱一个人，当真是一点办法也没有的事情。从踏入这道门，被紫荆折磨，发烧恍惚间直至恢复记忆，我竟不知自己那么疯狂地思念他，深入心魂痛至骨髓，苦苦按捺却又绝望无比。

一身伤痛便在他幽深的眼中轰然散去，我多想告诉他……这一刻，我有多欢喜。

可我知道我不能。

台阶尽头似有隐隐的打斗之声，我敛了眸光，正欲做出冷淡模样说些什么，便觉白影翩然而至。

曲徵伸出胳臂揽住我，唇畔却没有笑容。

“谁让你擅自行动。”醇澈的声音从头顶落下，温淡中携着一丝不易察觉的怒意。我从未见他这般动气，身子却再也支撑不住，双膝一软，彻底倒在他怀中。

“……偏要擅自行动。”我闷声道，微微弯起嘴角，“这世间，总有不在你掌控下的事情。”

曲徵没有回答，只是伸出手温柔地擦去我唇畔的血迹，转了言语道：“你可有受内伤？”

我摇摇头，轻轻推开他，微微站直了些：“我身上都是血，别脏了你的衣衫。”

他五指顿在半空，转而扣上我的脉门，似在诊断。

我听闻打斗声越发激烈，心中急切，便道了声“我没事”，几步跑到石阶边，霎时便被眼前的景象震慑了。

俞家的俞兮和俞琛，风云庄的晋安颜，瞿门的苏灼灼、各位师兄弟，还有白妗妗正与紫荆率领的九重幽宫杀手混战成一片，其中一个女子身着藕荷衣衫，正是慕秋。

我心中一紧，施展轻功跃下石台，一刀解决了她的对手。

慕秋瞧见我，还未展开笑颜便抿了嘴，不住打量我身上的伤口，哑了声音道：“百万……你……你这是怎么啦？”

“没什么。”我笑了笑将她护在身后，只觉红光从眼前掠过，紫荆的面具

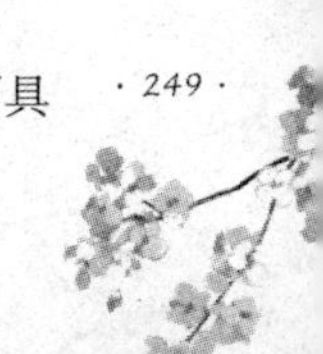

已然掉了，她的脸颊仍有几分红肿，更显阴狠。方才白妗妗与俞琛、晋安颜伙同瞿门三个师兄合力围攻她，竟也丝毫占不了上风，可见血月刀之神利。

“叫副宫来增援！”紫荆怒道，“宫主在何处？”

她一面命令，一面与我交手。

有个杀手捂着肩膀，气喘吁吁道：“血月大人！宫主遍寻不见——副宫的人都——都——”

紫荆不耐烦：“都怎样？”

我对紫荆弯起一抹笑，一刀旋过，便让那杀手再说不出半个字。

她瞧着我这一身伤，面上最后一丝血色轰然褪去。

“是你……”她红了双眼，“你干的好事！宫主呢？你把他如何了？”

紫荆抬了声音，引得不少人听见了，惊愕地向我这边瞧来。前些天她一时大意败在我手上，不过因为我与她武功均出一脉，但眼下这些人全然不是她对手。我想起今日终可为乌珏报仇，顿时便有了力量，随手捡了把刀便欲与她周旋，刚刚不过交了两招，有白影迅速挡下血月刀，揽住我向后退了几步。

曲徵压低了声音：“你知道井渊现在何处？”

我立刻点头，他侧过身，对其余众人道：“拖住她。”

想来曲徵如今身份特殊，各大派唯他马首是瞻，瞿门的师兄弟五人立时再次围住紫荆。我担忧地瞧了一眼慕秋，她和晋安颜正与一个杀手缠斗，暂时没有什么危险，便也稍稍放下心来，随着曲徵向宫内而去。

“俞掌门与师父去寻井渊，此刻都不见了踪影。”曲徵低声道。

我脚下不停，心中略一沉吟，简短道：“在地牢，他身边还有影卫，大意不得。”

到了宫中深处，地牢口的巨石已被击碎，我细细瞧了盖子，不是被人自下而上打碎的，那么应该就是俞望川或者瞿简的杰作，不由得微微咋舌。便算我天赋再高，也不可能将这巨石打成这样，果然姜还是老的辣，这俩老头儿确然厉害。

我与曲徵悄然入了地牢，他略微比我快上半步，似是将我护在身后。我心中立时别扭起来，既已分道扬镳，便不该再承受他的恩情，且论到功力，我也未必差他几分。

还未待我说什么，已靠近了那间囚室，漆黑中一片安静，我心中疑惑，对曲徵做了一个噤声的手势，二人缓缓地靠上前去。

监牢中一派狼藉，像是曾发生过一场恶战。原本是床铺的地方，墙壁却向

后旋转开来，露出一个巨大的暗道。我登时明白井渊都是从何处指挥影卫了，不禁心中暗叹一声“真狡猾”。曲徵伸手摸了下石壁上的剑痕，略一沉吟，忽道：“是芳华剑法。”

果然瞿简二人来过这里。

我握紧手中的刀，与他眼神相触，均明白对方所想，便也不用多说什么，双双进入了暗道。

这一次我稍稍快了些挡在曲徵前面，曲徵似是笑了笑，没有言语。他一直手无寸铁，方才挡住血月刀亦不知用的什么法子，竟连我都没有看清，可见他身形之快。前面可是井渊与他的精锐影卫，从某种方面来说，九重幽宫的宫主比瞿简和俞望川狠辣得多，没有兵器在手，实已先输了半分。

这念头只在心里转了转，我却不愿让曲徵察觉我在为他担忧，便也板着脸不去看他。因暗道没有光，只怕会有陷阱机关一类，是以亦不敢走得太快。

“百万。”

曲徵声音醇澈，从后面淡淡地轻唤。

我后背麻了麻，硬了声音道：“干吗？”

“身上的伤要紧吗？”他似也不怎么在意我的冷淡，言语中透着昭然若揭的关切。我不由得怔了怔，眼下可是在围攻九重幽宫，仿佛比起这足以写进江湖史册的大事，他却更担忧我的伤势。

这若有似无的温柔，像是一场繁华的美梦，曾让我毫无防备地沦陷。

可如今……毕竟是梦醒了。

“没什么。”我扬起一个疏离的笑，也不知黑暗中他能否瞧见，“不过皮肉之伤，过去我都已习惯了。”

说完我便忽然想起张歆唯那神奇的祛疤灵药，不禁后悔没多管她要些。便这略一恍神的工夫，却觉曲徵又走到了我前面去，我忍不住伸手抚额：“既已恢复了功力，便是井渊在此，想伤我也要费些功夫，你……你不用这样的。”

言语说得客气，直白一点来讲便是“少瞧不起人了谁用你保护哼”，曲徵脚下不停，微微偏过头淡道：“百万是觉着……能胜过我吗？”

他的声音温温润润，问得也随意，却莫名让我背后一毛。这货虽然不常动用武力，但是一出手便是惊天地泣鬼神委实可怕……心中虽这般想着，我面上却不肯有半分顺服之意，哼了一声嘚瑟道：“眼下还不知，有机会比画一下便知道了。”

曲徵轻笑一声，没有再言语。

我松了口气，亦不再纠结他有没有兵器这回事了，果然担心曲狐狸我真是脑袋被门挤了……

走了不过片刻，暗道便陡然急转而上，看来是要到出口了。隐隐有一道光现在不远处，那活板门便在暗道尽头上方，方方正正，此时正大敞着，似有打斗之声。我与曲徵一前一后过去，躲进光照旁侧的阴影中，只闻兵器交杂之声越发激烈，定然不止三人。

我贴着墙壁偷听了一会儿，终于忍不住向光亮处探了探，还未看清便觉腰间一紧，眼前有道白光迅速掠过，而我脑袋刚刚停留过的地方，一柄飞刀钉在了那里还在颤颤地鸣动。

“小心。”曲徵双臂环住我悄声道。此时我背贴着被他抱在怀里，二人一起挤在这狭窄的阴影中，说不出的暧昧亲昵。我只觉鸡皮疙瘩从头蹿到脚，却不敢挣脱，也不知那飞刀是有人瞧见我了还是意外，一时间心跳急剧。

“有二十余个影卫。”我听了一会儿，小声道，“不如我们去偷袭？这个我拿手。”

还未听曲徵回答，便觉空中有股剧烈的波动，似是一个人的内力炸裂开来，有人扬声大笑。曲徵在我腰间的手紧了紧，忽然足尖一点跃出暗道，我眼前一花，登时瞧见二十余个戴着面具的影卫形成了一个包围圈，圈中有三人正在激烈交战。

大笑之人正是俞望川。

可他的掌势，却对着瞿筒的背心。

此时瞿筒正与井渊交手，半分没有防备。我心中一紧，正欲出声示警，影卫却向我二人包抄过来，立时便战在了一处。曲徵一边避过一剑，一边手中不知捻了什么，轻轻一弹，那东西便迅速向俞望川击去，竟带起一道纯蓝的内力痕迹。

俞望川眉间一蹙，此时瞿筒侧过身来，顿时面色微变。这一掌终究没有落空，幸得瞿筒躲得极快，才避过了要害，但俞家以掌法雄霸天下，便是拍在肩头，只怕骨头也碎了大半。

而曲徵的石子也击中了俞望川的小腿，只听一声清脆响动，俞望川眼中飞速掠过什么，一个趔趄落在了井渊旁边。

我与曲徵各自做掉了一个影卫，下手极其利落狠辣，登时骇得其余影卫一时间不敢上前。我亦没空搭理这些小喽啰，只是弄不清眼前状况，瞿筒和俞望

川不是来合攻井渊的吗？为甚这二人却忽然打了起来？

瞿简捂着肩膀，却也不如何惊讶，只是嘲讽般地笑了笑：“自灼儿与我说了令千金做下的好事，我便时时防着，想不到竟还是着了你的道。”

我不禁有些佩服瞿简这老头儿了，这一掌换作我大约疼得跳脚，他却面色如常，丝毫没失了一代宗师的风骨。俞望川又大笑一声，昂起头走了几步，左腿微跛，竟被曲徵打伤了。

“瞿门主，你这弟子一日不除，终究是心腹大患。”他缓道，抬了眼睛恶狠狠地向曲徵瞧去，想不到似他这般慈眉善目的长者，竟也有如此狰狞的神情。

瞿简冷道：“俞家侠名百年，是毁在你手里了。”

“毁掉？”俞望川背过身来，缓缓走回了井渊身畔，“自二十年前我在武湖会上与你打成平手那一刻起，俞家便已在我手中毁了。”

我心中忽地一跳，有什么在脑海中迅速掠过。

“是你……”我伸出手指着俞望川，浑身上下都在颤抖，不知是震惊还是激动。那个人从镖局离去的背影一直烙印在我的脑海中，身形、高矮，甚至走路跛脚的姿势……我决计不会瞧错，那托镖人的背影……背影与俞望川跛脚起来一模一样！

“在镖局陷害我的托镖人……”我颤声道，“就是你！”

周遭像是静止了，俞望川顿了顿，捋了捋灰白的长须，缓缓一笑：“想不到……随便挑的替死鬼，竟是真正拥有经文的人，且叫你活到了今日……金姑娘，你说好笑吗？”

我脑中热血上涌，无数画面从我脑中飞速掠过，谁能想到那人会是俞家掌门，德高望重的俞望川！怪不得……怪不得俞家是第一个寻到我的，怪不得俞兮会在婚宴后忽然亲自折返，如此说来，他与九重幽宫勾结……

“是你给桃源谷下了九幽令？”我怒道。

俞望川哈哈一笑：“桃源谷？不止……若不是方才瞿简老儿躲得快，便叫这四分天下的掌门都折在我手里！”

我一怔，心中有什么动了动：“难道晋风云……晋庄主也是你害的？”

俞望川微微摇头：“非也非也，老朽只是半路遇了晋风云，他本欲去山野接那村妇回庄与宋涧山完婚，亦可就此断了女儿的念想。我既决定与他同去，自然要帮他一把，便悄悄给那村妇放了一把火，再顺了一颗枪头的铃铛……”

他顿了顿，只笑得越发狰狞：“晋风云其实本可以救她，却为了女儿犹豫

了一瞬，便是这一迟疑，屋子便塌了。自此他日日自责，夜夜难以安睡，很快便病了……私以为，这也并不是我亲手所害……你说对吗，金姑娘？”

我脑中一阵眩晕，只觉气血上涌，无边恨意和杀气蔓延开来。是他……他害了御非连累慕秋，他害了晋风云连累宋涧山和晋安颜，他亦害了我……这一切的始作俑者，都是他！

手中握住刀柄，我抿起嘴角还未动作，便听那活板门里传来一声惊惶的“爹爹”，霎时冒出两个人来。

宋涧山一手拧着俞兮的双臂，一手提着黑枪，似有些怔忪。

俞望川面色微变，眯起双眼道：“兮儿，你在这儿做什么？”

“我不放心便来瞧瞧，谁知宋涧山这恶贼……”俞兮微微挣扎，却逃不出宋涧山的禁锢，“爹爹，救我！”

“那火……那火是你放的？”宋涧山呆道，“可师父……”

“是你害死的啊。”俞望川捋了胡须，得意道，“我只害死了你的未婚妻而已，其实你不是亦很喜欢晋家那个丫头吗，应感谢我为你扫了障碍才是——”

一声清啸携着满腔悲愤，在这九重幽山后激荡扩散，卷起无数落叶飞沙。宋涧山赤了双目，再不管俞兮，提了黑枪便直取俞望川面门。我一刀逼退数个杀手，跃至他身畔相助。

井渊瞧了一场好戏，只在旁边冷笑，此时见我们围攻俞望川，竟冲着正与影卫厮杀的瞿简而去。那老头儿已然身负重伤，决计不是井渊对手，我正有些焦急，却见曲徵身影连动，轻巧地挡住了他的去路。

二人相接一掌，身上竟都燃起了淡蓝色的内力，看起来好似出自一脉。我从未见过这般奇特的武功，便见井渊变了脸色，只是呆呆瞧着曲徵的眉眼：“你……你是……”

曲徵弯了嘴角：“我是。”

井渊怔了怔，忽然转向瞿简道：“二十五年了……瞿老贼！炼华！炼华……她在哪儿？”

瞿简杀了一个影卫，却铁青了脸色没有回答。井渊立时癫狂起来，浑身都燃起纯蓝的内力向他击去。

曲徵衣袂翻飞，与井渊双掌相对，身上亦燃起纯蓝的光芒，竟比井渊的内力还要纯上一分。

“她眼下……就在九重幽山。”曲徵淡淡一笑。

井渊的内息立时乱了，却更加疯狂地运气用力，目眦欲裂，竟隐隐有走火入魔之相。

四下混战成一片。

我不住紧张地瞧着那两抹蓝光，这便分了心神，忽听宋涧山变了调的惊呼："百万小心！"

他呕出一口血，已被俞望川重伤。

我立时回身，刀光旋起退了俞望川的一掌，却没有避过他的后招，便觉手腕一紧，兵器掉落在地。他死死掐着我的双手，眼中闪出恶意："《璞元真经》在哪儿？"

我冷冷一笑："做梦去吧，我便是死……也不会让你得到。"

俞望川大怒，双手加劲，几乎便要捏碎我的腕骨："那你……便去死吧！"

俞望川正欲拍下一掌，我屈起膝盖，运足内力向前踢出一脚，他不敢硬接，将我狠狠向后摔去。

宋涧山变了脸色，挣扎着要向我扑来；瞿简面色一凝，剑光陡然转向我身后。

可他们都太远了。

半空中折不过身体，我回过头，瞧见俞兮纵身跃起，手中握着一把闪着寒光的匕首。

这可当真是风水轮流转，千算万算，只是没想到会死在俞兮手中。我握紧五指，心中已有了觉悟：便算是死，也要拉她垫背。

电光石火间，我狠狠撞上了什么东西，却没有预想中的剧痛。

白衫铺天盖地盈满我的双眼，我听见利器划开血肉的声音，与双掌击在身上的钝响，刹那间脑中一片空白，只是缓缓回过头去。

曲徵一只手抱着我，身上淡蓝的光芒消失了，而另一只手掐住了俞兮的脖子。她惊愕地瞪大眼，满面都是难以置信的震惊。

那匕首深深刺在了曲徵胸口，她松了手，双唇颤抖着，却说不出一个字。

鲜血从曲徵弯起的嘴角滑落下来，他微微一动，俞兮便如断了线的风筝般飞了出去。

我瞧着他染血的白衫呆住了。

"百万，"曲徵低下头，温柔地轻唤，"你没受伤吧？"

第九章
亲吻，唯一的放纵

◆

◇

瞿简与宋涧山同时唤了一声曲徵的名字。

一时间，我只觉身子一软，心便如被掏空了一般。

方才曲徵正与井渊全神贯注地拼掌力，而他为了救我陡然撤身，背后亦挨了井渊全力的一击，连带俞兮的匕首正中他胸口，若是伤了心肺……便算他是大罗金仙，又哪还有命在？

俞兮重重摔在一块碎石旁，头部血花飞溅。俞望川悲鸣一声，便扑过去抱住她："兮儿，兮儿！是爹不好，爹不该将你卷进来……"

"不……不怪爹爹，是、是我硬要知道的，只有……大哥还蒙在鼓里……"俞兮喘息道，微微偏过头，望着曲徵，竟露出了笑容，"也好……我、我得不到你……旁人……也终究难得到了……你、你便与我一起下地狱吧！"

她说完最后一个字，似已用尽全身的力气，眼见是活不成了。

曲徵轻握胸前匕首，眼也不眨地拔了出来，登时鲜血喷溅。我心中一颤，这才稍稍回过神来，连忙伸手点了他伤口周围的穴道。

他将那匕首轻轻丢在地上，微微一笑："便是要下地狱，也不是与你。"

俞望川大吼一声，冲过来便要拼命。我推开曲徵，接过宋涧山丢过来的刀便迎上前去，二人联手围攻他一人，交过几招心中已清醒了些，对着他冷笑道："你应当感谢曲徵才是，若不是他，我岂能让令千金死得这般舒服？"

他勃然大怒，手下越发狠辣。

井渊哈哈一笑："俞掌门节哀，四年前你我联手未成，擎云那小畜生只念着这小贱人，与你的合作也算到尽头了。如今我再助你一臂之力，共成大业如

何？”

他身形奇快，转眼便到了我三人混战的地方。瞿简被十余个影卫围攻分身乏术，曲徵硬接了井渊一掌，嘴角又溢出鲜血，我心急如焚，若是手中有个好兵器……若我有血月刀……至少不会如此狼狈……

本来紫荆昏迷，我是可以趁机得到的。

可我……再不愿拿起血月刀。

正一片混乱间，忽闻风中传来一股甜美的花香。

我手下不停，却见井渊与瞿简都顿住了身子，不远处的山坡上现出一个人。影卫立时从瞿简身畔撤了半数，转而向那人攻去。

在场之人修为都已算得极高，竟没有一人察觉那人何时出现的。影卫刚刚近了身，也不见那人有何动作，便见那些影卫都远远地飞了开去，摔在地上竟似身受重伤。

一时间所有人都住了手，转而向山坡上瞧去。

尘烟散尽，现出一个婀娜的身姿。我瞧见一张倾城绝世的面容，轻轻“啊”了一声。

这世间竟有如此绝色，仿佛被天神眷顾的一般，只有幽深的双眸现出了几分沧桑，昭示她已然不年轻了，却丝毫无损她夺目的美丽。

但那眉宇间仿佛有光辉的气韵，竟与曲徵有八分相似。

我心中意识到了什么，便见曲徵转过身，没有笑容，淡淡地唤了一声：“娘。”

瞿简的剑掉在地上，只是呆呆望着那女子。

“炼华……”井渊痴痴道，“炼华……这么多年，你终于肯见我了吗？”

我一时有些转不过弯儿来，曲徵竟然也有娘？真的假的，那得什么爹娘能生出他这般逆天的人来？

好吧，就算他有娘，与瞿简和井渊又有甚关系？

正胡思乱想间，炼华面无表情地将所有人环视一圈，最后目光落在了曲徵身上的伤口处，冷冷道：“徵儿，你不要命了吗？”

这声音婉转动听，却冷若冰霜，且……像是对重伤的儿子说的话？

曲徵淡淡一笑，却不回答。

炼华目光掠向我，看得我莫名背后一毛。她冷哼一声，竟转身一跃，顷刻间便去得远了。霎时地上又涌起两道身影，井渊与瞿简紧随其后，跟着炼华消失得无影无踪。

变故生得极快，我还未回过神，曲徵已杀了最后几个影卫，宋涧山一枪刺中俞望川肩头，他眉间一蹙，几个起落抱起俞兮的尸身。眼下是一对三，大家都受了伤，饶是他厉害，大约亦没有把握胜我三人联手。

“曲徵，不为兮儿报此大仇，老朽誓不为人！”他扬声怒道，施展轻功转瞬便去了丈许。

宋涧山大喝一声“老贼”，亦很快追了上去。

我知他恨意难平，也就没有阻拦，微微喘了口气。这偌大的后山，遍地影卫尸体，便只剩我与曲徵二人。

危机一过，那种恐慌感霎时又涌了出来，我奔到曲徵身旁，扶住他道："你……你可要紧吗？"

他面色有些苍白，微微摇了摇头，对我弯起一抹笑："你没受伤就好。"

我心中胡乱蹦跳数下，忽然满是怒意："你这是做什么？自那晚起我们便再无瓜葛，围攻九重幽宫只是互相利用罢了……我根本用不着你救，也不会念着你的恩情！"

曲徵伸手撩起我耳边的发，柔声道："从前你替我受过一刀，如今一报还一报罢了，算不得恩情。"

他虽然如此说，可当初他为了那一刀，答应娶我护我，毁去九重幽宫揪出托镖人，实已都做到了，不再欠我任何东西。

我咬住嘴唇，只是不停地对自己默念：这都是假的，他是为了真经，他救的不是我，而是只有我知道下落的《璞元真经》！若被这假象欺骗，只会重蹈过去的覆辙，苦苦折磨自己，受尽那爱而不得的煎熬。

“眼下先不说这个。”曲徵略微沉吟，忽道，“事情还没有结束，我们须回宫门前去。”

我心中“咯噔”一下，险些把紫荆这货给忘了，便赶紧扶了曲徵，从活板门处一路折回，思及慕秋安危，更有些焦急起来，不过片刻已回到主殿中。

兵器交响之声仍然不绝于耳。

我出了门便松开曲徵的胳臂，飞奔到石阶旁边，一路下去尸横遍野，有面具杀手亦有各大派的弟子，从昨晚到现在，我一刻不停地厮杀，心中已有几分麻木，似有些过去满手血腥的感觉，不禁一阵恶心。

紫荆与白姈姈、苏灼灼、俞琛、晋安颜打得激烈，双方都似拼了命。我在这一片乱斗中寻找慕秋的身影，却猛然瞧见了永安。他右臂负了伤，正与瞿门

师兄弟缠斗。

他怎会在此？难道他强行冲破了穴道吗？我心中一急，跳下石阶便奔了过去，永安此时亦瞧见了我，突然怔住了，只是痴痴望着我这边，竟丝毫不顾白翎枫的攻击。

“当心背后！”

我扬起声音急道，正欲出手相救，忽见一个藕荷色的身影纵身向他扑去，死死地抱住了他，便阻了瞿门狠辣的一击。

白翎枫收回佩剑扭过身，面色愤怒而不解：“金姑娘，你……你干什么？”

永安没有回头，慕秋埋首在他背后的衣衫里，手中的鞭子亦不知去了何处。我正欲去唤她，便觉一个红色的身影从我身畔掠过，直直冲向永安身后，而后便带起一片绽放的血花。

一声痛苦的惨叫。

我眼前模糊起来，只能瞧见慕秋被撕裂的后背，与她软软地向旁倒去的无力身影。

那血色几乎将我的理智烧尽。

“心疼了？”紫荆喘息一声，得意道，“你在乎的人，我都要杀光。”

我没有理她，只是呆呆地跪在慕秋身畔，似被抽走了浑身的力气。

接二连三的打击像是要将我击垮，先是曲徵，再是慕秋……我不知我还能承受住什么，亦不知道还有什么会比这更糟。

“慕秋，慕秋……”我喃喃道，“为什么……他不是御临风，你知道的……”

“百万，求求你，别让他们伤了他……”慕秋弯起眉眼，唇色苍白道，“我爱错了人……可是……也没法子啦。”

言毕，她脑袋微微一偏，就此不动了。

我脑中一片空白，只觉自己站起身来，缓缓向前走去。

像是忽然无所畏惧了，失去了最重要的人，反而再没什么好担忧，满心满身都是愤怒与恨意，化作冲天的内力在周身流转。

紫荆一刀旋至，我不闪不避，伸手擒住了血月刀背，便这么轻巧地夺了过来。她面色微变，伸脚向我踢来，我抬手格挡，握着她的足踝向后一拖，她顿时重重摔在地上。

我骑在她身上，握住血月刀，按住她的双手。

一刀下去，左手五根手指齐齐而断，一时间撕心裂肺的惨叫响彻山空，我缓缓道："这一刀，为我义父乌珏。"

她目眦欲裂，只是面色惨白说不出话来。

我又落下一刀，将她右手五指齐根斩断，她双眼翻白，竟是要晕了。我狠狠抵住她的人中，迫使她清醒地感受一切痛楚。

"这一刀，为我的慕秋。"我淡淡道，将血月刀贴着她的面颊插在地上，凑近她耳旁，"你伤害他们的时候便该知道，终有一日我会将这一切讨回，莫以为两条人命只用十根手指便相抵了，我要你这辈子再拿不起刀，要你余下的日子……都生不如死！"

她咬破了嘴唇，登时满口的鲜血。

"你知道，你与我的差距……在哪里吗？"我瞧着她这副惨状，微微一笑，声音轻得只有她才听得到，"我拿了血月，必会取走人命，所以我轻易不愿再碰它。眼下我没有杀你，你便是这唯一的血月了……到死，都是废人血月。"

九重幽山上一派寂静，只有紫荆在轻微地抽搐。

余下的面具杀手背部相抵暗暗警戒，各大派的人都站在原地，所有人静静地瞧着我。忽然一声响动，剑光白灼四起，便见曲徵后退数丈，身上又燃起了淡蓝色的光芒。

永安握了通体雪白的剑，近乎狂热地道："我要阿初跟我离开，你必须死。"

曲徵微微摇了摇头，淡道："要去哪里，是百万的自由，亦非你能够决定。"

他面色与言语皆温淡，我却觉出一股细微的杀气，二人极快地过了数招。

永安应是敌不过曲徵的，而曲徵亦身负重伤，结果自然难以定论。我胸口似有什么沉沉压着，几乎喘不过气来，便纵身向他二人跃去。

曲徵那一掌便在我眼前停住，永安立时扔了剑，根本不去瞧躺在不远处的慕秋和紫荆一眼，轻轻拉了我的手。

不知为甚，曲徵受伤应比永安重上许多，我却莫名觉得他威胁更大些，便将永安护在身后，望着曲徵的眼睛道："你……你别伤他。"

曲徵目色一凝，淡淡瞥过我与永安交握的手，轻轻咳嗽起来。

这一咳引得他胸前伤口崩裂，溢出许多鲜血。我心中一紧，再不忍看，侧过头道："这次围攻九重幽，是你赢了……大局已定，他不会再害人，你放他走……我便把东西给你。"

永安阴狠道："阿初你何必求他，待我将他们都杀了，这便带你离开。"

我不语，只是定定望着曲徵。

他亦定定瞧着我，半晌终于垂下眼睫，淡道："若我说……金慕秋未死呢？"

"什么？"我心中一颤，转头向慕秋望去。

白妗妗正抱着慕秋，眼中噙着泪水："方才……曲公子给慕秋吃了一颗九转回魂丹，百万，她……她还有气。"

我喉中一哽，竟似能呼吸了，忍不住便哭出声来，几步奔过去抱起慕秋，将她背在身上。

"张歆唯现在山下四五里的镇中。"曲徵淡道，"我与你同去。"

永安走过来站在我身畔："我带你走下山最快的路。"

我擦了眼泪点点头，只觉什么都不重要了。俞望川的事还需给众人交代，曲徵走过去简短地布置了善后之事，余下的面具杀手见状不对都已溜了。永安悄悄拉住我，从山侧走了下去。

我一步一步迈下石阶，心中不禁微微欢喜。慕秋还有希望，此战亦大获全胜，虽井渊与俞望川未除，但九重幽宫大势已去。眼下这二人都与我走了，终是保住了永安，剩下的便待以后再说。

不过半炷香的工夫，曲徵便飘然而至。永安横了他一眼："阴魂不散。"

曲徵淡淡一笑："我亦知道下山的路，不必劳烦你。"

二人一左一右，一个恶声恶气一个笑里藏刀，隔着我用眼神展开了一场无声的厮杀。

我嘴角抽了抽，汗颜道："既然你们这般有活力……就先来帮我背人啊！"

于是这一路我不但要背着慕秋，还要时时提防他二人面色不对大打出手。直至日头初落，下山租到马车，粗略一算，他们已明刀暗枪过招三十余次。

一开始我还能及时阻止几回，后来累得话都不想说，也就懒得去管。永安撩开马车帘子，阴森道："阿初，张歆唯当真在前面那镇子吗，可别又上了他的当。"

我还未开口，曲徵微微弯起嘴角，脸色几乎与永安一般苍白："既已下山，亦不用擎云公子在此了，你可以请便。"

"我偏偏不走，有本事来杀了我！"一个不经挑拨立时大怒。

"你以为我不敢吗？"一个温润浅笑火上浇油。

……

于是马车外乒乒乓乓又打了起来，骇得车夫一张脸变得蜡黄。我立时抚额，

擦了擦慕秋额角的汗，替她盖得严实了些，终于忍不住探出头去怒道：“有完没完！”

没人理我……

归根结底，虽永安总是先出手的那一个，但曲徵两句话便能让他跳脚，其居心也很是叵测。我瞧着他二人伤势亦不轻，尤其是曲徵，胸前一刀固然凶险，背上井渊的掌伤却更为致命，只有脸色出卖了他的身体状况，能撑到此处仍然谈笑自若，我亦不得不佩服。

“要不……你来马车上歇会儿吧，”我对曲徵道，“不要骑马了。”

旁边立时传来阴恻恻的气息，我背后一毛，对永安堆起一个笑：“我去与你一起骑马。”

曲徵顿了顿，弯起嘴角道：“不必了，还是让他休息。”

“谁要你假惺惺，”永安冷哼，“你不就是想与阿初骑马吗，偏不让你如愿。”

“是你误会了。”曲徵淡淡道，“方才我打中了你的后心，想必不太好受。”

“哼，便如蚊子叮咬，半点感觉没有。”

“哦？那阁下还想试试看吗？”

……

眼见两人又要打起来，我嘴角抽了抽，大吼一声：“行了！你们都上马车，看好慕秋……我去骑马总行了吧！”

大约这二人都撑不住了，是以均没吭声，出奇的意见统一。我在车夫同情的目光下爬上马，不禁有些忧伤：本来是想把他二人隔开，这下倒好又跑到一处去了，果然是相生相克相爱相杀吗……

张歆唯所在的镇子不远，不过一个时辰便赶到。

我与当地人打听了消息，杏林坡有许多医药馆，此刻张歆唯便在其中一家分店里，沿着大街直走便是。

我忍不住加快了行进速度，待到了妙手堂，却见大门紧闭，不由得心中“咯噔”一下，不知又出了什么变故，便赶紧上去捶门。

门很快便开了，一个小童走出来，问了我的名号就去通传。

曲徵给了车夫五倍银两，我将慕秋抱进妙手堂，不多时便见张歆唯走了出来。她目光在我三人身上转了转，最后落在慕秋身上，立时闪亮起来。

“伤得都不轻呢……”她“啧啧”了一声，“尤其是这位姑娘……”

张歆唯翻了翻慕秋的眼角，又查看了她背后的伤势，面色不禁凝重起来。

我立时紧张了，拉着她的手道："张姑娘，可……可还有希望？"

"当然。"张歆唯一副受了轻视的模样，气鼓鼓地鼓圆了腮帮子，"这种伤我闭着眼都能医好！"

"……"

那你乱凝重个什么劲儿啊！

"但是嘛……最近钱赚得差不多了，我亦受了爹爹的教诲，觉得金姑娘你说得甚对，神医是应有些自己的风骨。"张歆唯从身后搬出一块牌子，上面密密麻麻列了许多条例，指着其中一条"穿藕荷衣衫的女子不治"，讪笑道，"可惜这位姑娘不符合规矩……"

我胸口一疼，忍着把牌子摔烂的冲动道："张姑娘，这规矩也……"

太扯了！

永安冷冷道："这个容易，给她换件衣衫便是了。"

"那不行的，须是受伤穿的这一件，我很讨厌藕荷色……"她挠头道，"金姑娘，非是我不帮你，只是规矩便是规矩，这亦是检验我节操的时刻——"

曲徵淡淡一笑，将一张一千两的银票放在桌上。

她一个箭步冲过去揣在怀里，对童子吼道："快将这姑娘抬进房中，热水药箱伺候！"

这种四肢无力但好想掐死她的冲动是怎么回事……

张氏不愧为杏林圣手，待热水换了数桶，张歆唯从房中出来的时候，慕秋的内息已然平稳，面容极为安详。

我放下心来，看张歆唯给永安金针调穴后，又进了曲徵房中。我身上皆是皮外伤，虽多却不重，是以只需童子为我包扎便好。

而她这一进，却足足过了六个时辰，仍是没有出来的迹象。

我在外面昏昏欲睡，索性便趴在了桌子上，永安便在旁与我一起等着，直至月明星稀，房门嘎吱一响，才终于见张歆唯走了出来。

"怎么样？"我故作一副不是很挂怀的模样，"他死不了吧？"

"当然，到了我手里想死都难。"她嗫瑟道，不知为甚额间竟似有汗。

我放下心来，恭恭敬敬地对她作揖："张姑娘大恩，金百万此生绝不敢忘。"

"不必不必，我收了银子的，自然要尽力。"她赶紧扶了我，面上有一分难得的尴尬，"这个……先不说了，我需去查查典籍，金姑娘你们自便。"

她言毕便脚底抹油溜了。

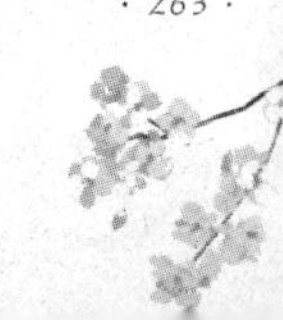

我挠挠头，这么晚了还须看书，倒真看不出她是这般刻苦的姑娘。此时已入夜了，我转过身瞧了一眼曲徵紧闭的房门，刚刚迈了一步，却又顿住了，微微垂下头来。

他没事便好。

而我……不该再给自己更多靠近的借口了。

一日下来滴水未进，我摸进妙手堂的伙房，随意做了几道小菜，让童子每样盛了些给曲徵送进房中，剩下的便摆好唤了永安一起来吃。他仍是一副阴厉模样，坐在桌前亦不动筷，只是沉沉望着我。

"是我这三年学来的手艺。"我热切地瞧着他，"以前我常常想，若你我不是在九重幽宫相识，都是普通人家的孩子，大约便是如现在这番光景。"

坐在普通的伙房中，二人淡淡相对，吃着普通的饭菜，过着普通的一天。

当年，连做梦都在奢望的东西，真的摆在了眼前。

永安轻轻"嗯"了一声，伸手拿起碗筷，微微有些颤抖。

我努力按捺心中的波澜，亦开始动口，只是不知为甚谁都没有言语，便这般默默地吃饭，气氛一时间有些压抑。

半晌吃完了，我站起来收拾桌子，捡到他面前的时候，手却被按住了。

"阿初。"他淡淡道，"你打算何时离开？"

我顿了顿，放下手中的东西，缓道："……大约，待慕秋好些之后吧。"

话音刚落，便觉永安握住了我的手站起身来，目光定定将我望着："是待金慕秋……还是待曲徵？"

我一怔，心中极快掠过什么，只是还未细想便被深深埋起，转瞬不见半点涟漪。

"自然是慕秋。"我挣脱了他的手，缓缓走至窗边，轻轻推开，"便只算她救了你这番恩情，我亦是要看她康复，心里才会安稳。"

永安掌心一颤，垂下眼睫道："我没有要她这么做。"

"情之一字，谁又说得清呢……"我趴在窗子上，外面是一条宁静的河，河边灯火通明，人来人往极是热闹。

瞧了一会儿，眼前却渐渐有些模糊了，只觉天地间一片静谧。我微微侧过身，放缓了声音轻道："便如……我亦从不曾让你为我做这许多，是一样的。"

"你若觉着亏欠于我，大可不必。"永安淡淡道，"若不是阿初你，我早在十几岁的时候便死了，断断活不到今日。"

“若不是永安，我亦撑不过那些日子。”我对他笑了笑，回过头轻轻叹了口气，“其实你我之间，早已越过男女之情了吧。”

“既然你挂怀于我。”他轻声道，携着一丝浓浓的悲哀，“为甚不肯带我一起走呢……”

“四年前是觉着会连累你，而今……我自然会与你一起的。”我回过头看他，弯起一个欢喜的笑，“像亲人一般，永远在一起。”

永安一怔。

“可是……”我望着远方，柔声道，“我觉着这样对你很不公平。”

“过去那许多年，我们都在黑暗中，未曾看到这世间诸般美好。这三年我虽窝在一个小地方，却也经历了许多，痛苦和温暖，快乐或失意，每一天都很充实。”我趴在窗台上捧着下巴，弯起了嘴角，“所以多希望你也能看到，这世间有那么多美丽的花，若平白将你绑在我身畔，亦给不了你任何三生之约，该比不肯与你一起……更加残忍。”

我淡淡地说着，身后默默无声。

受慕秋的恩惠，我可以用命报偿；得宋涧山的相知，我亦会挺身而出。唯独永安……不知如何相对。

情之一字，当真无法无方。

我亦没有再言语，十多年的心结和执念，又岂是一时半刻可以化去。

过了很久很久，似是降落一声幽幽的叹息。

“我知晓了。”永安缓道，竟没有我料想中的暴躁大怒，“那么阿初，你对曲徵，也是如我对你一般吗？”

我心中一动，有些讶异地回过头，眼前映入他额间那颗殷红的朱砂。

“从前是极喜欢他的，但如今……”我弯起眉眼笑了，“既已清楚他心中无我，又何必苦苦强求。待《璞元真经》之事一了，我就离开这里，眼下也许还不成……但终有一日会忘了他，过闲云野鹤般自在的生活。”

“你若无情我便休。”永安怔怔道，随即垂下头，竟也笑了，“阿初……当真是比我洒脱得多了。”

我莫名地红了脸，挠挠头又面向窗外。

永安亦走到窗边来，沉声道：“那我就依你所言，去看这天下的模样，是不是同你说的一般。我会看遍这世间所有的花，然后再去寻你……那时，你便

再无借口让我离开。”

言语刚落，便化作了一阵清风。

我侧过头，发现身边的人已然跃上河边，踏水而去，心中像是终于卸去了什么，又莫名觉得空落。

无论于谁，这大约……都是最好的解脱了。

我又发了一会儿呆，便将伙房都收拾好，默默回了妙手堂的庭院。

夜色疏影，有一人站在门畔，他换了碧色衣衫，在暗处不甚惹眼，却更衬出一股珠玉随尘的风致。

我本想问他的伤到底怎样，却又觉得显出了几分亲近，是以咳了一声便干巴巴地道："大半夜的，你在这里作甚？"

曲徵弯了嘴角，折出几抹月华："我在等你。"

"噢。"我应了一声，"正好我也有事找你，大约与你等我的是一件事。"

他微微垂下眼睫："那件事还不急。"

"可我须先与你讲明。"我干脆地道，"当年我偷了真经离开九重幽，觉得那委实是个害人的东西。是以躲入了桃源谷的密道之后，便在那里将经书焚毁，只是烧的时候有人来了，走得匆忙大约漏了一篇，便是后来御非得到的残页。"

"原来如此。"他淡淡道，似是若有所思。

我摊起两手："所以……你机关算尽想要的东西，四年前便不在了。如今九重幽宫已毁，俞家、风云庄、桃源谷均无人主持大局，你又持有武湖玉印，坐上盟主一统江湖是迟早的事情，又何必执着于那本经书？待你伤好了，俞望川与井渊亦不是什么威胁，话说到这里你娘到底是谁啊……"

曲徵正欲张口，我忽然反应过来，连忙摆手："且慢！你别告诉我，反正都与我无关了……眼下咱们已两不相欠，待慕秋好些我便离开这里，就不用送了哈。"

我觉着自己这番言辞洒脱得很，便嘚瑟地转过身，向着慕秋房中行去。

只是刚刚走了几步，便听身后晚风低拂，似有人轻声一笑。

"可是百万，"曲徵站在原地，声音醇澈明净，"我还没有给你休书，你现下……仍是我的娘子呢。"

居然忘了这茬！

夜风渐渐冷冽，曲徵站在门畔，一双眉目极尽隽美宛若天成，只是又苍白

了些。

他说在这里等我，亦不知等了多久，大约不可以这般走动的吧？否则他就不会微微靠着门框，支撑就快要站不住的身子，面上却丝毫不肯显露端倪。

我看了他半晌，终是心中一软，淡道：“夜深露重，先回房再说吧。”

于是我将曲徵搀扶进屋，只觉他一侧的重量都压在我身上，实已虚弱到了极点，不由得心下生疑：“你这伤……当真诊治好了吗？”

“无大碍，只是要休养一段时日。”曲徵坐在桌旁，我回身关上门，从书卷筐中翻出笔墨纸砚，依样摆在桌上，最后将笔蘸饱了墨汁，客客气气地递给了他。

曲徵静静瞧着我，一副“我不知道你要作甚”的模样。

“休书。”我背起双手，在屋中走来走去，“不用客气尽管编吧，理由便说我不够贤良虐待公婆或者没有子嗣，嗯……”

“百万做得一手好菜，算是极为贤良了，又未与我娘相处，怎算虐待……”他弯了嘴角温言道，“至于子嗣……还未试过，你怎知不会有？”

试……试……

“不……不要打岔！”我霎时红了脸，拍了下桌子抬高声音，“写什么随你，反正休了我就是了，大家两不相欠再无干系！”

曲徵执了笔，却只抬了双眸瞧着我，似有几分为难：“你当真……是与我两不相欠了吗？”

我没转过弯儿来，老实地点头：“自然不相欠了。”

“百万是否忘了，我帮你揪出了托镖人，毁去了九重幽。”他柔声道，“但你却早早把《璞元真经》毁了……这可公平吗？”

我胸口一疼，后退一步：“毁去真经是四年前……那时候我还不认识你好吗，怎会料想如今……”

“更何况……”曲徵淡淡打断了我，唇畔笑意更深了些，“你还欠我一个洞房花烛夜。”

轰！

我脑中有根弦霎时断了，只觉一股热气从脚底腾到脑门。

“洞洞洞……”我哆嗦着小腿后退几步摸到大门，只觉曲徵一双幽暗的眼眸中别有深意，映着烛光华彩流转，登时不敢再看，嘟囔了一句“洞你个鬼”

便赶紧推开门彻底落跑溜走。

因没有拿到休书，我很是失落地塌着肩膀，打算回慕秋房中照看她。刚刚迈进去一步，却见张歆唯坐在床前搭着慕秋的手腕，眉头锁了起来。

我心中一紧，几步走上前去，忧心道：“有什么不妥吗？”

“还算平稳，只是……”张歆唯轻轻叹了口气，“这位慕秋姑娘，心结极重，再如此下去……只怕她要很久才会醒，对身子和神智都是有损的。”

慕秋脑中，定然满是永安之事，且他对她那般无情，大约心上早已伤痕累累。

我顿了顿难过道：“可有别的法子吗？”

“有是有的，只是……心病还需心药医，我能做的只是让她忘记这个心结。”张歆唯缓缓道，“我张家有种世代相传的奇药‘忘情草’，本来一百两银子也买不到一株，熟人我就算你便宜一点……”

我没有心情与她讨价还价，缓道：“你容我想想吧。”

张歆唯微微摇头：“还真是棘手，这次需要好几味杏林坡才有的奇药，只怕……”

她面色少有的焦虑，我不由得笑了笑：“怕甚？曲徵银子多得几辈子花不完，你尽可往死里黑他，我双手双脚支持你。”

张歆唯挠头嘿嘿一笑，却有几分勉强。我忧心慕秋的事没有深究，便这般和衣在她身畔趴了一夜，次日醒时伸了个懒腰，觉得神清气爽，身上亦是利落多了，是以盘算着上街买点好食材，给慕秋炖些补汤喝。

刚刚出了院子，却见曲徵坐在石桌前，手中抚着一只雪白的信鸽。

我还记着他说我欠他洞房之事，不由得面上一阵尴尬，便欲装作没瞧见从旁溜走。

“为俞家声誉，俞望川之事没有公开，只有俞琛知悉，并在俞家后堂为俞兮设了灵位，不准任何人吊唁。”曲徵缓道，“非弓下落不明，紫荆已被囚禁，且九重幽宫的地牢中……还有个你意想不到的人在。”

我十分好奇，只眼巴巴地瞧着他。

曲徵也不再卖关子，微微一笑道：“是真正的御临风。”

“他还活着……”我微微一怔，随即便欢喜起来，本以为落在九重幽宫手中，他是绝不可能活着的，当真是个极好的消息。

“他得知御谷主仙去，十分悲痛，但亦很挂怀金慕秋。”曲徵淡道，“我已书信一封，让他休养好了便来此处。”

我心中微微一动，隐隐有个念头冒了出来，又觉得有些荒诞，便甩甩头不再去想，欢欢喜喜地上了街。

然后我便要忍受身后跟了个十分引人注目的美人一起去……买菜。

曲徽不言不语，只是跟在我身后不到十步的地方，唇漾浅笑眸光醉人，委实是副颠倒众生的销魂模样，是以早市便炸了锅，大姑娘小媳妇掩面飞奔含羞私语，纷纷猜测我与他的关系，导致我菜没买到，倒是被围观得很彻底。

我嘴角抽了抽："你是在报复我吧……"

"百万多虑了，我……"曲徽弯起嘴角，"只是想与你一起而已啊。"

这种回答让人怎么跳脚，我都不好意思凶他了，好忧伤……

可惜这不过只是个开始。

第二日我伺候好慕秋去镇上帮张歆唯换妙手堂的匾额，曲徽又被牌匾店铺的姑娘们凶残地围观了。

且我发现，除了就寝和如厕，曲徽便似个影子一般，我走到哪儿跟到哪儿。瞪眼他就笑，问什么又不答，且携着一身重伤苍白着脸色，骂不得更打不得，委实让人很惆怅。

第三日我试图摆脱他偷偷溜走，被发现后霎时被黏得变本加厉。

第四日我终于受不了了，心中一横便进了镇子里最豪华的点将台。

那是一间……小倌馆。

第一次逛这种地方，倒是颇有些紧张。我为了撵跑曲徽已是濒临爹毛状态，是以便挺直了腰板，做出一副"爷是回头客"的模样迈了进去。

曲徽面不改色地跟了进来，唇畔笑意不减。一个浓妆艳抹的男子迎了上来，伸手就要搂我的胳臂，不知为何还未碰到我的衣角便忽然缩了手，泪眼汪汪地瞧着我："姐姐身上有什么东西，打得人家好疼。"

我瞧了一眼他手上红肿的痕迹，一看便是被武功高强之人弹指所伤，便也不说破，咳了一声道："把你们这儿最俊俏的小哥叫出来！"

那男子大约觉得我是个富婆，顿时眉开眼笑，回头唤了一声"莫霜"，便掩着口去了。

我进了厅中，霎时眼前一片花红柳绿，每桌有四五个男子陪着一个客人，客人有男有女，男子或英挺或柔媚，当真是各种类型应有尽有。

我被这奢靡的场景震慑了，便见当中桌前一个白衣男子站起身来，黛眉星

目挺鼻薄唇，真是生了一副绝好相貌。他见了我便走上前来，微微作了一揖："在下姓莫，单名一个霜字，还未请教姑娘——"

言至此处，他眼睛望向我身后，忽然便怔住了。

我方才后知后觉地发现，自我进了这厅中，客人和小倌们便都失了言语，静静望着我身后。

"小哥，你真美！"有个客人忽然凑上前来，对着曲徵流口水道，"你是新来的吗？一夜多少？三千两银子够不够？"

所有人，包括我在内，均倒抽一股凉气：三千两为个男人也太败家了……

曲徵对那客人淡淡一笑，登时勾去了半数人的魂儿，立时便有个娇媚的男子哭了起来："输了输了……"

"姑娘你是来砸场子的？"方才那个莫霜站了出来，对着我提了声音冷道，"自带粉头请去客栈，别误了我点将台的生意。"

我觉着已然百口莫辩……

曲徵闲适地坐在身旁一个凳子上，微微整理了一下衣衫，弯起嘴角，忽然抬了眼眸对那调戏他的客人道："你觉着……我只值三千两吗？"

"三千两不够买你一根头发！"那人立时酥了骨头，"美人我愿为你倾家荡产！"

"是吗？"曲徵垂下眼睫，"那……你把命也给我，可好？"

一股冷意随着他的言语轰然蔓延开去，我身上一毛，只觉强烈的杀气在霎时炸裂，几近让人站立不稳，又在下一瞬全部归于虚无，再无踪迹。

于是不过片刻，我拄着下巴与曲徵坐在这空荡荡的大厅中，一脸忧伤。

曲徵给自己倒了杯茶，亦给我倒了一杯，一副事不关己的模样："百万尝尝，这里的茶倒是不错的。"

一句脏话到了嘴边，我气鼓鼓地瞧着他，嘴边挤出两个字："脱衣。"

曲徵端着茶杯的手一顿，眸光转向我，一副"我没听清"的模样。我已然豁出去了，愤怒地指着他道："我来逛小倌馆子泡小哥，谁知小哥都被你吓跑了，只好泡你，赶紧脱吧。"

哼哼，让你佯装淡定，这下还不气得你拂袖而去！我面无表情地端起茶杯，心中一阵腹诽，便见曲徵放下茶杯站起身来，轻轻带上大厅的门，然后旋过身子，右手一动，腰封绸带立时滑落，月白衣衫霎时松散开来，隐隐现出胸前如玉般

的肌肤。

我手中茶杯“咣当”一声掉在桌上。

曲徵将外衫轻轻放在一旁，仅着了白色中衣，静静将我望着。

“有……有本事……”我哆嗦着嘴唇，“你再脱！”

曲徵眼都不眨，竟真的去解左边衣带。我背后立时爹起一片汗毛，赶紧别过头去，两只手摆了摆：“行了行了，就这样吧。”

失算！失算！从前怎么没看出他这般豪放？我忧伤地抚额，觉着脸面丢了个十成，眼角瞥到了桌上的瓜果，便咳了一声道：“我要吃那个。”

曲徵弯起嘴角擦了手，拈起一粒葡萄，细细剥去果皮，用桌上的小签子将籽儿掏去，轻轻送到我唇畔。

十指修长，骨肉匀净，与莹绿的葡萄果肉相映生辉。我下意识地张开嘴，舌尖似掠过他的手指，便觉彼此都怔了一瞬，有什么东西仿佛被挑起了，登时满室一片旖旎。

曲徵像是靠近了一些，沉沉道：“百万，这点将台里能做的……只怕不止脱衣和吃葡萄吧？”

此时我心中“咯噔”一下，只觉脸要烫得冒烟，神思也不知飞到了何处，往后使劲儿地蹭了蹭，险些便从椅子上掉下去。

“其……其他的做不得……”我结巴道。

曲徵凑得更近了，几乎贴到了我身上：“哦？为何做不得？”

我闭了眼睛心中一横：“因为我没钱！”

曲徵一怔，忍不住便笑出声来。我亦觉着自己回答得很二货，可面上却不肯服软，便噘了嘴嘟囔：“笑甚？”

岂料他不但不答，还笑得更厉害了。

我鲜见他这般开怀，心中实在是不爽，便傲娇地哼了一声故作淡然地甩头而出。

第五日，御临风来了。

他似比靖边镇初见时更为憔悴，我不禁想起了永安，心中有些难过。张歆唯对慕秋用了忘情草，御临风知悉了慕秋受伤的过程，只是沉默不语，一直守在慕秋床畔。

果真如宋涧山所说，桃源谷少主虽体弱多病，但素来是个温和的人。若慕秋当真忘了这一切，那么……能从他这里得到幸福，那该有多好。

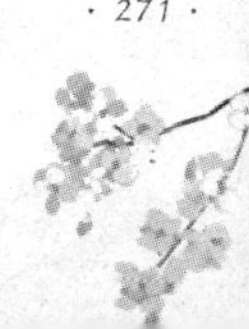

本就是阴错阳差断开的缘分，大约冥冥之中当真有天注定，一切终是回到了最初。

第六日，初春之夜晚风微凉，慕秋那里有御临风不需我照看，我无聊地蹲在市集的河边，曲徵照旧跟在我身旁，似也不想多言语。

身后是一派车水马龙人群熙攘，我不住向水中撇着石子，不知为甚只觉那热闹都离我极远，心中莫名生出一股孤独之意。

安顿好慕秋，向曲徵要来休书，然后……我又该去哪儿呢？

天下之大，哪里都可去，哪里又都不是归处。

“眼下知晓你身份的，便只有井渊与俞望川，他二人已不足为惧。”曲徵忽然淡淡道，“所以……这天下，你想去哪里便去哪里，想做什么便做什么，再没有谁能将你牵绊住。”

我心中一动，有些讶异地回过头。曲徵脸色似比前几日又苍白了些，而心思仍然如过去一般玲珑，我还未说什么，他便知我心中所想。这样剔透的一个人，我曾那般奋不顾身地爱着他。

想到此处，心中便不可遏制地疼痛起来。

我垂下头，微微叹了一声：“我真的已将《璞元真经》毁了，你再这般假装与我亲近，也不会有什么结果。”

曲徵淡淡一笑：“只是想与百万……多在一起一会儿。”

“好吧，那我换个说法。”我头垂得更低了些，声音融汇在风中，似是出口便散了，“曲徵，从头至尾……你究竟有没有爱过我？”

天地间一片静谧，仿佛只有心跳的声音。

我定定瞧着曲徵，看他幽深的眼中映出我的面庞，看那双眸光背后瞬间漾起的波涛暗涌，还有那几近让人窒息的温柔。

“没有时间了。”

这一声叹息如梦如幻，轻得仿佛从来没有存在过。便见曲徵弯起嘴角，缓缓凑近了，在我额间轻轻一吻。

像是有什么从他柔软的唇间灌入，凝结了这一瞬的风声和光。

明明情深缱绻至极，却弥散了一股浓浓的悲伤。

我愣住了。

“没有。”曲徵望着我，声音醇澈而温淡，“金百万，我从来都没有……爱过你。”

时光一点一滴，在这夜风中流淌而过。

曲徵走了，身后的繁华喧嚣似与他一起走了，我便这么坐在河边，整整一夜。

晨曦初落的那一瞬，我站了起来。

其实没有什么了不起，他那般惊才绝艳的人，本就不可能对我有什么心思。我想，便是要这样才好，利落些，洒脱些，再没什么好遗憾。

今天之后，一切又都是新的了。

我对自己弯起一个笑，只觉浑身酸痛，又腹内空空，恰巧靠近一个早点摊子，便坐下来要了一碗面，怔怔地发起呆来。

面很快上来了，我吃了几口，氤氲的热气中化出一个人的轮廓。我忽然反应过来面前坐了一个人，须长目垂，竟是琅中听琴苑的断弦瓮。

大约方才一直在发呆，是以没有察觉，我登时有些尴尬，挠头道：“前辈好巧。”

断弦瓮抚须一笑，亦要了一碗面，和蔼道：“公子已走了吗？”

“嗯。”我低低应了一声，“待看过慕秋，我也要离开这里。”

“姑娘不必着急，”断弦瓮喝了一口汤，抚须一笑，“听完老朽一个故事，再走亦不迟。”

“若是曲徵的事，那便不必了。”我平静地道，“事到如今，我不愿再与他扯上干系。”

“与公子这般的人牵扯太多，的确极易伤身伤心。”断弦瓮垂下目光，幽幽一叹，“不过，我要给姑娘说的，却是另一个故事，有关四年前……你毁去的那个东西。”

我怔了怔，河边市集熙熙攘攘人声鼎沸，我便坐在这街边的摊子处，渐渐陷入了断弦瓮微微沙哑的声音中。

二十五年前，江湖上一派动荡，俞家与九重幽宫各分天下。

便在此时，出现了一个奇特男子，他面容俊美，只凭手中一柄剑，独挑了中原各派，连俞家下一任掌门俞望川也败在他手中，没有人知道那剑法叫什么名字，就像亦没有人知道他从哪里来，只知道他很厉害。

有人说，那剑法会比《璞元真经》更厉害吗？

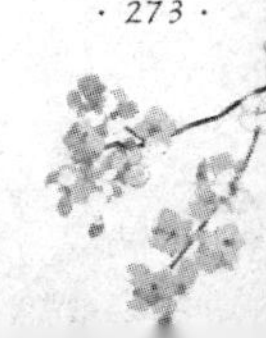

那男子不服，便挑上了九重幽宫，战得一身伤痕累累，终也没有胜出，却认识了一个姑娘，时年十七岁的血月，炼华。

世间竟有如此绝色，冷艳、孤高，不将天下一切放入眼内。她是井渊青梅竹马的师妹，生来便拥有财富、地位，与肆意嚣张的资格。但那男子却比她更加狂傲，一心只在剑上，从来无心风月。

后来的事情似乎顺理成章，二人私订终身，可男子的半颗心仍是牵在《璞元真经》上。那经文乃是九重幽宫圣物，放在宫主房中，炼华为了心上人偷偷潜入，却在最后关头被井渊抓了关入地牢。那男子知悉了，一人一剑杀入九重幽。到了地牢处，炼华便要与那男子离开，井渊悲伤又愤怒，只厉声逼问那男子，若炼华与真经只能带走一个，他要如何抉择。

那男子一怔，却没有立时回答，便是这一瞬的犹豫，让高傲的炼华伤透了心，再不愿与他厮守，只抱了她钟爱的古琴绝尘而去隐入江湖，徒留两份相思愁绪。

那个只痴心于剑的男子，名叫瞿简。

五年后，他创立瞿门，在武湖会上与因败在他手上而发奋练功的俞望川打成平手，但再也没有人能忘记他一人一剑独立台上的容光。

这套剑法，后被他起名为“芳华”。为了一个他爱过又狠狠伤害过的姑娘。

一生所爱，刹那芳华。

而那个舍弃荣华地位及一切离去的炼华，最终隐居在了无人的苍雪山顶，几个月后便生下了瞿简的孩子。因她痴爱音律，只随意取了“宫商角徵羽”其中一字，又不愿随瞿简之姓，便化而为曲，唤作曲徵。

我心中微微一动，呆呆道：“炼华……大概很会做红豆饼吧。”

断弦瓮笑了笑：“不错，她生得娇贵，会做的菜不多，独独红豆饼是最为拿手。”

我想起瞿简那怅然而苍凉的模样，不禁心中唏嘘，更钦佩炼华决然利落的性子，一走二十五年，当真是极倔强的女子。

“可曲徵与瞿简为何不相认，要以师徒之称示人？”

“金姑娘莫急，到这里还没有完。”断弦瓮抚了胡须，“事发七年后，公子六岁，我一人游历至苍雪山，便是那个时候……遇见了他母子二人。”

苍雪山顶，白毛飞旋，幽闭的屋门与暗沉的烛光。

那是卢一弦永生也不会忘记的景象。

一个小小的孩童，就穿着一件单薄的衣衫，面无表情地站在一地冰雪中，眉目已初具倾世气韵。

后来他才知道，那是在惩罚。

因炼华平生过目不忘，那孩子若记错了一个字，便要这般加以惩罚；因炼华素来冷艳傲然，那孩子若稍有些活泼顽皮，便也要这般加以惩罚。因他有炼华的骨，所以她爱他，将这世上所有都授予了他；又因他有瞿简的血，所以她恨他，稍不顺意便将其丢入冰雪自生自灭。

二十余年，她教他琴棋书画，教他奇门遁甲，教他推算谋划。

却唯独……没有教给他爱。

彼时断弦瓮已不年轻，因欣赏炼华之才气，与其在苍雪山顶毗邻而居，便这般瞧着那少年渐渐长大。他不哭不闹，不笑不怒，十四岁已呈现了与年龄不相称的老练狠辣，言语行事滴水不漏，不动声色间，便可覆雨翻云。

曲徵极为聪明，心思之通透，性情之稳淡，让断弦瓮起了惜才之心，将一身博学倾囊相授，便这般又过了六七年，忽然有一日，他说想要下山。

断弦瓮与他设了一难局，若他胜了，不但可以下山，断弦瓮亦愿舍去老师身份，随他遣用。

听完曲徵便消失了，两日后浑身浴血出现在门口，他竟用了一种断弦瓮从来不敢去想的可怕方式，赢得了这场赌局。

他问：你……你可知自己做下了多大孽障？

曲徵答：那又如何？我想下山，死多少人，又有什么打紧。

自那日起，断弦瓮幡然醒悟，他亲手教出了一个多么可怕的弟子。

从未见过爱的少年，在冰雪中练就这一身无心无情，再没什么能温暖他。

下山当日，炼华做了一盘红豆饼。

曲徵默默吃了，一语未发，记下她与他说的瞿简的种种，然后转身推开门，踏入苍茫的天地中。

然后他做了两件事。

第一件事，他对断弦瓮说，老师，我不喜欢曲徵（zhǐ）这个名字。

第二件事，他弯起嘴角，轻轻笑了笑，隽美的眉目舒展开来，映得漫天飞雪都失了颜色。

那冰冷绝色的少年，易名为徵（zhēng），敛去一身惊世之才与傲然风骨。

自此琅中多了一位琴师，唇漾浅笑风姿卓绝，江湖人称“瑾瑜公子”。

“言语至此，想必金姑娘已发觉，当年炼华要公子下山，目的却不是那般简单的，公子的琴师身份，也不过是为与瞿门主相遇而设计。”断弦瓮微微一叹，“这便可解释，为何他明知你身上的真经是假，却仍要将这祸端引回瞿门。”

“炼华要他报复……瞿简？”我怔然道，“要他……毁掉瞿门？”

“不错。”断弦瓮颔首。

我略一沉吟：“可是后来瞿简应当有所察觉……”

“瞿门主深知炼华脾性，也不在意她如何报复，只想去见她一面。而公子依了炼华吩咐，动武拦住了瞿简。”

“他如何胜得过瞿门主？”

“论资历，论功力深浅，自然是胜不过的。”断弦瓮微微一顿，“而公子用的是……《璞元真经》中的上乘武功。”

我一怔，似有什么轻轻划过脑海。

“金姑娘，你应也意识到不对了。”断弦瓮抚须道，“四年前九重幽宫明明有真经，为甚俞望川却不相夺，要弄出假经这么大的乱子？”

“难道炼华当年——”

“井渊素来心系于炼华，任她自由出入寝居，是以她偷偷拓印了一本《璞元真经》，那日被井渊抓住，她交出的是拓印的那一本。”断弦瓮微微一叹，“而真正的《璞元真经》，已随她一起去了苍雪山。金姑娘你须知道，《璞元真经》中藏的不只是武功，还有惊人的财富。是以九重幽宫那本虽是一字不差的拓印，却无法还原书页中暗藏的中原神州宝藏。”

“不可能！”我不知不觉抬了声音，心中一片空白，“若他早就有了真经，为甚……为甚一直……”

“这就要问姑娘你了。”断弦瓮微微一笑，“公子他如此待你……若不是为了真经，到底是为了什么？”

“你是曲徵派来蛊惑我的吧？”我站起身来，心中方寸大乱，“你……你……我不听了。”

“这世上只有两人习得《璞元真经》上的武功，一人是井渊，另一人……就是公子。”断弦瓮缓道，“言语可真可假，但想必金姑娘亦亲眼见过，他二人身上……那淡蓝色的内力吧？”

“那又怎样？你该不是想说曲徵心系于我吧？”我摇头道，“我昨日已亲

口问过，他说他从未爱过我，所以……”

“便如我方才所说，言语……是可真可假的。”断弦瓮微微一叹，“金姑娘，公子待你如何，你心中自有定数。他自小生在无人的苍雪山，二十余年从不曾得到过半分温暖，我是瞧着他长大的，却未见过他如此舍命护着一个人。”

我呆呆瞧着他。

“数日前他修书一封，将武湖玉印传与宋涧山，把一切后事安排妥帖，不准任何人透露他的行踪，实不是公子平日所为。”他轻道，“若我料想不错，金姑娘……只怕公子他，现已时日无多了。”

我后退一步，心便如被揪住了一般，手脚冰凉。

“过了前面一条河，便是杏林坡一处药田。”断弦瓮淡淡一笑，“金姑娘若不信，大可去瞧瞧，亦没什么损失。”

只是去瞧一眼，我对自己说，知道他平安就好。

我运足了轻功闯入妙手堂，偌大的庭院，却四处空空，只剩了童子两人。其中一个说：“昨晚曲公子一回，便与张姑娘连夜离开了镇子，金姑娘不知晓吗？”

竟全被断弦瓮料中了！我愣在原地呆了呆，脑中一片纷乱，不知该信什么。可眼下如何是发呆的时候？我甩甩头问清离镇子最近的杏林坡据点，与断弦瓮所说的药田果真为一处，便骑了一匹快马，瞬息不停地向东而去。

一路风景如幻，不住向后倒退。

我心中只有一个念头，这定是曲徵骗我欺我的一场笑话，连断弦瓮都请出来了。若见到他没事，我一定亲手给他一个耳刮子，再大笑三声潇洒离去。

日近黄昏，终于抵了药田，进入半山腰处一座别致的院落。

我避过来去的下人，轻轻凑近半掩的纸窗，从缝隙中探了一只眼睛。

曲徵半卧在床，床前摆了一局棋，竟自己与自己下得欢畅。

瞧见他还安好，我心中一宽，正欲长吁口气，便见张歆唯从内里的屋子走出来，手中端了极多的瓶瓶罐罐，便在桌上调配起来。

半晌无话，她顿了顿，抬起头直直望了曲徵一眼，低声道：“曲公子，你在下很大的一盘棋。”

“原来张姑娘亦懂棋艺吗？”他声音淡淡，连眼睫都不抬。

张歆唯噘了嘴：“你明知道我指的不是这副棋，今日你一直在画的图……

我虽不常在江湖走动，亦看出是奇门遁甲之术，且处处针对掌法……你，你是要对付俞望川俞掌门吗？”

“张姑娘聪慧。”曲徵淡淡一笑，落下一枚棋子，“井渊已不足为患，这是最后一步了。”

“但是……”张歆唯忍不住道，“便算你胜了，可你已活不到明天日出，又有什么用？”

我身子微微一晃，捂住嘴，只是瞪大了眼睛。

曲徵没有言语，张歆唯又道：“我那日便与你说了，这匕首上的毒世所罕见，纵然我用银针为你压制，亦只能暂保你七日平安。前六日你一直与百万姐姐一起，第七日又用来谋划对付俞望川，若你肯让我早些带你来此施针，恐怕还能拖上几日……曲公子，我当真是不懂了，难道还有什么……会比你的性命还要重要？”

半晌无人回答，我站在那里，心似被什么攥住了，只想起那日曲徵侧目浅笑的模样，他说：“我……只是想与百万在一起多待一会儿。”

“只是在下一盘棋罢了。”曲徵淡淡道，“过去如同落下的棋子，无法改变。可她痛恨那些黑暗，所以我要为她颠覆这盘棋局，将她惧怕的、厌恶的全都拔去，一切都可重新落子开始，再没什么能困住她。我要她的后半生都无拘无束，能够嚣张肆意而活。”

张歆唯半张着嘴，似被这言语所震撼，呆呆道：“所以……你为百万姐姐挡这一刀，果真……是爱着她的。”

“是爱吗？”曲徵抬起双眸，对着墙上挂着的一副画像，淡淡一笑，“我不知道。”

他垂下眼睫，隔了一会儿又轻道：“但我清楚，若不这样做，我……一定会后悔。”

那画中女子捧着一束怒放的鲜花，阳光从她身后落下来，染得周身都似附了光芒，正是那日我闯入苏灼灼房中时的模样。

彼时曲徵提了一支笔，眸光陡然浓烈，像是要将人生生吸进。

我说，你也给我画张画儿吧。

他只笑不答，我却不知……那张画的主人，原本……就是我。

“不管怎样还是要试一试。”张歆唯皱着脸，将曲徵的手抬起，那手指已变为青灰色，一直蔓延到小臂，像是……死人的颜色。

“会很疼的。”她忍不住放柔了语气，“这一下，比你数日以来受百虫啃咬的感觉……还要更加难熬。”

曲徵不答，只自顾自地与自己下棋。张歆唯一针下去，便见他眉心一颤，很快便化为唇畔的一抹笑意，似根本不觉疼痛。

“你……”张歆唯一怔，微微叹了口气，“曲公子，我真怀疑……你这人可有失态的时候吗？”

他顿了顿抬起手，露出指间紧握的一截翠绿，半晌才回答：“自然……是有的。”

那是大婚那夜，我连同其他首饰一起放在桌上的桃花簪。张歆唯撤去长针，静静待他继续说。

“我曾情不自禁，亲吻了一个姑娘的额头。”曲徵淡道，微微弯起嘴角，“那大约是我一生中，唯一一次放纵。”

那一句我从未爱过你，那一下轻若蝶翼的亲吻。

那段被冰雪尘封的二十余年，那些会不经意间流露出来的……真正的温柔。

我向后躲了躲，整个人似被掏空了一般，只站在墙边愣神。若这都是真的……若不是他在骗我……我是应该欢喜的，不是吗？

可我现在站在这里，满身满心只有深深的恐惧。

脑中有一个声音在疯狂地呐喊，你当然知道为什么，因为他要死了，因为你从未停止过爱他，褪去了一切伤害和欺骗的表象，你再也没有理由恨他，所以苦苦压抑的爱就在这一瞬轰然爆发，连呼吸都艰难起来。

像是再也不能承受更多。

我揪住心口的衣衫，只想坐倒在地大哭一场，可心中却清楚，已经没有时间了，绝不可以再耽搁。

于是趁张歆唯去库房捡药之时，我悄无声息地溜至她身后，轻轻咳了一声。

眼前赫然飞起几种名贵药材，我拂去头上一朵田七叶子，淡淡瞧着张歆唯扔了托盘的奓毛模样。她似是被我突然出现在这里吓得不轻，但不知为甚反应过来以后却低眉顺眼地转过了身，仿佛对我视而不见。

“张姑娘？”我凑了过去对她挥了挥五指，“是我啊。”

张歆唯眼睫都不抬，嘴巴闭得紧紧的。

“有急事的。”我堆起一抹笑，“都这时候了就别闹了嘛。”

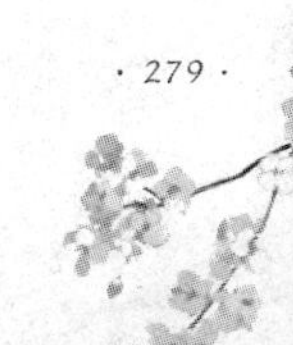

她更加坚定地将头撇到了一边。

我指着一处角落惊道："哎呀，谁掉在那的十两银子！"

"在哪儿？"张歆唯立时蹦了过去。

我默默抚额，这货的节操当真是没救了……

"我收了曲公子一百两发誓一个字都不跟你说的。"张歆唯哭丧着脸道，"这下一百两要泡汤了……"

"是我偷听的，自然就不算你说的。"我宽慰了她一句，面上已掩不住焦急，"曲徵所中之毒……到底是什么？当真没有可解之法吗？"

"若真有可解之法，这几日我也不用泡在典籍里啦。"张歆唯微微叹了口气，"曲公子所受之伤虽重，但他内力深厚，掌伤和刺伤都不是甚麻烦事，问题便出在那匕首上……"

她顿了顿，沉声道："那匕首的刃上，淬了一种毒，中毒者外相无损，却从内里开始腐坏，便如万只虫蚁啃咬一般，心智不坚便会出现幻觉，最后大约会死得极惨烈，乃是我闻所未闻的一种奇毒。"

我脑中一声轰鸣，回想起俞兮最后的那句"一起下地狱"，终于明白了她死前那个无比快意的眼神是何含义。而曲徵……在我身畔的六日，淡然浅笑温声软语，暗地里竟时时都忍着这般可怕的疼痛吗？

心中狠狠揪起，我握住张歆唯的手，艰难道："当真没有办法了吗？你是杏林张氏一族，没有解不开的毒……"

"对应此毒的方法，确然是没有的。"张歆唯沮丧地摇头，"我所能做的，也不过是减轻或延缓他的痛苦……"

"可我听说过张氏有个起死回生的法子——"

"那个方法已被视为禁术。"她立时惊恐地摇头，"限制太多，造孽太多，那个法子早被爹爹抹去，连提都不准提起，金姑娘你又如何知晓的？"

与张歆唯言语完毕，我从库房出来，见日头已有西落之势，心知曲徵已没有时间了，便也顾不得收拾自己一身风尘，径自推开了他的房门。

有风徐徐灌入，撩得墙上画像微微一动。曲徵轻抬眼睫，怕是无论如何也没想到会是我，幽深的眼眸怔了一瞬，手中的棋子"啪嗒"一声掉落在棋盘上。

记忆中的曲徵，强大而温润，虽只是掉了一枚棋子，于我却是从未见过的稀罕事，竟禁不住弯了嘴角。

他瞧着我，亦弯起了嘴角，垂目拾起了那枚棋子，轻叹道："张姑娘说会

出现幻觉，倒不知幻觉竟也是很好的。”

我心中有千言万语想与他说，可此时站在这里，却又只觉得一片柔软，便望着他淡淡唤了一声：“曲徽。”

他不曾看我，但我瞧见了那双漆黑的眼眸陡然收紧，除此之外，再无半点惊讶的痕迹。

我在床边坐下，伸手覆上他的五指，只觉一片刺骨的寒冷。

曲徽淡淡一笑，将手缩了缩，轻道：“我身上凉，别冰到百万了。”

心中微微一酸。

曲徽的温柔，已融入了骨血中。便算已是如此光景，他竟还是……在念着我吗？

“偏不。”我哼了一声，推开那棋盘，伸手揽住曲徽的腰，轻轻偎进他怀中，“我就喜欢凉的。”

他身子微微一顿，半晌才轻轻抚上我的头发。

我闭上眼深深地吸了口气，是曲徽身上令人安心的淡香，便犹如大婚那夜一般，我轻道：“你抱抱我好不好？”

抚着我头发的右手滑至我腰间，我心中一凛，连忙掀开他左臂的袖襟，只见整只手臂都转为青灰色，已蔓延到肩膀，根本不能动了。

见我发愣，曲徽伸出右手将我揽到身前，弯起嘴角道：“我一只手臂……也可以抱着百万的。”

我将脸埋在他怀中，双臂圈在他腰间，似是用尽了全身的力气，想要他不那么冷，想要给他温暖，想要代他受这虫蚁啃咬之痛，却抵不住从他周身各处传来的森冷。

良久，只闻一声清浅的叹息。

“还是让你发觉了……”曲徽淡笑道，“是老师他到了这里吗？”

“嗯。”我闷声道，“若他不与我说，你便要这般不声不响地死了吗？”

“原本是这样想的，只是俞望川之事颇有些棘手。”曲徽放低了声音，“而此时见了百万你，又有些后悔。”

“啊？”我一时不解，从他怀中昂起头，“后悔什么？”

“时日将尽，只对着画像时方才觉得，”曲徽垂下眼睫，掩住幽深的眸光，“我应让你知晓这一切，纵然你会伤心挂怀，亦要多些私心，至少最后这几个时辰……让你待在我身边。”

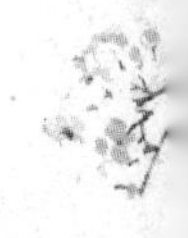

我心中一甜，目光流转，画中女子眉清目秀，唇畔笑容如花一般，实在是比我本人好看多了，便轻笑道：“画像明显比我美些。”

“画像再美，如何能与你相较。”曲徵收紧了右臂，淡淡一笑，“这世间最美之物……莫过于百万的笑。”

这货嘴上是抹了蜜吧！

我掩不住面上的开怀之色，只是嘴角还未弯起，便撇了下去。

进门见他之前，明明已经告诫自己，不要难过，更不要哭，若只剩了那么一点时间，宁愿多笑一些，多甜蜜一些，可又如何忍得住。

为什么不早一些知道，至少……让我给他多做几顿饭，如平常的夫妻一般，再多些朝夕，再多些温存，让我化去他心中漫天的冰雪。

至少……要你知道，我有多爱你。

“曲徵，我好欢喜。”我昂起头，望着他隽美的面容轻道，“活了二十年，过了两生两世，尝遍人间酸甜苦辣，我从来都没有像现在这样快活过。”

他弯起嘴角，将我抱紧了些：“井渊已被我娘牵制，待非弓拥有武湖玉印，除掉俞望川，这世间……便再没什么能束缚你，我要我的百万，永远都这般快活。”

我鼻间一酸，再忍不住心中翻滚的疼痛，双手向他脖颈环去。

曲徵身子微微一倾，顿时被我压在身下，一双幽深的眼眸静静将我望着，似有几分欲语还休之意。我不待他说什么，闭了眼便向他亲去，只觉他的唇冰凉而柔软，眼泪终是从我眼中滴下来，落在他脸上，缓缓地滑了下去。

曲徵霎时睁开眼。

这样一个笨拙而轻柔的吻，连哭泣都悄然无声。

我微微喘息了一瞬，与他四目相对。

曲徵忽然右臂收紧撑起身子，旋身将我压在身下，如瀑的青丝与天人般的容颜霎时覆盖下来。

身躯紧贴，唇齿交缠，霸道且猛烈，不似他往日那般温文内敛。我闭了眼，心像是要跳出喉咙，只觉满心满身都是曲徵的气息，心思飘忽如在梦中，只能环着他的脖颈，手中捏了一缕柔顺的乌发，像是捏住自己最后一丝神志。

仿佛有什么被挑起，却不自知。

那么幸福，又那么绝望。

我要我的百万，永远都这般快活。

恍惚间，曲徵眼睫一颤，向后撤了数寸，眼中氤氲霎时清明了几分。

“百万，”他沉声道，“你给我吃了什么？”

“没什么。”我弯起嘴角，“你信我。”

曲徵唇畔隐去笑意：“此毒无药可解，我比张歆唯更清楚，你莫要胡来。”

“谁说我是胡来啦？”我又贴近他，在他唇间轻轻一啄，“你为我颠覆了江湖安排好了一切，可有问问我是否甘愿？”

他怔了怔，伸手撩起我耳边的碎发，柔声道：“你想要什么……我再清楚不过。”

我正欲反驳，却见曲徵弯起嘴角，复而道：“俞望川觊觎的，不过是那中原神州宝藏，在五座华城之下掩藏了千年的金矿，若让他得到，不说所费开采之力，五城俱损，只说这巨大的财富，必会惹来朝廷动乱，征战不断，百姓生灵涂炭……当年你决意偷走这拓印的经书，怕的就是这个吧？”

我垂下眼睫，无奈地苦笑：“你是神仙吗，怎么什么都……”

“所以，你最想要的，便是这盛世安稳，天下永安。”曲徵在我耳边轻道，“你所守护的人……远远多于你所夺去的性命，因为真正的百万，比谁都要善良。”

他声音醇澈低沉，娓娓道来有如天籁。

我弯起眉眼，却是哭了。

这世上会有一个人，与你拥有同样的灵魂，他比自己还要懂你。

“你错啦。”我忍住哽咽道，“盛世安稳，天下永安，那都是从前的意愿了。如今我心中，再没有天下，亦没有这江湖，能遇见你，是我这辈子最幸运的事。莫说代价是经历过那些地狱的黑暗，我宁愿染遍天下鲜血，背负无尽的罪恶，多苦多痛皆可承受，唯愿你好好地活在这世上。”

曲徵深深将我望着，黑眸汹涌翻覆，似有冰川消融，这世上任何美好的言语，都不足以形容这双眼的风华。他紧紧地掐住我的手腕：“百万，你究竟给我吃了什么？”

我抽出手，迅速点了他的穴道。

曲徵右臂来挡，终是慢了一分，且以他现在的身子，又如何能胜过我？

“能换你一命的东西。”我弯下腰，让他身子躺得舒服一些，对着门外道，“张姑娘，成了，进来吧。”

张歆唯一直猫在门边，这时听我轻唤，便低头进了屋，不知为甚一双眼红红的，似是哭过。

“百万姐姐？”她哑了声音道，“你当真要这么做？”

“嗯。”我向她笑了笑，“来吧，我信你。”

“可是这换血之术极其烦琐复杂，稍有不慎，便会害你丢了性命！”

“我知道。”我拉住她的手，“因会一命换一命，所以才被视为禁术。而我是自愿的，便也谈不上害了谁，且曲徵有璞元神功护体，常人之血如何能与他相续，放眼江湖，论功力深浅，亦只有我可与他相当——”

“百万。”

我立时回身，曲徵站在我身后，唇畔溢出了鲜血，竟自己冲破了穴道。他身形连动，五指屈伸，直接便向张歆唯攻去，骇得她吓白了脸色。我运起内力，抢在他前面挡住这一招，忍不住道：“曲徵，别逼我出手！”

“你给我吃的是忘情草。”他沉了脸道，声音中携着一丝怒意，“百万，你当真要与我换血吗？”

我扣住他的脉门，反手推出一掌，将他逼至床畔，迅速点了十余处穴道，弯起嘴角道：“活了两世，我从来都没有像现在这样清楚我要做什么。”

曲徵目色沉郁，正欲说什么，我复而拂过他的哑穴，缓缓凑近他耳边。

“你不是要我快活吗？”我淡淡弯起一个笑，“可是曲徵，这世上若没有你，我这一生……都再难快活了。”

换血之术，便是要内力资质匹配的两人，将全身血液互相对换，任何绝症都可不药而愈，但相对的，换血之人会继承被换血之人的病痛，加上过程中的并发症，换血之后基本不会活过三个月。

且此术需要双方的极度配合，便是心中有一分的不甘愿，影响行血之速，亦不会成功。是以一颗凝聚百棵忘情草精华的药丸，足以让他忘了我，毁去一切执念。

张歆唯将换血所用的东西准备好，只是静静瞧着我二人躺在一起。我看她面色，不由得苦笑：“张姑娘，可惜我是穷光蛋……”

“百万姐姐命都不要了。”张歆唯眼圈一红，“我还能要银子吗？”

我一怔，便明白了她心意，微微一笑：“多谢。”

日近黄昏。

曲徵侧身躺着，我便这般望着他，二人躺在一起，彼此眼中都有对方的倒影。

鲜血一点一点抽离躯体，似乎带走了全部的温度，全都流向了曲徵体内。

同时一股冰冷液体随着剧痛灌入手腕，感官都逐渐模糊，只有神思还是清明的。

我终于……能够代他承受这份伤痛，为他挡去所有的冰冷与折磨，献出自己全部的温暖，化去他一生的孤苦。

“便算忘了这一切过往，日后无论何时何地，都要记着。”我眼前渐渐虚幻起来，只是握了他的手，呓语般地道，“你有过一个娘子，所以再也不是孤身一人……你要记着吃饱穿暖，少费些谋划心思，待自己好一些……你喜欢甜的不喜欢辣的，喜欢素淡的颜色……要记着找个贤惠些的姑娘，但不许太快，不然我会吃醋……要记着……”

要记着，好好活下去，我爱你。

第十章
执手，余生幸福而绵长

◆

◇

又是一年逢春日，天不过蒙蒙亮，清晨还满溢着未褪去的冬寒。

我将馄饨担子放稳，柴火慢慢烧起来，倒也不觉得冷。不多时就有了赶早集的人，大多也是些穷苦人家，馄饨分为两种馅料，荤的八文钱，素的五文钱，赶上生意好的时候，不消一个时辰便可卖光。

而我四处漂泊，从不在一个地方多做停留，馄饨利润又微薄，赚的银两刚够我自己衣食温饱，好在我并不娇生惯养，能活着已是上天的恩赐，是以自足知乐，日出而作日落而息，过得很是充实。

正回想出神间，眼前忽然出现一只骨节分明的手掌，正中好好地摆着八文铜钱。水汽散去，勾勒出一张眉目俊朗的面庞来，我心头一喜，面上却撇了嘴："大家这样好的交情，你却如旁人一般只给八文，还常常要我多给几只馄饨，是不是太抠门了？"

"啧啧。"宋涧山亦撇了嘴，流露出几分潇洒风致，"好朋友数月不见，当不收钱请客一碗才是，哪有你这般嫌人给得少的？"

我霎时奓毛："你看我穷成这样，还好意思要我请你吃！"

"我瞧你安逸得很。"宋涧山哈哈一笑，走到一旁坐下来，"百万，自上次靖边一叙，别来无恙？身体可好些了吗？"

"嗯，毒发次数少了许多。"我将馄饨下了锅，乐颠颠地道，"那次去靖边是因着慕秋大婚，不知她眼下可还好吗？"

宋涧山淡淡一笑："新婚燕尔，如意郎君，怎会不好？"

我很是替她欢喜："嗯嗯，这便是圆满了。"

"你不见她，又怎称得上圆满。"他微微一叹，"大婚前一日她在你坟前哭得肝肠寸断，你亦不是没瞧见。"

“还是不见为好，九重幽一役，已有许多人对我身份生疑，若我重现江湖，只会为金氏镖局带来灾祸。”我将馄饨捞出，加上作料与香葱，笑了笑道，“只会说我，你还不是一样，这般浪迹天涯……是当真要阿颜等一辈子吗？”

宋涧山接了馄饨，筷子微微一顿：“横竖俞望川已死，又有阿徵主持大局，风云庄我是很放心的。”

“风云庄和她……”我微微一叹，“是两回事吧。”

“我与师妹之间，发生了太多，已再难回到最初。”宋涧山低声道，微风淡淡掠过，“何况宋某是有妇之夫，今生绝不再娶。”

言毕，他闷声吃着馄饨，我也没有再言语。

这些往事，说着总是让人感伤。

时隔一年，江湖上发生了许多事。

九重幽宫一夜血洗，炼华重现天日，点化井渊，令其终生于苍雪山顶赎罪。她与瞿筒的关系也公之于众，住进了瞿门，与其双双归隐。为江湖平稳，俞望川的恶行终是没有公布于世，曲徵于半年前秘密将其诛杀，宋涧山、晋安颜、御临风都有助阵，俞琛方知父亲与妹妹的恶行，深受打击，俞家就此中落；桃源谷与风云庄甘愿臣服，曲徵拥有武湖玉印，各大派唯他马首是瞻，自此瞿门一统江湖。

我正想着，胸口忽然一阵剧痛，手中的汤勺便掉落在地，只觉体内有千万虫蚁狠狠噬咬。这疼痛铺天盖地席卷而来，我身子踉跄了一下便向后倒去，似乎有人扶住了我，同时一股醇厚的内力从背后源源不断涌入，顿时化去了小半痛楚，但仍难以承受。

宋涧山托着我坐倒在地，对旁边的食客解释为宿疾，便也没人再关注。我抱着双腿浑身哆嗦，双目赤红牙关紧咬，疼得说不出话来。这便是曲徵所中之毒的威力了，每发作一次，我都会不住地想，那六日温柔缱绻，他也是忍着这可怕的痛楚的。

而我终能代他受苦。

这般想着，心中就会涌起一种温柔却坚定的力量，去战胜一切病痛。

大约半炷香的时分过去。

我喝了口面汤，大约是缓过来了。

宋涧山面露忧色：“百万，可还疼吗？”

“不妨事，年初刚发作那会儿……比这厉害多了。”我对他笑笑，勉强站

起身来，与他打趣道，“十天半月都不发作一次，偏偏你一来就赶上了，不如你改名叫宋发作算了。”

宋涧山却不理我的打诨，只沉了声音道：“你要这样躲到什么时候？”

“我不知，这样也没什么不好。”我淡淡一笑，“便如你当年，如风于江湖，无牵无挂，自由自在。”

“你明明是牵挂了太多，才要这般隐姓埋名四处漂泊。”他幽幽一叹。

我垂下头，沉声道：“这世上最没资格说我的便是你了，明明可以揭开真相，你却还是要背着这诸多骂名，我当真是不懂——”

“你当知道，风云庄如今有阿徵庇护，已是日渐昌盛。俞家虽没落，但根基极稳，俞琛臣服的条件便是不可公开俞望川与俞兮之事，阿徵有意将他一军，洗清我的冤屈并要我接掌武湖玉印……只是我不愿罢了。”他勾起嘴角，“宋某闲云野鹤惯了，可做不来那一板一眼的领袖，且我在乎之人，皆知我的品性，这……便已足够。”

我怔了一会儿，心中不知是什么滋味儿，有些欢喜，又有些怅然。男儿当如宋涧山，论洒脱肆意，再无人能如他一般。

“你说……咱俩是谁先开始倒霉的？”我认真道，“真是难兄难弟。”

宋涧山不禁失笑：“那肯定是你。”

我忍不住抚额，他又道：“其实你与我也不尽相同，阿徵他虽已不记得，但你若肯让我与他说……”

“张姑娘曾说，换血的二人之间，会有某种联系。”我轻声道，“若让他记起我，引得血气逆转便会有危险，那忘情草这番功夫便全然白费了。若他记不起我，去见他……又有什么意义？”

“这只是百万你一厢情愿的想法，”宋涧山耸肩道，“我猜阿徵宁愿气血逆转，亦不愿忘了你。”

我垂下眼睫微微摇了摇头，终是忍不住问道：“他还好吗？”

“好与不好，我说的如何算。”宋涧山言语中有一丝淡淡的惆怅，“你若亲自看看，便知道了。”

年纪轻轻，置身武林最高处坐拥江湖，武功智计人品才貌，再无人能出其右。曲徵如今，已是天下无双的传奇。

应该，是很好的吧。

我笑笑，与宋涧山聊起了其他。事情已过去大约一年之久，旁人都只道我为曲徵换血而死，连张歆唯亦不知我的下落。唯一的当事人曲徵已失去了与我

有关的全部记忆，宋涧山不信我已死，便边追杀俞望川边寻我，终在慕秋大婚之时于靖边镇发现了我的踪迹，自此得知全部真相。

而其他人，只当我已为曲徵死了，在靖边立了一座衣冠冢，不时会有旧识前去祭拜。听宋涧山说，那些人中有慕秋、阿颜、小鱼、断弦瓮，甚至还有瞿简和苏灼灼，只是唯独……没有曲徵。

他已经忘了我。

与宋涧山分别，我收拾了细软，准备到另一个镇子。临行前天色已晚，下起了蒙蒙的细雨，行人匆匆。

我面色恍惚，脑中不知想着什么，却见前面围了一圈人，心下不由得好奇。走过去才发现路中躺着一只半大的黄狗，大约是得了什么病，毛都掉光了，瘦骨嶙峋地躺在雨水中，看起来极是可怜。

一般这种土狗，都是镇子里普通人家养来看院子的，卖不了几个铜板，大约主人觉得不值得给它治病，是以才将它抛弃任其自生自灭。所幸这只狗瘦得厉害，这才逃过了狗肉贩子的黑手，不过瞧这个情状来看，它已活不过这个晚上了。

围观人虽不少，但都没有救一救它的心思。毕竟只是一只狗而已，大约亦无人想破费，包括我在内。此时我已在江湖中颠沛流离一年之久，虽不至于饿肚子，但也只是刚够自己温饱罢了，断断不能再添一张嘴。

是以我虽满心怜悯，但亦是无能为力，便摇摇头走开了。

只是刚刚迈出几步，忽闻身后一声微弱的闷哼。

我转过身去，那只黄狗昂起头，似是用尽了力气向前爬了数寸，口中发出一声接一声的悲鸣，乌黑的眼珠直直落在我身上。我心头霎时中了一箭，只好走回去蹲下身来，摸了摸它的脑袋。

“没法子，我也是穷光蛋呢。”我无奈地笑笑，“下辈子……投个好胎吧。”

它像是听了我的言语，不知是不是懂了，竟也安静下来，只是用力昂着头望着我，眼睛乌黑而明净，然后……舔了舔我的手。

我心中忽然一疼。

许多年前，慕秋在靖越山村寨时，我大约便如这只黄狗一般吧？她从没想过捡我回去会为自己带来何种灾祸，她亦没有埋怨过，她说……她从不后悔。

世间诸事大抵如此，前因后果，一念之差，若她当年没有救我，大约这江湖，如今亦是另一番景象了。

想来想去，还是只有感激。

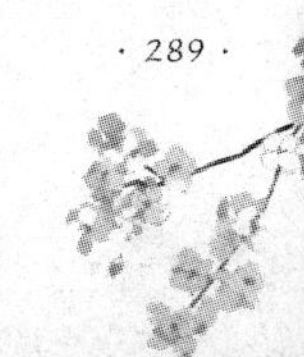

我摸了摸那只黄狗冰凉的身体，将它湿漉漉的身体抱在怀中，温软地道：“不嫌弃的话，就跟着我……从今日起，你便叫‘百万’吧。”

冥冥之中自有天注定，当时我却不知，自己的一举一动，无不牵扯着来日的终局。

而“百万”此狗，当数狗中的一朵奇葩。

说来也怪，抱回“百万”的那个傍晚，我瞧着它奄奄一息的模样，觉着大约是救不活了，谁知竟叫两个硬窝头和馄饨汤吊回了一条命。自此昭示了它十分好养的本质，我吃什么它吃什么，从不挑三拣四，菜根子啃得也欢实，是以成长得很是茁壮。

而那一身起癞的皮毛，亦让我寻了些土方草药，洗了几次澡便胡乱给医好了，不出月余，“百万”这货竟长了一身金黄光亮的软毛，配着那双水汪汪乌溜溜的大眼，对下至八岁上至八十的丫头大娘们极有杀伤力，大约不用跟着我自己就能混个温饱了。

而“百万”的奇葩之处在于，记性逆天地好，也分外聪明，会帮我看馄饨摊子，哪个客人没给钱亦会吠叫，只是黏我黏得厉害，大约它生怕再次被人抛弃，连我如厕都要跟着，实在烦人。

但这不妨碍我日益喜欢它，并且尝试与馅饼摊子的大姐调戏“百万”取乐，她手中拿一块肉馅，我手中拿一个窝头，“百万”两边都闻了闻，还是头也不回地奔向了我，任大姐如何呼唤诱惑都不为所动。

那一瞬间，我心中软软的，像是能原谅一切黑暗的过往。

当隔壁那只风情万种的小白花狗过来勾引“百万”它却理都不理，只跟街头流浪狗小团伙打成一片时，我深深体会到了一种危机感，并认真地琢磨：这年头，不会连一只狗都不解风情吧？

不过这种忧虑很快就释然了，因为我发现，这货喜欢美人。

无论男女老少，只要有一点儿美貌，它便贱兮兮地凑近讨好，不过也只是讨好而已，调戏够了仍然会坚定地回到我身边。于是我又有了新的忧虑：这货真的知道自己是只狗吗？真是刷新了它的奇葩度啊……

眨眼一月有余，我在这个镇子待得差不多了，便盘算着离开。

这个镇子小得没有名字，却是民风淳朴、山清水秀，我亦喜欢这里，只想

着多待几天，一拖再拖，终到了不能再等的地步。待到今晚给一个大户人家做了馄饨后，这便要走了。

对一个地方产生感情，便会留下来，亦容易被人寻到酿下祸端。

我将馄饨馅料放得很足，跟旁边卖馅饼的大姐话别，大家都颇有不舍之意。正忙碌间，老实地趴在一旁的“百万”忽然晃着尾巴窜了出去，我心道大约是来了个美貌的路人，便也没有回头，径自向炉灶里添着干柴。

“给我一碗馄饨。”

这声音清清冷冷，徐徐散入晨风，我愣住了，下意识地接口：“荤还是素？”

“素的吧。”那人在桌旁坐下来。

我没有回头，只是呆呆应了一声，将馄饨入了锅，心中像是也悬了一锅开水，过去的种种沸腾开来，烫得难以承受，只是咬住嘴唇忍着不肯出声。

馄饨很快便好了，我端在手中，走到角落的小桌处。男子一身玄衣，容色俊美，眉间一点殷红朱砂，似是染了些风霜，却更添一份沉稳的气韵。

我呆呆望着永安，许久才觉着汤碗烫手，轻轻“啊”了一声。

“百万”正围着永安的腿不停地蹭来晃去，我反应过来，轻声训斥了一句“‘百万’别闹”，它登时听话地坐到了一边。

永安淡淡瞥了它一眼，眸光又落回我身上，稳稳地接过碗。

“岁余不见，阿初的功夫倒是退步了。”他轻声一叹，垂下眼睫。

我身子晃了晃，一句“你可好吗”到了嘴边，却不知为甚问不出口，只是愣愣地瞧着他，半晌才接口道：“嗯……卖馄饨而已，也用不着功夫。”

他要了馄饨却不动筷，只是隔着氤氲的雾气细细地打量我。我在桌旁坐下来，稍稍平复了些，转而弯起一个笑：“能见你……我很欢喜。”

“欢喜又有什么用？”他捞起一个馄饨，亦笑了笑，“你想见的……从来就不是我。”

我有些讶然，从前的永安，定不会说这种话的。

“一年过去了，你一定……”我有些羡慕地道，“去过很多地方吧？”

“在这之前，不如你先告诉我，”他淡淡道，“为什么身子这么差？”

我垂下眼睫，果然……现下这副身体，根本瞒不过他。

我对于永安亦没什么好隐瞒，便将当年他走之后的事情简单说了一通，末了不想他担忧，便伸出胳膊做力大状：“虽有些凶险，但还是让我挺过来了，内力是退步了些，不过对付个把小贼是没问题的。”

永安伸出手，一把捏住了我的手腕，我道了一句“作甚”使劲挣了挣，然

后毫无悬念地……没挣开。

“这叫退步了些？”他定定瞧着我。

我有些心虚地摸摸头，便听他沉声道：“阿初，你果真是个心狠的人。”

“心狠？”我不甚乐意，“我若心狠，旁边那只狗能这般肥吗……”

“原来不只是对我，便算对金慕秋，对曲徵……甚至对你自己，都是一般狠。”

我一呆，直直撞进他微灰的双眸中，却又无言可辩。

永安松开我的手腕，转而将我的手摊平了，露出许多细细的伤痕来。这些疤，有些是生火烫的，有些是推车划的，更多的却是毒发时苦苦忍耐指甲刺入掌心的血痕。

“我寻你两月了。”他轻轻摩挲着那些伤疤，淡淡道，“张歆唯与我说你死了，我在你坟冢那里瞧着，却唯独不见宋涧山祭拜，便悄悄跟了他，终于在上个镇子见了你。”

“什么？”我有些讶然，“既早到了，何不出来相见——”

“我只是想看看，你不肯与我一起，却是在过多逍遥快活的日子。”

他话音一落，我不由得有点羞赧，挠头道：“这个……其实……”

“说来奇怪，明明困苦窘迫，阿初却有本事过得自在洒脱。”他顿了顿，复而弯了嘴角，“这一月你所展露的笑容，比我记忆中任何时候……都要多得多。”

不待我说什么，他接着道：“这一年我依了你说的，看了许多风景，结识了很多人，经历了各种各样的事情，终于……知道了你一直追寻的东西是什么。”

“嗯。”我有些欢喜，“天下很大，是不是？”

“过了这许久，我心中最馨香的花朵，仍然叫作阿初。”他忽然道。

我放在桌上的手缩了一下，他瞧见了，垂目喝了一口汤，淡淡道：“可我已懂得，你我相依为命的那许多年早就深入骨髓，只要我在你身边，你便会想起噩梦一般的过去，永远不会快活。”

“我……”

“如今我亦已懂得，到底欠了金慕秋什么。”他静静道，“我去靖边瞧过她，可也算得圆满如意，便不该再去打扰了。”

“是我让她吃了忘情草。”我低声道，“眼下看来，能忘记……亦是一种幸运吧。”

“哦？”永安扬脸，“那么阿初，我要你忘记曲徵，忘记这纷乱纠缠的种种，你可愿意？”

我怔了怔。

良久的沉默，永安站起身来，微微一笑：“今晚这个镇子有灯火节，先不要离开，戌时在镇中石桥上等我，好吗？”

“这个……”我想了想，反正晚上也要去镇上做活，且一年没见故友，确实有许多话想说，便也就同意了，突然想起一事又问了一句，“能带上‘百万’吗？我走到哪儿它跟到哪儿。”

“随阿初高兴。”他沉声道，面色却似有些怅然，随即便转过身径自离去，再没回头瞧一眼。

我觉着有些奇怪，望了他的背影许久，仍是不由得颔首赞许，当年那个阴厉易怒的少年已成长得这般气度了，果真人是应该多出去闯闯。

而“百万”却一反常态，对着他的背影吠了许久。我正纳闷它怎么转了这副爱美人儿的性子，半晌才一拍脑门反应过来。

这货吃了馄饨没给钱啊！

当晚月明星稀，虽然没听说灯火节是个什么节，但必定人群聚集，还是小心为妙，便套了个灰突突的斗篷，为防意外将所有的积蓄揣在了身上，压低了兜帽，领着“百万”便向镇中行进。

一路走来，周遭半分灯火也无，黑漆漆的，甚是平静。问了路人才知，灯火节便是要待吉时，家家户户同时燃起灯火，明亮整整一夜，十分壮美。我觉着蛮有趣的，便也将兜帽放了下来，反正大家谁也看不清谁。

好不容易靠近那石桥了，“百万”却一个箭步霎时不见了踪影，我找了许久不见有些慌乱，一位好心的大爷说隐约瞧见一只黄狗向东去了。我谢过他便追赶而去，正巧站在了石桥上，一抹黄色的影子迅速窜进一辆马车，四下静寂无声。

我站在一旁，颇有些尴尬。

这年头坐得起这种马车的非富即贵，眼下要怎么跟人家解释，难道我要敲敲车窗说我家狗喜欢美人所以上了你的车，所以请你别见怪……

鬼才信啊！还不如说它看上了你家的马！

正在我深深地忧愁时，那马车帘子动了动，随即就掀开了。

月色朦胧，隐约有个颀长的身影走下车来，一抹黄色偎在那人的臂弯中，一动不动很是乖巧。我登时大为诧异，要知道“百万”这货上了街可是能跑就不走能走就不坐，它这般安静可委实反常。

要么此人很可怕，要么此人就很……美。

我眯着眼睛，试探地唤了一声：“‘百万’？”

那抹黄色的影子动了动，似是在向我张望。我又向前走了几步，眼前之人侧对着我，身影隐隐有些熟悉。

便在此时，黑夜霎时被温暖的橘黄色光芒点燃。

欢呼的声音此起彼伏，我却愣在原地，看那人缓缓转过脸来，乌黑的发轻轻散落在夜风中，眉眼一如往昔般倾世隽美，像是从未隔出这一年的时光，他就站在那里，不曾离开，不曾忘却，一直在等我迟到的凝望。

曲徵眸光流转，终于落在我身上。

我微微瑟缩了一下，错开了目光，心中掀起惊涛骇浪。

曲徵，曲徵！他怎会在这里？我明明躲藏得天衣无缝，难道是宋涧山告诉他了，抑或是永安——思及此，我恍然想起永安走前那副反常的模样，难道他……他是故意要我见到曲徵的？

无数杂念纷纷涌起又熄灭，我顿了顿，终于迎上曲徵的目光。有那么一瞬间，我似是盼他认出我，又怕他当真认出了我来。

曲徵幽深的目光将我淡淡望着，半晌轻轻道了一句：“百万吗？”

我猛地一惊，不敢置信地抬起头，便见他没有看我，目光垂落下来，微微偏过头，有什么似是从他眉宇间掠过，只是淡淡道：“是个好名字。”

话音刚落，身后浮华万千燃起，将他周身勾勒出神祇般的光芒。刹那间，满城灯火绽放。

那一瞬，我想起永安问我“忘记曲徵，忘记这纷乱纠缠的种种”的言语，心中忽然有了答案。

我不愿意。

纵然这世间予我诸般悲苦，可只有曲徵，我想永远记在心里。

仿佛只要念着他的名字，就可以勇敢地活下去。

我垂下眼睫后退一步，心中怦怦跳得厉害。

还好，还好他当真不记得我了。

可是……我心中缩了缩，一股难以言喻的疼痛猛然扩散开来。他万万不可记起我，否则……便会发作换血之术的遗症，之前所花的一切心血便白费了。

我一年来承受的所有痛楚，以及比那要深绝百倍千倍的思念……这些，都抵不过他好好地活在这世上。我知道他与我站在同一片天空之下，我能感受到他的一颦一笑，一举一动，我可以隔上几年时不时地瞧上他一眼……

再没什么，比这更重要了。

我一只手抓着心口的衣衫，竭力使自己呼吸平稳，一只手摸到身后的兜帽，将自己遮盖起来。

"'百万'乱跑，冲撞公子了。"我微微福身，故作一副"只是路过"的模样，干笑两声，然后转过身便走。

这般走出去十几步，只听身后一阵清风，醇澈的声音霎时在我背后响起。

"可是姑娘，"曲徵沉声道，"你不要你的'百万'了吗？"

险些把那死狗忘了！

"呵呵呵呵……"我乐颠颠地转过身，从曲徵怀中抱出不明所以的"百万"，心中把它骂了千百遍，面上仍是一片祥和，道了句"多谢公子"然后赶紧转过身继续落跑。

我觉着曲徵的目光一直落在我背上，不禁爹了一片汗毛，这货那么聪明看不出反常才有鬼啊！我不应该跑得这么快，嗯，淡定点淡定点……

走出了大约半条街的距离，我觉着他没有跟来，不禁长吁了口气。想想又觉得也是，眼下我于他只是个路人，以曲徵这般冷情的性子，会追来才有鬼，委实是自己太过紧张了。这般想着，心中又有些失落和欢喜，隔着这炫目的灯火回头遥望，却见石桥上空空荡荡，连个影子都没有了。

能这样近地看你一眼，真好。

我垂下头静立了一会儿，这才叉腰指着"百万"将它骂了个狗血淋头，并放出了它再敢乱跑便不要它的狠话，骇得"百万"尾巴夹得死紧，半晌不敢上前摇晃。

也罢，既然曲徵来了此处，那么其他门派也必有人会来，这个镇子已不再是可留之地了，今晚去过那户人家做活便要赶紧开溜，省得夜长梦多。

一路行色匆匆，我循着记忆到了那处府邸，正巧那个约我的家丁站在旁里等我，见了我便露出一个笑。

"姑娘来了。"他堆笑道，"可真是守时。"

我亦点点头，随着他绕过正门到了后院，从一处小门进了院落。看不出这个宅院平日人丁稀少，守备倒很是森严，也不见挂个匾额什么的，主人家姓甚也不知，很有些奇怪。

“不瞒姑娘，今日我家主人回来。”他挠头笑笑，“听闻姑娘从前亦是做这营生的，不知能否……”

我瞧他的意思，大约是人手不够了，想要我做了馄饨后再做些菜肴。想来今晚也是最后一晚了，我向来是个好说话的人，便也就同意了。那家丁大喜，连连说不会亏了我工钱。

我到了那后厨一瞧，洗菜的洗菜，生火的生火，粗略便有七八人，断不像少人的模样。但人家既然肯给钱，我便也不细问了，只将“百万”拴在院子里，这便洗洗手进去做起了馄饨来。

伙房里的人手上忙着，嘴里也未闲着，大家在一起有一句没一句地闲话家常。我将馄饨包完了，便被分配去做一道枸杞银鱼汤，倒是不难，从前在苍雪山上我亦是做过的。正看火时旁边的大叔问及我来自何处姓甚名谁，我便也笑笑实话实说：“从靖边镇来的，夫家姓曲。”

“哎哟，原来你已成过亲了，我还姑娘姑娘地叫着。”对面的大姐拍了拍头，笑道，“不过正巧，与我们主人家同姓呢。”

我一怔，手中的东西便掉在了案板上。

姓曲……今日才回来，难道会是他？

我心中有些慌神，但也不便表露，只掩了异色加快了手中的活计。待得菜一上盘，便立刻擦了擦手偷偷溜了出去，连工钱也来不及要便想跑。

然后……

院子里拴着“百万”那根结实的小绳子，果断只剩了个圈儿，软绵绵地瘫在地上。

我深吸了一口气，数次涌起不管它算了的想法，最后都被按捺了下去。因为我知道被抛弃是多么悲苦的事情。

这种痛楚，经历过一次便够了。既然决定要收养它，就要容忍它的一切，怎能为了这点事情就丢下“百万”不管？

于是我猫着腰，低声唤着“百万”，不知穿过了几个回廊，待回过神来的时候，似乎已经找不到来时的路了。

但这一趟也没算白跑，此时夜虽深，但正值灯火节，天色被映得橘红。我

眼尖地瞧见“百万”的黄尾巴在前面一闪而过，便暗骂一声奔过去。

忽闻一个娇俏的声音道：“什么东西？”

我心中似有一张绝艳的面容浮现，登时愣在那里，不敢再往前去。

“苏小姐，是只狗罢了。”之前为我引过路那个家丁的声音响起，“是后院的，不知怎么跑到了这儿来。”

“百万”这货，还真是隔了几条街都能嗅到美人的气息啊！

我眉头皱了皱，小心翼翼地顺着院门缝儿探出一只眼睛。一年不见，苏灼灼似是成熟了许多，头发尽数绾起，身披一件橘红色的斗篷，将她本就极美的面容映得更加夺目。

苏灼灼弯腰摸了摸“百万”，家丁要将它送回，她却摆手说不用，这便向里面走去了。“百万”晃着尾巴屁颠地跟着，我磨了磨牙，恨不得宰了它炖香肉。

她在此处，那么屋里那个必是曲徵无疑了。眼下我应该有多远躲多远，可到了此时，想到终究成全了他二人，心中又不由得有一股说不清道不明的感觉弥漫开来。

待我反应过来的时候，身体已躲到了房侧的窗外，只好安慰自己是为了那只破狗。可惜我左看右看找不到它，又不敢去正门寻找，只好老实地在此处蹲着。

屋内烛光沉沉。

菜肴似已上桌，苏灼灼对窗而坐，我只能隐约瞧见曲徵一头如瀑的黑发，亦不敢多看，便贴在窗畔仔细聆听。

“公子可好吗？”苏灼灼仿佛笑了笑，“师父想你回瞿门看看，师娘虽嘴上不说……但心里亦是挂念着你的。”

“劳烦师姐了。”曲徵淡淡道，语气与从前的温文尔雅不同，只带着一丝明显的疏离。

说起来，晚间短短的会面，我以为他待陌生人自然很是冷淡，气韵间多了几分肃意，隔了数步之遥仍然觉得森然，情不自禁便觉得十分压迫，却不知他对苏灼灼竟也是如此。

“久不来此处，散散心罢了。过些日子，我自然会回去看看。”

“嗯。”苏灼灼也不觉得难过，似是端起了碗，轻道，“公子吃点这个吧，过去……她常做的。”

曲徵没有言语，只有极轻微的碗筷之声传来。半晌才听他道：“既是如此，师姐再与我讲讲好吗？”

苏灼灼落下筷子，沉声道：“公子想听什么？”

“便说我是如何遇见她的吧。”曲徵淡道，言语中有一丝轻微的怜惜，“她已故去，我却连如何缅怀……都不记得。”

我身子一软，无声地坐倒在地。

“那一年，我与公子为寻《璞元真经》，在路上设好了马车，假意搭救于她。公子只用琴师身份，装作不会武，引她暴露了藏经之处——”

“这些，我都听旁人说过了。”曲徵忽然道，“我想听的，只有亲眼看见这一切的师姐才知晓。”

“其实亦没什么不同，那时我待她不好，连公子何时……对她变了心思，都不知道。”苏灼灼顿了顿，缓缓道，“我虽因为公子你才不喜欢她，但金百万……确实是个很好的姑娘。”

我垂下头，不知为甚弯了弯嘴角。苏灼灼这货从来瞧我不顺眼，但总算我已死了，她还没有在背后说我的不是。其实从她替我接下擂台那一瞬开始，我便知道，虽骄纵任性了些，可她亦是一个很好的姑娘。

“金……百……万。”曲徵慢慢重复道，静寂了许久，才又道，“我待她好吗？”

“自然是好的。”苏灼灼淡道，“那时公子常对人笑，待金百万更是不必说。”

“这样吗……”曲徵轻道，“我竟也会待人好。”

我心中一酸，只听苏灼灼似是站起了身来，声音满是激动：“公子岂止待她好，为了她险些连命都搭上了！金百万以死相殉，也算报答了公子这番恩情，为何公子明明已经忘了她，还要这样不停地作践自己，吃她做过的菜，不停让人讲她过去的事情，这样又有什么用？便算你忆起一切，她也活不过来了！”

屋中一片寂静。

曲徵没有言语，苏灼灼抽泣了一声，哽咽道：“公子……我要嫁给俞琛了。”

“若是为了俞家之事，师姐大可不必委曲求全。”曲徵亦站起身来，“我早已说过，俞琛若想为父报仇，大可直接来找我。”

“不，不，俞琛他深知是俞家之过，从未想过报仇。”苏灼灼渐渐冷静下来，“这一年来，我等公子回心转意，俞琛身负丧父丧妹之痛，仍坚持到瞿门照顾我，这份恩情……总是要还的。”

顿了顿，她忍着哭腔道：“既是如此，我们之中，至少有一个人是快活的。我给不了俞琛我的心，所以……嫁给他，是我能为他做的唯一一件事。”

“师姐既愿意，我便只有恭祝了。”曲徵淡道，言语中没有半分涟漪，“届时定会携礼相贺。”

我心中不禁有些可怜起苏灼灼来，面对一心只恋慕他又哭得如此肝肠寸断的姑娘，曲徵他当真能狠心无情至此，莫说挽留，连半分遗憾不舍的情愫都没有。

苏灼灼静立了许久，我忍不住偷偷去看，发现她走到了门畔，微微转过身来。

“如今想来，便算金百万死了，便算公子吃了忘情草，可你从不曾有一天忘了她。你连她的坟都不敢去瞧上一眼，又怎会相信她死了。”她一字一顿道，“公子，我现在方才看清，不管你是不是记得她，不管她是死了还是活着，你心中，从来容不下旁的女子，永远就只有一个金百万。”

言语落地，久久无声。

我捂住嘴，脸上已是湿漉漉的一片，只是强忍着不敢发出声响。

门“吱呀”一声被推开，苏灼灼似是走了出来，轻轻地“啊”了一声，旁里有家丁的声音道：“公子、苏小姐莫怪，我这就把这狗抓出去……”

听到此处我悲伤的情绪霎时一扫而光，“百万”这货居然躲在一旁，就等着开门钻进去，合着它是瞧见了这屋子里的两个都是美人了吧……

“不必了。”曲徵沉声道，“送苏小姐回客房。”

那家丁应了声。

我往后缩了缩，便听曲徵又唤停了他，问道：“我不在的这段日子，可是换了后厨吗？”

“不曾换过。”家丁老实地答道，“只是公子每次来都吃这几样菜，又多是剩下，伙房便以为您不喜欢，小人自作主张，便请了个手艺好的来……”

“我知晓了。”曲徵打断他，“你去后院一趟，将做这枸杞银鱼汤之人带过来。”

我背后一毛，登时出了许多冷汗。

这样都能吃出来？有没有搞错？这货聪明也就罢了，舌头还很贼啊浑蛋！

家丁随着苏灼灼离开了，我一时不知如何是好，便蹲在那里愣愣地出神。不知过了多久，只听一个醇澈的声音隔了窗子淡道：“姑娘蹲了这么久，不累吗？”

我下意识地回了一句“嗯是有点酸”，正想揉揉膝盖站起来，猛然意识到什么，转而两腿一软坐倒在地。

被发现了！

彼时我因体内毒发频繁，功夫退了半数，但屏气调息却仍然不在话下，连苏灼灼都丝毫未有察觉。可曲徵此人武功之高心思之诡，不可以常理判夺，发

现我也没什么稀奇。

我心知此番不好糊弄过去，便磨磨蹭蹭从窗畔走到门边，两眼盯着地上，挠着头讪笑道：“这个……我是来找‘百万’的。”

此刻罪魁祸首正围着曲徵，一脸陶醉地蹭着人家的衣衫下摆，连我对它目露凶光都装作没看见，十分威武不屈。

曲徵瞧了我一眼，轻轻一挥云袖：“姑娘请坐。”

“不坐了，不坐了。”我连忙摆手，心中警铃大作，揪了“百万”便想往门外跑，哪知还没走出去两步便觉身后一股内力袭至，从我身侧掠向门边，那半扇门“咣当”一声便合上了，关得很是严实。

“一日之内两次相逢，倒也有缘，何必急着走。”曲徵慢条斯理地坐下，伸手倒了两杯水置于桌上，自己端了一杯轻轻啜饮，目光沉沉向我望来。

我被他瞧得两手都不知往哪儿摆，只好上前拿了另一杯，小心翼翼地坐在离他最远的凳子上，登时闻到一股酒香，原来这杯子里倒的竟然是酒。

“在下唐突，还未请教姑娘芳名。”

脑中有个画面一闪而过，我怔了怔。那年他一袭儒衫站在街上，手中持了一块小小的木牌，侧目对我微笑道，瑾瑜唐突，还未请教姑娘芳名。

时光仿佛从未飞逝，当真是很久远的画面了，只是不知为甚仍然如此清晰。我深吸了口气，平稳道：“我姓曲。”

“果真是有缘。”曲徵淡道，“在下也姓曲。”

“啊？真巧。”我故作一副恍然大悟状，然后便是一通干笑。

曲徵却不曾弯起嘴角，只瞧着我缓缓道：“只是不知以姑娘这般的身手，何故蛰伏于这穷乡僻壤？”

我登时一口酒水喷出，抚着前胸咳了数下。这货果然在石桥上就看出我不对劲儿，难道眼下亦是个设好的陷阱？这般让他追问下去，可迟早要露出马脚。

“自然有缘故。”我淡定地道，“那么，似曲公子这般的人物，又怎会出现在这穷乡僻壤？”

将问题丢还给他，我又给自己倒了杯酒，便见曲徵将酒杯放下，转而抱起了一直在他脚下转悠的“百万”。这货瞬间一副“洒家这辈子值了”的熊样老实地窝着，头都舍不得抬。

他再美也是个男人啊，你这破狗！

“百……万……”曲徵垂下眼睫，修长的手在“百万”颈后温柔地轻抚。

眼下这番情状，我总觉着他是在叫我，只觉得浑身难受。我尴尬了一会儿

便反应过来，他还没回答我的问题！

正准备说些什么，便见曲徵将“百万”放下，幽幽地叹了口气。

“那么，在下与姑娘不问来去归处，只论杯中酒如何？”

“其实我还有事……”

“曲某先干为敬。”

喂喂，听我说话好吗！

我别无他法，只好干笑着喝了一杯，心中又有些不安。过去的曲徵儒雅斯文，几乎从不碰酒，他这般主动要求喝可不太对劲儿。

“我来与姑娘说个故事吧。”他修长的手指把玩着酒杯，淡淡道，“一个女子为救她的夫君失了性命，而那夫君却失去了有关她的一切记忆。姑娘，你说这女子可好笑吗？”

曲徵面色如常，睫毛低垂投下一段好看的剪影，似乎当真只是在说毫不相干的身外之事。我心中有种细碎的疼痛扩散开来，顿了顿端起一杯酒，认真地摇头道：“一点都不。”

“愿闻姑娘高见。”

“她这样做，便是要夫君好好活下去吧。”我望着他极尽隽美的眉眼道，“既然她心愿已达成，人也死了，忘记反而更好。”

“可历经这所有，他当真会好好活下去吗？”曲徵淡淡道，“忘记一切，痛失所爱，有时候，死却并不是最可怕的事情。”

我急道：“失去一个已经忘记的人，又怎会难过——”

“是啊……”曲徵垂下眼睫，轻轻端起酒杯，“明明已经忘了。”

那一瞬，我的心几乎拧作一团，面上却不敢露出任何异色，只是哈哈一笑道：“曲公子说笑了，故事终究只是故事而已。”

曲徵微微颔首，却没有继续说下去。

言语之中二人已经喝了不少，我怕他又提起方才那茬，便一通东拉西扯，曲徵从善如流地对答，竟也由着我扯皮，没有半分不悦之意。

不知不觉夜已渐深，酒已空了三坛，我再也扯不出更多的废话，眼见曲徵渐渐伏到了桌子上，自己也有些头重脚轻，便琢磨着想趁机拎了“百万”偷偷开溜。

我缓缓站起来，找了半天才瞧见那只破狗蜷缩在里屋的床边，似是睡着了，只好踮起脚，做贼般地溜了过去。

路过曲徵身畔的时候，我忍不住向他瞧了一眼，却渐渐顿住了脚步。

烛光昏黄，将曲徵的乌发染了一层微弱的光。他似是清减了些，下颌越发尖细，合着双目极是沉静，却衬得眉眼更为秀雅。我的目光肆无忌惮起来，近乎着魔般地望着他，再离他近些，再看他久些，似是只有这样，才可慰藉这一年以来刻骨的相思。

曲徵轻轻一动，我微微向后缩了一下，他却没有睁眼，只是眉间轻蹙，溢出一句淡淡的呓语："百万……谁……是……百万……"

我鼻间一酸，眼泪忽然便汹涌起来，几乎便要夺眶而出。苏灼灼的那番话仍然在我脑中回荡，她说：便算金百万死了，便算公子吃了忘情草，可你从不曾有一天忘了她。

原来就算什么都不记得，你还是会……念着我的名字吗？

我泪眼蒙眬地伸出手，轻轻抚上他柔滑的乌发。

"曲徵，曲徵……"我小声哭道，"事到如今……你要待自己好些……我……我很好，有你如此待我，便再没什么好遗憾了……"

正难过间，忽听门外有脚步声轻微地停顿，有个声音迟疑道："公子，那做银鱼汤的姑娘不见了，小的找了两个时辰……"

我心中"咯噔"一下，手刚刚撤回，还在半空便被人紧紧攥住。

曲徵微微睁了眼，淡道："我知晓了。"

他修长的五指落在腕间，我脑中"轰"的一声，登时不知如何自处。那家丁又问候了一声便自行离去，屋中霎时陷入了静静的沉寂。

我呆呆站着，脑中一片空白。

仿佛过了很久很久，又似是只有一瞬，曲徵抬起身来，手下一沉，我便猛地倒进他怀中。

"你是谁？"

三个字，他呼出的气息拂在我面上，带起一片红潮。曲徵似携了七分醉意，我慌乱到了极点，只望着他幽深的眼眸，四目相对，欲语还休。

见我不回答，曲徵伸臂揽过我的身子，转身便向幔帐内走去。我还未反应过来，便觉天旋地转，霎时躺在了柔软的床铺间。曲徵欺身上前，面容被灯火映得炫目又绝艳，眼中溢出了暗沉的幽光。

"你……究竟是谁？"

他的气息中有股惑人的酒香，我似是迷醉了一般，只望着他如此之近的薄唇，

刹那间想不起任何事情，将一切都抛诸脑后，只是听从了自己心底最深处的欲望，伸出双臂环上他的脖颈，然后狠狠亲了上去。

曲徵微微一颤。

他的唇冰凉而又柔软，携着一股若有似无的酒香。我仿佛已经醉了一般，眼泪却从腮边滑下来，无声地落入被褥间。

只是动作越发疯狂。

眼前幽暗的黑眸似是暗了暗，我闭上眼，霎时只觉他压了过来，左手托起我的下颔，重重辗转厮磨，携了几分迷乱的气息，不过是个回应的微小动作，却霎时将这个吻变得不单纯起来。

不知纠缠了多久，腰间却猛然一松，衣衫登时散乱开来，露出了颈间的兜肚细带。我心中一慌，伸手想拢住领襟，却只觉一只手从腰间探上前襟，利落地向后一拽，胸前霎时一片清凉。

我瞪大眼，瞧着兜肚轻飘飘地飞了出去，仍然没反应过来发生了什么事。

竟然玩真的啊！

“曲……徵……”

我原本只是想唤停他，只是不知为何声音变得柔软又沙哑，而此时此刻叫出他的名字，亦多了几分魅惑的意味。

曲徵的外衫不知何时已与我的兜肚散落一处，亵衣也敞开了大半。我满面通红，喘息着去遮挡身体裸露的部分，奈何四肢软绵绵的，竟使不出一丝力气。

“你肯说你是谁了吗？”他伏在我耳边沉沉道，细碎的吻顺着耳垂一路向下，撩起一阵战栗。

我的手无力地推在他胸前，却越发显得是在欲拒还迎：“我……我是……”

言语只说了一半，我想编出什么，却根本无法思考。曲徵望着我，酒意未去目色迷离，动作间却又携着一丝化不开的温柔。他凑近我额间微微一吻，轻道：“百万……”

我一怔，随即身下一痛，登时无数言语都化作了细微的呻吟，朦胧间溢出唇畔。

与深爱之人毫无缝隙地嵌合，像是灵魂都融到了一处。抑制不住地喘息，律动间滑落的汗水，美妙深切似在天际，又恍恍惚惚如醉梦中。

这一瞬，再没什么可以阻挡在我与他之间。每一寸肌肤的触感都那么真实，

像是饱携了无尽的思念，如何辗转也不够，只是贪婪地想要索取更多。

至此一刻方才明白。

在那些毒发时恨不得死过去的日子里，我都以为自己挺不过去这一次了，只是想在死前再见到他温柔的笑，再听到他醇澈的声音轻唤一声“百万”，想告诉他我没有死，求他不要忘了我。可是即便如此，却依然觉得能够遇见曲徵，实在是太好了。在我跌宕的一生中，因为有过一个为之奋不顾身的人，所以即使是在没有彼此的岁月中背道而驰，只靠着有他的回忆，也可以坚强起来。

我爱你，有多痛，就有多幸福。

阳光透过纸窗淡淡地洒下来，落在眼帘上有些朦胧的痒。

我动了动身子，只觉一阵酸痛，不由得哀叹今天还是偷个懒别去赶早集了，反正这个月的钱还够过上一阵，话说回来我昨晚做了什么居然这么累……

我咂咂嘴，隐约有些香艳的片段闪回脑海，顿时很是回味。这么大岁数了居然还会做春梦……居然还是跟曲徵……哦呵呵呵呵……

等等，昨晚……好像当真是跟他喝酒来着，然后……

我猛然睁了眼，霎时被阳光刺盲了一瞬，便伸出手来揉了揉，随即发现……曲徵正端坐于床前，白衣曳地眉目如画，被这光线映着，竟耀眼得有如神祇。而我浑身上下不着寸缕。

这不是春梦啊！

我立时卷了被子坐起身来，哆嗦着手指对曲徵道：“你你你你我我我我……”

曲徵端了杯茶，气定神闲地低头啜饮。他穿戴得十分整齐，便越发把我对比得狼狈不堪。我涨红了脸，眼睛四处乱扫搜寻自己的衣衫，偏偏连个衣角也瞧不见。到了最后，终于在曲徵的手中，看见了自己的……兜肚。

轰！

我脑中理智的那根弦登时绷断，裹着被子就冲过去想夺过来，甚至用上了擒拿手。可惜我显然忘记了曲徵是什么段数，他连身子都未抬，轻飘飘地避过数招，最后稳稳地将我固定在怀中。

“吃干抹净，便想一走了之吗？”他淡淡道，“百万果真无情。”

曲徵的手环在我光溜溜的腰间，虽上面还覆着被褥，但我亦觉得脸都快烧起来了，只是结结巴巴地辩解道：“先、先让我把把……把衣服穿、穿上……”

“穿上了便又要走。”他附在我耳边道，“还是光着老实些。”

我愤怒地回头：“光天化日调戏良家妇女，你再不给我衣衫我可要叫了啊！”

“叫吧。”曲徵慢条斯理道，“你我拜过天地明媒正娶，叫一叫倒颇有乐趣。”

这言语乍一听很是流氓，可从曲徵嘴里说出来，便另有一番浩然正气。我挣扎了半晌，忽然回过味儿来，迟疑道：“你……你不是忘了吗？”

曲徵没有回答，只是静静望着我。

他的目光淡淡，却极尽温柔缱绻，像是携了千言万语。我怔怔地瞧着他，心中有什么在不断膨胀，却又因那东西太过美好而不敢深想。

半晌曲徵垂下眼睫，将我身上的被褥紧了紧，静静拥进怀中。

“当真是我的百万。”他轻叹一声，似是怕我会忽然消失不见，手臂越发用力。

我被他这般抱着，只觉浑身轻飘飘麻酥酥，四肢都不似自己的了。然心中猛然掠过一个念头，我急忙推开曲徵，伸手在他身上来回摸索：“那药丸怎会……你……你可还好吗？心口疼不疼？”

曲徵任我对他上下其手，忽道：“自然是疼的。”

我心中一紧，急道：“撑着点，我、我去杏林坡——”

“百万。”他轻唤道，又将我拉回怀中，修长的手指掠过我颊边的碎发，“从今日起，你休想再离开我眼前片刻。”

话是好话，只是不免多了几分威胁之意，我背后爹起一片汗毛，忍不住便想要反驳：“那沐浴如厕你也要——”

“都要。”曲徵言简意赅道，随即抱着我站起身来便向门口走去。

我瞧着他这个势头是要出门，立时便涨红了脸：“我还裸着呢，出去作甚！”

“这样你才老实。”他将被褥裹紧，轻道，“你不是想知道吗？我这便带你去瞧。”

于是这一路被人围观得很彻底。

若是穿着衣衫，这般被拦腰抱着从回廊中走过，倒也颇神仙眷侣。可惜我被棉褥裹得活似条大肉虫，自然就少了许多美感，只好努力地缩着脑袋，只盼没有熟人认出。

路过花园的时候，昨晚后院那几个家丁一溜儿地站在那儿愣住了，其中一个瞧了半晌，双手一叠道：“是做馄饨的曲氏！”

我嘴角抽了抽，曲徵步履未停，只淡淡丢下一句：“是曲夫人。”

四个字顿时将那家丁后面的话生生憋了回去。

我仿佛听见了他们下巴掉落在地的声音。也难怪，一个做馄饨的失踪一晚就变成夫人了，他们此刻的心理活动定然精彩纷呈。

转过几个弯儿，进了一处僻静的院落。我缩着脑袋偷偷环顾了一番，庆幸没有遇到苏灼灼，这便省了好多麻烦。

曲徵没有多言，直接推门而入，将我放在了正中的方桌上。我努力将滑落的被褥卷得严实些，刚想说些什么，目光却越过他的肩膀落在墙上，看到了一幅画。

我怔住了。

这是一间书房，干净整洁，布置得很是雅致。而这房间的四壁，大大小小挂满了画卷，画上女子巧笑倩兮，清丽非常，或立或卧，若静若动，足有百余张。

甚至我坐的长桌上，都摆了一幅未完的画作。曲徵过去执了笔，细细勾勒了一番，画中女子的脸便鲜活起来，与我毫无二致。

“这……这些……”我结巴道，“那幅画……我明明……”

换血之术结束后，我怕曲徵睹物思人，特地将桃花簪与那幅画都拿走了，一年来一直贴身藏着，所以他怎会……

曲徵放下笔，温言道：“莫非百万以为，画便只有那一幅吗？”

居然当真以为只有一幅，我果然是个二货吧！

见我一脸“完全没想到”的神色，曲徵淡淡一笑，复而道：“忘情草确然有效，初始对过去数月的事情全然记不起来，听张歆唯将事情说过一遍，便自行推算出八九分，只是旁人都说你已死了，我虽不尽信，却也无可奈何。如此，即便知晓你我订下婚约的经过，却怎样也回想不起……似我这般的人，当真会为一个女子不顾性命吗？”

我心头一颤，却渐渐了然那是一种什么感觉。被旁人告知自己曾与一人生死相许，偏偏什么都记不起，尤其是曲徵那般冷酷无情之人，大约更是难以想象。

“……直到我在瞿门发现了这些画像。”他走近了些，放缓了声音道，“当时打开了一幅，只瞧了一眼便昏了过去。”

我低呼一声，曲徵不禁莞尔：“这便是换血之术的反噬了，后来我用了璞元神功护体，总算能清醒些，渐渐地便可以多看这些画像，甚至能提笔画上几幅，日子长了……待我见了画不再那么难受时，便开始着手追查你的消息。不过百万当真是藏得太好，若不是跟了非弓与擎云，我亦不知你会来到这个镇子。”

“等等，”我打断道，“你怎知晓我未死？”

“自然是去了杏林坡一趟，张歆唯与我言明，她已极力做了挽救，加了数种续命的药草，只盼有你深厚的内力可以逃过一劫。她虽目送你下山，却没有

寻到你的尸首，且靖边镇亦只有一个衣冠冢……”

“你去挖我的坟了？”我背后爹起一片汗毛，感觉颇有些怪异。这货不伤春悲秋也就罢了，虽然是想寻我，但直接挖人家坟这种事……真是很有曲徵的风格。

“那……”我忍不住又道，“那在石桥上……你早知道……”

“石桥上倒真是偶遇罢了。”曲徵垂下眼睫，温言道，“我虽知道百万在此，亦清楚你的模样，听旁人说尽过去之事，但……”

但，那些曾刻骨铭心的种种，他根本不再记得。

我了然地点点头，心中一点一点寒凉下去。

大约是我的面色失落得过于明显，曲徵忍不住失笑：“莫非百万以为，我现下仍是想不起吗？”

“啊？”我没反应过来，“可是……”

“你当知道我的记性是极好的。”他顿了顿道，“直到昨晚……”

我忍不住涨红了脸：“昨晚可以略过不说。”

“好吧。”曲徵弯起嘴角，“我彻夜未眠，只在一旁瞧着你，心中觉着……我大约当真这般爱过一个姑娘。不然怎么会记起那些旁枝末节，她喜欢做的菜，她说话的声音，她执念的种种，她笑起来的模样……”

我怔住了。

“否则……怎么会只想起那些过往，便会觉得心如刀绞……痛不欲生。”

他语气是一贯的温淡，目光亦是幽深乌暗，一如我过去最熟悉的模样，温润、孤傲、聪明且强大。这便是我奋不顾身倾心恋慕的人，他就站在我面前，我活着，他亦好端端的，且没有忘了我。

还有什么……比这更重要呢？

这感觉似欢喜，似委屈，涌上心头却不知如何发泄。我张了张口，半晌只说出一句：“可还疼吗？”

“与百万代我受的苦相比，又算得了什么。”曲徵执了我的手，指尖掠过我掌心的伤口，放到唇畔轻轻一吻。

我鼻间一酸，泪眼蒙眬地唤了一声“曲徵”便扑到他怀里，只觉人生此刻方得圆满，却又幸福得不似真实。

曲徵一手揽住我，另一只手向后拂去，房门便“咣当”一声关上了。

我两只光溜溜的胳臂环着他的脖颈，仍未觉得有什么不对，只是哽咽道：“我好想你。”

他弯起嘴角却未回答，又将我抱回桌旁。

我对他这副不声不响的态度甚不满意，只将他搂得更紧了些，凑上前明知故问道：“你都不想我吗？”

曲徵微微撤开身子，目光将我从头到脚慢条斯理地瞧了一遍，我爹了无数的汗毛，方才觉得身上凉飕飕的，有些不对劲儿，刚刚还裹在身上的被褥，早在我扑进他怀里时便掉了个彻底，是以我这一番情真意切的告白，均是赤裸裸的。

原来这就是传说中赤裸裸的告白！

让我死一死……

“百万莫急。”他欺身上前，笑得别有深意，“这就告诉你……有多想。”

窗外清晨早，屋内春光浓。

被褥在方桌上舒展开，笔墨纸砚稀里哗啦掉了一地。曲徵只披了贴身的中衣，我偎在他怀里，额间泛起一层薄薄的汗，转眼瞄到方才不小心碰碎的青花瓷瓶，肉疼的同时又有点羞赧，虽然昨晚我与曲徵已然有了夫妻之实，现在怎么说也是大白天，这也有点……太激烈了些。

我将曲徵的外衫披在身上，刚刚起身，便听院子里有个声音道：“公子，我这便回去了，你可在书房吗？”

说时迟那时快，我蹦起身来便要躲藏，谁知曲徵长臂一伸，将我拦腰搂在怀里。同时门便被推开了，一个黄色的影子蹿了进来，晃着尾巴围着桌子不停地转圈。

苏灼灼与数个家丁在门口愣住了。

我二人衣衫不整地卧在案上，屋内画作乱成一片，很有些纸醉金迷的气息，大抵不用联想都知道方才做了什么。

“啊呀！”家丁甲怒道，“好个曲氏，以为你不过是个做馄饨的……”

家丁乙立时接上：“居然趁机染指我家主人！”

“还是在书房！”

“不怕先夫人有灵怪罪吗？”

“这个……”我颇不好意思地挠挠头，“我就是那个先夫人。”

苏灼灼后退一步一副见了鬼的模样：“你……你是人……是鬼？”

曲徵支起身来，中衣滑落半数，露出肌理分明的胸膛。眼见苏灼灼眼睛都看直了，我颇小心眼地向他靠了靠，挡住大片春光。

“师姐稍待。”曲徵弯起嘴角，“我这便带夫人……与你同回瞿门。”

苏灼灼默不作声，唰地抽出长剑，抬手便向我攻来。

一年不见还以为她淑女了不少，哪知仍是这般的坏脾气。此时我虽因毒发失了不少内力，但对付她也还算够用。若在当年，只怕我一根手指头就收拾她了。

我向后一退，左手抓过一支毛笔弹开她的剑尖，右手化掌为刀去砍她手腕。

苏灼灼立时收势，手肘向我顶来，我翻掌推过，用了些内力，瞬间便夺下她的长剑。

“你果真……”她瞧着我，面色也不知是欢喜还是失落，“是金甚好。”

乍一听这三个字，倒颇有几分怀念，我笑了笑上前一步想将剑还给她，哪知曲徵这外衫于我实在是太长了些，脚下绊了个趔趄，肩头衣襟便滑落了数寸，露出了锁骨下几点可疑的粉红痕迹。

旁里立时飞来一条厚厚的被褥，曲徵闲适地走过来，将我从上到下包了个严实，随即双臂一收，抱着我活似抱个粽子，目不斜视地越过了众人。

家丁甲最先反应过来：“夫人好！”

家丁乙随即热泪盈眶：“夫人总算还魂了！”

苏灼灼愤恨地咬牙道：“居然一回来就……金甚好你太狡猾！”

脸变得这么快真是辛苦你们了……

于是收整细软马车劳顿，皆不必细表，两日后我随着曲徵站在了瞿门门口，陡生一股恍如隔世般的遥远之感。

瞿简站在门内，美须垂胸负手而立，甚至比记忆中更加矍铄。苏灼灼上前甜甜地唤了一声“师父”，他微微颔首，目光掠过曲徵，随即便落到了我身上。

此时百万在我怀中睡得很熟，我迎着瞿简的目光，迟疑地唤了一声“瞿门主”。他顿了顿，随即扭过头便进了院落，半点理我的意思都没有。

这老头儿仍然臭屁得让人想踹一脚啊！

时隔一年多，历经如此多的生离死别，于这些琐事我早已不放在心中。曲徵揽住我，垂目对我温柔一笑。

我亦弯起嘴角，准备随他一起迈入大门，只是还未走出几步，便听一个冷冷的声音道：“媳妇与你问好，为何不回答？”

曲徵顿了脚步，我循声望去，只见门侧处站了一个极美的妇人，姿态高雅容光胜雪，正是炼华。

瞿简冷哼一声：“谁说她是瞿家的媳妇。”

“她与徵儿早已拜过天地，又为救他吃尽人间苦楚，除了她，谁还可做瞿家的媳妇。”

“若不是因为她，徵儿如何会中毒。”瞿简冷了脸道，“九重幽宫的妖女，不知给徵儿灌了什么迷魂汤。”

炼华立时花容一沉：“你说谁是妖女？！”

“我倒是忘了，你乃第一代血月……”瞿简转过身去冷笑，“失敬失敬。”

“瞿简！”炼华上前一步怒道，手中多了一根长鞭，“想打架吗？”

瞿简面不改色火上浇油道：“乐意奉陪。”

二人目光厮杀良久，终于按捺不住战作了一团。

……

这两口子二十余年不见，相处模式真是有够火爆……

高手对战自然非同凡响，且炼华扔起宝贝当真是不心疼，一个花盆碎在我脚边，骇得百万从我怀中挣出，夹着尾巴溜进了屋内。数个瞿门弟子从门畔路过，只与曲徵打了个招呼便走过去了，似乎见怪不怪。我看得眼花缭乱，就差惊得下巴掉在地上了。

曲徵瞧了那花盆一眼，挽了我的手道：“百万莫瞧了，当心伤到。”

“可是……”我哆嗦着手指着瞿简二人，“他们打得好激烈……”

“自师娘回来，三天小吵五天大打，大家都习惯了。”苏灼灼无所谓地道，“金甚好你愿瞧就瞧着吧，若是被师娘的鞭子波及一二，那自然再好不过——”

她言语未落，霎时便有什么东西破空而来，我下意识地想伸手格挡，便觉腰间一紧。曲徵揽住我向后退避一步，伸出右手接住那一鞭，指间竟燃起了蓝色的内力。

我后知后觉地咽了下口水，能逼出璞元神功护体，可见这一鞭的力道非同小可。曲徵转过身淡道：“胡闹……也要有个限度。”

他并未看向瞿简与炼华，声音也是平日的温淡，却不知为甚只让人觉得脊背发凉。我瞧见瞿简黑了脸，炼华负手转过身，二人竟谁都不敢回敬他一句。

“百万没受伤便好。”他垂目对我嫣然一笑，“我们进屋吧？”

好霸气！

我被他这一笑勾去了魂儿，再想不起来旁的事情，便也任由他牵着向内走去。

刚进了内堂，便见一个嫩绿衫子的姑娘坐在正中，手捧一颗桃子，与另一个眉目秀雅的姑娘聊得欢畅，正是张歆唯和晋安颜。

二人见了我，都是一声惊呼，站起身便奔了过来与我抱作一团。

“百万姐姐果真厉害！这样你都死不了！”张歆唯抹了一把嘴角的桃汁，“还

是我杏林坡的医术博大精深——”

“百万好没良心，可叫我伤心死了！”晋安颜红了眼圈道，“接了曲公子的飞鸽传书我还不敢相信……”

“就是就是，百万姐姐，这一年我可没少给你烧纸钱，眼下看来算是白烧了，折合成银子你怎么也该赔我三百两——”

“咳咳。”我别过脸去，“阿颜我们去那边聊。”

“开个玩笑，开个玩笑。”张歆唯凑过来，“不过说实话，此事亦多亏你跟曲公子资质绝佳功夫深厚，换作旁人，无论是换血还是反噬，都未必能有这般好的结果。”

“可见冥冥之中自有天注定。”晋安颜喜道，“好人总会有好报。”

我与她二人寒暄了一阵，又相继见了白翎枫、冯彦与五师兄等人，原来出发前曲徵便已飞鸽传书众人，是以大家虽欢喜却也不觉惊讶。

这般迎来送往，时辰过得极快，待我空出闲来，已到了晚膳时分。

曲徵说不许我再离开他眼前片刻，居然当真是片刻都不行。我拎着新的浅紫色罗裙，好说歹说才让他在门外守着，并亲自于他眼前将窗户堵死，绝不可能悄无声息地溜掉之后，这才换得一点隐私之权。

“换衣衫罢了。”关门前曲徵随意地回过头，目光在我身上饱含深意地扫了一遍，“反正……该看不该看，都已看过了。”

如此流氓的言语不要说得这样理直气壮啊!

我黑着脸“咣当”一声摔上门，心中有些哭笑不得，又有些甜蜜的意味。很快换过衣衫，我走到内门处正欲推开，忽然察觉到第二人的呼吸吐纳之声，大约是屋子里来了人，便也没有贸然出去，只是支起耳朵偷听。

可许久都无人言语。

便在我等得不耐烦之时，却听茶杯轻轻落在案上，一人淡道:“下山这几年，你知我嘴上不说，心里一直是记挂你的。”

这声音是……炼华?

“我知道。”曲徵亦放下了茶杯，沉声道，“不然九重幽山那一战，你也不会来。”

“这一年你极少回来。”炼华压低了声音，却加快了语速，“连重伤将死也不愿让我二人去瞧……”

柔和的风声掠过，半晌无人作答。

“我知你为那个姑娘一直在部署，可是徵儿……若你真的中了那种毒，至少……也该告诉我。”她继续道，言语中努力维持的平稳开始有了一丝颤抖，“……难道她能为你做的，我这个娘亲却不能吗？”

“哦？”曲徵慢条斯理道，“你肯为我换血？”

这般平淡的语气，委实有些残酷。

“以前大约不曾想过，但得知你时日无多，我才知我是什么都肯为你做的。”炼华顿了顿，复而道，“你恨我和瞿简，这个中缘由我亦不愿再辩解什么，但……但你须知道……”

言语到了后来，已有些微的哽咽。我屏住呼吸，心中忽然有一丝难受。在苍雪山受尽苦楚的曲徵，二十余年从不曾有半分温暖的曲徵，他要有多痛……才能去原谅？

静寂了许久，曲徵似是站了起来。

“若百万喜欢，日后常回瞿门看看，亦是很好的。”

炼华没有言语，大约有些讶然。

“从前或许不懂，但遇见百万之后，多少也明白了一些，你为何宁愿抛弃世人艳羡的一切，独自幽居苍雪山。”曲徵淡道，“世间会出现这样的一个人，让你遍尝酸甜苦辣，让你饱受担忧相思之苦，让你倾尽所有也想要去守护，最重要的是……她让你活得像个有血有肉的人。”

他顿了顿，仿佛笑了：“若她离开了，我大约也不愿看这世间繁华流景，不毁天下便毁己，实难做到娘那般的气度。当年你之所以愿意隐忍，多半是……为了我。”

因为腹中的孩子，所以刚烈果决如炼华，亦可以隐居二十余年之久。我心中一动，便听炼华亦站起身来，沉默半晌，柔了声音道：“二十余年冷心无情，遇了她，步步皆变……徵儿，你果真是变了。”

“娘也变了。”曲徵淡淡道，“口口声声恨他，却仍留了下来。”

“既他二十余年未娶，便也勉强算是长情吧。”炼华似是亦笑了，“随我去用膳，定不让他欺负了你的百万。”

“多谢娘。”曲徵道，随即挥出一掌，内门应声而开，我竖着耳朵的模样就暴露在二人面前。

每次偷听都被发现，真是太讨厌了。

“换好便去用膳吧。”曲徵向我伸出手，目光温柔得醉人。

我虽然开心，但亦不敢当着炼华的面得意忘形，便装作一副什么都没听到的模样老实地问了声好：“瞿……瞿夫人。”

炼华本已转过身去，这时却顿住了脚步，我紧张得大气也不敢出。

“要叫……‘娘’。”

我怔住了，然后感到曲徵握着我的手，温暖而坚定。记忆像是回溯般到了初识的时光，我刚刚知晓乌珏要收我做义女，对着他说我要有家有爹娘了，就仿佛昨日一般历历在目。而那种有些缥缈的幸福，第一次真切地摆在了我面前。

这一次，我真的要有家，要有爹娘了。

曲徵弯起眉眼，在我额间轻轻一吻，柔声道：“叫吧。”

瞿门大举设宴，如同当年我与曲徵从桃源谷鬼门关走过一遭归来时一般，只不过彼时我身份未明，气氛未免古怪。如今我早已名正言顺，苏灼灼也放宽了心不再找我麻烦，看起来就其乐融融了许多。

瞿简黑着脸，耳根下有一道极其可疑的红色长形痕迹，很像鞭子打的。他默不作声地喝着茶，连瞥都不愿瞥我一眼。

若按这老头儿以前的脾气，大约根本不会出现在晚宴了，是以很难想象炼华用了什么手段让他乖乖坐在这里，我心下不由得好笑，这世道……任他妖魔鬼怪，当真是一物降一物。

可心里想归想，面子还是要做足的。我端起托盘呈着两杯茶，恭恭敬敬地矮下身，顿了顿道：“爹……请用茶。”

半晌没有回应，我悄悄抬了眼，只见炼华一个眼刀飞过来，瞿简立时不情不愿地伸出手取了一杯茶，嘴角细不可闻地漏出一声“妖女”。

我便装作没听见，一样呈给炼华，她难得露出一副和善的容色接了过来，随即便撇嘴冷笑：“妖女怎么了，瞿家两代都折在了妖女手里，我看可好得很哪。”

席间登时传来一阵隐忍的闷笑。瞿简立刻扬眉，闷笑声霎时都憋了回去。

他哼了一声，只浅浅沾了点杯子边缘，便赶紧放还到托盘上，仿佛我在杯子里下了毒。我恶从心起，便趁贴近他的工夫用了传音入耳的神通——

“瞿门主，曲徵他……一次都还没叫过你‘爹’吧？”

瞿简一怔。

“你若想一直都听不到，就尽可能继续瞧我不爽吧。”

言毕，我无视他瞪得凶狠的眼睛与就快要翘起来的胡子，乐颠颠地坐了回去。

宴席的菜色绝佳，上菜的工夫，不停有从前伙房的旧识对我挤眉弄眼，我

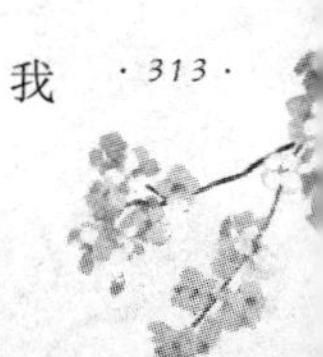

心中怀念，都一一回以笑容。

如今瞿门的宴席也不同以往那般死气沉沉，不知为甚，虽然炼华也是孤僻乖张的性子，但瞿门有了她，总觉得瞿简比过去更加宽和了。众人有说有笑，我拿过一块金黄的酥饼，深深咬了一口，内绵外脆，心中暗暗称道。

正吃得欢畅，忽觉有人从旁里伸过手来，抚上我的下颌，轻轻拭了一下嘴角。

曲徽淡道："沾到了。"

我一时没有适应这般浓情蜜意的亲近，忍不住咳了数声，这才发现大家都直勾勾地瞧着我二人。

正有些尴尬，曲徽却弯起嘴角，将手指上那粒饼渣送到唇边，果断地……吃掉了！

动作之流畅，仿佛再自然不过。

我的脸轰地红了个彻底。

席间抖了抖，大约鸡皮疙瘩都掉了一地。

晚宴过后，我在院中闲着，想着日后已为人妇，便弄了些刺绣女红之类，坐在石桌旁努力奋斗。曲徽在一旁习字作画，这般看去，倒是一番岁月静好的温馨光景。

可惜对着图样绣了许久，却是越来越不像。我苦了脸，想想曲徽用这方帕子的模样，只觉后背一凉，忍不住便想将其毁去。

只是低了头，手中的帕子却不见了踪影。

"哎呀呀，这哪里是形似君子的绿竹。"宋涧山哈哈一笑，"这明明是搅屎棍。"

我老脸一红，对着他便劈过一掌，恼羞成怒道："还给我！"

"暴力啊暴力！"宋涧山揉了揉被我打红的手背，龇牙咧嘴道，"你这家伙当真是失了半数内力吗？那毒的成效也不怎么样——"

他言语未落，旁地里忽然飞出一支毛笔，险些戳中他的白牙。宋涧山两只手掐住了笔杆子，擦了把汗讪笑道："开个玩笑，阿徽你也真是的，牵扯到百万就生气。"

曲徽淡淡一笑，并不接话。

我亦不放在心上，乐颠颠道："不是公的，最近在哪儿风流快活？"

"如今再风流快活，哪能比过你二人。"他不怀好意地瞟了我一眼，"怎样，需不需要虎鞭——"

我面无表情道："你是想再挨一下吧。"

宋涧山勾起嘴角，笑得十分潇洒不羁："好凶好凶，如今有夫君撑腰，就

这般骄悍，日后那还了得。”

我哼了一声别过头去，却听他压低了声音，一字一顿道：“我就知道……百万你一定会幸福的。”

我怔了怔，他望着我，眸光清澈而认真。

“嗯。”我与他目光相接，郑重道，“你也一定会。”

他微微摇头正欲说话，却忽然面色一变，赶紧起身连个道别都没有，霎时便溜得远了。而后院门一响，便见晋安颜俏生生地站在那儿，满脸的呆滞。

我忍不住抚额：果然……

她亲自参与了围杀俞望川的计划，当是已经知晓了宋涧山的冤屈，大约更是芳心难收。只是如今宋涧山对已故的妻子有愧，乃至见到她便如耗子见了猫，实在伤人。

我犹豫着走过去，想说两句宽慰的话，只是还未张口，却见晋安颜垂下头，将怀中的刺绣都推到了我手里。

“不能总等师兄来找我。”她扬起一个笑，映着一双晶亮的眼，顾盼间竟是神采飞扬，“我想要的……我要自己追。”

我心中讶然，却没有多说什么，只是握起拳头，对她比了个鼓励的手势：“快去！”

晋安颜没有迟疑，点点头便运起轻功，转瞬消失在了宋涧山离去的方向。

我望着晋安颜的背影站了许久。

历经这一切后发觉，你在，你爱的人也在，想说的话仍可以说出，大把的岁月可以纠缠和相守，再没什么……比这更圆满了。

“百万。”

我回过神，不知何时曲徵已站在我身后，便抱歉地笑笑：“这个……一时出神……”

他执起我的手，温言道：“你随我来。”

我不明所以，便老实地跟着他进了屋。曲徵翻出一个小小的木匣，轻轻抽了开，里面静静卧着一本古朴的经书。

“这……”我忍不住心跳快了些，竟有几分口干，“这是……”

是《璞元真经》。

“我曾对百万说，与你一起是因为这本经书。”曲徵垂目将我望着，微微一笑，“眼下将它给你，便也是说……”

他顿了顿，伸手抬起我的下巴，幽深的眸光落下来。

“当年我说了谎。”他柔声道，“与你一起，不过是因为喜欢你，片刻……也不想与你分开。”

四目相接，情意深绝。

我心中欢喜，握住他的手贴在我脸上，闭上眼弯起嘴角道：“若我生你的气，就此变心了呢？”

“那就让所有令你变心的人消失。”曲徵温言道，“最后，你只能在我身边。”

他说得风轻云淡，我背后一毛，咳了一声道：“为了江湖和谐，我还是专情一点好了。”

“这个暂且不论。”曲徵低声笑了笑，“你打算……如何处置《璞元真经》？”

我怔了怔敛去笑容，心中不由得五味杂陈。

这一切的一切，都因《璞元真经》而起。

因为它，御非死了，晋风云死了，俞望川从一代豪杰沦为丧心病狂之徒；因为它，炼华与瞿简分别二十余年之久，晋安颜失了慈爱的父亲，宋涧山蒙受不白之冤；因为它，我离开九重幽宫失去记忆，靖越山村寨被灭门，慕秋历尽心伤爱错了人……

也因为它，我遇见了曲徵，人生从此再也不同。

说到底，《璞元真经》本就无过，错的是人心。

人心到底是什么，一念起，可以光辉雄伟；一念覆，亦可以罪恶丑陋。

我抚上经书破旧的封皮，这里面有江湖中人梦寐以求的绝世武功，亦有可以颠覆朝纲的无上财富……

不过是一本小小的册子。

“虽然可惜，不过……”我弯起嘴角，“烧了它吧。”

曲徵似也不感到讶异，亦没有半分不舍，只答了一句：“好。”

院落中已是夜深。

眼见着那撼动天下的经书渐渐缩成一团黑灰，我伸了个懒腰，倦怠道：“早些休息吧，我累了……”

曲徵却没有动，忽然沉声道：“不告诉她，当真没关系吗？”

我顿了顿，没有言语。

他走上前来，伸手将我发间的桃花簪推得紧了些，嫣然一笑：“百万在想什么，大约是瞒不过我的。”

是啊，瞒不过的。我想什么，他从来都知道。即便只是在不经意的片刻流露出几分黯然，却依然逃不过曲徵聪颖剔透的心思。

我心中紧了紧，沉默半晌，这才小声道：“我……我好想慕秋。”

曲徵弯起嘴角，向我伸出手：“去靖边吧。”

朦胧夜色中，他一袭白衣曳地，桃花打着转儿旋落肩头，散出一片旖旎。

“嗯。”我将手放入他掌中，缓缓握紧。

一并握住的，还有余生幸福而绵长的岁月。

番外·婚后
有你就足矣

◆
◇

窗外透进一缕极淡的晨曦，天色初亮。

我眯着眼，随手向身旁摸去，锦被下一片空旷，只有一件光滑柔软的贴身绸衣，已然没有余温。

我顿了顿，倏地坐了起来。

唉，又睡过头了！

屋内顿时一阵兵荒马乱，房门轻旋，小丫鬟连翘端着热水笑眯眯地走进来："夫人醒啦。"

我一只手卷进中衣里，悲愤地指着她："说好的叫我起早，你又食言。"

连翘默了默，面色微妙："公子特地吩咐，让奴婢不可打扰夫人休息。"

"你究竟是谁的丫鬟？"我更加悲愤了，"把你从人牙子手里解救出来的是我吧？三天两头给你开小灶的是我吧？昨天我还送了你一对兔子耳珰！"

连翘十分耿直："可是给奴婢发月钱的是公子呀。"

行吧，心痛我的兔子耳珰。

待我洗漱完毕，日头已明晃晃地露出了大半边，院落中结了一层晶莹的霜雪，正是苍雪山下才能见到的美景。

我坐在窗边，恰见曲徵早课归来。他如今的功夫已臻化境，连氅衣都没穿，只着了一件竹青色的广袖深衣，碧色系带勾勒出流畅的宽肩窄腰，映着一地银白浅霜，如同清晨凭空生出的精怪，真是俊美得不似凡人。

他微微一笑，唤了一声"百万"，随即将手中提着的纸包放在桌前。我眼尖地瞄见了油纸上坠着的三个字，连翘已低呼一声："赏味斋！夫人近日就爱

吃这家的包子，可是离咱们府邸有八九里呢……”

末了，她眼风暧昧地望了我一眼：“公子待夫人就是好。”

我决定无视男色和美食的诱惑，坚定地板起脸。

曲徵倒了杯热茶，倾身递了过来：“夫人怎么了？”

我没有接，两眼瞟向窗外——呵呵，你就装吧，要是不知道我怎么了，这家伙“狐狸”的称号可以倒过来写。

果然，见我不理他，曲徵顿了半晌，淡淡一笑：“你身子还未大好，何必一定要早起练功，还是要多休息。”

“上次游了一日园，你这么说就罢了。”我哼了一声接过茶杯，“上上次是骑了半日马，还有再上次是去逛了夜市，可是昨天……我明明哪儿都没去，休息个甚！”

“嗯？”曲徵唇畔笑意更深了些，“可你昨晚明明说很累。”

昨晚？

昨晚。

昨……晚……

我口中的茶水“噗”地喷了个干净。

连翘微微退了一步，努力与幔帐融为一体。

我瞪着曲徵，满面通红，却是半个字都无法反驳，谁让……咳，那种时候说的话他记这么清楚干甚！

曲徵拿帕子为我拭了拭嘴角，唇畔弯了弯：“百万不生气的话，就给你看一样好东西。”

我对这哄三岁小孩的语气颇有些鄙夷，正打算傲娇一回，便见他从袖中掏出了一封书信，上面明晃晃是慕秋娟秀的字迹——我顿时很打脸地“嗷”了一声：果然是好东西！

三两下拆开信，一目十行地看完，我又惊又喜：“慕秋又有身孕了。”

彼时慕秋已和御临风育有一子，不过两年竟然又有了第二个，我欢喜之余，心头极快掠过什么，似是一种夹杂着艳羡与寂寞的情绪，转瞬便又端起笑脸：“我要去桃源谷看她。”

曲徵静静地看着我，那目光温柔似水，却又明澈如练：“倒也不急于一时，贺礼我自会派人奉上。”

“那怎么能一样，”我将信收叠起来，“这么大喜的事，上次我还答应了慕秋，

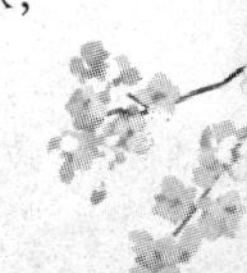

待女红练得差不多了，要给她家庆哥儿做一双虎头鞋……”

“百万。”

曲徵打断我，顿了顿，轻声道：“我知你想要跟我一起上早课，并不是为了武功。”

我心上霎时中箭，略有点心虚地别过了头。

自我回到曲徵身边，成婚已近三载，方知人间平安喜乐。只是有一点美中不足——我可能无法有孕。

早在当年张歆唯就为我诊过脉，我这副身体能挺过余毒已是奇迹，内里已消耗得亏空了，需要慢慢将养，恢复常人尚且需要数年，子嗣便更是几无可能。

炼华也知道此事，并未在我面前流露过什么，我们在瞿门过了两年平静和美的日子，直至数月前，我从外面回来，不巧撞见瞿简对着院落中一窝新燕叹了口气。

我心中莫名生出几分愧疚，曲徵得知后，却没说什么，只是直接带我离开了瞿门，来到苍雪山小住。

他将此事一力承下，不愿我有丝毫负担。

“我早与百万说过，”曲徵笑容微淡，“我向来不喜欢孩子，也从未在乎过此事。”

我向旁边瞄去，见连翘不知何时已很有眼力见地溜了，便也就不矜持地靠在他怀里：“好嘛……夫君最好了。”

曲徵弯起嘴角，俯下身，在我头顶轻轻一吻。

翌日，我钻进收整好的马车里，曲徵站在一旁，道：“当真不要我陪你一起去？”

眼下曲徵虽将武林盟主之职交了出去，但他盛名在外，平日里仍有许多江湖琐事和琴庄的生意要处置。我十分豪迈地一挥大手：“不用不用，桃源谷又不远，我还带了连翘，你且放心。”

连翘在车夫旁边昂首挺胸，一副可堪大任的样子。曲徵不置可否，我便将这阵子亲手缝制的一件氅衣拿了出来，莫名有点不好意思：“手艺一般，将就穿吧……早课别总穿单衣，现在天凉。”

曲徵惯穿浅色，自是芝兰玉树，此时这件玄色氅衣上身，忽将他温润的气质衬出三分冷峻，衣领边的鱼跃水苍纹倾泻而下，清冷出尘。

我忍不住赞叹：“你穿这个真好看。”

曲徵抚了下那绣纹，微微一笑："百万穿什么都好看。"

我觉得此言颇有点客套，但曲徵定定将我望着，眼睫如扇，温柔入骨，我顿时就有点飘了，便只红着脸垂下头来。

路上两天不必细表，桃源谷已在不远处。

慕秋风风火火地跑出来迎接我，身后跟着大惊小怪的御临风。一株忘情草下去，她直接忘记了与那支镖有关的一切，只停留在靖边镇外对御临风的一见钟情，如今两人琴瑟和鸣，倒也不失为一桩幸事。

经过一番寒暄，在我再三保证会保护好慕秋和她的肚子之后，御临风终于肯让我们单独叙旧。我眯着眼仔细打量，慕秋的腰肢依然纤细，很难相信里面竟然已经有一个小生命在悄然生长。

"才三个月，还瞧不出来呢。"慕秋面色微红，将我的手放在她肚子上，"据说孕气会传染，你多摸一摸。"

我小心翼翼地摸了两下，笑着叹了口气："算啦。"

"怎么能算了呢。"慕秋瞪起眼睛，"我给你的求子观音你有没有一天拜三遍！"

呃……我不知该不该说，那求子观音第一天就被曲徵以"不信神佛"为由丢进库房里去了，眼下大概已挂满了蛛网。

慕秋见我不答，大约也猜到了她亲爱的小观音的结局，顿了顿转而道："那一百两银子的多子药枕呢，还有云游道长的保育丸和焕容丹，开过光的石榴如意挂锁……"

诚然，慕秋在生孩子这件事上比我本人还要操心，虽然她大部分的力气都用在了个人信仰上面，但好歹是一片真心，即便……咳，这些东西全部被曲徵送去库房加入了蛛网大军。

"没关系。"慕秋拿出了当年镖局大小姐的霸道架势，"这次我祭出终极法宝，保管他曲狐狸也无法插手。"

我在她的榻上躺成一条咸鱼，一脸四大皆空："是吗……"

慕秋盯了我半晌，严肃道："百万，你当真放弃了吗？"

我心中微微一紧，脑中莫名浮现出那窝新燕来。虽然曲徵他并不在意，我也随他表现出不在意的样子，但确然被他一语中的——我那么积极地要与他一起上早课，其实真的无关武功，只是因为想当然地觉得，能够早点恢复健康的身体，便能离希望更近一些吧。

见我面色微变，慕秋满意地笑了笑："放心，只要你不放弃，这次一定行……我请到了一位神医。"

我不甚热情："可是连张歆唯都……"

"张姑娘是神医没错，但神医又不是只有她一位。"慕秋语带神秘，"论资历，怕要比她高上一辈呢。"

于是一刻钟后，我在桃源谷的客舍里见到了张歆唯的……堂姐。

她名为张玉唯，是治疗妇疾的圣手，十四岁便离开杏林坡游历天下，甚少涉足江湖事，因此声名没有张歆唯响亮。

慕秋与我介绍完，张玉唯便从屏风后走出来，我眼前顿时出现了一个身着孺裙的美人，她二十左右年纪，肤若细瓷，眉目如画，如同荷间晨露般清丽难言。若只论皮相，以我所知之中，只有苏灼灼能与她相较。

然而惊艳之余，我立时想起了张歆唯的德行，忍不住心虚道："张姑娘，实不相瞒，我身上只有八十几两……"

张玉唯斯斯文文地施了一礼："夫人说笑了，我欠桃源谷一个恩情，自当尽心，分文不取。"

瞧瞧，都是堂姐妹，差距也太大。我尴尬地笑了笑，随即放心地将手腕伸了过去。

张玉唯诊脉十分仔细，又询问了余毒的症状和我的日常调息，随后凝眉思索良久，道："虽是艰难，但也不是一线机会也没有，我可为夫人施针，每隔三日一次，待十九次后再看效用如何，只是施针极疼，还需夫人忍耐。"

慕秋大喜过望，大刀阔斧地拍了下我的肩膀："没事，她皮糙肉厚的，不怕疼。"

我倒没在意疼痛问题，只是掐指一算，需要近两月的时间，便有些为难。

"这个……我答应了我家夫君七日便归，倘若他见到张神医，咳，恐怕不怎么方便……"

"怎么，"张玉唯有些不解，"难道夫人的郎君不愿夫人医治？"

慕秋翻了个白眼："那家伙是个笑面狐狸，硬说不在意，怕百万在公婆面前难做呢，护短得厉害。"

张玉唯顿了顿，面上却掠过一缕讥诮的神色："我行医多诊内宅，见得最多的就是口是心非的男子，任当初海誓山盟，但事关子嗣，过不了多久便广纳美妾，要么移情变心，要么始乱终弃，皆是一样负心薄幸。"

这个张姑娘……颇有些恐婚呀，而且还有点激进。我正欲挽救一下她的人生观，慕秋却一把将我怼到一边：“张姑娘所言极是，我家百万后半生的幸福便在此一举了，能否暂且委屈你瞒下身份，待在她身边将针施完？”

张玉唯便又恢复了斯斯文文的模样，犹豫了片刻，竟然点了头：“夫人言重，我既答应下来，便不会半途而废。”

我：“……”

不用考虑一下我的意见吗！

六日之后，我自桃源谷离开，身畔多了一个名为“阿玉”的婢女。

因为连翘的忠心和月钱绑定，所以我便也没告诉她张玉唯的真实身份，对此这丫头颇有些危机感——新婢女看着比她美貌伶俐得多，大丫鬟的地位岌岌可危！

是以连翘对张玉唯不冷不热的，还带了点敌意，好在有我从中斡旋，一路倒也相安无事。临近苍雪山下已是傍晚，地上又浮起一层新雪，城镇的门梁前已挂起了红彤彤的灯笼，在将暗未暗的天色下随风摇曳。曲徵便在这一城暮色中静静伫立，身上披着我做的那件玄色氅衣，我掀着帘子的手一晃，不经意便落进了他映了灯火的眼眸里。

连翘惊喜道：“公子来接夫人啦。”

我心底早炸起了欢喜的小烟花，面上却故作贤惠：“这么冷的天，何必这样麻烦……咳，今天没要事忙吗？”

“还好。”曲徵弯起嘴角，“来接百万回家，是今天最重要的事。”

这谁遭得住，我面上一红，忍不住向车内看去。连翘已然习惯了这虐狗的场面，捂着嘴窃笑。而张玉唯……却望着垂下来的马车帘子，檀口微张，美目圆睁，竟是愣住了。

待马车入了院，张玉唯已恢复了如常斯文娴静的神色。

我向曲徵提了一句阿玉的事，他眸光从她身上掠过，却半刻都没有停留，末了只落在我身上：“随百万喜欢。”

想不到如此容易就蒙混过关，我十分窃喜，挽着曲徵的手臂说着一路上的种种。连翘带张玉唯回房整顿安歇，我不经意间瞥见她自门廊处回过头，目光落在曲徵的背影间，神情却隐入了夜色，晦涩难辨。

这简直都不用女人的直觉，不必连翘暗搓搓地跑来告状，我便发现出有些不对了。是以过了几日后，趁张玉唯在内室里为我施针之时，我趴在被褥中，

直接发出了灵魂拷问。

张玉唯默了默，倒是意外地干脆：“我……见过曲公子。”

“什么？”我猛地扭头，正赶上她一针扎下来，结结实实地偏了地方，比平时还要痛上一倍，顿时惹得我“嗷”了一声。

“夫人不必担忧，那是五六年前之事了。”张玉唯淡定地撤了针，声音忽然轻了些，“且他并未认出我。”

我登时满心的八卦，忍不住便想追问，而张玉唯只说不过是萍水相逢，早年曲徵得过风寒，曾受她医治过一段时日。

我顿时被转移了注意力：“风寒？严重吗？”

仔细回想起来，这其实是一句关心则乱的废话，否则曲狐狸便不会在我遇见他的时候那般生龙活虎了。张玉唯顿了顿，却道：“夫人若挂心，我这儿有一张汤药的方子，经年服用对身体极有进益。”

此事便这般告一段落了，不过连翘始终觉得，阿玉盯着公子的目光缠绵诡秘，居心定然不良。

我倒也不是很在意，毕竟只是一段旧事，就譬如我有一碗红烧肉，被几个人垂涎也是很正常的呀，肉并没有错，谁让它这么香呢，只要还在我碗里就行。

况且在张玉唯的施针下，我逐渐觉得身体好转了不少，可见她医术的确高明，反正她也待不了个把月，做人嘛，最重要的就是开心。

于是每日的晚膳席间多了一盅汤，我严格按照张玉唯的配方，熬出来的药汤香气扑鼻，颜色竟是碧绿的。

曲徵第一次见时微微一顿，却没有说什么，面色如常地喝了一碗。

“怎么突然想起来要做汤？”

“这个……听说对身体不错。”我颇有些心虚，“不好喝吗？”

“百万做的，怎会不好喝。”曲徵微微一笑，伸手又盛了一碗。

话虽如此说，每日用膳时，曲徵眼神划过那盅汤的时候总要停留片刻，目光也有些意味不明。

连翘又憋不住跑来告状，说张玉唯半夜不睡觉，站在池塘前吹笛子，如泣如诉幽幽怨怨，她半夜起来如厕撞见，差点没吓晕。

近来我睡得比较早，没有被惊醒，想来那笛声也不到扰民的程度。话说回来，人家神医屈尊在这里当个小丫鬟，还不让人家有点小消遣嘛。

故我并未放在心上，直到某日午后，曲徵刚刚握起书卷，忽又放下来，状

似无意地提起："近来总在子时听到笛声，百万可知晓是谁有此雅兴吗？"

我正在桌前临摹字帖，闻言险些把字帖捅个窟窿："啊，不知道，没听说，可能是隔壁传来的吧哈哈哈……"

"这笛声有些特别，我倒极少听闻。"

我决定尽快转移这个危险的话题："别管这种小事了……咳，这个字我总是写不好，你来教我好不好？"

这是我二人都很热衷的日常，因为手把手教写字这种事，耳鬓厮磨的，颇有情调。

然而这次曲徵却没有点头，他淡淡一笑，便说想起还有事，径自出去了。

事已至此，我觉得应该和张玉唯谈一谈，但眼见两月之期不剩几日，思来想去，还是憋住了。

好不容易熬到了施针的最后一日，我拿出积攒已久的私房钱，决定好好感谢她一番。张玉唯却推拒没有收，问题是……也未提何时离开。

几番明示暗示未果，我悲伤地将她送了出去，这……总不能开口直接让人滚蛋吧，诊治的恩情不谈，还很不给慕秋面子。

便在我对着私房钱叹气的时候，连翘风风火火地跑进来，一句话就让我回了神："夫人！您公爹来了！"

我再三确认，我的公爹就是曲徵的爹，不作第二人之想，便立刻跳起来梳妆——这老头儿脾气古怪，每次见我都诸多挑剔，而且唯一能救我的婆母还不在……还是趁早准备妥当比较好。

我换上一身素兰的衣裙，身披绣荷莲叶外襟，自觉端庄得可以去做女先生，这才迈着小碎步出了门。岂料刚刚拐过一个回廊，曲徵便将我拉住了。

"师父在客房，百万随我来吧。"

我颇有些紧张，跟着曲徵来到了北边的院落。

他回过身，竟然将门关上了。我环顾一圈，不见有第三人的样子，正欲发问，忽觉指风迎面而来。

曲徵出手点向我的穴道，我大惊之下毫无防备，竟然直接中招，被他轻轻放在了内室的软榻上。

我不知他这是要唱哪一出，奈何不能动也不能出声，只得死命地冲他瞪眼睛，可惜眉毛都快抽筋了，曲徵仍然没有理我，只是面色淡淡地将屏风拉满。

随后他似是在桌前坐了下来，倒了一杯茶，不多时，房门轻旋，有人走了进来。

来人小声道：“公子要见我。”

曲徵放下茶杯，半晌，他淡淡道：“难道不是你要见我吗？”

我一怔，这是……张玉唯？

他话音一落，屋中顿时陷入了长久的沉寂。

屏风后的张玉唯只有一个朦胧的轮廓，不知为甚，我的心微微提起，只觉事情似乎不像我想象的那般简单。

“醒梦咒，碧草汤，皆是你的独门绝技。”曲徵又倒了一杯茶，轻轻推了过去，“张姑娘，琅中一别，倒也许久不见了。”

沉默继续蔓延，大约过了半炷香的时间。

我瞧见张玉唯抬起头，发出一声轻笑。

“原来……你还记得我。”

这次反而是曲徵没有回答，张玉唯却似是打开了话匣一般，自顾自地开始言语。

“琅中的冬日不会下雪，却冰冷入骨。那年我第一次出杏林坡，游历到镇上，被地痞纠缠……是你救了我。”张玉唯似是想佯装平稳，只是话尾的颤音出卖了她的情绪，“后来那场风寒席卷了琅中。我大约没有对你说过，你是我诊治的第一个病人，这些年……我总会时常想起那个冬日，我亲手为你熬碧草汤，你弹琴时我以醒梦咒相和，还有……”

我默了默，忍不住在心里悲愤地号叫。

是我错了，我不该没将你的话放在心上，以至于落到如今这样尴尬的境地，如果再给我一次机会，我一定听你的，对不起，连翘！

这种情况，岂不就是传说中的……引狼入室？

我正纠结着自己隐隐发绿的头顶，便听曲徵淡笑一声。

“当年那场风寒自然要感谢张姑娘，不过曲某记得，当时管家给足了诊金，足够给半个城的百姓看诊了，便是一桩银货两讫的交易。”他用杯盖慢条斯理地拨动茶叶，“至于相救姑娘……便如我当年对你说过的那样，是我恰巧需要用那几个地痞，救你不过顺手而为之，姑娘实在不必当作恩情。”

“我知，当年我便知。”张玉唯轻轻叹了口气，“你看着是温柔尔雅的谦谦君子，实则是这世上最冷心绝情之人。”

“惭愧。”曲徵嘴上说得利落，却听不出一点惭愧的自觉，“不知姑娘几番试探，有何见教？”

“原本我只是不甘，”张玉唯微微垂下头，“但如今……只要你记得我，

便再无所求了。”

我错了，我真的错了。

原来被人觊觎碗里的红烧肉，比想象中难受得多。

且红烧肉虽然无辜，但它已经不香了！

我正暗自咬牙想把这两个货都扔出去，却听茶碗落在桌上，发出一声清脆的撞击，曲徵站了起来。

“张姑娘误会了。”他声音依然温润，“我并不记得你。”

“可是……”张玉唯一呆，声音暗急，“你说那醒梦咒和碧草汤……”

“似我这般的人，怎可能放任一个不知底细的女子出现在我夫人身边。你来的第一晚，我便命人去查了，随后才想起琅中的往事来，是以你此后的种种暗示，大可不必。”

我觉得……屏风对面的张玉唯大约和我一样蒙了。

所谓雪上加霜，所谓伤口上撒盐，曲徵的温柔一刀仍然这般不留情面，不过……咳，我暗搓搓地有点爽。

然而半晌，张玉唯也站了起来。

她低低笑了一声：“我早知自己不该期待的，不愧是曲公子。”

曲徵淡道：“张姑娘还有见教吗？”

“有。”张玉唯静静望着他，声音微凉，“我只道世间男子待女子多薄幸，但你不同，你本就无情，你不会爱上任何一个女子。”

她顿了顿：“所以……为何是金百万？”

我心中微动，这个问题，只怕我也不知道答案。

曲徵似乎偏过头，向屏风看来，我瞧不见他的目光，只觉心跳一瞬间忽地声如擂鼓。

然而转瞬，房门蓦地被猛然推开，来人身形颀长清瘦，携着几分矍铄。

“老夫不知为何是金百万，但老夫知道为何不是你。”瞿简的声音怒气冲冲道，“我瞿家绝不会让一个不知廉耻、纠缠有妇之夫的女子进门。”

张玉唯发出了一声短促的惊叫，后退了一步。

“你……”

不用看我都知道这老头儿凶起来的模样，隔着屏风都能觉出那股威压。张玉唯立住身子，似想说些什么，便见瞿简的影子径自转过一边，哼道：“徵儿，

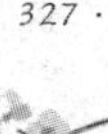

你怎么什么不三不四的女子都招惹。”

这一句实在杀伤力巨大，张玉唯霎时掩面，匆匆地从门畔跑了出去。

一时间，屋中只有两父子默然相对。

瞿简坐了下来，半晌才道：“为父觉得金百万更好一些。”

曲徵似是笑了笑，随即伸手推开了屏风：“师父多虑了，百万就在这儿。”

下一瞬，我和瞿简大眼瞪小眼，直直对视了片刻钟。

不知为甚，这老头儿忽然面色不自然地移开目光，仿佛背后夸我被我听到了是多么丢人的事一般。我正不知如何表达我不能动也不能说的艰难境地，便听瞿简忽地转过身道：“老夫不该对着燕子窝叹气，行了吧！”

他说罢，便头也不回地走出去了，连耳根都泛起了一点红。

我呆怔了片刻，这才反应过来，他刚才……难道是在道歉？

曲徵走过来为我解了穴道，我揉着腰站起来，清了清嗓子，这才觉得声音有些干涩。他倒了杯茶递给我，动作细致温柔，只是眸光却仍是淡淡的。

我讪讪的，心中颇觉怪异，明明差点被抢了红烧肉的是我，为甚我却有点心虚，莫名站在了理亏的那一边。

便在我纠结是先撒娇还是先耍赖之时，曲徵忽地伸出手，轻轻拨开了我的领襟。

我脸红了一瞬，却在下一刻反应过来——他的手指抚上我的后颈，带来一点微小的刺痛。十九次的施针，应该已经留下了不怎么美好的痕迹。

“便是你日日早睡，不肯燃火烛，便自觉可以瞒住我吗？”

言语轻柔，一如初遇。

我无言可辩，垂头沉默了半晌，却觉出一丝委屈：“好嘛，我确然不该瞒着你，但你既然发现了就说出来好了，何必……”

曲徵轻声打断：“因为百万不信我。”

我正欲反驳，便听他接着道：“张歆唯很早便向我提过这施针之法，只是言明会很痛，又要辅以三年汤药，禁忌良多，我便婉拒了。”

曲徵望着我，没有笑容：“不过区区子嗣，连百万的一根头发都比不上，我怎会因为这种事，便让你有一丝半毫的痛楚。”

我愕然地抬起头，心底最柔软的地方忽地轻轻揪紧。

他的眼睛真好看，我曾觉得自己一生也看不透这双眸子，如今却清清楚楚地捕捉到了那目光里的温柔、怜惜，以及几欲满溢的深情。

那一瞬，我却忽地想到张玉唯最后一个问题。

为甚是金百万？

“为什么是我呢？”

曲徵笑了笑，伸手将我颊边的发丝别到耳后。

“那一年我追寻血月的事，来到靖边镇之前，大约也猜到了你的身份，我在想我要面对的是一个怎样的人，想了很多，却在掀开马车帘子时，看到了一个鼓着腮帮子，唇边还沾着点心渣的姑娘。”

我立时尴尬地举手——这么没情调的初遇就别提了吧。

“所以，这个问题其实应该我来问。”曲徵眼睫低垂，“为什么是我呢？”

我怔了怔。

“这个满身苦难的姑娘，在经历了那般绝望和惨痛的过往之后，依然能够热爱这个人世，依然愿意相信我这种无心之人。遇见百万之后，我方知有人可似骄阳，拥有我一生也企及不到的光。”

曲徵倾过身，气息落在我唇畔：“我才是何德何能，能够拥有这道光。”

我心魂俱震，眼眶有些微酸。

曲徵轻轻吻了下来，大约是不想看我哭，忽地提了件不相干的事：“今年春节不去上阳谷了好不好，师父亲自来请你回瞿门，也道了歉。”

我声音微哑：“我早说了我没放在心上。”

曲徵微微一笑，附在我耳边：“还有一事，那日我说百万穿什么都好看，不太妥当。”

我觉得自己已经跟不上他的脑回路，便呆呆“啊”了一声，他眸光幽深，声音又低了些：“百万什么都不穿的时候，才最好看。”

我：“……”

第二日我晨起的时候，觉得昨夜虽然累了点，但心中暖洋洋的，溢满了感动和满足。

然而这种情绪只持续到了傍晚，连翘带来了驿站的信，信中有人约我年节赴上阳谷同聚，落款是——永安。

想到昨晚某人的提议，我觉得十分有理由怀疑：“你不是提前看了这封信吧？”

曲徵微微一笑：“怎会呢，我没有看过。”

“真的？”我顿了顿，“说好再也不骗我。”
“自然没有。”曲徵面不改色道，“不过有人读给我的，算不得是我看过。”
我：“……”

行吧。
不愧是狐狸，吃醋都吃得这般深沉。